纸旷野

叶舟——著

湖南文艺出版社
HUNAN LITERATURE AND ART PUBLISHING HOUSE

图书在版编目（CIP）数据

纸旷野 / 叶舟著. -- 长沙：湖南文艺出版社，
2024.6
ISBN 978-7-5726-1685-3

Ⅰ．①纸… Ⅱ．①叶… Ⅲ．①散文集－中国－当代
Ⅳ．①I267

中国国家版本馆CIP数据核字（2024）第047536号

纸旷野
ZHI KUANGYE

著　　者：叶　舟
出 版 人：陈新文
责任编辑：耿会芬
整体设计：任凌云
内文排版：玉书美书

出版发行：湖南文艺出版社
（长沙市雨花区东二环一段508号 邮编：410014）
网　　址：http://www.hnwy.net
印　　刷：湖南省众鑫印务有限公司
经　　销：新华书店
开　　本：880mm×1230mm 1/32
印　　张：12.5
字　　数：300千字
版　　次：2024年6月第1版
印　　次：2024年6月第1次印刷
书　　号：ISBN 978-7-5726-1685-3
定　　价：68.00元

（若有质量问题，请直接与本社出版科联系调换）

在最高的旷野，必定有一团最美的神迹。

河西走廊就是我此生的课堂，我写下的每一行诗歌、每一部小说，其实都是在回答提问，在交卷，在加入一阕众生的合唱。很幸运，我能用自己的这支笔，去做一块伟大地理的书写者，去做一个伟大文明的儿子娃娃，这是河西走廊的赐予，我从不敢懈怠。

——叶舟

目 录
Contents

第一辑

蓝色的敦煌

何谓丝绸之路

——以河西走廊为例

　　丝绸是柔软的，它的幽雅与奇幻，色泽与纹理，代表了精致、富庶、高贵、江南、水以及摇曳斑斓的理想生活。它是古代中国的一个世俗符号，让一辈辈的先人们趋之若鹜，渴望衣锦而行，吹气如兰。丝绸也是坚硬的，当它从中国南方的蚕桑之地一跃而起，掉头北向时，一种神秘的意志与情怀便贯注其中，于是它就成了拓荒、西进、光荣、牺牲、开放和胸襟的代名词。它腋下生翼，高挂于北斗之上，由此成为我们这个民族一根生动的血管，一条脊椎般的天路，纵横西东。

　　谁也未曾料到过，一只卑微的蚕所吐露的内心，却在此后风沙漫天的西域，在苍茫无尽的岁月深处，结成了一条天网般的大道。在这条路上，走来了宗教、乳香、琥珀、玳瑁、玉石、天马和各种菜蔬，也走去了丝绸、铜镜、凤凰、纸张、印刷、儒典和灿烂诗篇。这条路不仅输送了贸易、技术和图案，同时也交流了思想、伦理、道德和人生观。无疑，它是人类历史上最具想象力和变革精神的一条通道，它用一匹浪漫的丝绸，将东方和西方紧密地簇拥在了一起。它是当年的全球化的逼真体现。它犹如一道灵光，让古代中国获得了神示，找见了一块"上马石"，也找见了一片能够凭倚的广袤后方，一个新的方向。

所以，当卓越的地理学家费迪南·冯·李希霍芬男爵于1877年在他的《中国》一书中第一次造出"丝绸之路（The Silk Road）"这个词时，横亘于亚洲腹地深处的这一条天路，便逐渐掸落了灰尘，露出了它清晰的五官和婀娜的身姿。是的，丝绸是物质的，不仅可以穿衣蔽体，展示身份与地位，同时亦是能够量化的，去充当货币和军饷。但在我们民族的心灵史和成长史中，丝绸更是精神性的，它是独立、自信、富裕、和平和原创的象征。丝绸之路仿佛一组庞大而顽强的神经系统，延展于长安以远的广大西域，让那里的生民和万物谨守四序，春种秋收，迁延至今。

太庞大，也太深邃了，所以我只能选取河西走廊这一段，来探究丝绸之路的秘密奥义。

河西走廊，因其位于黄河上游以西而得名，由于全境皆为甘肃省所辖，故又称甘肃走廊。它东起天堑乌鞘岭，西达古玉门关，绵延一千余公里。它南倚一脉千里的祁连山和阿尔金山，北靠罡风浩荡的马鬃山、龙首山与合黎山，形成了一条绿洲连绵的狭长通道。河西走廊所辖的武威（凉州）、张掖（甘州）、酒泉（肃州）、嘉峪关、敦煌（沙州），自古以来就是水草丰美、物产丰富的西北粮仓，同时又是重要的战略要地和边防要塞。在中国境内的丝绸之路上，尤以河西走廊显得底蕴深厚，波澜壮阔，一再地承载了我们民族最初的梦想和积极的作为。

自2013年9月伊始,"一带一路"倡议引发全球关注,这一宏伟的创意甫一面世,便博得了众声喝彩,群情响应。可以想象的是,在新的全球化背景下,这一条尘封良久的贸易大道,这一条被经年忘却的荒芜英雄路,这一片曾令我们民族血脉偾张的皇天后土,将再一次抖落风尘,踏上坦途。复兴丝绸之路,重现昔日的光辉,这理所应当地属于"中国梦"最有效和最有力的一部分。未来可期,时间和实践将会给予这一倡议以充分的证据、丰硕的果实以及黄金般的品质。

那么,在历史的肌理深处,在流沙坠简似的过往岁月中,丝绸之路究竟为我们民族带来了什么样的启蒙?怎样的开篇?这里,谨以河西走廊为例。

一、河西走廊印证了我们民族奔跑的少年时代与青春期

是的,大地说明了他们。

考察世界上任一民族的历史与发展,必须返身回向,深入她的源头,去探究她何以成为现在的全部理由。这些理由包括骨骼、血脉、经络、DNA等,也包括她童蒙的开启与稚嫩的涂鸦。古埃及人在他们成长的初期,便贡献了灿烂的金字塔、法老、面具、木乃伊和无数尼罗河的传说。古希腊和古罗马人在他们的发声阶段,捧出了神话、传奇、庙宇和恢宏的哲学,泽被了后世的文学与艺术。在耶路撒冷和阿拉伯半岛上,几个悠久的民族创立了各自的宗教,树立了圣人和规范,由此绵延千年,始终在测度着人们心灵的深度和信仰的方向。在两河流域及波斯高原,一串阿拉伯数字,一本《天方夜谭》,一座空中花园,至今

犹如天籁之音，令我们扪心倾听，获取了不竭的营养与灵感。

在我们民族的早期，也有一个抽枝发芽、表情焕然的天真童年。那时的先人们驻守晨昏，沐浴天地，身体是干净的，精神是清洁的，一派无邪的欢乐。那是《诗经》的时代。她一点儿也不逊色，她奉献出了瑰丽的诗篇、农耕、节气和对这个星球上自然万物的神奇想象。她背靠西天，在东方的土地上一个人顾影自盼，渴望淬火，求取一种庄重的成人礼。

于是，试探来了，匈奴大军仿佛一堵垮下来的高墙，催逼着她快速成长。

如今的河西走廊，呈现出了这个地球上除海洋之外的所有的地形地貌。沙漠、雪山、戈壁、草原、绿洲、冰川，以及无垠的良田，使这里成了一片成人的风景。如果你不了解她的前世今生，如果你不曾听见过风中传来的远古的呼啸，你就不会爱上她。那时的匈奴人骑在马上，显然窥见了这一片壮烈风景，他们若一阵烟尘似的席卷南下，却冷不丁地碰见了一位少年。不，是整整一群，一群长身玉立的白衣少年。

领头的少年叫刘彻。后世的人们因为他的不世之功，将其尊称为汉武大帝。

自秦至汉，我们民族的少年时代便拉开了帷幕。幸运的是，登上这个少年舞台的恰巧是一帮天纵之才，他们好奇，奔跑，血勇，独孤求败，渴望征服，每一块肌肉上都充满了力量与雄性荷尔蒙。他们一心想看遍世上的所有风景，想去追逐落日，去触摸地平线的尽头。那是一个行动的时代，是我们民族的"旧约年代"，没有废话，没有陈词，也没有羁绊。她碰巧遇上了南下的敌手，不免怒发冲冠，引刀一试。

那一刻，江山和社稷就寄在了这一群美貌少年的身上，他们的名字可以开出一个长长的单子：刘彻、卫青、霍去病、李广……他们的信念就是匈奴未灭，何以家为。他们相信自己就是一块耐火的城砖，要去奠基。他们明白自己必须做一把刀，不能躲在鞘中，自毁锋芒。对了，还有一个姗姗来迟的使臣张骞。他第一次用双脚丈量了这一条河西走廊，他踏勘，他摸排，他受难，他几乎用一己之力，像一枚尖锐的针刺破了未知的天幕，不辱使命，找见了方向和地平线，完成了这一趟"凿空"之旅。那一刻，这个帝国在开疆拓土，在金戈铁马，上演了一幕幕浪漫主义和英雄主义的大戏。无疑，这是一出恳切而艰难的成人礼，让我们民族在燃情岁月中终于技成出徒，有了初次的飞翔。

　　的确，唯有大地，唯有河西走廊，才能说明这一群奔跑而壮美的少年。在《飞将军》一诗中，我曾经这样写道：

多少漠北　多少黄沙碧血
多少首级　篝火　杀戮和夜宴之饮

多少密集的箭矢　像冲突的内心
多少征衣　带着露水　多少寒凉

让一个人的骨骼清丽　多少回望
多少难以启齿的爱　干涸到底

多少辞别　多少马革裹尸

在丘陵　雪山　戈壁　多少一览

无余的热情　寂灭成灰
多少速度　多少蹄铁和巨石

砌筑了飞行　多少奔跑和跌仆
青春　回忆　燃情岁月中的丰碑

多少结盟　但走下去的还是自己
多少宫阙与丹墀　一册山河里

多少开疆拓土　犹如血红色的
晚霞　犹如一张无辜的羊皮

多少书写　被世代转移
多少酒　胡舞　传唱　被夜色记取

多少天空　忘了祭祀　多少
马背上的神祇　带着秘密的意志

多少里　才能返身看清自己
多少千回百转　配得上引颈一死

纸旷野

也恰是在那时，我们民族才正式获得了自己的姓氏、血缘、谱系和底色，才真正拥有了自己的西部疆域、后方、屏障以及梦想的仓库。这一条千里走廊，带着她无尽的石窟、烽燧、城墙、崖壁和山脊，让一个新生的帝国不仅有了广阔的战略纵深，也有了精神的海拔与高度，真可谓敦煌日落，大漠苍黄，饮马冰河处，西认天狼。

这一时期，我们民族的属相是马。天马高蹈，长歌不绝。

一个人仅仅有了成人礼是不够的，他还需要一场青春的确立。对我们民族而言，这一场青春期的挥洒和宣谕，醉酒与狂欢，追逐和认知，则是由一群从大唐盛世里逃逸而出的诗人和释子们完成的。文章千古事，社稷一戎衣。于是，在少年刘彻之后，在西进的硝烟渐渐消失后，这个国家先后有了法显、鸠摩罗什、玄奘等人去取经，去问道，去译介，去求索，从而满足自己对天边的一切想象，用远方的养料来填充自己饥渴的求知欲。至今，矗立在凉州（今武威）城内的罗什寺，仿佛仍在用一枚枚珍贵的舍舍利，诉说着当年的脚印、美和青春。

在求法僧的另一侧，于河西走廊的晨昏中，还有一群诗人衔命出走，一路上题诗作赋，歌吟不断。他们用平仄和声律，去给大地贴标签，去命名，去记录，去寻求一种新的可能。他们给这个国家带来了新的视角、新的叙事和新鲜的道路，带来了别样的方言与风俗，也带来了一个又一个新鲜的地名，以诗入史，以史入诗。他们的诗歌和漫游，想象与书写，是那一个燃情岁月里的主旋律、畅销书和焦点所在。他们内心的律令就是西进、西进、西进，每一个诗人就是一支军团，一支猎猎远去的轻骑兵。那一刻，他们一定没有被贬谪、被抛弃、被割肉的孤儿感。因为他们是我们民族最优秀的一批先遣军，一群儿子娃娃，他们相信自己拳头上能站人，胳膊上可跑马，相信唯有旷野中才有真实、磨砺、光荣与盛名，但这些必须靠一腔血勇和青铜之骨骼才能去争取，去拥戴，去捍卫。

说到底，那时的他们，心中还保有一个伟大的信条：天下！

天下的秘诀其实就两颗字：兴，亡！但在兴亡之际，有一支笔，一卷空白的汗青，就站在你的面前逼视你，让你判断和抉择。那一霎，天下也等于一册史书，菩萨心，霹雳手，你要么流芳，要么遗臭，它会一丝不苟地书写你，毫无绥靖和模糊。

天下还是一个词：天良！他们笃信举头三尺有神明；有一根尺子在测度；有一杆秤在掂量；有一盏心灯，永远不会被无辜地吹灭，像太阳。

天下另有一个同义语：苍生！

因为，那时候的江山远阔，是用来眺望和珍爱的；那时候的月亮也朴素，是用来怀想和寄托的；那时候的飞鸟有翅膀，野兽带牙齿，大地上的四季泾渭分明，是和苍生一起合唱的；那时候的一封家书蓬头垢面，足够跑垮一匹马，跑烂十几双鞋子；那时候的钱叫银子，是月亮白的，揣在怀里是沉甸甸的；那时候还有一种普天下的香草，名叫君子；那时候天上有凤凰和鲲鹏，地上有关公和秦琼，亦有剑客与死士，身上背着忠义和然诺，万人如海，不露痕迹；那时候的心也是亮的，还没有瞎掉，一睁开眼睛，就知道天良犹存，所谓的天下其实是每一位苍生的。

明月出天山，苍茫云海间，长风几万里，吹度玉门关。于是，像李白、王昌龄、岑参、王翰等诸多诗人的汗漫诗篇，一定有着她命运般的来路，同时也宣谕了她不可遏止的方向——向西突进，经略西域，就是当年的国家叙事，也是我们民族在那一个青春年代的叙事主轴。此可谓剑影处，飞沙走石，梦功名，投笔也昂藏。英雄路，正堪回首，标汉追唐。

无疑，在这一场焰火喷涌的青春期，我们民族的属相是龙。盘踞天空，佛雨洒布。

二、河西走廊的尘封，让我们民族失却了真正的国家性格

在奔跑的少年时代和青春期结束后，我们民族俨然花落莲出，成了一个泱泱帝国，坐在沉重的龙椅上，进入了漫长而臃肿的中年。她有了刻板的秩序与等级，有了严格的礼仪和规制。她的富裕和胃口，让身形渐渐地肥胖了起来，蜷作一团，忘了眺望和警醒。她的刀枪入库，马放南山，让其放弃了追逐与做梦。她实行了严格的海防和塞防，鸵鸟一样，令自己的版图慢慢枯干，逐渐板结，以至于内心坍塌，有了深渊般的黑洞，吸食着一切向外与扩展的冲动，一切积极的作为。她不再血勇，也不偾张，更不凌厉，相反却学会了养生和咳嗽。她炼丹。她望气。她富态。她圆滑。她"三高"。她绘制了各种长生不老的秘籍。她开始灰头土脸地从河西走廊这一条长路上大规模地收缩了回来，埋头于宫殿与朝堂，自锢于内讧和权术，分心于茶艺及歌舞。即便成吉思汗和努尔哈赤像一堵堵高墙倾轧而下，她也只能衰弱无力，在精神上挥刀自宫，顾影自怜，写下一首首弱不禁风的宋词元曲和红楼遗梦。

至此，河西走廊彻底荒芜了，萧条了，干涸了。

在罡风和尘暴掩埋不住的大路两岸，迄今仍留有往昔英雄们的辙印和箭矢，仍有哀歌以及狼烟遍地的灰烬。北斗七星高，哥舒夜带刀，

至今窥牧马，不敢过临洮，如此凛冽剽悍的谣唱，在后世的岁月中几近于一种传说，一首肝肠寸断的悼亡曲。

致命的是，尘封的河西走廊，让我们民族失却了一次建立真正的国家性格的机遇。

究其里，所谓的国家性格就仿佛一根带电的脊椎骨，能让一个民族挺立起来，持续地拥戴和保有她的民众、传统、文化、政治、历史与锦绣山川。在它的庇护下，家庭、社会、文明礼仪和可持续的繁荣都将成为一种常态，一种题中应有之义。国家性格不应该仅仅是一个民族的表情，也不只是一种感性的表达，更是骨骼、血脉、经络和DNA，静水深流，金沙深埋，一再地锲入这个民族的心理与肌理的最深处，凝成了一种思想和价值观，须臾不可更替，唯有不断充盈和丰富，才能勃兴而阔大，犹如参天之树。

一根带电的脊椎骨，往往会在历史的重大关口，霹雳而下，烁烨光辉，一刹那照亮了脚下的道路和方向。但是，在河西走廊以至整个丝绸之路尘封之前，我们民族却来不及去整理、锻造和熔铸，从而失却了一个凤凰涅槃的宝贵时刻。

然而，在地球的另一壁，美利坚民族却辗转西进，抓住了一次重大机遇。

如同地中海之于希腊人，海洋和大规模的航行之于葡萄牙人和英国人，西伯利亚之于俄国人，丝绸之路之于我们民族一样，每一个边疆的确都提供了一种新的机会，新的领域，新的精神契机。这意味着摆脱旧日束缚去寻找出路，生气勃勃，重拾自信，不堪忍受且蔑视旧有的思想和桎梏，革面洗心，归纳历史。新的边疆，等同于新的经验，新的制度与活力，也是一个民族能够脱胎换骨的坛场或高炉。

　　与我们民族的青春期一样，行进在美国西部的那些拓荒者、牛仔、探险家、掘金者、流民、罪犯、土地测量员、律师、警官、牧师等等，他们一个个都是激情澎湃的诗人，写下了热腾腾的诗篇和隽永流长的家书，寄往东海岸或欧洲大陆，描述着眼前这一片令人惊诧的土地："天堂似乎就在那里，显露出它最初的天然光彩"；"……我来到了居高临下的山巅，看见下面那富饶的平原，美丽的地面"；"我们现在……发现置身于移民的洪流中，旧美国似乎瓦解，而向西迁移"；"远行，远行，我远行越过了辽阔的密苏里河"；"自由之星亮又大，指向了太阳落山的地方，弟兄们"；"土地大得叫你走完自己的玉米地就会把你累倒了"；"到西部去，到西部去，到自由者的土地去，密苏里河在那里浩荡入海"；"……我还要说，人间要有迦南，那就在这里。这里的土地是蜜与流奶之地"。

　　立国之初，美国人就认为西部的存在对美国经济具有重大的作用。本杰明·富兰克林和乔治·华盛顿等人非常注意个人在西部通过土地投机而获利的机会，但也意识到了西部的尚未开发的富饶资源可以保证社会的自力更生，其特质可以使美国跃居世界上更古老的国家之前。诗人、作家和政治家们也都纷纷呼吁，一个繁荣民主的美国的希望就在这大片大片的"处女地"之上。

　　这些"在英国遭到命运鄙弃的人"，在此后两个多世纪的密集讴歌中，将全世界最华丽的辞藻都贡献给了西部：美丽的草原，最肥沃的土地，最大的林场，长满金黄色谷物的大片庄稼，一望无际的大牧场，第二天堂，这不是肥沃而是无比的肥沃的大地……是的，美国的西部具有多种多样的魅力，其中一个就是它广袤无垠且未开垦的处女地。在那里，棉花、玉米、大麦、小麦、野牛、黄金，甚至女人与爱情，一切都仿佛是上帝的赏赐，来得如此慷慨，如此不费吹灰之力。在冒险西进的路上，有关死亡、热病、疟疾、孤寂、挫折、累断脊骨的心酸劳作都被刻意地掩盖了，取而代之的则是阳光、海滩、美酒和新鲜的黄油。人们嗅着太平洋的海风吹来的咸腥气息，一路上丢盔卸甲，马不停蹄，去争取赢得西部，赢得一个个再生的人间天堂。于是乎，仅仅在1848年开始的两年间，便有8万多人像染上了迁徙病毒一般，蜂拥而入地杀进了加利福尼亚。他们并没有呻吟，也不曾叫苦不迭，他们在西进的道路上，渐渐感觉到这是一种"天赋使命"。

由此，"西行"和"老是搬个没完"，就成了这个国家的一种命运，一种国民的习惯和精神状态了。这一时期，美国人是地球上最爱流动转移的人群，因为前方堆满了财富和荣誉，"几乎是毫无束缚，自由得像山上的空气"一样。

然而，恰是在这一广阔的背景下，美国人开始了对自己国家性格的奠基与塑造。

像所有的西部一样，她的辽远和赤裸，蛮荒和富庶，杀戮与生机，艰辛与成就，都仿佛一对巨大的矛盾体，横亘在每一个意欲拨马转向、踏行西去的人面前。它既是一份致命的诱惑，亦是一番深刻的挑衅，同时它也是机会、胸襟、光荣、声名和财富的象征。西部是动态的，边疆之外，另有一重重新的边疆和新的地平线挂在天上，喝令人们去发现，去开拓，去占领。西部也是一块试金石，在她面前，所有的虚妄、自满、花拳绣腿以及假惺惺的斯文和教养都会被剥去伪装，露出最终的底牌。

纸旷野

于是，当西行的人们面对这一片陡峭而璀璨的天空时，一切都发生了。

这时的美国社会的现状，呈现出了一种与众不同的现象。他们相信，一个替旅客牵马拽镫的小孩也可能当上美国总统（范布伦，美国第八任总统）；一个平民的子弟通过诚实的劳动，也可以拥有居所和牧场；如果胳膊够结实，腿勤快，敢于付出，倒霉的日子终将过去，蜜糖一般的生活指日可待。他们还相信，处处都有好运气，处处都有幸福在张望，只需要你心中燃起一堆烈焰，一股强烈的不停歇的热情，你终将得偿所愿。——自从脱离了欧洲之后，这块崭新的大陆所呈现出的事实，对全世界来说都是新鲜的，令人大吃一惊的。它具有如此奇特的重大意义，哪怕是凭想象和做梦都探不出什么究竟的。

这样的一天总会……来到。他们笃信无疑。

是的，因为这个信念，在美国西部出现了一种别样的沸腾景象，到处都是忙碌，奔走，奋斗。人们的脸上堆满了笑容、单纯、信任、热情、坦率、公正、厚道，以及雄心勃勃的个人主义情怀。他们蔑视经验，信赖自己的一双手胜于信赖别的一切。他们相信平等和机会。他们粗野可爱，热衷于追求物质利益，"宁可看见自己的小河上有磨坊在磨粉，也不愿意看见维纳斯或阿波罗的大理石雕像"。他们敏锐而果敢，讲实力却又喜好盘根究底，讲究实际而富于创造力，脑子快，办法多，有充沛的精力，也有着一览无余的开朗和活力，以及与大地一般与生俱来的奔放和活泼。在这一片未开垦的土地上，对生存的挑战，激励了人们自力更生和自给自足的念头，从而促进了一种对个人的价值的执守，以及对个人不分出身或教养而去承担政治义务的能力的信念。所有这些，乃是广阔西部的美丽赐予，也是远方以远的边疆所赋予的显著特质。

可以说，美国的历史，在很大程度上一直是向伟大的西部进军的历史。西部的无限元素，构成了美国传统这个图案中显著突出的线条。它们象征了美国作为一个充满机会、社会更新和进步之邦的观念——美国观念中最基本最持久的组成部分之一。

如上所述，也是在这种西进的过程中，美国的国家性格也渐渐地凸显了出来，形成了他们民族肌理和心灵深处的骨骼、血脉、经络与DNA，时至今日，仍然若源头之水，澎湃不减，一眼就能够认出来。这在汗牛充栋的西部片，在《燃情岁月》《肖申克的救赎》等等一大批影视作品中毕露无遗，引人注目。

这就是美国式的史诗。或者说：美国史诗。

这样的国家性格，注定让每一个公民有了强烈的认同感和皈依感，也有了一种神圣的责任与义务。在《寻找美国的诗神》一文中，桂冠诗人罗伯特·勃莱如此写道：

悲痛是为了什么？在那遥远的北方

它是大麦、小麦、玉米和眼泪的仓库。

人们走向那圆石上的仓库门。

仓库里饲养着所有悲痛的鸟群。

我对自己说：

你愿意最终获得悲痛吗？进行吧，

秋天时你要高高兴兴，

要修苦行，对，要肃穆，宁静。或者

纸旷野

在悲痛的山谷里展开你的双翼。

三、开启共建"一带一路"，实则是"中国史诗"的真正开篇

狮子老了，但它毕竟是狮子。

事实上，尘封千年的丝绸之路，并不是远避一隅，也没有一时一刻离开过我们民族的文明进程。相反，在滚滚消失的岁月里，她用自己枯干的脊梁，独自支撑起了一片浩瀚西天，静候着罡风尽逝、重拾山河的那一天。她用不曾凉却下去的壮烈风景，依旧保存下了对英雄挽歌的记忆、追怀和景仰。她用流沙坠简似的诉说，仍然闪现出了昔日的爝火、杀伐与呼啸。她也用了纵贯千里的脉脉深情，吁请和平降临，来为我们民族的昨天、今天和未来恳切祈祷。她沉浸。她不语。她内敛。她一直在酝酿庄严，静待着一个拨云见日的时刻。

或者说，如河西走廊这样优美的仓储之地，不仅参与到了世界上唯一将五千年文明完整带入了今天的国家行动中，她还以自身的卑微存在，保存下了对早期文明的书写与珍爱。在遗址遍地的河西走廊，有关丝绸之路上的吉光片羽历历在目，俯拾皆是，比如敦煌。

我想说，敦煌如今是一个被严重误读了的概念。在一些左翼的制式乡愁式的散文中，敦煌以及她宝贵的经卷和壁画是被侵略、被掠夺的象征，是落后、贫瘠、谄媚西方的代表。在这类文化保守主义者的笔下，河西走廊以至于整个丝绸之路被再一次锁闭了，打入了冷宫，尘暴和风沙让她又一次灰土满面，无辜神伤。

敦煌不光是一座莫高窟，实际上，她是几种文化的总枢，是古代西部中国甚至中亚以远的文化首都。无论从历史、地理、军事、贸易、宗教、民族和风俗，还是从我们民族的缘起与精神气象上讲，她都有一种奠基或启示的意义。敦煌也不是因为藏经洞的发现才广为人知，成为今天的显学的，她始终占据着这一片大陆腹地深处所有文明的制高点，而像莫高窟、榆林窟、断长城、玉门关、阳关等等遗址，仅仅是"敦煌"这个母题的一小分子。她是地标。她亦是领头羊。

在2000年出版发行的拙著《大敦煌》中，我这样写道：所谓宇宙的乡愁和广阔的忧伤，于我而言，只是穿行在北半球日月迎送下的这一条温带地域中，它由草原、戈壁、沙漠、雪山、石窟、马匹和不可尽数的遗址构成。在一首一以贯之的古老谣风中，它更多的是酒、刀子、恩情和泥泞、灾祸、宗教、神祇、生命及牺牲，正义和隐忍提供着铁血的见证；而在人类的烽燧和卷册中，楼兰王国、成吉思汗、丝绸之路、风蚀的中国长城、栈道、流放和最珍稀的野兽，如今都成了一捧温暖的灰烬。北半球这一段最富神奇和秘密意志的大陆，不是一个地理名词，不是一个历史概念，更不是一个时空界限。它是文化的整合，是一个信仰最后的国度。

一定的，只有在这个方向上，我们民族的龙马精神才有了根据和源头，我们民族也才能重新找回曾经的强劲脉搏，拾取过去的自信与笑脸。

是时候了，"一带一路"倡议的提出，不单是国家层面的审慎思考和战略选择，也是我们民族再次复兴、和平崛起的一种主动作为，更是这一条辉煌大路的再生之旅。狮子老了，但它毕竟是狮子。朱云汉先生在《高思在云：一个知识分子对21世纪的思考》一书中说：21世纪最重要的挑战就是去理解、应对中国崛起及其带来的世界秩序的重组。在过去的300年里，只有4个历史事件可以跟中国的崛起相提并论。第一是18世纪英国的工业革命，第二是1789年法国的大革命，第三是1917年的俄国十月革命，第四是19世纪末到20世纪初美国的崛起。

洵不虚言。

由此可见，重开河西走廊以及丝绸之路，就是要找回我们民族不曾消逝的少年时代和青春岁月。因为血没有变凉，梦依旧滚烫。

2014年7月，习近平主席在一次讲话中，结尾时引用了一生钟爱中国文化的美国诗人玛丽安娜·摩尔的诗作《然而》说："胜利不会向我走来，我必须自己走向胜利。"同样的情怀和热忱，也曾经出现在了康乾盛世时的诗人黄仲则的《将之京师杂别》一诗中。他这样说："自嫌诗少幽燕气，故作冰天跃马行。"

而现在，重新敞亮一新、开阔包容的河西走廊乃至于整个丝绸之路，将会是我们民族复兴大业、实现梦想的"冰天跃马"之旅，更是"中国史诗"的真正开篇。

在1994年写下的《丝绸之路》一诗中，我这样诉说：

大道昭彰，生命何须比喻。

让天空打开，狂飙落地。

让一个人长成

在路上，挽起流放之下世界的光。

楼兰灭下　星辰燃烧　岁月吹鸣

而丝绸裹覆的一领骨殖

内心踉跄。

在路上，让一个人长成——

目击、感恩、引领和呼喊。

敦煌：万象之上的建筑和驭手。

当长途之中的灯光

　　　布满潮汐和翅膀

当我们人生旅程的中途

在路上，让一个人长成——

怀揣祭品和光荣。

寺院堆积

　　　高原如墙

　　　　　　大地粗糙

让丝绸打开，青春泛滥

让久唱的举念步步相随。

鲜血涌入，就在路上

让一个人长成

让归入的灰尘长久放射——

爱戴、书写、树立、退下

　　　　　　　以至失败。

帛道。

骑马来到的人，是一位大神。

西宁的街道上走过

在藏传佛教青铜般的吟唱之中，在西部伊斯兰世界穆斯林们圣洁的布礼之中，一卷羊皮的歌页初次展开，这仿佛是青藏高原、黄土高原以及帕米尔高原的合颂、弹唱和起舞。西望青海或是远出阳关，西宁这个旱地的码头就低低地伏卧其上，粗糙，苍白，短促，甚至像一声可以忽略不计的尾音，一闪而过。

但是西部的人民和我，咀嚼着这一只鲜为人知的果核，内心布满潮汐和泪水。它像一首旧歌，一片旧日的风景，一处旧地，一捆往昔的书信和细沙之下爱戴的心情。

在我的诗歌中，西宁应该是这样的——

1992年初春的某夜，风雪弥漫之中，我头一次来到西宁，狭窄的街道上是风的迷宫，雪的旋涡，街道两旁的低矮的人家院落和倾圮而去的平房忽隐忽现。那是后半夜的时光，我在深长漆黑的街道里遭遇了一大堆羊群，大概有上千只吧，它们嘶哑地吼叫着进入城市，它们渡过黄河，翻过高高的积石山进入城市。风雪扑面中，我看见赶羊的一个男孩扎在羊堆里，反穿着羊皮袄，风雪挂满了他和偌大的羊群，使他看上去像一只秘密的头羊，充满了孤单和骄傲。我问他，这是去哪里，城市的街道里又没有可以逐水而居的草滩？

"去肉铺。"

"去迎接刀子。"

他说。

而后，他隐没于一大堆羊群中，低矮地伏动着走向街道的尽头。我为这肃穆壮烈的风景所震慑，退至路边，目送它们的背影，心中充满敬意。羊群如泄洪般从我脚下涌过，犹如亚伯拉罕时代集体行动的《圣经》，在空中摊开。

后来，我写下如下的几句——

午夜入城的羊群

反穿皮袄

像一堆灯火中的小先知

午夜入城的羊群

是人，是群众

是一伙失败之后的义军

午夜入城的羊群

合唱队员们

精神抖擞

午夜入城的羊群

名叫"死"

骑住人间的屋梁……

　　它们沉默地走向西宁这个旱地的码头，分散洒布于隐秘的街道、人家院落、餐桌和各式的礼仪，像怀揣祭品和光荣一般，行至黎明。

　　就像在日光中穿行于街头巷尾的默默的群众和孤单的旅人，摒除喧哗和躁动。在西宁，因了不同宗教的缘故，深藏密布于低耸屋檐下的街道，像一根根滴水的青铜枝条，静静伸着。因为鲜有高层建筑，西宁像一个铺展的平面，悠动摇曳。

　　你可以在街头的任何一个角落，看见身着铁红色袈裟的喇嘛。他们心里诵念着，犹如一堆堆燃烧的红铜从街上淌过。但是更多的，是那些面孔粗粝硬朗，身披藏袍的信徒，口诵经文，转着朵拉（转经筒），身无分文地走向自己心中的神圣。他们显得和这个时代多么格格不入，自足安详，满脸锈迹却又神采飞扬。

　　他们从各个角落、街口涌出，去往塔尔寺。——因此，我不得不提到距西宁约40公里的伟大的宗教城市塔尔寺，它和西宁如出一体，互为光亮，而前者代表了数百年延续的精神世界，后者则是彻底的世俗王国。

　　塔尔寺是藏传佛教伟大的改革家、格鲁派创始人宗喀巴大师的诞生之地，如今在这个幽蔽的山谷里，是无数的经殿和美不胜收的金色屋檐。世上朝拜的路，其实只有一条，而通往塔尔寺的一条狭窄的街道更像是梦幻之路。尤其夜晚，高耸的喇叭里一位粗粝苍凉的老人弹着三弦，用藏文说唱，无始无终，无波无澜，及至天明，梦及佛光。

我只谈谈塔尔寺银塔之内的圣树。

据说，这是宗喀巴母亲生产时流血的地方长出来的，民间风传此树举世无双，有人试图将其树枝和种子培植成树，均告失败。最著名、最奇特的象征或许是它的叶子都有神秘的相像物，并且代表着藏文的不同字母。树皮上也有同样的文字裂痕，旅行者扒掉树皮，发现树干上也有同样的文字形式。

19世纪中叶，著名的宇克神父在他的著作中就描述了这棵圣树："……我们极其惊愕地发现，每片叶子都长着工整的藏文字样，与叶子本身的颜色相比，有的字呈深绿色，有的呈浅绿色……嫩叶子上的字只是刚刚在形成。后来不得不将此树封闭起来，因有太多的人都要用此树的树叶、花果作为纪念。"还有别处的记载："因为打扫，才将圣树之门打开过一次。喇嘛出来的时候，有一片叶子落在他肩上，上面清楚写着文字。"

而我听到的各种说法，都是这棵"万象树"的无数叶子上写满了"唵、嘛、呢、叭、咪、吽"的六字真言。

纵横交错的路在塔尔寺里穿行着，四面八方涌入的信徒们心地纯净，聆听法号，默念经文地祈祷着。然后他们又纷纷返回，像幸福的鸟儿栖居于西宁这个旱码头的街道、窗口和角落，他们煮熟了半扇的羊肉，用刀子削食着，一口气打开了七八瓶青稞液，狂饮无度。早晨的街道上，你总能发现横卧酣梦的汉子，在酒气里飘动着。

在藏族朋友无数次的酒宴上，你总能听到他们的高声歌唱，而往往平素里寡言少语的少女或汉子才是最好的歌手。藏族：一个真正抒情的伟大民族，仿佛只会用歌舞来表达。他们善唱情歌，而这些风靡青藏大地、世代相袭的情歌，据说都出自六世达赖喇嘛仓央嘉措的笔下——

我往有道的喇嘛面前
求他指我一条明路，
只因不能回心转意
又失足到爱人那里去了。

或者，你在星夜之下，在淡然的晓风里漫步、冥想、运行和吹息；在曲折往复、仄身而去的西宁尘土飞扬的街道上凝望天空，那么，你总能那样清晰地为一弯镀金的星月所慑服，心里陡然一惊。——它高于飞驰而逝的广阔的屋领，在叫拜楼的圆顶之上，灯光幽暗，昭示着一种俗世之上的皈依和信仰。

那就是无所不在的清真大寺。

就在这处远离了时代，避开了金钱和唾液的所在，在中国西北腹地深处的西宁街头上，你也往往能听到叫拜楼上歌唱一般的呼唤，像钟声频递了钟声一般，辽远、宽广、质地恢宏，传至每条街道每处角落每颗心灵。

噢，圣洁的功课开始了，诵念的大音一阵阵传远……

这就是西宁的伊斯兰世界，井然有序，按着心灵的轨迹往前。西宁的穆斯林含有回族、撒拉族、保安族、东乡族等诸多民族，但是布礼的心情纯净如一。在西宁的街道上走过，你常常看见那些披着绿色、白色和黑色盖头的不同年龄的穆斯林妇女，你也能看到涌动在大街上的成群的白色号帽和庄重如铁的教袍，这些穆斯林信徒满脸信仰的洁白，笑意浮现。

功课之余，他们又是经商的高手。

所谓经商，更多地指散落在城市各个角落的饮食摊点。尤其回族，他们独特的饮食风俗构成了这个旱地码头的主流。夜幕四合，烤羊肉的炭火格外热烈，羊腰子、羊肋排、羊筋、腱子肉都被串在粗壮的铁丝上，反复烧烤，浓香扑鼻，麦仁和肥腻的羊尾巴煮成的粥，以及高原特有的煮茶胜过了世上其他的美宴，这种饮食实在贴切，简洁明了，一如高地的自然景致。

然后放声唱了。在西宁的街道上走过，偶尔能听到"花儿"，但那都是磁带里的假声。在西宁体育馆前护城河一带树木浓密的公园里，才有真正地道的"花儿"和少年。

麋集拥塞的人群高耸着头，陌不相识的青年男女彼此引吭，不问你从哪里来，也不问对方的姓氏，开口就唱，只有歌声才含有默许和智慧的情义。人们暗中品评着，眼睛四下里逡巡着，寻找着自己登台亮相的机会。花儿与少年，他们宽大的脸庞为高原紫外线射得深红凝固，干裂裂的嗓音乍然如石，訇然鸣响，就在这一处歌地，我听见一个衣衫不整面目模糊的积石山少年朗声唱道——

哎哟哟……

西宁的街道上走过，

有一个响当当的磨。

哎哟哟……

尕妹妹的奶卡卡（乳谷）上睡过，

有一团扰人的火。

在深夜的西宁街道上走过，条条道路就像厚厚的书页一样依次翻开，情节无限，旨意盎然。什么超现实主义，什么博尔赫斯的玫瑰色街角，在这里俯拾即是。某夜的西宁街道上，一个老朽的人紧随着，后来，他站在我的面前，泪水涔涔，抖动不止。他说：

"你是我的前生。

"你不要不承认，你真真的是我的前生。

"你在海西的草原上放羊，某天下午，你赶羊上山，羊在坡上吃草，但你在山洞里睡着了，你梦见了佛爷，你醒来以后就会开口，唱了三天三夜的《格萨尔王》，而在这之前，你连半个字母也认识不了。

"你叫仁青，或者西德尼玛，或者才让。

"但你现在是个汉人。"

我说，是的。老朽的人仔细端详了我一会儿，泪水潸然。他说："你现在是个满身脏污的汉人，但你确实是我的前生。"他絮絮叨叨说着，满口酒气，没准儿会突然消失于一个玫瑰色的街角。

或者，有一个年轻力壮的汉子走向前来，他宽大的腰带里别着腰刀。他拍拍你的肩头，问了好，道了久别的思念之情。

"你现在复仇吧，现在。

"我突然醒悟了，我欠下了你的债，你现在砍我一刀也没什么。我不想欠债。

"噢，那是我领走了你的女人，你的女人对你那样的好，但是我被魔鬼迷障住了，我是一个畜生，偏偏领走了你的女人哎。"

"你复仇吧。"他一连催促道。

而你，只不过是一个在西宁的街道上走过的异乡人，形单影只。

纸旷野

伪经、伊斯拉姆·阿洪和赝品时代

事实上，从阅读的一开始，我就理所当然地将他当成了自己人，并在阅读推进的过程中给予了他一顶顶无畏的花冠。在我这种狂欢式的阅读中，我推断出他是一个天才的伪造者和卓越的赝品大师，我还一再地说服自己深信不疑。后来，我萌发出以19世纪的新疆喀什噶尔为地理坐标来虚构几篇小说。我践约了。在事发100多年后的今天，我在小说中重现了他当初的那种智慧、狡黠和一败涂地，我甚至还杜撰出了他的一段段爱情生活。我在写作的那一个时期，真是太喜欢这个混蛋了。

可事实证明了这种偏爱的促狭和自以为是，循着以下的蛛丝马迹，你将会看到在辽远的过去，发生在中亚细亚喀什噶尔的那一幕真相。

这个人叫伊斯拉姆·阿洪，他最早出现在斯坦因博士的《沙埋和阗废墟记》一书中。斯氏的名字在中国读书界并不陌生，可他更多地和深处大漠中的敦煌藏经洞及其散逸的经卷有关，还长期遭到一些人的诟病与唾弃。陈寅恪先生曰"敦煌者，吾国学术之伤心史也"一句，可能针对的就是斯坦因等盗取敦煌宝藏之始作俑者？！《沙埋和阗废墟记》于1903年在英国伦敦出版，它主要记叙了斯坦因及其助手在英国和印度政府的支持下，从斯利那加出发，经吉尔吉特和罕萨至喀什噶尔，于1900年10月由叶尔羌到达今天的和田地区进行的探险活动。这个野心勃勃的学者访问并确定了于阗古都约特干，组织队伍对著名的丹丹乌力克和尼雅等文化遗址进行考古挖掘，获得了大量的古代文献文物，并于第二年的7月衣锦还乡。在伦敦，斯氏将自己在考察中的日记、信函和发掘笔记加以充实，形成了《沙埋和阗废墟记》一书。

可以想象，在如此繁复的叙述中，斯坦因以一个考古学者科学的理性和英雄主义的激情，对中亚细亚的这一片地域做了忠实的描写。他时而是一位杰出的散文家，时而是一个缜密的证据拥有者，时而又改头换面成了一个福尔摩斯。——他的最后一个角色出现在该书的末尾。那时候，他可能已经有了功成名就的预感，便用闲暇的时光来演绎柯南道尔笔下的那个大侦探。斯坦因在该书的第31章中写道：

"在最后停留的几天中，不得不进行了一场半文物、半司法的调查。这件事的成功，使得学术界的朋友非常满意，而我也感到极大的愉快。这使我最终澄清了对于那些奇特的'无名文字'的手写文书以及'刻版印刷品'的疑点。"

由此，伊斯拉姆·阿洪就成了斯坦因的一个玩偶和垫脚石，用来印证他自己的洞若观火、明察秋毫和智力水平。但事情好像并非如此简单，在这一庞杂的过程中，伊斯拉姆·阿洪可能仅仅是出于对自己的倦怠与放弃，才成全了斯坦因的这种虚荣心。这就像在斯坦因介入此事前，整个欧洲是伊斯拉姆·阿洪的玩偶与"银行"一样。

这一幕伪造的真相，肇始于一个名叫鲍尔的英国陆军中尉。

据杨镰先生所著的《荒漠独行——寻找失落的文明》一书介绍，鲍尔是英国驻印度殖民军的情报官员，有相当好的语言天赋。1889年，年轻的鲍尔中尉接受了一件十分棘手的工作。英国著名的中亚细亚的探险家达格列什在途经帕米尔时，被一个从叶尔羌来的阿富汗人给杀害了。这一谋杀事件引起了当局的关注，英国政府要求限期破案。于是，这一追缉凶手的艰巨任务，就落到了鲍尔中尉的身上。

在当时看来，要侦破这一案件几乎是不可能的，因为凶手可能藏匿于干旱广袤的中亚细亚的任何一个角落，那里民族众多、宗教芜杂、土匪丛生。仅从当时的地缘政治而言，中亚细亚的绝大多数地方非英国的势力范围所能及，俄属的领地早就虎视眈眈了。况且，在荒凉无际的山岭沟壑中，外人的进入是一件不可想象的事情。

那时，鲍尔中尉以组织狩猎活动为幌子，正在中亚细亚进行秘密的测量工作，接手这一项侦破工作后，他迅速以狩猎队为基本力量，构成了一个庞大的地下情报网，把自己的特工和间谍们撒向了阿富汗、中国和俄领的中亚各地，大海捞针，一意孤行。他则独自一人，毫无希望地在漫长古老的丝绸之路上，沿着一个又一个绿洲，绝望地寻找那个负案在身的罪犯。感谢上帝，当他因为追踪一个显然是有意散布的假线索时，他来到了塔克拉玛干边缘的库车。

这个疲惫沮丧的英国人在库车滞留的日子里，很偶然地得知了附近有一座古城，有人还从那里找到了一本古书。可能是出于职业敏感，但更多的是一种冥冥中的造化的垂临，这个英国人要来了那本古书观看，并在失望之际，欲以此作为"到此一游"的纪念品而买下了这本书。

这是一本用木板夹起来的桦皮书，共有51页，上面书写着神秘的婆罗米文（梵文），可鲍尔中尉一个字也看不懂。——幸运之神在一年后光顾了这个英国人，他未能完成任务，只带着那本桦皮书回到了印度，并把古文书交给了加尔各答的亚洲学会去识读。开始时，亚洲学会的那些专家们对这种古怪的文字束手无策，直到该书被德裔英国东方学家霍恩勒博士破解，被确定为是5世纪时的手稿时，这本世界上"最古老的书"才浮出了水面。

可以想象，这本以发现者的名字命名的古书《鲍尔古本》很快震惊了英印学界，整个欧洲世界随后也开始抓狂。在这一过程中，欧洲的报纸连篇累牍地报道着这个传奇般的经过，并赋予了它一种神秘的色彩。其实，根本没有几个人看过这本包含了医药、巫术和灵歌等内容的书的真正面目，但他们愿意指鹿为马、添油加醋和无中生有。因此，欧洲各地形形色色的博物馆、图书馆和私人收藏家们携带着巨款，绕道好望角和印度洋，从冰封的慕士塔格峰进入喀什噶尔；也有的乘坐俄国的火车，穿越欧洲腹地到达天山一侧。他们盲目和发烫的眼神逐渐使一个虚拟中的市场成为现实，他们拿着金币吆喝着，好像一群黄牛党人。

这时候，一种特定的氛围让伊斯拉姆·阿洪这样的买卖人——后来，他成了我所说的天才的伪造者和卓越的赝品大师——呼之欲出，粉墨登场了。

时势造英雄，洵不诬也。

值得一提的是，西方世界对遥远的东方，一直都有一种蠢蠢欲动的向往和莫名的猜测，这建立在丝绸、瓷器、医术、火药和指南针等一系列神奇产品的基础上。在我的阅读范围内，一则《"祭司王"约翰的传说》是最富有诗意和自以为是的作品。这里不妨摘录一些，以佐伊斯拉姆·阿洪在当时的横空出世势在必然。

传说曰：对十字军东征时代的欧洲人来说，亚洲是一片巨大的未知的土地，是一张充斥着想象与传说的地图。普雷斯特·约翰的传说就记录了欧洲人各色各样的想象。

据传，普雷斯特·约翰是一个信奉基督教的国王，居住在东方的某个地区。他不仅异常富有，而且指挥着一支强大的军队，这支军队将去援助在圣地与撒拉逊人作战的基督教徒。

"普雷斯特"意为"祭司"，人们相信约翰既是祭司又是帝王。他最早是在德国主教奥托的著作中被提及。

奥托写道：1145年，他遇到了一位叙利亚主教，这个人向他讲述了一位名叫约翰的国王的全部情况，说他信仰基督教，住在比波斯还远的地方。根据奥托的记载，约翰曾打算去耶路撒冷与基督教十字军并肩作战，但是，他无法让队伍渡过底格里斯河。所以，在河边盘桓了几年之后，他"被迫回到了故乡"。尽管普雷斯特·约翰在渡河这件事上所表现出的缺乏机智可能令人失望，但是一想到在遥远的撒拉逊人的土地上的某个地方，还有一支潜在的同盟军——这个同盟者可能很快就会在后方给穆斯林军队以重创——欧洲人就心情振奋。但是直到1165年，普雷斯特·约翰才再度被人提及，据称当时约翰本人的一封亲笔信开始在欧洲各个宫廷和城市之间流传。信有大约10页长，大都是关于普雷斯特·约翰的显位、财富和虔诚的自夸之词。

普雷斯特·约翰声称，大约有72个国王及其王国处于他的统治之下。事实上，他确实不同于一般意义上的统治者，甚至他的厨师和男仆都由国王来充当。他的王国里有通天塔、不老泉、一条散布着宝石的河流、一群高超的骑手、一块属于女战士的土地和其他许多稀奇古怪的事。但是，他的王国里并未滋生酒鬼、骗子、盗贼或无赖。约翰还声称，他拥有成堆的黄金珠宝，他的宫殿前立着一面魔镜，从镜中可以观察到他所统治的所有区域。他是一位强有力的战争领袖、一个公正而强硬的统治者，也是当时世界上最伟大的君主。——当然，他也比其他任何基督教徒都更为恭顺。

所有这些，都强烈地吸引着西方世界。

约翰的信被用12种或更多的欧洲语言翻译出来，数以百计的信的复制稿在人们手上传递。1177年，教皇亚历山大三世给约翰回了一封信，回信的复制稿被保存了下来，但是没有一封上面有地址，因为甚至连教皇本人也不得不承认，他也不知道到哪儿才能找到这位神秘、强大、信仰基督教的君王。由于缺乏事实根据，当时的地图绘制者和地理学者们便妄加猜测。

最初，大部分人认为约翰的王国在印度某地，这可能是把传教士圣·托马斯混淆进来了。此后，人们又认为约翰的王国在中亚细亚某个未标明的中心位置上，这种猜测是基于那些地区存在着聂斯托里和亚美尼亚的基督教组织。到了14世纪，大部分欧洲学者已放弃了该王国在亚洲的猜想，而是乐观地将约翰置于阿比西尼亚或埃塞俄比亚等非洲王国，这些王国确实是被基督教徒所统治。到了16世纪末，约翰的王国甚至出现在了某些荷兰人和德国人绘制的南部或东部非洲的地图上。

1165年的信究竟出自何人之手，学者们对此从无定论，而且像美洲的伊尔多拉多这个传说中的黄金城市一样，约翰的王国也从未被人发现过。像伊尔多拉多一样，它是一个幻想，是一个吸引着许多探险家和冒险者的迷人幻想。15和16世纪，葡萄牙人绕过非洲到达印度乃至更远的地方，葡萄牙人做出的这一航海壮举，部分原因是当时人们仍普遍相信，一个强大而富裕的基督教国家——普雷斯特·约翰的王国——正在东方的某个地方等待着人们去发现。

鲍尔中尉的功勋，就建立在欧洲人这种厚积薄发的幻想上。他一举成名天下知，受封为爵士，在伦敦和巴黎等地频频发表演说，著书立说。他的那件追凶之事，后来有了戏剧性的结果，在这里不能不提。在中亚细亚名城撒马尔罕，鲍尔中尉最主要的两个手下竟然在集市上与凶手意外相逢了。双方在游逛中无意地同时抬头一望，英国人的土著间谍发现对面站着的那个人，正是他们苦苦追寻的阿富汗的杀人犯。

一本毫不起眼的破烂古书，居然让一个尉官一夜成名，这使在印度旁遮普邦当学监并任拉合尔东方学院院长的斯坦因心急如焚。几年后，因为斯文·赫定在中国和阗的发现使19世纪末的欧洲再一次震惊，这尤使斯坦因如坐针毡。在世界的目光聚集于中国新疆南部时，英属印度驻喀什噶尔的领事马嘎特尼和沙俄驻喀什噶尔的总领事彼得罗夫斯基，以及英国军官扬哈斯本（即荣赫鹏——英军侵犯西藏的主谋之一），频频向欧洲散布在塔里木地区不断发现古代文物文书和大规模的古代遗址的信息。

一时间，从地中海沿岸到圣彼得堡，从英伦三岛至俄国的奥什车站，那些野心勃勃的欧洲年轻人，都将新疆南部看成是"蜜与流奶"之地。

且慢！

我之所以不厌其烦地叙述这些情景，是准备让伊斯拉姆·阿洪的出场，有一个深刻的背景和一阵响亮的锣鼓声。此后，伴随着这种前戏走上前台来的，即是那些手拿金币、满脸欲望的探险家和收藏家。可以说，伊斯拉姆·阿洪不得不进入这个珍贵的角色。一个寂寂无名的江湖巫师，从此在斯坦因的著作中站到了"不朽"的行列中。这是一种幸运，抑或是一种逼真的讽刺？

我使用了一个小说家的特权，试图探究其中的奥秘。

当时，新疆南部的富庶和印刷业的先进水平，无疑为伊斯拉姆·阿洪的伪造工作提供了一切物质条件。漫长的日照和干烈的气候，使植物的纤维变得柔软有力，用它制成的纸张如丝绸般光滑。况且，在19世纪末期，中亚细亚的木版印刷业中，尤以喀什噶尔地区为水平最高。在席卷了中国南方的太平天国运动失败后，北京的清廷忙于休养生息，一场变法与守旧的冲突即将拉开血腥的帷幕，而处于天高皇帝远的喀什噶尔一带，伊斯拉姆·阿洪的心理秩序必然宽松任性。他天才般地预见到了这个庞大的市场，并积极投入到自己秘密建立的坊间，源源不断地为欧洲的购宝者生产出一批又一批的所谓古代文书。

这些赝品通过各种渠道，流入了欧洲一些博物馆、图书馆的书架上，也有一些摆在了专家学者们的案头，让他们皓首穷经，缘木求鱼，纷纷把自己的一生给毁了。

在这一带有喜剧色彩的欺诈中，不能不提到几个人的推波助澜。

首当其冲的是德裔东方学家霍恩勒博士。他因为此前成功地识读出了《鲍尔古本》而声名大振，无可辩驳地成了19世纪末中亚细亚古文字的首席研究家和发言人。正是此人对伊斯拉姆·阿洪制作的那些赝品的无保留的夸奖与肯定，才使后者的产品贴上了"免检"的标签。他的糊涂害了自己同胞的钱财，也使自己昏聩不堪、名誉受损。

另一个人，则是英国驻喀什噶尔的领事马嘎特尼先生（他有一半的中国血统，汉名马继业），在长达28年的驻外生涯中，他一直尴尬地留守在喀什噶尔（世界上离海洋最远的地方——斯文·赫定语）这个职位上。在打理外交之余，他常常花很多的时间来收购民间散失的一些文物，寄给加尔各答或英国的一些研究学会。不可避免地，他和伊斯拉姆·阿洪的某些赝品遭遇在了一起。他成了这个伪造者一个忠实的传声筒和某种意义上的"保护伞"，而伊斯拉姆·阿洪则使他成为所有购宝者中最炙手可热的人物。他收集的文物不仅数量最多，品相和质量也看起来最高。按霍恩勒博士的要求，每件文物一定要说明来源和出土的地点，而这项工作被马嘎特尼一劳永逸地代替了。他独自杜撰了大量的细节，给这些赝品虚构了庄严的出身与高贵的门第。

有时候，文化就是披着政治的外衣畅行于世的。

粗粗算来，这个庞大而系统的伪造工程，制造出了多少可歌可泣的垃圾啊。在持续10年的时间内，每个到喀什噶尔附近寻宝的人，都掉进了伊斯拉姆·阿洪的圈套里，他的作品几乎遍布于印度和欧洲所有主要的博物馆和图书馆。伊斯拉姆·阿洪获取了大量的金钱，甚至可以说，他是中亚细亚最成功的商人和最有头有脸的巴依老爷了。

但是，只有一个人开始生疑。

他叫斯坦因。

他的野心使其保持着超常的警醒和分外眼红的嫉妒感。他想做那个"皇帝的新衣"前毫无顾忌的孩子，他想大声喊出来。

在《沙埋和阗废墟记》中，这个志得意满的博士如剥茧抽丝般地将伊斯拉姆·阿洪的伪造生涯翻了个底儿朝天。在后者的声誉日益坍塌下去并落花流水的时候，是博士先生逐渐将自己的聪明才智垒砌到了高峰的一刻。他是一个荣誉的泥水匠。——好在，伊斯拉姆·阿洪迅速招供了自己的一切，至少在斯坦因的著作中是如此。不错，将这些片段的蛛丝马迹予以清理，就可以整理出一篇相当精彩的对话。

在以新疆喀什噶尔为坐标的几篇虚构小说中，我试图这样做了，我打算用这样的对话给人物以丰富的血肉和想象的余地。我的小说依次是《篡改》《秦尼巴克》《1898年喀什噶尔大事记》《伪造者》和《伊帕尔汗》（已陆续刊发于《十月》2001年第1期、《红岩》2001年第3期、《长城》2002年第4期、《长城》2003年第3期和《西部》2012年第10期上）。

斯坦因以一种洋洋自得的口气写道：

"……核对了保存在喀什噶尔的记录，以及许多单个证明人的证词，在很多重要情节上，证明伊斯拉姆·阿洪以后的证词是完全诚实的。他具有非凡的记忆力，从霍恩勒博士报告中许多附印的照片图版上，他很快就认出了自己生产的用'无名文字'刻印的版本样品……"

据此，可以窥见伊斯拉姆·阿洪伪造生涯的每一个阶段了。

1895年，当伊斯拉姆·阿洪第一次生产出这种"古书"时，他就顺利地出售出去了。那本作为"试销"的书，据说是模仿了从丹丹乌力克出土的真正"手抄本"散页上的草书婆罗米字体。这个天才的伪造者，这个充满了想象与激情的混蛋，这个天真的文盲集团的首领，在最初的阶段制造出的赝品精致巧妙。虽然连他们自己都对那些神秘的文字一无所知，可他们却成功地欺骗了欧洲的学者和专家们。于是，第一次的喜悦和滚滚而来的金钱，深深地鼓舞了他们，但这样手工抄写的效率并不能让他们满足，他们开始进入了流水线一般的大规模的伪造工业中。

这，就是木版印刷术。

据斯坦因经过对版本的分析发现，这些随心所欲创立出的文字，在一个时期内的大英博物馆中，至少有12种不同的版本之多。伊斯拉姆·阿洪达到了他事业的辉煌顶峰。虽然他的产品中漏洞百出，比如那些伪造品在形式上千篇一律、字体显出很大的差异，而且在字的大小、笔画粗细上也有层出不穷的破绽，但欧洲人在狂喜之下简直忽略不计。

悲催的是，这为他最后的暴露埋下了伏笔。

当然，斯坦因在得意之时，还不忘讥讽一番他的偶像和以前极尽勇气追随模仿的先行者斯文·赫定。他在同一本书中写道："刊印在斯文·赫定博士的德文版著作《穿越亚洲》上的'古代和阗手写文书'，可以说是（伊斯拉姆·阿洪）这个工厂晚期比较粗糙的产品。"而此前，斯坦因却像怀里揣着《圣经》一般，揣着斯文·赫定的著作进入新疆南部的。这时候，他可能已经预感到，自己终于可以和斯文·赫定比肩而立了。

斯坦因终于取得了一份"被告已供认不讳"的证词。他夸张地说："……我得知并可告诉欧洲的学者们，在整个调查过程中，并没有使用东方式的拷问方式。这一点确实令人高兴。"但刚刚开始时却不是这样，开始时，斯坦因说："……漫长的两天，我感觉到似乎是呼吸着印度审判厅的空气。"

伊斯拉姆·阿洪以一种很坦率的方式，彻底说出了自己所有的秘密。

他津津有味地讲述了为满足欧洲的那些探险家和收藏家源源不断的"手写文书"或"刻版印刷"的需要而伪造古纸的全过程，以及看起来像是旧纸的方法。伊斯拉姆·阿洪说："……用胡杨树胶把生产好的纸张染成黄色或淡褐色，树胶溶解在水里，便可成为染色液……当染过色的纸张写上或印上文字后，再将之挂在壁炉上方使之烟熏成特有的古纸色泽。当然，这种熏制法偶尔不慎也会熏焦或烧坏，带着这种明显痕迹的一些'古书'曾运送到加尔各答。……稍后，我们就把这些书页装订成册。后期的大多数产品，采用的是仿欧洲式的装订方法，但很粗糙而不恰当（往往使用铜钉或纸捻），这当然会使人有理由对它的真实性产生严重的怀疑。最后，已经制成的文稿或书本，要在纸页之间再撒上细沙土，使它们装扮成好像长期埋藏过的样子。"

斯坦因补缀道："我清楚地记得，1898年春天，在检查克什米尔一位收藏家的这种赝品之前，曾不得不使用衣服刷子。"

为了继续给自己的智慧方面添新的证据，斯坦因以一种自夸的口吻说："……根据我沙漠考察所获的成果，即使伊斯拉姆·阿洪拒不坦白，已足以处置至今所知的所有赝品。我从丹丹乌力克和安迪尔发掘出的古代文物以及根据由沙漠中所获得的普遍经验，使我很容易辨别出真品与伊斯拉姆·阿洪制造的赝品，这就揭穿了古代遗址曾向他提供文物的无稽谎言。"——在这里，伊斯拉姆·阿洪伪造集团的知识缺憾成了他们致命的毛病。他们太随心所欲了。他们照猫画虎的涂鸦方式，并未能掩盖自己文盲出身的底层命运。况且，喀什噶尔当地中国政府的按办大臣潘效苏的那一套刑具，也在冥冥之中散发出森严的冷气，因为他们差一点儿破坏了"外交关系"。

有时候，叙述会走上歧途。

在这些蛛丝马迹中，有一点是不容忽视的，即斯坦因博士在这件事上的贪功之嫌。

因为，最早开始怀疑伊斯拉姆·阿洪产品真实性的，是一个长期在喀什噶尔面壁布道的传教士亨得·里克。此君在中亚细亚留驻经年，在风起云涌的"淘书热"中也开始操持此道，并频频和远在印度的霍恩勒博士书信往来，探讨一些有关信仰和宗教方面的心得体会，也对霍恩勒博士佩服有加。他对自己的祖国贡献不薄，在斯德哥尔摩的瑞典国家民族博物馆中，就陈列着他搜集的大批赝品，可那时，传教士并不知道赝品的存在。

有一次，伊斯拉姆·阿洪上门来推销三册由木版印刷的古书，他还编造了一个奇异的发现经过，说是从一棵枯树的树洞里掏出来的。而在当地，的确有将一些神圣物品藏在树洞中的习俗。——正当他们讨价还价的时候，亨得·里克的一个土著仆人进了屋子。

他是一个知情人。

这个土著仆人的一个朋友恰好是伊斯拉姆·阿洪之子。仆人曾问他父亲是如何获得那么多的古书时，毫无城府的阿洪之子答曰："……那些印本，是我父亲找一个印染（蜡染）棉布、丝绸的工匠，像制印模一样用核桃木刻成木版，然后印制出来的。那些字码是我父亲亲自写在刨平的木版上的。"

亨得·里克迅速给霍恩勒博士写了信，道出了其中的真相。

但是，霍恩勒博士毫不犹豫地在自己的报告中，驳斥了传教士这种不负责任的态度。他的最高裁定，遂使伊斯拉姆·阿洪得到了一个知音、一次广而告之的宣传。他的地下流水线遂开足马力，为自己送来了唾手可得的大量财富。话说至此，也可以看见知识有时候是多么率性和摇头晃脑。知识扇了自己一个响亮的耳光。

伊斯拉姆·阿洪从来就没有过携巨款自首的念头，从来没有。

可他怎么能"供认不讳"呢？

这是一个至今也难以解开的谜，需要再次问问斯坦因博士！

何谓边地生活

——以兰州为例

2月13日那天是我的生日。夜色深处，一帮酒鬼抬着我，来到黄河北岸的一家酒吧：呼吸。事实上，"呼吸"与北京三里屯和上海新天地的那些酒吧毫无二致，迥异的，也许只是川流的客人，进出"呼吸"的，大多是藏族与回族的小伙子和姑娘，我是汉族，可此刻，我成了少数的一族。醉眼蒙眬中，一个叫丹增的小胖子递给我一杆钢笔，算作礼物，我心花怒放，恭迎人怀，只差给那杆雕饰精美的钢笔跪下磕头了。丹增是闻名遐迩的藏传佛教六世贡唐仓大师（愿佛爷乘愿归来）的小管家，他递送的礼物，是佛爷身边的圣物，我由此沾吉。2月13日那天，亦是佛爷的生日，我立马感觉被一轮光环笼罩着，幸福无比。那天过去13天后，又是佛爷圆寂三周年的日子，据说，寻访转世灵童的小组正星夜兼程，叩问着那个众人翘首以盼的秘密。

有一个绰号"老羊皮"的人，不久将赴北京办差，他受某人之托，正在四处祷告，欲请一尊佛像。不是一般的佛像，而是用六世贡唐仓大师的骨灰所塑（据说经过了复杂的宗教仪式，世间只有100尊）。"老羊皮"终于如愿以偿了，他把自己喝大，差点儿阵亡在了酒桌上，在兰州，这是掏出一颗真心的表达方式，他请回来了。如果不出意外，佛像将会被庄严地护送进京，北京的某户人家里，将会香氛缭绕，佛唱高诵。

　　说这些话的时候，穆斯林群众迎来了他们最重要的节日——宰牲节。按着经上的说法，当初，主欲试探一下易卜拉欣的诚意，遂让他将自己的亲生儿子祭献给主，就在易卜拉欣动刀的一刹那，主显露了至高的神圣，用一只羊将易卜拉欣的儿子替换下来，以此来嘉许易卜拉欣的忠诚。节日来临了，曙光初现时，兰州的大街小巷里涌动着如云的白号帽与盖头，穆斯林群众走进各个清真寺里，赞唱着主的恩德，这是一种气势恢宏的会礼，一个精神凝聚的磁场，如果不是身处其间，你无法感悟到一种漫溢而来的震颤，也无法聆听到那种清水一般流淌的大音。会礼完毕，穆斯林群众就去市场上挑选牛羊，一般来讲，牛羊须是肢体健全、眉清目秀的那种，如果经济条件允许，七人可以合买一头牛，羊则每人一只。宰牲时，一般都会邀请阿訇先诵念一番，然后将祭献的牲畜举念给家中亲人，祈求主的赐福与恩典。在这一天，形状各异的清真寺穹顶闪烁着光芒，一轮新月在夜空里深邃悠远。

　　说远一点，有一年我在马来西亚，在入住的每一个房间里，我都惊异地看见天花板上有一个绿色的箭头，指示着方向，房间里还端放着一本《古兰经》。后来一打听，才知道箭头所指，乃是圣地麦加的方位，这是给信徒们祷告时用的。兰州亦如此，前年夏天的一个晚上，张承志从祁连山一带漫游莅兰，我叨陪末座，与一群年轻的阿訇和满拉迎接张老师。在餐厅吃到一半时，他们忽然集体离席，在隔壁的一间屋子里做起了功课，那是喧哗的餐厅里唯一一个干净肃穆的房间，用来祈祷，而平时是闭锁的。我独自一人坐等，那一刻，感觉自己的内心空落落的，没有寄托与方向感。

神圣的信仰，犹如一股股水流，蜿蜒在黄河的两岸，日夜不息。

在兰州，宽阔的宗教仿佛一条河床，牢靠地托举着各民族的心理与期望，而在河床里奔腾的则是世俗的生活，以及简单的日子（用穆斯林的话说，那是浮层的生活）。这也许和兰州所处的特殊的地理位置有关——虽然它处于中国版图的地理中心，但究其里，它是边地；是深处于东方大陆腹地的一座旱码头；它是青藏高原、黄土高原和内蒙古高原交会处的一个起点，一个驿站，一座安详地静卧在层峦叠嶂的褶皱深处的城市。它的日常生活波澜不惊，与其他的城市毫无差别，但在日常生活的内里，则是湍急的宗教，是信仰的走向。由是，它的特点就是边地，是辽远与苍茫，是广袤和神秘，如《旧约》里所说：在旷野上，才会有神明的存在。

那些洁白如雪的清真寺，以及金瓦红墙的佛教寺院，印证着边地的气息与精神。

黄河穿经水草丰美、天苍地阔的玛曲草原、碌曲草原和舟曲草原，横跨高高的积石山脉，携带着大通河以及源头无数的小小支流上的万千气象：冰山、格桑花、酥油灯盏、嘛呢石、神祇以及群鹰的目光，转身向东——将兰州劈为南北两半。与两岸的风光同驻的，则是泛滥着源头传说与奇迹的河水，以及羊群般美丽的民众。

兰州成为五千里黄河线上，唯一伏卧在南北两岸的省会城市。像摊开的巨幅书页一般，兰州一路洋洋洒洒地建筑在黄河两岸的滩涂上。兰州是一个微弱的盆地，其地形为两山夹一河，黄河匍匐其间。狭长的地带，随着河水的蔓延几成东西近百里的城市走势，而南北两山的距离则仅几公里。以兰州为起点，渡过黄河向西，翻越乌鞘岭，就是祁连山雪水养育的千里河西走廊，这也是被史书诗意地誉为"丝绸之路"的贸易大道，玄奘走过，法显走过，班超与霍去病走过，张骞走过。在岁月的深处，它是一条大蒜和玻璃之路，是一条杂耍小丑和茶叶之路，是一条传教士和探险家之路，还是一条战争与媾和之路。当一捆捆丝绸充塞于途时，它把一个叫"契内"（China）的东方古国一下子推到了地中海之畔。兰州以南不远，就是号称"中国的麦加"的穆斯林聚居中心：临夏（旧称为河州）。再往南，则是地处青藏高原北翼，被称为"藏文化三大板块"之一的安多地区（其余为拉萨地区和昌都地区），藏传佛教的最高学府——拉卜楞寺就位于安多的首府：夏河。兰州西南200多公里远，坐落着藏传佛教著名的塔尔寺，它是格鲁派（黄教）创始人宗喀巴大师的诞生地。兰州以北，穿越毛乌素沙漠与戈壁，便与内蒙古接壤，藏传佛教的寺院也在草海之中绰约隐现。兰州以东，是黄土高原和汉文化积淀最深的地带，越过古秦州天水，就是秦砖汉瓦、刁角高悬的古都长安。

在西北偏西，当古老的落日、孤烟、驼队、流放和异族语言消失在兰州以西的中国西北腹地时，兰州这个旱地的码头，也同样消失了河上的舟楫、船帆以及过去青铜般的旧时光。而今，兰州的旧城遗址已经荡然无存了。在范长江笔下那个破烂如城堡、肮脏蛮荒、民风淫荡的旧日城池，仅剩下了诸如西关、南关等暧昧不清的公共汽车站名了。

纸旷野

在兰州北山嶙峋壁立的山岩上，金城关的碑体赫然耸立。兰州，旧时称为金城，而扼守黄河兰州段的则是这个险象环生的著名关隘，它是历史雄关之一，唐代诗人岑参在《题金城临河驿楼》一诗中吟道："古戍依重险，高楼见五凉；山根盘驿道，河水浸城墙。"金城关一带以穆斯林为主的兰州土著居民为多，站在南岸，远远望上去，在一面缓缓耸起的山坡上，是黄泥色的土屋，低矮陈旧，散发出沧桑之情，而在这颜色单调如一的一排排泥屋之间，散落着无数座造型各异的清真寺院，高挑的新月和浑圆如盖的叫拜楼分外明亮。

我总爱在黄昏时分来到河边，那时，巨大的落日垂临水面，将闪烁的碎银洒满河道，山体通亮。河风吹拂，一日的功课行将结束，而对生活的感念才刚刚开始。黄昏时分，每个清真寺的叫拜楼上，总有一个浓重如钟的嗓子在呼唤，在召集每个信徒来聚礼祷告，那种訇然如石的大音，仿佛天堂的独白。

在金城关下，黄河缓逝，水波不兴。现在，还能看见用于特色旅游的羊皮筏子。穆斯林群众将羊皮完整地剥落下来，缚住四脚，用嘴将其吹得滚圆油光，再用牛皮绳子扎紧。四至七个或更多的羊皮气囊被搭扣在一起，就成了一架羊皮筏子。它轻巧快速，易操作，犹如风穿行在空气中，远远看去，像一群羊奔跑在发黄的河面上。范长江在《中国西北角纪行》一书中，曾描述过兰州羊皮筏子的盛况。他说，在几百只羊皮气囊组成的舟阵中，躺在筏子上成堆的货物里，轻翻书卷，目光平稳。在早年黄河两岸还没有一座桥梁飞渡的日子里，羊皮筏子是往来的唯一工具。它还是重要的运输方式，将货物和土特产运至下游的各个码头。坐在筏子中，可以听见在河心里筏客子们嘹亮的歌声——

黄河沿上牛吃水，

牛见了鱼儿（者）跑了；

端起饭碗想起了你，

吃哩么没吃（者）饱了。

俏阿哥干活（者）口渴坏，

想你（者）后园里找来；

尕妹妹好像是嫩白菜，

一指头弹出个水来。

是的，需要说说日常的生活。一百多年前，一位叫马保子的人挑着面食担子，走街串巷地吆喝着，就是这个名不见经传的人，发明了日后享誉全国的兰州牛肉拉面。如今，兰州人一天的作息是从早上的一碗牛肉拉面开始的。黎明即起，在大街小巷的拉面馆前，人们捧着一只只海碗，蹲在马路牙子上，有的吸溜吸溜地进食，有的响亮地擤着鼻涕，这是兰州最奇特的画卷之一。一碗拉面下肚，一般会奠定人的信心，姑娘们的牙床上沾着一块韭菜片子，毫无顾忌地大笑，小伙子们则敢奔上任何酒桌，一直狂拼到晚上。兰州人出门在外，对家乡的赞许一般都集中在三样东西上：《读者》、敦煌、牛肉面。

这里的饮食都是粗线条的，在广东粤菜和四川麻辣产品大举北伐之下，兰州本地的特色越发凸显出了它的粗犷与直率，其代表作就是手抓羊肉。清水里煮熟的羊肉块，不带任何调料，吃时，佐以大蒜瓣和椒盐，越是肥腻腻的肉块，越能吸引食客的胃口，饭毕，一只盖碗茶（计有茶叶、冰糖、枸杞、桂圆、红枣、葡萄干等等）长驱入肚，唇齿留香，回味无穷。据说，现在兰州一天的羊肉消耗量在上千只，信不诬也。在一个风雪交加的深夜，我骑车路过中心广场，一个反穿皮袄的挡羊娃，赶着上千只羊横穿广场，我不明白这些披风挂雪的羊群要去哪里，遂好奇地问了一句。挡羊娃回答说：

"去肉铺！"

"去挨刀子！"

兰州市民的生活是散淡的，在写字楼与机关之外，在模特大赛和人体摄影展之外，在苏宁电器进驻和舌头乐队的摇滚演出外，是兰州人温吞水一样的不紧不慢，他们经常说的口头禅是：天塌下来，有高个子顶着呢；或者：黄河里扔石头，多少是个够呀？一天上午，我看见一位大妈对另一位叫嚷说："来，王妈，过来吃个纸烟，晒个日头，扯个是非来。"情人节那天，我看见一堆靓丽的女孩儿左手抱着一捆玫瑰，右手拿着一把把麻辣串，站在寒风凛冽的街头，吃得不亦乐乎，她们的男朋友肃立一旁，脸上充满着毛遂自荐的笑容。

也有例外，这种散淡的性子，有时候却表现出了虚幻与暴戾的一面。

这与兰州这个微弱的盆地有关。一到冬季，气流不畅，工业污染和生活废气在盆地上方成了一只"锅盖"，举目望去，兰州人的视野范围屈指可算。前几年，兰州人决定做一回愚公，搬掉东边的一座大山，让南方的暖湿气流进入，结果，那座埋葬了数万亡灵的公墓被连夜搬迁，可山至今仍耸立着，像一个巨大的笑柄。水均益曾经在《焦点访谈》上批评过一回兰州的污染，但本地人没给他脖子（没理睬），原因就是小水是地道的兰州"沙果子"（当地水果），他没那个权力，家丑是不能外扬的，胳膊肘子也不能往外拐。兰州的小伙子经常嘲笑外地人，说他们吵了一个下午的架，居然没动弹一下指头，白当男人了。话语里带着轻蔑。这样说的意思，是兰州小伙子只用拳头解决问题，三七不对（意思为情况不妙），就有砖头和刀子伺候。在电影《新龙门客栈》里，一身绝技的张曼玉差一点儿被一个屠夫给削成肉片，烤了羊肉串儿，那个屠夫说的便是一口地道的兰州话，此为证据。但这都是旧闻了，现在大家都忙光阴，谁还忙着去蹲监狱呢，憨客（傻瓜）才那么做呢！

在兰州本土文化里，有一个关键词：光阴。它的基础含义是时光，但在本地方言里，它确凿地定义为：金钱。小偷的工作是找光阴；机关干部们混光阴；暴发户们挖光阴；小姐们在撬光阴；一般的老百姓么，则是拾个尕光阴……此乃兰州的浮世绘。

日常生活的华彩乐章，多半显现在了酒桌上。

在兰州，不管你办大小事情，一定要在上午11时半和下午5时许最恰当，你的钱夹子应当饱满，预订的餐厅和包厢一定要符合胃口，最关键的是酒的牌子。兰州人自夸说：一年喝倒一个牌子，绝不是假话。一到夜幕垂降，大大小小的餐馆里人头攒动，猜拳行令之声响彻云霄，黄河两岸微小的盆地陷入了咀嚼的狂欢中。酒酣耳热之际，除了互诉衷肠外，人们一般都会醉眼蒙眬地夸耀起兰州，中央的某某领导是从兰州出去的，某某领导曾经住在我家对面楼上哪，水均益、李修平、朱军、张莉等等，小时候还和我们砸过人家的玻璃，在一起玩过玻璃弹子和鸡毛毽子哪……

此刻，我停下笔，抬头望去，春天的第一场沙尘暴来了，小小的盆地，被一道灰黄的幕布遮蔽了。和别人一样，我见怪不怪，忍住一口的沙尘，奔赴一个很陌生的酒局。

早些年，兰州南北的两山上只有一棵树，现在虽有绿色点缀，但始终也没有茂盛起来。黄河在山下白白流淌，但山上焦渴一片，植活一棵树要比养一个孩子还费事。有一年夏天，我和李敬泽坐在黄河中的小岛上，望着干枯的北山发愣。李敬泽说：要是南北山上都是原始森林，一条大河穿流而过，那样的话，兰州就是一座花园般的仙境城市了。我回答说：

"不急，实在不成，我们三百万兰州人民，就把南北两山用绿色的马赛克镶嵌起来。或者，用绿油漆刷一遍，年年一遍，让你恍惚觉得是森林一片。"

——对了，忘了交代，这个方案是一位兰州出身的行为艺术家做的，但未获有关部门的批准。

敦煌消息（舞剧剧本）

故事梗概

　　舞剧《敦煌消息》年代不确，但大体上应该设置在唐朝初期，也就是中央王朝抵御外侮，经略西域，开疆拓土，并基本形成了今日中国西部之版图的黄金阶段。无疑，那是我们这个民族的少年时代，它血勇，它孤傲，它一意孤行，它九死一生，它充满了对远方地平线的好奇，它时刻散发着一种征服的欲望，它不惧失败，它一次又一次地从血泊中起身，只为了夺取"和平"这个消息。

　　这是那个时代的缩影，同时也是一个人的化身。这个人可以是霍去病、班超和卫青，也可以是张骞和玄奘；可以是李白、高适、岑参与王昌龄，同样也可以是汉武帝或唐太宗。这个角色，对应的则是西方文化中的赫克托耳、阿喀琉斯和斯巴达勇士们，甚至就是恺撒与拿破仑。

其实，归根结底，在本剧中，这个角色就是一名信使。

在连年的战火中，烽烟四起，民不聊生，哀鸿遍野，和平就像一位喘息的新娘，惊魂不安，居无定所。凉州告急，甘州告急，肃州告急，沙州（敦煌）告急，阳关和玉门关以西沦陷在了杀伐不断的拉锯战当中。终于，一切都止息了，一介信使身衔使命，策马突破了两关地带，自敦煌返回，生入汉地，意欲穿过整个河西走廊，必须将"和平"的消息送达长安城，上报朝廷。

显然，此乃这个世界上最为珍贵的一名信使、一介白衣少年，国家安危系于一身，万千生民期冀已久。无他，因为只有朝廷和皇帝才有权宣布止戈休战，太平来临，天下定鼎。或者说，这是黎明之前的至暗时刻，等待着这个少年信使挥鞭而来，亲手撕开黑夜，传报喜讯，让光芒落地。

但是，这一切何其难也。在这名信使一路奔突，穿越四郡两关的过程中，埋伏着敌方派来的刺客与杀手，他频频遭遇战争贩子们的构陷及迫害，以及当地官府和百姓们的误解。同时，他还将迎面自己的亲情与爱情，包括自然界的电闪雷鸣、风霜雪雨，必须逐一去化解，而后才能一骑绝尘，不负所托。事实上，这也是我们每个人生命中应有的困境，更是和平的困境，乃至于国家的困境。

因为信使是没有嘴巴的，他必须守密，哪怕是在赴死的那一刻，他也不能吐露半个字。

一骑漂浮，如泛沧溟。

需要注意的是，信使胯下的那一匹骏马，业已到了出神入化的境界。换言之，信使就是神骏，神骏也是信使，二者相依为命、互为表里，犹如一对磕头换帖的金兰兄弟。因为，在那个冷兵器的时代、在西域，马就是图腾，马就是国之重器，马也是一名不会说话的信使，更是国家之柱梁。

本剧时长90分钟，分上下半场。

人物简介

信　使：男，少年形象，年龄模糊，从军数载，驻守边关，屡立战功，颇有霍去病之风采，兼具封狼居胥之雄心。少年者，未必是二八年岁，实指其英武血勇、慷慨从容、轻生死、重然诺，将国家命运荷担于一身，本质上应是一介顶天立地的儿子娃娃。

肃州百夫长：一名。

戍　卒：数名。

爹　娘：信使之父母。

新　娘：卖唱女子，面目端庄，知晓大义。她与信使青梅竹马，相伴长大，自小订立了娃娃亲。在战乱不息的年代，她跟着公婆一路西行，千里路上来寻亲，巧合的是，彼此邂逅在了凉州城内。就在双方洒泪相认、即将成亲的前夜，敌方的杀手突然出现，混战一场。为了保护信使，新娘不幸殒命，父母皆亡。

樵　夫：关山境内的一名打柴人，与少年信使一见如故，两人结拜为兄弟，实为刺客。

皇　帝：重情义，具眼光，体恤这一位长途奔袭、慷慨捐躯的少年信使，并且对"和平"一词，有他颇为独到的见解。

大　臣：若干。

剧　情

第一幕

战火频仍，持续经年，迄今也没有罢兵休战的任何迹象。整个河西走廊，整个朝廷，甚至整个国家，几乎陷入了一种深刻的焦虑与悲伤当中。风声像一种送葬的埙声，吹袭着大地，带来了更加恐怖难安的气氛。

敦煌古郡，身处西陲，也是这一场战争的最前线，风声鹤唳，加紧战备。在一年又一年无望的期待中，失去家园的流民们麋集在莫高窟下，面对大佛，一面祷告，一面哭天抢地。僧侣们集体祈祷，大办法会，诵经声不绝于耳。画匠们则站在窟子里，画下菩萨，画下花枝，画下天堂，也在寄托着一种对和平的向往。

整个莫高山上，密布着蜂巢一般的佛窟，密密麻麻的。恍惚间，这些佛窟犹如一扇扇窗口，淹没在了火光和鲜血当中。不错，凭窗远望，玉门关和阳关这两座军事要塞更是狼烟弥漫，杀声震天，似乎这一场战争已经到了生死关头，敦煌也命悬一线。

渐渐地，埙声低回，一切都悄静了下来，接着是一段压抑而持久的死寂，令人窒息。

突然，一根根燃烧的箭矢破空而来，穿过了那些窗口般的佛窟，最终纷纷委地，引燃了丛丛大火。这些箭矢分明是在射杀什么，但莫高山下的流民、僧侣和画匠们一无所知，满脸茫然。

果然，片刻之后，一匹骏马长嘶不已，跃过了其中一扇窗口，现身在了宕泉河边、大佛脚下，并且重重地摔在了地上，搅起了一团烟尘。

烟尘过后，一个遍体鳞伤、鲜血满身的少年腾身而起，挺立于舞台中央。他的眸子很亮，手中的马鞭划过空气，传来了一声声霹雳，犹如哪吒一般。百姓们突见此人，煞是不解，纷纷围拢了上来，七嘴八舌地指责着这个陌生人，似乎在求证他的身份。同样，少年也误解了，扔掉马鞭，拔出来一把长剑，凌波微步，剑光绚烂，罩住了自身，俨然是一介少侠。

谁？你究竟是谁？

流民们不停地质问着。僧侣们不忍看见刀光剑影。画匠们也丢掉了画笔，啜泣开来。

剑光收回，长剑还鞘。发现周遭的百姓们毫无恶意，少年这才松弛了下来，未及开口，却意识到丢了一件要命的东西，自己的脊背上竟然空空荡荡，除了鲜血，还是鲜血。一时间，少年急疯了，在莫高窟下寻来找去，竟也一无所获，脚步踉跄，最后捂住了胸膛，口喷鲜血，像一根椽子似的，栽倒在了地上。

无疑，他在前来敦煌的路上，就已经身负重伤，奄奄一息。

幸运的是，就在少年即将昏厥过去的那一霎，一位敦煌的老叟发现了那件东西，赶紧拾起来，捧到了少年的面前。这是一只精美的匣子，漆封，军印，上书两颗肃穆的汉字：

急报

失而复得，少年慌忙接住了，先是一阵快慰的大笑，继而嘶吼了起来。远处的骏马似乎也听懂了主人的心情，咴咴地嘶叫着，彼此呼应。

毕竟受伤太重，少年的这种嘶吼戛然而止，仿佛一根琴弦，突然断裂。

信使！

军中信使！

八百里信使！

百姓们一下子恍悟了，迅速将少年信使安顿妥当，救治的救治，作法的作法，祈祷的祈祷。这是一种敦煌特有的仪式，梵音四布，佛雨广洒，加持无限，将天地之间的魂魄灌输在了少年的身上，神秘且庄严。

此生得入玉门关，生还汉地，少年命不该绝。

但是，在舞台四周的黑暗角落里，此刻游走着一些皂衣素服的杀手，刀光斑斓，伺机下手。少年信使的危机，实际上并没有彻底解除。

第二幕

地平线上，一骑驰骋，迅如流星。

高大巍峨的城楼上，悬挂着一块巨匾：肃州。大概是秋季。城门口一带牛来马去，挤满了引车卖浆者之流，等待验照放行。驻守关城的，乃是当地的守备军，他们一方面要为前线筹集粮草、补充给养，另一方面还要缉拿逃兵、奸细、罪犯与走私者，因为正处于战争状态，所以精神高度紧张，动辄发火，随意鞭笞路人，气焰嚣张。

少年信使抵达了肃州城下，翻身下马，掏出了一纸关照，排队等候。

或许，恰是因为少年特殊的装束、英武的表情，以及他那一匹矫若游龙的骏马；也或许是因为他昼夜驰奔、披星戴月的样子，加之他来自前线一带，这不免引起了守备军的警觉。这时候，一名杀手摸到了少年的身后，割断了他脊背上的束绳，那只珍贵的匣子突然掉落，形势陡然一变。少年腾身而起，长剑出鞘，光寒河西四郡，剑扫祁连两麓，而后稳稳地戳在了大地之上，凛凛然，犹如一位不世出的英雄。

杀手捂住了伤口，一番趔趄之后，当即毙命。其他的杀手纷纷鼠窜，不知所终。

此时，在围观的人群中，响起了一阵孤零零的掌声，连声叫好。他就是百夫长，奉命守卫这一座关城，目睹了刚才的那一幕，不禁为这个少年的惊世武功赞叹连连，内心生出了一种惜才之感。这么着，百夫长趋前，刚打算俯身拾起那一只匣子时，却冷不丁地发现，少年飞身而至，长剑刺来，突然停在了自己的鼻尖上。

百夫长久经沙场，倒也不惧，继续拾起了匣子，用袖子掸净了尘土。

但是，当看见匣子上的"急报"二字时，百夫长惊骇万分，回眸审视，喝问对方究竟是什么人。身负秘密使命，信使是没有嘴巴的，除非去死，这是唯一的铁律。情急之下，少年被迫动武，挥舞长剑，一步步逼上前来。百夫长不遑多让，一再躲闪着，竟也毫发无伤。

恰是在这个关口，百夫长从少年被风撩起的衣襟内，瞥见了他的腰带上挂着一块黄金腰牌。不错，这黄金腰牌正是前方军队颁发的，据此可以畅行天下，但少年为了秘密起见，宁肯以一个百姓的身份排队验照。这一番谨慎与机心，再次赢得了百夫长的好感，爱才之心倍增，同时也为了试炼一下少年信使的胆气和勇毅，突然变色，断喝道：

"拿下！"

周围的戍卒们蜂拥而上，一番打斗之后，少年毕竟人单势寡，渐渐地落在了下风。蓦然间，一张罗网兜头而下，当即捕获了少年信使，挣扎到最后，他也只能束手就擒。这么着，百夫长心领神会，将珍贵的匣子供在了舞台中央的案子上，开出了放行的条件，提议双方比武。少年慨然允诺，再次举起了宝剑，迎头走向了百夫长手中的那一杆长枪。

无疑，这一场比武惊天地、泣鬼神，直打得飞沙走石、日月无光。

结束了，烟尘散尽，星空呈现，一丛丛篝火勾勒出了肃州城楼的形状，依旧是旧日基廓，山河稳固。百夫长从地上爬起来，整理衣衫，朝着少年信使深深一揖，输得心服口服。少顷，百夫长将那只匣子放在一匹崭新的布料中，扎成包袱的样子，并亲手绑在了少年信使的脊背上，似乎完成了一桩神圣的使命。骏马适时地出现了，筋脉怒张，铁蹄踢踏，显然是刚刚喂饱了，蓄积着一种不可遏止的力量。

告辞了，少年逐一回礼，最后朝着高大的"肃州"门匾致敬，然后跃上马背，一声长啸，飘失在了远方的旷野当中。

半晌后，百夫长这才醒悟了过来，赶紧命令戍卒们拉来了各自的坐骑，匆匆上马，沿着少年信使消失的方向，拼命地追逐而去。百夫长一再呼喊：

"送君！"

"送君十里！"

第三幕

祁连山下，绿洲平坦。

这是甘州境内，一片秋色铺展在田野中，南方的祁连山头顶白雪，莽莽苍苍，宛若巨龙。庄子外的打麦场上，矗立着一棵大柳树。少年信使奔波了大半夜，此刻正蜷卧在不远处的麦草堆上酣睡，不知东方既白。

倏忽间，少年被一阵阵清脆的读书声吵醒了。晨光中，少年举目望去，但见在那一棵大柳树下，有一座露天的课堂，一班童子正在摇头晃脑，诵读着诗文。这是和平的时刻，罕见的一幕，少年的心思彻底沉浸在了这一种天籁之声当中，内心万般呼应，同时也忆想起了自己从军的生涯，以及那些出生入死的瞬间，禁不住热泪长流，暗自啜泣。

岂料，气氛骤变，诵读声不了了之，一班童子开始了争吵和推搡，各不相让，一个个面红耳赤，难分胜负。不破楼兰，什么叫楼兰？从军玉门道，玉门关到底在哪儿？羌笛，羌笛究竟是什么声音呀？童子们互相发问着、理论着、争辩着，却又没有答案，更形不成一个共识。难题在于，教书先生早就被抓丁了，戍边去了，这样的情况已经持续了许久。终于，童子们散落在大柳树下，不是垂头丧气，便是仰天长叹。

此刻，少年信使突然产生了一种毛遂自荐的心情，打算以一己之力，去解答这些疑问。

于是乎，一声呼哨之后，在秋田里吃草的骏马飞奔而来。少年拔身而起，一个鹞子翻身，骑在了马背上，长剑出鞘，纵马来到了大柳树下。

童子们煞是震惊，也颇为好奇，深信这个少年乃是传说中的人物，前来替大家释疑解惑的。一时间，童子们群情激奋，掌声如雷，齐声诵读着王昌龄的诗篇：

青海长云暗雪山，
孤城遥望玉门关。
黄沙百战穿金甲，
不破楼兰终不还。

少年策马，来回逡巡着，仿佛这个课堂就是当年的演兵场，也仿佛他正在检阅自己的百万雄师，不由得血脉偾张，意气高扬。童子们反反复复的诵读声，犹如出征之前的锣鼓，令少年难以自持，打马狂奔，在打麦场上一圈又一圈地驰骋起来。

这是点燃。这也是教化。童子们忽然明白了那些诗文，声音更加激越了。

少年信使同样也被点燃了，被鼓舞了，长身玉立，矗立在马背上，突然动作开来，上下翻飞，指天戳地，亮出了一套惊世剑法，引来了无数的喝彩声。但他犹不罢手，依旧笼罩在一片刀光剑影丛中，美轮美奂。

这么着，一班童子将王昌龄换成了李白，继续诵念下去：

赵客缦胡缨，
吴钩霜雪明。
银鞍照白马，
飒沓如流星。

十步杀一人，

千里不留行。

事了拂衣去，

深藏身与名。

…………

童子们循环往复地诵念着，一遍刚罢，再来一遍，纷纷陶醉在了这种壮怀激烈、挥斥方遒的英雄境界中。然而，当他们终于声嘶力竭、再也念不动的时候，一个个睁开了眼睛，却发现那名少年信使早已不知去向，连同他的那一匹骏马。

眼前，少年留下的那一团剑气犹在，吹荡着大柳树上的黄叶，刹那间飘零开来，形成了一幕幕旋风状的屏风，仿佛黄金在天上舞蹈，今生难遇。

童子们错愕不已，大眼瞪小眼的，相信自己不是在梦中，而是遭逢了一幕奇迹。

第四幕

凉州。城隍庙前。今日大集。

在嘈杂的人群中，少年信使牵着马，疲倦已经攫取了他。忽然，传来了一阵清冽的歌声：垆头酒熟葡萄香，马足春深苜蓿长。醉听古来横吹曲，雄心一片在西凉。

少年驻足聆听，又循着歌声走了过去，但见一位清秀貌美的女子

纸旷野

在卖唱，旁边有一个老叟在埋头拉胡琴，另有一名老妪在向看客们乞讨赏钱。很显然，少年信使被这种歌声深深打动了，听得如痴如醉，根本不愿意离开。这一刻，老妪蹒跚过来，向少年伸出了饭钵。少年掏出一把麻钱，丢在了饭钵里，却见老妪扑通跪在地上，磕头致谢。电光石火之间，少年惨叫一声，同样也跪下了：

"母亲！"

凉州慈悲，彼此认出是亲人。

琴声和吟唱戛然而止，母亲抱住了少年，号啕大哭。半晌后，少年擦掉了泪水，膝行过去，对着琴师再三叩首，哽咽道："父亲！"

卖唱的女子简直惊呆了，因为少年恰恰是她未来的夫君。他们自小订立了娃娃亲，但少年从军数载，音信隔绝，又因为家乡连年旱灾，恶霸横行，这才踏上了西去的长路。女子奔上前来，拽起了少年，在他的身上捶了又捶，忽然就哭下了。

乱世亲人，互诉衷肠，没有比这一幕更温馨、更让人肝肠寸断的了。

移步换景。

这是凉州城外的一家客栈，其中的一间客房显然被确定为婚房，门楣上挂着彩球，贴着大红喜字。入夜后，新娘在院子里试穿自己的婚服，自然是心花怒放，步步生莲。公婆二人也是眉开眼笑，忙东忙西。

这时，传来了一阵阵更声，公婆催促新娘子赶紧去歇息，因为次日晌午，将要举办一个简单的迎娶仪式。新娘应命，折身回到了婚房，吹灭了窗台上的那一盏油灯。

昏黑中，少年信使喂完了坐骑，走出马厩，返回了客栈。他正在院子里拍打衣裳时，却听见屋顶上传来了异响，一群杀手早已埋伏在了各处，只等着他自投罗网。少年警觉，一声断喝，同时拔出了长剑，准备迎敌。岂料，杀手们开弓放箭，箭矢犹如蝗虫一般，扑向了少年。少年且战且退，来到了大门外，似乎已经安全。

岂料，一场燎原大火突然升起，整个客栈陷入了火海当中，紧接着彻底坍塌了，没有人生还。但是，就在婚房即将倒塌的前一刻，新娘身穿她的那一身艳丽的婚服，冲出了房门，冲出了院子，跑向了自己的新郎。新娘的手里，抱着那一只精美的匣子，似乎她知道这是少年的命，比命还重要。

悲剧的是，就在离少年咫尺之距的时候，一枚箭矢从身后袭来，直接钉在了新娘的脊背上，一招夺命。少年奔上前去，张开臂膀，抱住了自己的新娘，号叫不已。

在即将咽气的那一刻，新娘将匣子交到了少年信使的怀中。

晨光中，舞台尽头出现了三座坟堆。

少年磕完头，牵着马挥泪离开，一步一回首，煞是不舍。转瞬，少年信使便消失了，旷野上回荡着一声声骏马的悲鸣，隐入了地平线。

第五幕

这里是关山，一座天堑。

万里赴戎机，关山度若飞。关山横亘于陕甘边界，史称"陇坂"，也是长安城以西（丝绸之路）的第一道险境，耸入天表，气象险恶。依稀中，暮色降临，万木萧索，一人、一骑正跋涉在丛林当中，脚步滞重，身影苍茫。

他不是别人，恰是从西域归返的少年信使。

倏忽间，天气陡变，罡风劲吹，雪大如席，少年信使一下子迷失了方向，在山腰上团团乱转，进退失据。这一刻，骏马咆哮不止，人立而起，惊惧无比，因为它率先嗅见了狼群的气息。果然，少年信使环视周遭，发现自己和坐骑已经陷在了一群饿狼的包围中，生死一线，情况堪危。

就在狼群发起攻击的一刹那，少年长剑出鞘，声若雷霆。

这一场恶斗，直打得风雪飞卷，地动山摇。最终，狼群丢下了几具尸体，连夜遁逃了。少年信使遍体鳞伤，难以支撑自己，晃了晃，摔下了山崖。

山洞中，一堆篝火带来了人世上的温暖。

少年挣扎着起身，看见山洞外天光明亮，但是大雪封山，似乎一切都停止了。少年记不起自己躺了多久，被谁所救，但身上的一件羊皮袄好像说明了什么。挣扎再三，却因为周身疼痛，少年爬行了一段，最终还是昏厥在了洞口处。

樵夫进来了。樵夫是关山里的一名打柴人，抱起了少年，赶紧将其安顿在了篝火旁。

欲知朝廷事，请问打柴人。当少年信使再次醒来，并获知了自己被救的经历后，一种信赖感油然而生，慌忙磕头道谢。此后，这二人围着篝火，竟宵长谈，惺惺相惜，真可谓山中方一日，世上已千年。

伤病愈合了，山上的积雪也开始融化，到了该离开的时候了。

山脚下，少年信使和打柴人互相抱拳，就此作别。

不料，正待少年翻身上马之际，打柴人却拦住了他，将他带到了一棵盛开的桃树下。桃园结义，打柴人率先下跪，少年也不作他想，磕头行礼，完成了这一世的结拜，开始称兄道弟，热络得不得了。

少顷，少年信使纵马离开，舞台上回荡着一阵阵激越的马蹄声，消失在了山下。

打柴人徘徊了片刻，突然飞奔而走，一道烟地追撵了过去。

终　章

长安在望，这是少年信使最终的目的地。

也许，因为靠近了都城（首都圈），这一带警戒严密，气氛迥异，武装马队穿梭来去，士兵们游走不停。与关山不同，关中平原上已经是绿意盎然，麦苗青翠，似乎预示着一个丰年的来临。人群中，忽然出现了两个熟悉的身影，各自牵着骏马，一位是少年信使，另一个则是打柴人。显然，少年被眼前的景象所感染，心知自己即将卸下肩上的担子，不由得开心起来。

但是，这二人匆促的脚步，疲惫的神态，尤其是少年身上那一件破绽百出的羊皮袄，迅速引起了巡逻队的警觉。刹那间，一阵哨声响过，士兵们蜂拥而至，矛戈相向，将少年信使和打柴人团团围住，密不透风。

开始了搜身和盘问。但是当一个首领模样的家伙上前，动作粗鲁，吆三喝四，少年顿时不悦，抗拒再三。士兵们被激怒了，纷纷将刀枪架在了少年的肩膀上，准备当场锁拿，押回大营里去审问。

这个关节上，少年摸出了那一块黄金腰牌，高举在头顶，朗声大叫：

"军中信使！"

"信使？"

"自敦煌而来，急报朝廷。"

不一时，舞台上回荡着一种激动且亢奋的声音，高入云霄。

这种声音依次频递着，渐行渐远，仿佛被接力了下去，一直进入了长安城内，最终抵达了皇宫。不错，长安城等待得太久了，也太苦了，臣工和百姓们翘首以盼，甚至连他们的皇帝也是寝食难安，望眼欲穿。然而，这种声音究竟是噩耗，还是喜讯，谁也没有把握，包括皇帝本人也概莫能外。

声音一圈圈地扩散着，弥漫于天空，这不免带来了一种紧张与焦虑：

"敦煌消息！"

"急报！敦煌消息！"

片刻之后，这种声音去而复返，仿佛一匹矫健的快马，越来越清晰，越来越高大，传遍了整个长安城，一时间轰动无比：

"皇帝亲临！"

"皇帝出城，迎接军中信使！"

于是，舞台中央出现了一座奢华而辽阔的帐幕，堪比皇宫。

帐幕内，少年业已沐浴一新，更换衣衫，此刻腰身挺拔，白衣胜雪。他的脊背上仍旧挂着那一只精美的匣子，手中握着黄金腰牌，历经九死一生之后，即将完成这一桩使命，骄傲之余，也难免有些忘忑。少年的身旁，站着那名打柴人，他有点獐头鼠目、举止鬼祟，这自然引起了少年的注意。

一阵威严的锣鼓之后，皇帝出现了，诸位大臣簇拥着，分列两厢。

皇帝也是一身戎装，青春英武，雄才大略，根本也不讲究礼仪，扑上前去，一把攀住了少年的肩膀，喜形于色，左看右看，煞是欣赏。少年有自知之明，赶紧却后几步，行礼如仪，这一套完全是军中的规范，纹丝不乱，气概非凡。

末了，少年解下了身上的匣子，捧上前去，打算亲手交给皇帝本人。

岂想，打柴人却先发制人，从袖筒中抽出来一把匕首，刺向了皇帝。原来，他是敌方的刺客，事先在关山做局，取得了对方的信任，一路跟随着少年进入了长安，并意外地获得了这个千载难逢的机会，企图毕其功于一役。但是，皇帝也是行伍出身，身经百战，岂能让刺客轻易得逞？

这么着，皇帝一连避开了打柴人的几番刺杀，踅身一旁。

或许，皇帝也是为了测试一下少年信使的胆量和身手，慷慨地解下了自己的佩剑，一甩手，抛给了对方。少年接住了，知道这是最高军令，自己责无旁贷，即便是去死。

于是，帐幕内一阵阵刀光剑影，火花四射，双方厮杀到了最后的关头。

突然，一切都停止了，舞台上荒凉一片。

纸旷野

打柴人捂住喉咙，身子摇晃了几下，重重地摔在了地上，已然毙命。少年脚步踉跄，丢下了手中的长剑，随后也跌倒了，匍匐而去，抱起那一只匣子，挣扎着爬向了皇帝。众目睽睽之下，大家清晰地发现，刺客的那一把匕首，插在了少年信使的脊背上，只剩下了一寸刀柄。鲜血喷涌，那一件白衣已经被血水染红了，惨烈异常。

皇帝疾步迎上前去，单膝跪地，表情上煞是痛苦，万般不舍。少年将匣子举起来，但因为他失血过多，体力不支，匣子最终摔烂在了皇帝的脚下。诀别的时刻到了，少年带着一种满足的微笑，慢慢地咽下了最后一口气。

岂料，那只匣子居然是空的，空空如也。匣子里没有什么军书，除了一束金色的麦穗，去年夏天的麦穗。

皇帝诧异万分，擦掉了泪水，抓起那一束硕大的麦穗，踱在了一旁，反复查看，但最终也难以理解其中的含义。这时，御医们跑进了帐幕，围拢在少年的身旁，撕烂了他身上的血衣，开始紧急施救。

意外出现了，御医们停下了手，禀报皇帝，声称他们发现了一桩巨大的机密。

皇帝也不敢马虎，赶紧上前，再次单膝跪地，却见少年信使裸露的脊背上，有一行血染的文字：一箭定天山。不错，这就是答案，这就是匣子里空空如也的原因，这就是少年信使带来的消息，敦煌消息。

原来，在千里长路上，为了防止消息被泄露、被捕获、被劫掠，前方的大将军绞尽脑汁，干脆将这一胜利的喜讯，用刀尖文在了少年的脊背上，人在信在，人死信亡。或者说，少年出发的那一刻开始，他根本不是信使，因为他就是消息本身。

获知了这个喜讯，皇帝却一反常态，抚尸痛哭，肝胆俱裂。此时，本应是欢庆的殿堂，却变成了一座被悲哀摧毁的帐幕，冷风习习，满目缟素。

半晌后，皇帝起身，站在了舞台中央，用一双鲜血淋淋的手臂，举起了那一束金色的麦穗、敦煌以西的麦穗，仿佛它就是这个国家的口粮、万千百姓的性命。

皇帝哭泣着，像是在喝问苍天，又像是在晓谕天下，苍茫地说：

"和平！"

剧　终

这时，舞台的屏幕上打出了一行字：

你想获得和平么？那么，带上你的武器！

（本文与李梦菲合作）

蓝色的敦煌

一

　　大雪下了半个月，将两个香客困在了莫高窟里，连远处的三危山都白茫茫一片。

　　准确讲，也不是香客，其实是寺里请来的画工，在窟子里勾勒壁画。天寒时，方丈带着僧人们下山进城，躲避这一场百年不遇的暴雪，但他们二位婉拒了，理由是佛本生的故事才画到一半，就此搁笔的话，才是一种蠢行和罪过。两个画工，一大一小，小的机敏顽劣，跟一只耗子似的；大的木讷内敛，像一只瓷器那般静谧。

　　午后，小的收完了最后一笔，展颜一笑，看见整个画面都活了，香音神（飞天）在墙上飞翔，妩媚动人，熠熠生辉。

　　半年多的辛苦，此刻大功告成，小的不免有点儿骄矜。回头一瞥，看见大的正跌坐于画壁下，五官紧蹙，蔫头耷脑的，一副老僧入定的样子。小的腾身站起，紧着收拾完工具，将地上的包袱挎在肩上，准备辞行。这时，洞窟外传来了猛烈的炮仗声，雪扑了进来，风也摇晃着虚掩的柴扉，像家人们在喊他们回家过年。

小的说："上天言好事，回宫降吉祥，今天是小年呀，沙州城（敦煌）在送灶王爷。"

对方哑默。

小的又说："你骗不了我，你早就画完了这一位菩萨，就差提笔点睛了，但你天天打坐入定，迟迟不画上眼睛，你不是在等我，你就是不肯回家去。"

大的泥塑着，照例不发一语。

小的再说："哦，那你索性留在山上吧，路过你家时，我给你娘告知一声，就说你和菩萨在过年，不管她老人家啦。"

言毕，他闪身出门，没了声息。

大的自语："不送！"

二

……四壁阒寂，寒冷像灰尘一般地落了下来，将大的完全笼罩住了。他开始瑟瑟，寒战攫取了他，手脚也奇痒无比，恐是冻伤的缘故吧。炮仗声又一次响起，提醒了他，他暗自有点儿激动，忙扯开袍衣，从怀里掏出了一支画笔。

画笔冻僵了。他已经焐了一上午了，始终也没能将它暖和过来。

于是，他将画笔含在了嘴里，用津液滋润，用舌尖吮吸。他盯着画壁上的那一尊菩萨，无眼的菩萨，琢磨着如何才能一挥而就，让菩萨睁开眸子，将佛赐的光芒投射在莫高窟，荡漾在沙州城和河西三郡，洒布在这个凄凉的人世间。他刚有了想法，却又迅速否决了，一丝慌乱让他的心更冷了。

笔还是冻的，像舌头上含着一块远古的玉。

以前，他可不是这样。——他曾是凉州（武威）城里最有名的菩萨高手，重金难买，一画难求。坊间传说，那年皇帝巡游河西时，对他的一幅菩萨画像爱不释手，派御林军护送回了长安，挂在了御书房里。他名声大噪，河西走廊一带的寺庙纷纷请他去作画，却每每被他拒绝，因为他是一个孝子，高堂在上，他不打算坏了自己的名节。

这回，却是母亲亲自打发他来莫高窟的，因为母亲沉疴在身，久卧病榻，恐怕会不久于人世了。一念至此，他的心抽搐了一下，不是痛，更多的则是念想。

他在来莫高窟时就发了愿，欲请这一尊新绘的菩萨作供养，为母亲的安康祈福。然而世事难料，这些日子来，他怎么也把握不好墙上的这一张慈眉善目。他需要安静，需要冥想，他需要这支画笔暖和过来，像他身体里的血那么滚烫，那么善良与柔软。

但舌尖上的玉，不，那一支画笔仍旧冻僵着，让他无计可施。

岂料，门吱呀一声，那只小老鼠又折身回来了。

三

他迅速阖上了眼，如先时那样，安坐不动。

小的扔下了包袱，往手上哈着气，脸呈酱色。他能感觉到，这只小鼠身上覆了一层雪，羽毛状地拂动着，悄然融化，比冻僵的画笔强上许多。他素来心软，思忖道，毕竟是一个屋檐下结伴数月的同行，不能太计较。他睁了眼，抄起火棍，想把火塘里的炭拨亮一点儿，好让小的驱驱寒。令他讶异的是，小的突地扑了上来，一脚踩住了火棍，嘎巴一下，就将火棍给踩折了，一脸的怒气。

他仰首，用目光问询。

小的说："哼，我知道你看不起我，你自视甚高，一直故意拖延着不去点睛，就想让我先滚蛋，然后，……然后你才能得逞。"

他终于发话了，问："得逞什么？"

小的忍不住，脱口道："别以为我不知道。其实，你画的根本不是菩萨，菩萨不是这个样子。你画的是令堂，是你娘。"

他的脸上掠过一丝笑意，腼腆地说："嗯，家母本就是我的观音娘娘，我今生今世的菩萨。这难道有错么？犯了朝廷的王法么？"

"……没！"小的登时理屈，嗫嚅一番，又狡辩说，"可，可你娘以前是一名歌姬，河西一带的红歌姬，凉州城里谁人不知，谁人不晓呀。"

他忽然有些失败，挣扎一下，稳住了身子。

得理不饶人，小的颠颠地说："听说，……听凉州城里的老辈人说，那年皇上未登基，皇上来凉州城时，你娘被钦点，连唱带跳地表演了三天三夜，把皇上给迷痴了。"润了润喉咙，继续疯癫地说，"后来，皇上要带你娘去京城，住皇宫，可令堂没给皇上赏脸，说自己有了心上人，实难从命。那年皇上带走了好多漂亮女子，令堂是唯一辞让的人。"

他有了哽咽，心里充满了一团墨汁似的。

小的说："半年后，你娘刚怀上你，你爹就奇怪地摔死了，谁不知道他是骑马的高手呀，所以大家都犯疑，心猜是皇上的人干的。"

蓦地，他爆发了，低沉地说："嘴夹紧！"

小的也火了，怒道："伪君子！……你故意拖沓，就是不想回家，不想跟你娘一起过年。你嫌弃她以前是个卖唱的歌姬，可就是她雌守了那么多年，含辛茹苦地把你拉扯大，让你成了有名的画工。良心呢？你的良心让狗吃了么？"

"不！"他顿了顿，笃定地说，"我没有一天不想娘，想得心里都快吐血了。"

"好，现在点了睛，你就随我下山吧。"小的不依不饶。

他迟疑道："可，可我想不起娘的眼睛了，昨晚上还梦见过，但天一亮就忘了。再说，这支笔也不听我的使唤，石头一般，我怎么都化不开它，如何画呀？"

小的笑了笑："我回来，就为了这，我猜到了。"

他一蹙眉，问："猜到什么？"

"你瞧！"

说话时，小的扯开了袍衣，捧出一只泥坛来。

"酒？"

小的说："没错儿，酒！"

他惶恐地问："这是寺里，哪来的酒呀？"

"也许，"小的揭开了坛口，拿起那一支冻僵的画笔，径自插了下去，敷衍道，"也许来了一位香客，匆匆供在了九层阁大佛前的香炉上。当然，也可能是一位神仙吧，谁知道呀。"

蹙了蹙鼻子，他闻到了一股沁人心脾的酒香，尤其在这个清冽的下雪天。

四

候了半天，他催促道："化开了吧？"

小的诡谲一笑，又威严地说："喊我一声哥，我就告诉你。"

"小哥！"

"哎——"小的催逼说，"想起你娘的眼睛了么？如果想起的话，就赶紧拿着它去点睛吧。过几天是除夕夜，令堂在家里见不到你，一定会哭瞎了眼睛的。"

此时，他终于忏悔道："我……我不是孝子，我不能因为这几年娘瞎了，就记不起她曾经葡萄一般闪亮的眼睛，记不起她婀娜的样子和满月一样的笑脸。我，我真该死啊。"

"去画吧！"

他哭诉说："娘真的老了。年轻时，她比香音神还美，还妖娆。"

恰在这时，墙上传来了一阵窸窣的抽泣声。

两个画工怦然心动，回头望去，但见那一尊尚未点睛的菩萨动了动，一双温润的眸子瞭望了人间一眼，蓦然低首，慢慢落下了睫毛。与此同时，从眼角里淌下来了一行泪水，还有另外一行泪水，将飘飘欲飞的衣袂全都打湿了。

"菩萨哭了!"

小的惊讶道。

"不! 我娘哭了，那就是我娘的眼睛，我昨晚上梦见的真就是这一双眼睛，我终于记起来了。"他笃定道。

"咦，眼泪是蓝的!"

"对呀，我梦里的蓝，宝石的蓝，琥珀的蓝。"他有些激动，有些措手不及，扑到了画壁下，看见墙上的颜料漫漶着，像一种深刻的蓝，世外的蓝。

"显灵了!"

小的低语说。

这时，他掉头就跑，一下子掀开了洞窟前虚掩的柴扉，看见三危山蓝了，莫高窟蓝了，鸣沙山蓝了，连远处的沙州城都浸泡在了雪后的蓝色当中。他恳切地说:

"蓝色的敦煌! 我终于找见了。"

"喏，该走了，回去问问你娘吧，她老人家肯定是活菩萨，降下了这一桩奇迹。"小的也尾了出来，喃喃道，"敦煌是蓝的，像做梦一般。"

他咧笑说:"今年，你就在我家过年吧，反正你是个孤儿嘛。"

"现在下山?"

"下山! 菩萨在家等我们呢!"

他慨然道。

我的帐篷里有平安

我的帐篷里有平安

门是半扇式的，没有天，也没有地，就挂在门框中段，齐腰高。

多半是因为酒鬼。原先的门是完整的，但酒鬼们来喝酒时，一般不敲门，而是伸出蹄子踢，把门的下半端给踢烂了。老板不去锯酒鬼们的腿，反倒把门锯掉了天和地，剩下半截子，随便挂在上面，摇摇欲坠，一口气就能吹垮似的。当然，和气生财么，谁也不会跟钱去结仇。老板惹不起酒鬼是另一重原因。——夜深了，八廓街上灯火缭绕，烤羊排的气息逶迤流淌，让风吹远，被转经的信众们裹挟上，弥洒一片。酒鬼们吃完肉，喝饱了酥油茶，给肚子垫了底，便纷纷往这家客栈拢过来，个个揣着一布袋的碎钱，都想大醉一场。据说，一个男人只有喝醉了，才会梦见佛光，比念上一万遍嘛呢（六字真言）还强。

这家客栈是拉萨城里最红火的，不说人，光门口拴下的马，一晚上就能拉出十七八车的粪。白捡的，把粪运到拉萨河的对岸当肥料卖掉，又有一笔不错的收入，老板肯定在背地里偷着笑。进去一拨人，门扇上嵌的青铜铃铛就要丁零叫上一叫，小伙计们闻讯而来，先给客人敬上一条哈达，再引着路，顺利安顿在闲空的位子上。另外，门扇上还钉着一块毡毯，老板每天拿起竹笔，都会在纸上写下酒的名字和产地，再用一把匕首插在彩色的毡毯上，像个告示，以示郑重。喏！今晚上的酒水叫"擦哇"，意思是"一半的酒精"，是用青稞酿的，来自后藏的安多地区。那里靠近拉卜楞寺。价钱么，哼哼，当然不会含糊。

将近半个月，我天天晚上站在门口，眼睛都快花了。

入秋后，天开始变凉，星星们在头顶上打着寒战。即便乌鸦是金刚护法的化身，此时也怕冷，早已踪迹难觅，音信皆无。我整理了一下身上的袈裟，把肩膀护严了。其实，我完全可以跑到大昭寺门前去取暖。那里的僧俗们不舍昼夜地煨桑点灯，站在火堆旁，人不会感冒，也不会打愚蠢的喷嚏，惊吓了天上的神佛。另外，那里还可以看见谁的等身长头磕得比较好，谁的心更虔敬一些，谁的嘛呢更悦耳。这半个月以来，整个拉萨城都在过雪顿节，西藏十三万户人家都往圣城里赶，一来供养寺院；二者，可以参加节日的庆典，祝贺丰收，祈福明年的风调雨顺，牛羊满圈。——傍晚时，我在冬宫（布达拉宫）里吃的饭，没喝酥油茶，喝的是新鲜的酸奶。雪顿节的意思就是酸奶节嘛。到现在，我还能听见袈裟下的肚子在咕噜咕噜地叫，像藏着一只小羔羊，闹夜，始终不肯去睡觉。刚搁下饭碗，我看见尊者趔出了囊谦（佛堂），一摆手，冲我神秘地撇了撇嘴巴。我立时明白了，给周围的喇嘛们装了装样子，就说肚子疼，告退出来，便尾在了尊者的后头。我跟上尊者七拐八转，出了宫后的一个暗门，悄悄进了城，混入了八廓街上的人群里。

　　　　　　　　　　　　　　　　纸旷野

人多得像一锅煮烂的稀饭，挤挤挨挨，打头碰脸的。

天知道，这一段时间里，尊者每晚上钻进客栈里做什么。他饮食规律，又不沾酒，兴趣就更寡淡了。他是佛爷，我是个卑贱的侍僧，当然不能去打问，冒犯尊者的威仪。我像一根经幡杆子，站在客栈门前，心里空荒荒的，只好问天打卦，数天上的星星。有时候，尊者也会体恤我一下，在半扇门后露一露脸，冲我招手，喊我进去喝奶茶，祛祛寒气。我忸怩一番，委婉地拒绝，脚下像生了根。一个小小的下人，岂能跟法座同台？！偶尔，尊者会突然跑出来，问我要钱。我就打开布袋子，给他一把碎银子。我贴身侍奉多年，很知道尊者对钱是没什么概念的。一高兴，尊者会用一坨银子买一根竹笔；或者，用一两黄金购下一本空白的册页，还嘻嘻然地说这是印度或尼泊尔的纸莎草装订的，可以写道歌。我见尊者那么开心，也就没说上当受骗的事。我不想捅破。

这不，八廓街上出现了一个卖艺老人，抱着一把旧弦子，在弹唱格萨尔老爷带领藏军，将一股妖魔降伏的事迹。我见过他许多次。听人讲，他的年纪在78岁到162岁之间，总之很老了，老得像一只穿破的皮靴子。还听说，他此前是贩羊毛的，一点不识字，连30颗藏文字母都念不全。可有一回，他路过药王山时遇见了雹灾，躲在山洞里睡了一大觉，醒来后，他就会说唱全本的故事了，身畔还多了一把旧弦子。

他是一枚异熟之果。我思想，他一定是被佛祖摸了顶。

我挪开步子，刚想上前去听弹唱时，尊者急匆匆地从客栈门里跑出来，喊我的名字。尊者说："仁青，我让你保管的那枚金刚杵呢？快拿给我，我真的有用。"我恭顺地致了礼，低眉说："尊者，这枚金刚杵就挂我的脖颈子上，我不能给你，它是纯金的，可值钱了。"看家护院，不能随便舍财，这也是我的义务，我必须尽责。尊者揪了揪我的鼻子，揶揄说："小气鬼！快给我，我又不是去乱糟蹋，我是拿去送人的。"我愈加低下了腰身，不敢瞻仰天颜，嘟哝说："呃！是去送人呀，那就更不能给你了。要知道，这枚金刚杵是上一世佛爷传下来的，是布达拉宫的圣物，不可外流。"尊者呵呵呵地发笑，像在给我开示，笑得我一头雾水。尊者说："对呀！上一世佛爷传下来的，可传的是我，又不是你仁青，你咋能不让我做主说话呢？"——这是一句申斥。我吓慌了，忙将金刚杵摘下来，双手呈给尊者。

这时，客栈周围的路人们停下脚来，往尊者和我的身上看，好像一个下人闯了祸，在受主子的训斥。我叮嘱尊者说：

"能不给，最好不给。法王，这可是你的传世宝贝啊。"

尊者忽然击了一下巴掌，示意我闭嘴。尊者说："别乱嚷嚷了，这里没什么法王，我的名字叫宕桑汪波。记住喽！"

"我记下了，少爷！"

"嘻！今天的运气不坏，我碰见了一个山南来的少年，会讲无数个莲花生大师的故事，都是善行与妙果，好听极了。"尊者扬了扬手里的金刚杵，眉飞色舞地说，"还没听够，会很晚的！你要是等不及，你就先回宫里去，看你，哈欠都打出来了。"——显然，金刚杵是一件赏赐。等一下，它就会挂在那个少年的脖子上。我有点嫉妒，却也无奈。

"不回！我在外边等。"

"呃，我自己能找见回去的路，放宽心吧。"尊者道。

"可我找不见，我需要尊者的莲花脚印在前头引路，要不我会迷失的。"我一再执拗，谨守义务。

"你呀你，人小鬼大，也会讲恭维话？"

尊者讥讽说。

我闭紧嘴巴，不露痴相，一时间恼恨起了自己。

尊者离身，对周围的路人们笑了笑，仿佛他认识他们很久了，还打了几声招呼，遂脚步轻盈地推开半扇门，兴致盎然地走进了客栈里。哦！我这才意识到，自己的脊背上早就孵出了一层汗，也不是紧张，更重要的是担心那枚纯金的金刚杵。哎哟！担心很快就被忘掉了，原因是一群路人拢了过来，围住我，上上下下地打量我，好像我是一只山里的长毛猴子似的。

我掀开裟袋，透了透气，凉快死了。

有人问："喂！小喇嘛，刚才那个鲜衣怒马、气度不凡的青年是谁呀？啧啧，长相那么好，双耳透长，两臂过膝，真的是一副观世音菩萨的颜容呀。"我早有预备，不想回答这些愚蠢的问题，便敷衍说："我家少爷！先时当过一阵子喇嘛，他现在还俗了。我是少爷在寺里时的朋友，结伴来玩。"夜色深沉，我听见一个个嘴巴都洞开了，舌头在赞美，在叹息，在艳羡。又有人问："他一定是贵族吧？听他的口音，准保是门隅一带的人，那可是圣地呀，刚出过一位大法王。"我心里痴笑，暗暗说，算你眼睛里有水，尊者就是在山南门隅被认定为转世灵童，坐上了布达拉宫的无畏狮子大宝法座的。但我嘴上却说："其实，我家少爷叫宕桑汪波，来拉萨城朝佛的。"

"带了几千头牛？"

我不答，指了指天。意思说，比天上的星星还多。

"几万只羊？"

我摸了摸头发。

啧啧！——他们面露讶色，舌头卷起来，古怪地叫，仿佛嘴巴咽着酸奶，赞唱不止。我得意地撑开裂袈，兜住身体，裹紧自己，还扬起了下巴。见我爱搭不理的样子，路人们也就没了闲情，一忽儿就散光了。

再找那个弹弦子的艺人时，也没了踪迹。耳朵里全是八廓街上的嘈杂声，一锅稀饭又滚开了，水面上有牡丹花般的层层涟漪。

客栈右首，是一个露天的马厩，客人们的坐骑都拴在里头，饲料免费。一眼望去，马的品种个个俱佳，衬得上主人的身份。其中一匹炭黑色的跑马，几乎有一丈高，正打着响鼻，声震四方。看得出来，这匹马是从康巴藏区来的，差不多值一百两金子吧。左首，紧贴着客栈的是一家卖唐卡的铺子。这么晚了，里头仍灯火通明，金碧辉煌。画师们安静地盘坐在氆氇毡毯上，一笔一画，细心描着画布上的菩萨样子。听说，一根菩萨的眉毛，就要画上大半夜方可停笔，这当然算得上一桩功业。我空荒了一阵子，便想去唐卡店里转转，沾沾佛像的吉。

孰料，八廓街上涌来了一大帮人，吵吵嚷嚷的，停在唐卡铺子前，借着店内明亮的灯光，开始玩起了游戏。

游戏叫"插刀子"，我早就玩腻了。雪顿节前后，拉萨河谷底也就进入了雨季，每天晚上都会下雨，天亮就停了。昨晚也不例外，雨虽说不大，但此刻地上是软的。一帮人稀稀拉拉地散开，先在湿地上画好了方格，然后退出去七八丈远，开始打赌，看谁把刀子掷得远，投得准，恰好插在事先敲定的那一个宫格内。反正也无聊，我便袖手一旁，看热闹，磨时间，等待尊者出来，好护送他赶紧回囊谦里歇息。我是个侍僧，我不能忘了自己的志业，怠慢了法王。

　　　　　　　　　　　　　　　　　　　　纸旷野

问题在于，我看着看着，鼻子就快气歪了。哎哟！一帮顶天立地的粗汉子，笨手笨脚的，就像刚嫁人的新媳妇一样，竟然拿不好一根绣花针。投不准不说，有的居然扔到了自己的屁股后边，像一句日喀则的谚语说的那样：我指的是西门上的城楼子，你却是东门上的笨猴子。我忽然失笑起来，一下子笑得弯下了腰，笑得肚子也疼得抽筋，眼泪哗哗的。一帮人停下来，面面相觑，不知道我发的什么疯，中了什么蛊。这时，有一个黑脸踱过来，质问说：

"小喇嘛，你笑话我们呀？有本事，你投一下试试看。"

"呃！那你选一个宫格吧。"

我慨然道。

"嗬！看你的手也就是翻经书摸念珠的，你要是能投中的话，我拜你为师，包括大家。"——黑脸递给我一把刀子，又去指定了一个方格，讽刺说，"要是插不中，小喇嘛你翻个跟头给我们瞧，我就饶你一马。"

我轻蔑地哼了一声，一掀袍衣，出手如电，将刀子钉在了目标上。

不用问，他们先是不服气，七嘴八舌，说我凑巧的，简直撞了大运，其实没那么神。又有人递来刀子，我投中了，还有人来递，我全都接上，就当是一种试探吧。后来，我脚下居然堆了十几把刀子，刀柄上的缨穗花花绿绿的，纷纷央求我表演。——真的！我不吹牛，出家人不可妄语，我在剃度为僧前，一直在家里放牛。牛在草坡上啃青时，我就自己玩"插刀子"，技不压身，我差不多算童子功吧。我表演完了，没一次失手的，绝对镇住了他们。我知道人都会有嫉妒心，黑脸也算不上太过分。黑脸说：

"这里太窄了，施展不开，不如我们去拉萨河边，那里开阔？"

"呃，乐意奉陪！"

我态度笃定。

"那么请！"黑脸相邀，弯了弯身子。

离开了八廓街，我被一帮人簇拥着，夸赞着，相搀着，拐进了一条僻静的巷道里。巷道很杂乱，污水横流，会闻见死鼠死猫的腐烂气息。每一年，来自藏地的信众们都麇集此处，围绕大昭寺，一圈一圈地扩远，密密麻麻地驻扎起来。或是盖一座简易的土坯房子，或是支起牛毛毡帐，错错落落地生活着，早晚朝佛，经年不散。其实，这怨怪不了他们，有的信徒家中有病人，许下愿，要磕五六年的长头；有的为躲避仇家，大隐于此，连肤色和样貌都渐渐变了；还有的，纯粹是懒汉和酒鬼，知道拉萨城里的日子相对容易，便拖儿带女，天天去磕头的人群里伸手。——看在佛爷的面子上，谁也不会计较。儿女们的肚子里装满了酥油，一个比一个胖，胖得像供养池子里的千年龟。

我被护持着，夹在队伍的中间，穿过巷道。

逼仄处，仅能容一个人侧转身子过去。更多的时候，我的左右都有人搀扶，生怕我被湿漉漉的地皮滑倒，啃一嘴的烂泥。呵呵！前头竟有人开路，喝退一两个路人，令他们避让。冷不丁，脚下蹿出来一群獒犬，颈上都箍着一只只红色的羊毛项圈，冲我龇牙咧嘴，低声咆哮。这时，我听见黑脸开口发话，念了一下嘛呢，又念了一句咒语。獒犬们登时肃穆下来，夹紧尻子，灰溜溜地跑了，比乌鸦还快。在巷子的尽头，忽然站起了一头公牦牛，不停咀嚼着，裆里的睾丸和家什悬垂下，比一块磨盘还大。我有点骇然，不敢看它，它却用挑衅的眼神射我。

纸旷野

黑脸见状，慢慢踱上前去，一下子扳住了公牦牛的犄角。公牦牛在抵他，弯刀般的犄角差一点刺破黑脸的肚皮。但黑脸汉子不费吹灰之力，猛地一撑双臂，就将公牦牛举了起来，举在头顶。

　　公牦牛不大，中等，可怎么也比十万块嘛呢石要沉。黑脸抽空瞅了瞅，发现不远处有一堆干草垛，用来过冬的。黑脸气沉丹田，猛地一甩胳膊，公牦牛飞了出去，陷在了草垛中。害羞死了，它半天都没咳嗽一声，也没出来道个歉。

　　我失笑了一下，继续走。

　　距河岸不远了，我能闻见河水的味道，鼻尖上湿漉漉的。夜色也柔，洗浴着头顶的星星们，让它们烁亮，给飞行的度母们引路。偶尔，人的喘息和脚声惊起了草丛间的夜鸟，呀地一叫，在黑暗中一步步滑远，也看不见摔没摔跤。此时，还能听见河水冲击礁石的声音。礁石上一定刻满了彩色的经文，水冲一遍，等于念诵了一遍嘛呢。这个季节，拉萨河时常发脾气，用洪水裹挟着上游的树木和死牲口，不问青红皂白，一泻千里地往下跑。但今晚上，拉萨河很静，静得仿佛在焚香，也仿佛一尊从四川背回来的瓷器，敛尽了人世上的一切喧器。

　　我边走边卖弄，告诉他们该怎么执刀，如何出手，力道要用几分，准头该咋找。以前，我见过几次尊者在冬宫大法会上讲经说法的样子，我其实学的是尊者的口气，手势也像，表情也学着庄严。我这般照猫画虎，他们当然懵懂不知了，继续恭维我，说我的好话，让我的耳朵很舒服，慢慢发软。我讲解完后，另有几个人单独来提问，我就停下脚，拾起一根树枝，在地上开始比画。——比画完，刚收了势，我甚至有点气喘吁吁的，却忽然间觉得眼前一黑，被一条牛毛口袋罩住了脑壳，四肢被叉住，动弹不得。

佛爷呀！我被绑架了。

我突遭黑手，像一块酥油喂进了别的嘴里。这一刻，我立时明白了，原先他们在演戏，一步步地诱引我，让我自己送上门来。

我真蠢！

我的蹄子乱踹，拳头挥舞，尽力挣扎着。在这个红尘世上，我才活了十七岁，还没有看够风景，身体没长开，拳头也不够硬。我不贪，不嗔，不痴，我知道心上的戒律。对！我喜欢做一个喇嘛，也喜欢读《五明》经书，更喜欢在尊者的囊谦里擦拭佛龛，给尊者沏茶点灯，供奉一日三餐。我知道有一道宫墙将布达拉和拉萨城隔开了，我对宫里的999间房子滚瓜烂熟，却对俗世上的恩怨一无所知，也不曾结下过仇人和冤家。我猜，他们肯定认错了人。——迷离中，我感觉自己被抬了起来，架在半空中，一帮人往远处跑去，哑默无声。

我的袈裟被风掀开，衣袂飘飘。我越缩越紧。

我一直在踹，每一脚都踹在了棉花垛上，软绵绵的，毫无反应。我的拳头挥出去，打着空气。偶尔，拳头好像砸在了某个家伙的鼻子上，砸出了鼻血。我嗅见了一丝丝的血腥气，在清冽的夜风中很刺鼻，也很解恨。我被举在空中，像一只风筝那般滑行，滑向了夜幕的深处，滑向了拉萨河的滩涂。其实，我根本看不清夜色，牛毛口袋罩在头上，一团黑暗比铁还黑，也更坚硬。——恰在这时，我想起了尊者。尊者晴朗的颜容浮现在我的心里，比满月辉煌，照临我，给了我加持和信念。顺便，我还忆起了尊者前一天在囊谦里，用竹笔写下的一首道歌：

这么静，

比诵经声

还静。

……本来是去远山拾梦，

却惊醒了

梦中的你。

我闭上嘴巴，精气内敛，凝神不动。

这样，我的分量更重了，压得他们吭哧吭哧的，发出了牛喘声，脚步也慢了下来。我有点失笑。我这一具肉体凡胎，从没敬受过如此的恩遇，竟然被当作了一尊佛像，被一帮粗汉子们抬举着，向一个不知名的龛笼上归位。眼底里漆黑如墨，但我的耳朵亮了起来，鼻子也尖了不少。这时，我又闻见了河水，以及河面上升起的雾气，有一点点土腥，也有一丝丝的鱼腥，还羼杂了枯枝败叶的腐烂味道。不知怎么了，我听见拉萨河的一刹那，心中作涌，略微有些恓惶。经书上讲，一个人的一世，其实就是一条河流过，把自己的少年、青年和以后都冲走了，只不过剩下了一些似是而非的念想、一些牵挂罢了。先时，我还不懂这一句话，太深奥，便向尊者去求证。尊者每每说，仁青啊，等将来的某一天，河水打湿了你的脚脖子，你就觉悟了。

现在，我的脚是干的，我却恍悟了，了然在心。

……涉河入林，辗转而行，我感觉身下的人群突然嘈杂起来，相互换手，挨个儿叮咛，将我一寸寸地往前传递，平稳，妥帖，毫不颠簸。听得出来，人实在太多了，比哲蚌寺后院的那一座嘛呢山上的经石要多，比秋田上收获的谷穗还多，比云彩中藏下的雨滴更多。他们掐住声嗓，不敢高语，前后左右地悄悄递话，一个说，小心点！一个说，抬稳了，别趔趄！另一个又道，举高点，快把帘子打起来！——倏忽间，一团暖意扑面袭来，我不再发冷打战，甚至还闻见了火堆里劈柴和牛粪的味道，嗅见了酥油茶和糌粑的香气，另有燃香和桑烟。不用说，我被绑架了，这里才是目的地。

我听见那个黑脸的家伙在说："到了！款款放下，请喇嘛赶紧上座吧。"我像一根经幡杆子，从空气中卸下来，戳在地上。黑脸又催促说："快摆上坐垫，给喇嘛把靴子脱了，请上去！"我的胳膊被牵拽着，挪前几步，一屁股坐了下来。就这样，牛毛头套忽然被摘掉了，光明刺人，我眼底里黑了一黑。

妈哟！我坐在一顶宫殿般的帐篷里，坐在了首席的氆氇毡毯上。

我的眼前，麇集了成百近千的人，不分男女，无论长幼，每个人都身穿节日的盛装，珠光宝气，笑靥如花，拢着我，盘坐成一大圈。我心猜，他们一定洗了一整天的脸，梳了大半天的辫子，抹了一晚上的酥油。我闻见他们香喷喷的，像刚从煮羊肉的锅里捞出来的样子。男人们的羊毛领口雪白，妇人们的眉心里点了朱砂，鼻涕娃娃们吮着奶疙瘩，衣襟上油光斑斑。见了我，他们开始双手合十，嘴里念起了嘛呢。一时间，帐篷里嗡嗡嘤嘤的，仿佛一大群蜜蜂来送花蜜。我惊呆了，有一点忐忑，也有一种不安。——这时，首领般的黑脸汉子挪过来，边鞠躬，边给我献了一条洁白的哈达。黑脸说：

"仁青喇嘛，请宽恕我这个部落的鲁莽之举吧！"

我缄默。

"哦，冒犯了喇嘛，实出无奈！"黑脸汉子用眼神逡巡了一圈，唇红齿白地说，"怕耽搁时间太多，只好动了动粗，将喇嘛你抬了进来，真是礼数亏欠呀。"

心里打鼓，我且听下文。

"呵呵，这座帐篷下是我的整个族人，翻山渡河，来拉萨城朝佛献供，在拉萨河旁扎起毡帐过雪顿节，已经逗留了许多个时日。可是，可是在我的部落开拔前，尚有一个小小的卑微的心愿没能满足，感觉心里空荒。"黑脸慢慢红了起来，像有一朵彤云升起，又嗫嚅说，"仁青喇嘛，你是尊者的侍僧，如雷贯耳，今夜请你来，想请你开口朗诵，证悟我们。"

"我只是个小僧人。"我答。

"不！西藏十三万户人家，谁不知道六世达赖喇嘛仓央嘉措佛爷的法座下，有一个聪慧机灵的小仆人叫仁青呀。"黑脸起趄然的，对着帐篷下的众人朗声介绍说，"喏，都听好了！这就是大名鼎鼎的仁青喇嘛，刚刚请来的客人。"

我有些发窘，搪塞说：

"我是仆人，没什么法力。"

"可是，整个藏地都在传说，说仁青你对仓央嘉措佛爷的诗过目不忘，倒背如流呀。"黑脸汉子边说，边拿起五彩的供品，给三宝献祭。又喜滋滋地说，"哦，这是个恩典的夜晚！从此，我的帐篷里有平安，有了佛赐的平安！"

"那么，绑架我，只为了逼我朗诵？"

我质疑道。

"仁青喇嘛，还请你悲深愿重，宽谅我的整个部落，宽谅我这一座卑贱的帐篷吧！"黑脸停了手，合十，作揖，虔敬地说，"哦！我要坦白，我跟踪了喇嘛你许久。我知道尊者慈悲，每天晚上去散心，去采集谣曲，去灯火阑珊里习经修法。在八廓街上，我不敢去惊扰尊者的威仪，也不想打扰你去侍奉法王。可今晚上，却听见尊者对你讲，时间会很迟的，先让你回去。我想，这是一个佛赐的机缘，所以就……"

我伸手，拈起一撮供台上的五谷，撒向空中，问说：

"朗诵什么？"

"哦，法雨慈云，广拔众苦，快请佛爷的诗，做我们供养的福田吧！"登时，黑脸汉子声嗓哽咽，长身倾倒，伏卧于地，朝着布达拉宫的方向再三叩首，又说，"我和族人们干渴坏了，盼佛爷的道歌，盼得眼睛里哭出了血，心中也寂灭了许久。恩典的夜晚呀！从此，我的帐篷里有了平安。现在，我看见空行母在帐篷下飞舞，就现在，就在头顶上。"

不作迟疑，我伸手说：

"快！快把三弦琴拿来，让我漫唱一首尊者仓央嘉措的道歌吧！"

我接过琴，抱在怀里。

霎时，我惊呆了。——我发誓，我见过这一把旧弦子。先时，它还在八廓街上的那个卖艺老人的手里，还在赞唱格萨尔王爷的英雄过去，此刻却神秘地传递到了我的怀中。我想，我也一定是被佛祖摸了顶。不加犹豫，我双目微阖，开始弹拨起来，如梦如幻地漫唱起六世达赖喇嘛仓央嘉措的一首谣曲。

听得出，帐篷外开始下起了雨，在这个慈祥的夜晚。

在拉萨河谷地。

伪造者

我常常会忘了自己的名字。在一些神圣的夜晚，每当帕米尔高原上的繁星，像羊群一般钉满了天空，从天山深处吹拂而来的冷风，荡漾在我的肉体之中，野生动物的嚎叫归于黯淡之时，我就会忘记了自己的存在，甚至自己的名字：伊斯拉姆·阿洪。这样的事情一定是奇迹的发生，可它只会发生在我独自一人的身上。我像一枚陈年的大蒜那样，开出了一些似是而非的奇迹之花。

我已经知道了，在欧洲的那些报纸上出现了我的一些传闻，他们将我描述成一个怀揣大运的匹夫，他们甚至天真地以为我所口述的那些细节是真实无误的。恰恰相反，我只是一个目不识丁的小人物，是一个克什米尔破落家族的后裔，我连自己的母语——乌尔都语都一知半解，我怎么能明白其中的缘由呢？当然，这里面有一个人除外，他就是令人憎恨的斯坦因博士，只有他从未相信过我的鬼话。

现在是1899年的夏天，整个新疆南部都沉浸在一派酷热之中，而我的心却是冰冷异常。在喀什噶尔的这个小客栈里，我抚摸着自己的一生和玩笑般的过去，就会情不自禁地落下泪来。在柯尔克孜人的山里，有一句谚语说，在牛的眼睛里，最美的鲜花也只是一束草。我想，我可能就是这头不知好歹的牛。现在，奇迹已经离我远去了，我沉重的肉体令人厌倦不已。

这是最后的时刻么？我的话怎么前言不搭后语，矛盾百出呢？

作为一个伪造者，我必须讲出那一本《圣经》的真相。我坦白地说，那不是一本真实的经卷，它只是出自我手中的一本赝品，一本真正意义上的伪经。我想，上帝一定会惩罚我的，我在那些神圣之夜的迷失，也许就是他降临给我的，可我始终无能为力，只好束手就擒。

我的罪孽，在于篡改了上帝的英名，如今他让我破绽百出，丢人现眼。瞧瞧，这个人来人往、宽大明亮的世界让我充满了眷恋，可我仿佛一匹离散的牲口，一直找不到自己的木桩，我随波逐流，内心怀念那些青铜一般的生活和岁月。我知道我的感伤于事无补，可我必须说出一些鲜为人知的真相。

我的伪造生涯，可能肇始于那个女人。

我秘密地爱上了那个女人，我想方设法地往秦尼巴克的大院中跑，这在1898年的喀什噶尔城中，的确是一件让所有人羡慕与嫉妒的事情。因为，秦尼巴克是英国政府驻喀什噶尔的领事馆，而那个女人恰好是领事先生马嘎特尼的妻子。

至今，我还记得领事先生第一次将他美妙绝伦的夫人，领进喀什噶尔这个新疆南部的著名城市时的情景。她坐在几个吉尔吉斯轿夫高抬的车乘里，头上戴着一顶装饰了修长羽毛的时髦帽子。她的微笑，和整个中亚细亚地带上所有的女人都不同，那是一个异乡人的笑，一直穿过了喀什噶尔的大街小巷，消失在了英国领事馆的深宅大院中。可我没有料到她的笑容会那么快地凋零和败落，我几乎要为她担心不已了。

哦，我这样一个蹩脚的流浪汉，怎么能出入于秦尼巴克呢？说出来谁也不会相信的，就连喀什噶尔的按办大人潘效苏也不会相信的。因为，我是一个远近闻名的巫医，我的克什米尔的背景和血统，让我粗通了一些医术。而那个时候，这个名叫凯瑟琳的女人正好患上了一种水土病。

她给我讲述了她的家乡——英国伦敦郊外的一片森林，以及那座在雾霭中生动且恍惚的红色阁楼。后来，她还说起了她在森林中骑马狂奔的情景，伦敦特有的小烤饼和冰激凌。那一刻，我的手抚摸着她的骨骼。我从她的骨相中，看见了这个女人的孤独和疲倦。我知道，她仅仅是由于思念家乡，才得了这种可怕的症状。我给她倒了一碗水，撒上了一把喀什噶尔的风化土，让她慢慢服用，她的气色渐渐地好了起来。领事先生给了我一沓纸币，但被我荒谬地拒绝了。我那时候唯一的渴望，就是能和凯瑟琳夫人随便聊天，我对金钱充满了一种天生的鄙视，这不是我的恶作剧。

我接过了马嘎特尼先生递给我的一根纳斯，我喜欢这种中亚大麻的味道。

一年前的那个夏天，我常常出入于秦尼巴克这个显赫的庭院，为凯瑟琳夫人问诊。而那个小伙子马嘎特尼，他却丢下自己年轻美貌的妻子，和一批来自印度的英国探险家和冒险者，骑马去天山以南的柯尔克孜人的营地打猎。这是他的一个疏忽之处和错误，当然，这也可能正是他的工作。在夏日的阳光照耀在秦尼巴克的葡萄藤架上，院中的花园里鲜花怒放时，我和凯瑟琳夫人就坐在葡萄藤下聊天议论。那时候，我才知道秦尼巴克是"中国花园"的意思（CHINA PARK），可我对所有的鲜花都没有兴趣，我只是盯住了她的那一张鲜艳的脸。我不知道为什么，会对这个女人产生出一种莫名的爱戴，我们可都是异教徒啊。

现在，我还能清晰地回忆起那些短暂的时光。我想，可能就是从那时候起，我就有了一种篡改她的欲望。

凯瑟琳可能问过我。她说：

"您一直是一个人照顾自己么？"

而我的回答可能是：

"不，尊敬的夫人，我内心当中有很多美妙的乐趣，它需要我用一生的时间来喂养。我怕其他的爱好会分散我的注意力。"

那些年头里，在新疆南部的广大地区，出现了很多迥异的奇迹。有一个牧羊人自称在帕米尔的一处山洼里看见了佛的踪迹，他说，佛其实是一匹洁白的狮子。而几个在克孜勒苏河畔洗衣服的东干女人，居然看见了水中的一头巨兽，就在巨兽出现的那一刹那，有几个在河里游泳的孩子却失踪了。说这话的就是秦尼巴克的东干仆人，她的脸上还残存着一种深刻的恐惧表情。哦，我对奇迹之事笃信不已，而我对那些密布在天空中的奇异天象却没有什么好感。夜晚来临时，我和凯瑟琳夫人就在院中的躺椅上看着星空。她告诉我说，每个人的命运就是天上的星宿来决定的。我对这样的异端说法充耳不闻，但我会请求她为我弹奏一曲钢琴。她的那架钢琴是从伦敦运来的，马嘎特尼先生当时派遣了几个吉尔吉斯驮夫，到俄国的奥什小镇去迎接这架钢琴的到来。

我还记得凯瑟琳夫人第一次为我演奏时的情景，她鼓足了腮帮子，或许还使劲地润了润喉咙，在那个乌黑的箱子上敲打歌唱。她说，她唱的是一首英国的民歌《风中的玫瑰》，可她唱的是什么呀，那么难听的喊叫，我差一点就要笑出声来。直到现在，我一想起她的歌声，我的两只耳朵就会嗡嗡不止。但我喜欢那个会发出声音的乌黑的大箱子，我觉得它就是一个奇迹的存在。

领事夫人的病快要痊愈的时候，我明白，该是我离开秦尼巴克的时候了。

我很难过，我有些依依不舍的心情。我的情绪好像我已经爱上了这个女人，这让我自己感觉到了一种可怕和眷恋。就在这时，一桩奇迹又出现在了我的面前，我心里有一种隐隐的期待，我明白我再也离不开这个美丽的女人凯瑟琳了。与此同时，我的巫医生涯将会结束，而一种天才的伪造工作和制作赝品的生活，一定会使我陶醉和乐此不疲的。

真的，这个来自伦敦乡下的美丽女人，她永远也不会知道，我的这一切都是因她而起。最终的答案是我不仅没有篡改掉她的生命，而我——伊斯拉姆·阿洪的生命，如今却已破碎不堪，漏洞百出了。现在，我必须诚实地说出有关我作为一个伪造者的全部内容了。

我需要，需要一点儿勇气和记忆吧。

因为，现在欧洲的报纸上将我描述成了一个运气的儿子，一个徒有虚名和追逐金钱物质的浪荡公子，一个喀什噶尔的小生意人。这是他们对我的一种妖魔化和胡涂乱抹，是对我的一种嫉妒与陷害。

而事实并非如此。

是的，我常常会忘了自己的名字，但我从未忘记过那个夏天傍晚的一幕：一包由印度加尔各答辗转运来的英国外交邮件，抵达了喀什噶尔的秦尼巴克。那时候，我和马嘎特尼先生正坐在几棵新疆的春天杨树下，谈起了慕士塔格峰雪线以上的豹子和蓝马鸡的事情，而殷勤的凯瑟琳，正在用俄国的萨玛瓦尔大茶炊为我们煮咖啡。

那本来是一个透明的夜晚，弧形的天空被星辰绷紧在大地之上，一些蝙蝠像黑衣的国王，正在巡视着周围的辽阔领空。可这一切都被那包外交邮件给破坏了，因为领事先生看完其中的一本杂志后，突然间勃然大怒，面色显得很难看。后来，我才明白那一本杂志是1898年的《孟加拉亚洲学会会刊》，里面讲述了一个名叫鲍尔中尉的英国陆军情报官员的故事。哦，那本杂志是一本充满了异端邪说的书，它自以为是，它居高临下，它也夸夸其谈，常常有一些危言耸听的内容，在新疆南部的广袤土地上一再流传，可是我承认它所说的有关那个英国情报官员的话却是真实的，这也就是领事先生不悦的原因所在。

这时，凯瑟琳端来了浓香四溢的咖啡，邀请大家共同品尝，气急败坏的马嘎特尼先生，一下子将咖啡打翻在地，嚎叫说：

"不，这不是真的。那个杂种干的一切，都是在欺骗国王陛下，根本就不存在一本这样的书。我是国王陛下派驻中亚细亚的领事，我了解这里的一切。"

凯瑟琳说：

"也许他是对的，他毕竟是一个间谍嘛。"

"您真是太幼稚了，他只是一个野心家和拙劣的冒险者。他企图在这一片远离英伦三岛的荒凉土地上，建立他自己不朽的英名。他差一点儿就得逞了。"

凯瑟琳委婉地说：

"也许，他已经得逞了。"

后来的事实，正像凯瑟琳所说的那样，鲍尔中尉依靠他在和阗地区，用了三只小毛驴换来的一本只有56页的桦皮文书，轻易地获取了英国国王的好感，并受封为汉密尔顿爵士。他的名字和关于那一本桦皮文书的传奇经历，使他在整个西方世界闻名遐迩。在几年后的一个冬季，我看见了再一次来到喀什噶尔的鲍尔中尉，说实话，我对他有着不错的印象。——正是这个人启发了我，并让我发挥了自己伪造的天才，也是他的发现为我开拓了一个庞大的需求市场，我没理由不对他充满感恩的念头。

可是，在他第二次进入喀什噶尔为了寻找更多的文书时，我竟然欺骗了他，让他栽了一个大大的跟头。

但是，这并没有玷污他的荣誉和尊严。鲍尔中尉曾经亲口告诉我，当初他获得那56页桦皮文书时，他其实并不知道其中隐藏的价值。因为那时候，他正在全力追捕一个脸上有痣的阿富汗杀手。

那个阿富汗人在不久前，于铁列克达坂一带的山谷里，残酷地杀害了英国最著名的中亚细亚的探险家达格列什，这件事震惊了国王和英国政府。于是，鲍尔中尉受命追捕此人。他迅速集合了自己在中亚地带的情报网，以骆驼队的名义，撒开了一个庞大的抓捕网络。鲍尔中尉则独自一人骑马来到了喀什噶尔。在出游和阗的一次旅途中，他恰巧碰见了一个牧羊人。那个牧羊人热情地向他兜售一本桦皮文书，说是从塔克拉玛干的沙漠里捡到的。英国情报官员半信半疑，犹豫地买下了这本残破的古董，后来他可真的有些后悔了。说真的，那本书上的文字他居然一个也不认识，它们像夏天沤烂的水塘中滋生的蝌蚪一般，密密麻麻的，充满了疑难。

在上帝的指引下，他将这本书寄给了远在加尔各答的德裔英国东方学家霍恩勒博士，以期得到某些指点和教诲。果然，霍恩勒博士在印度一个无边无际的雨季里，成功地辨识并解读出了那本桦皮文书。他以一种不容置疑的口气，在他的论文中这样写道，这本桦皮文书肯定是一个于公元5世纪左右，活跃在中亚细亚地带上的少数民族的文字记载，相信这个部落业已彻底消逝，但文书中间所记载的天文和风俗的细节，至今读来仍饶有趣味。

他庄严地将这本桦皮文书命名为《鲍尔古本》，并紧急专递给了大英博物馆。欧洲的报纸在那一年的冬天里，连篇累牍地报道了鲍尔中尉发现桦皮文书的传奇经历，他们甚至还厚颜无耻地把这一切归功于那个少数民族的臣服。

这之后，鲍尔中尉回国述职，他被隆重地邀请到剑桥大学和牛津大学做了演讲。虽然法国巴黎的高等师范学院也邀请他做专题发言，但被他无情地拒绝了。鲍尔先生说，他厌恶法国人，他的一个祖上就是在英法战争中被杀害的。那时，这个英国情报官员虽然荣誉加身，但他还想发现更多的古代文书，于是他又混入了滚滚而去的赴中亚细亚探宝的人海之中，盼望更多的文物和古董被自己获得。他可能不知道，那些各式各样的探险大军正是因为他的鼓噪，才远征而来中亚细亚的。

他犯了罪，他以后再也没有获得过哪怕一本真实的古文书，也算是活该吧。

但就是他，给我带来了滚滚不断的金钱，以及玩笑般的生活，我的伪造生涯才开始了辉煌。某种程度上，我感激这个英国情报官员。

是的，要不是那年夏天的一个傍晚，我秘密爱上了那个来自英国乡下的美丽女人，我就会寂寂无闻，终老而死的。在咖啡飘溢的秦尼巴克的院子里，我目睹了马嘎特尼先生的暴怒和凯瑟琳的天真表情，我本来可以抽身而退的，然而出于对眼前这个女人的莫名感情，我详细询问了一番这场愤怒的缘由。

我是一个成功的巫医，由于治好了领事夫人的疾病，我在秦尼巴克中的地位是不言而喻的。马嘎特尼先生告诉了我这一切。他还信任地对我说，他有一半的血统是中国人，这是因为他的母亲是中国南方一个显赫的贵族家庭的小姐，在席卷南方的太平天国运动中，她的家庭破落飘零了，于是她匆匆嫁给了一个到中国来的传教士。我的心被他感动了，我是一个知恩图报的人。我以一种坚定的神情对他说：

"我可以为您搞到更好的古文书，让您的光芒压倒那个什么鲍尔中尉。哦，在新疆南部的塔克拉玛干和丹丹乌力克沙漠中，到处都是一些坟墓的废墟和遗址，只要顺手一拾，就是几本古代的文书，这并不难。"

领事先生说：

"我愿意代表国王陛下，用重金来收购这些文物，我发誓。"

而美丽的凯瑟琳以一种好奇的眼神问我说：

"伊斯拉姆·阿洪先生，您说的这些仿佛是《天方夜谭》里的故事。

您是一位神奇的人物，浑身都是奇迹和上帝的身影。我相信您一定会帮助马嘎特尼的，我们对您的感恩无以言表，上帝可以作证。"

我至今还记得她对我的赞美，我毫不犹豫地答应了他们夫妻的请求。

但是，那时候我并没有什么把握，我不知道去哪里才能寻找到什么古代的书籍，我甚至连那种东西见也没有见过呀。我之所以慷慨地答应，那也只是为了能在以后的日子里，有一个借口到秦尼巴克的院子中看见美丽的凯瑟琳夫人，能沐浴在她特殊的笑容下，让我内心隐隐的情愫，有一个能够纾解的寄托。我治好了她的疾病，我需要告辞，而我的那种慷慨使我得以继续留在了那个鲜花旺盛、蝴蝶满天的神话般的庭院内。

慢慢地，我做到了。

我放弃并中断了自己一度拿手的巫医生涯，以一种专注的努力，投入对古代文书的索求中。就像如果你掌握了屠宰的技艺，你的眼中必定看见了全世界的牲口那样，心中肯定有一丝试图的念头。我在那年夏天的喀什噶尔大街上走过，满目都是从俄国铁路线和从帕米尔峪口里纷至沓来的西方人。他们风尘仆仆的样子，并未能掩盖住双眼中喷发出的灼热的贪婪和欲火，他们使用了一种不太标准的喀什噶尔土话，或者雇用了一名当地的翻译人员。他们不分晨昏地出没于喀什噶尔与和阗的街巷，有些甚至到达了更远处的荒凉乡村。他们每逢遭遇上一个从偏僻地带回来的牧羊人时，就会挤出一种谄媚亲近的笑容，嘘寒问暖，不耻下问。或者，他们从兜里摸出很多的钱来，放在牧羊人的面前，不约而同地说：

"这就是一本发黄的文书的价钱，您一定会满意的。哦，那些文书在您的手里，只不过是擦屁股或生火的东西，而在我的手里却会让您盖上一院青砖的大瓦房呀！"

从那时候开始，喀什噶尔城内的羊肉价格，一度攀升到了吓人的地步，如果午后去巴扎（集市）上割一斤肉的话，一个人往往会空手而归的。

羊肉的短缺，立刻引起了喀什噶尔按办大人的注意。他的手下经过侦查后发现，几乎所有喀什噶尔的牧羊人都纷纷扔下鞭子，钻进了塔克拉玛干或丹丹乌力克沙漠中寻找古代的文书，一任他们的羊群在戈壁荒滩上散漫游荡，而这些丧家之羊，无疑成了郊外饥饿的狼群和豺群的美餐。那一阶段，喀什噶尔城内人心惶惶，社会生活和治安遭到了前所未有的挑战。这样的局面让我很伤神，但我也无能为力。

我曾经打算亲自进入那些恐怖的沙漠深处，为美丽的凯瑟琳寻找到一本真正的古代文书，可我的大话说得过早了，这让我自己陷入了一个尴尬的境地。因为在那以后，喀什噶尔地方当局在进入沙漠的几个路口设立了关卡，一般禁止任何人通行。而个别的牧羊人为了发财，只好绕道从罗布泊东侧的沼泽中，冒险进入沙漠中的废墟。

时间在渐渐地流失，好像风中的流沙，让我的脸上凹凸不平。

我怎么向凯瑟琳交代呢？在那个夏天的傍晚过后的三天内，我见不到她的笑容和亲切的天真，天天如坐针毡，不能自己。在晴朗的睡梦中，我会由于梦见了那个伦敦郊外的乡下女人而热泪涟涟。我的鼻子渐渐地变成了猎犬的，我的目光也磨炼成了豺狼的那一种。在整个喀什噶尔城内，我东奔西走鼓足了勇气，我相信一定会有一本古代的文书在等着我，而我需要的仅仅是耐心和对凯瑟琳的无限思念。

是的，我在一个雨夜里，甚至还偷偷地溜到了秦尼巴克的大门口，我盼望看见美丽的领事夫人。我穿着牛毛毡衣，等了一宿，到凌晨时分时我依然一无所获，可我的心是满足的，我相信她也会知道的。

就在艾提尔尔广场后的一条小巷里，我奇迹般地看见了一个东干女人，她正在给一个小巴郎子擤鼻涕。皮肤洁白的小巴郎子的两只鼻孔里，鲜血哗哗哗地流了出来，肥硕的女人手中拿着一本乌黑的书，正在撕扯着给他擦脸。

我突然发疯一般地冲了上去，一把夺下了那本书。我没有解释，我将自己全部的积蓄通通交给了那个吃惊不小的东干女人。

为了这本乌黑发旧的古代文书，我变得一贫如洗了。

我对英国领事先生说："这是我送给您和夫人的，虽然我根本就不识字，可我明白这本书会对您有帮助的。也许，它会让您比鲍尔中尉出更大的风头，更显赫的。"

其实，只有我脆弱的心才知道，我的这个微薄的礼物是送给领事身边的美丽女人的，上帝可以作证。

"可是，伊斯拉姆·阿洪先生，请您告诉我发现这一本古文书的奇异经历吧？"凯瑟琳用一种腼腆的语气，对我恳求道。

我故意撒了一个谎，我还编织了一个美妙的故事来渲染我的艰辛和疲惫。

我这样说："……是的，在柔软浩瀚的金色沙漠中穿行时，一个人往往会迷失方向，丢了性命，这不仅是干旱、酷热和沙暴的缘故，有时候仅仅是因为海市蜃楼在作怪。干渴至极的骆驼在闻见远方绿洲上水的气息时，多数就会兴奋而死，而有些却见了清凉的泉水后掉头狂奔，渴死在了沙漠腹地里。它们不相信奇迹的发生，也许那些景象仅仅是海市蜃楼所带来的。所以，在沙漠的山脊上，常常会有一些大型动物的尸骨被风吹拂出来，它们完整的骨骼以一种不屈的姿势站在路上，好像还在渴望着水和自己的那一座泥圈。"

我润了润喉咙，继续说：

"我想，我一定能为你们找到一本古代的文书。于是我拉了一匹骆驼，进入了丹丹乌力克。在八月的太阳下，我身上的一件白色袷祥能保证我不受日头的伤害，可那些沙子，那些仿佛十万颗的沙子，在风中燃烧着向我扑来。我的心是虔诚的，我向上帝祷告，祈求他的成全。果然，在进入沙漠的第五个夜晚，我睡在一处背阴的沙坡上，我的脑袋枕着一只白花花的骆驼头骨，我梦见了它的生前和它的死亡。它在梦中告诉我说，它叫'银子'。它是在一次和伟大的世界之王成吉思汗的队伍争战中，被砍下了头颅的。它请求我送它回到生前的泥圈中去，我照办了。"

这时，我卖了个关子说：

"可您猜怎么了，尊敬的领事夫人？当我灰心丧气、一无所获地刚刚走出沙漠的时候，我又梦见它对我说，它有一份贵重的礼物要送给我，以报答它对我实践诺言的恩情。于是，我遵照它的指引，将手伸进它空洞的眼眶时，我竟然掏出了这一本罕见的书。这难道不是奇迹的发生么？"

"是的，我敢肯定。"

立时，凯瑟琳流出了激动的泪水，喃喃而已。

众所周知的是，那一本乌黑发旧，充斥了古怪文字的破旧书，后来被英国领事马嘎特尼先生通过外交邮件的形式，寄往了印度的孟买，以期搭上一艘开往伦敦的慢船回国表功。不幸的事情发生了，那支马队在穿越慕士塔格峰的达坂时，被一支来自波斯高原的武装土匪给劫掠了。这件事闹得很大，英国陆军还试图派遣一支特种部队前往追剿，但圣彼得堡的俄国外交部及时地发出了照会。所以，那本书的命运就不了了之了。

恰是因为这个原因，我的声名鹊起。在整个中亚细亚，尤其是在喀什噶尔不胫而走，似乎人人都知道了我是一个寻找古代文书的顶尖高手，仿佛我这里有一个专门买卖古董的商铺和工厂。

那一刻，我还没有意识到一个庞大的古代文物需求市场正在等着我。

我朝思暮想地爱着那个瘦弱而美丽的英国女人，我以为这是一种神圣的等待。我还幻想过她的丈夫在一次去柯尔克孜人的山里狩猎时，幸运地被一头黑熊给撕开了。我幻想过，她在领事先生的尸体前悲痛欲绝，几次昏厥了过去。我想象她孤苦无助的时候，一下子埋头在我的怀里，我给了她绵绵不尽的关心与温暖。可这一切都是我自己的白日梦，那个一头红色鬈发的马嘎特尼，此后再也没有扛枪离开过喀什噶尔，而是一门心思地到处求购各种各样的古代文书。当然了，他第一个哀求的就是我，可我去哪里为他分忧解愁啊？我像一只热锅上的蚂蚁，我害怕他们对我的冷淡，我不想失去一张前往秦尼巴克这个神话般花园的畅通无阻的通行证。

我看见了郊外秋风中飒飒而鸣的苇塘，我联想到了纸莎草和桑皮纸，我还惊心动魄地想到了刻版印刷的那种浓郁的墨香。

是的，我想到了一种神奇的伪造。

　　　　　　　　　　　　　　　　　　　　　　纸旷野

那时候发生的一切真是奇妙极了。在伪造工作的每一个细节上，我都精益求精，不敢怠慢，我知道那一笔一画都会发出彩色的光芒，让整个欧洲世界为之赞叹喝彩。我将柞树汁抹在了桑皮纸上，使它们看起来仿佛刚刚从古老的坟墓中现身。我还将这些发黄的纸张，放在烟道里熏染，使之散发出一种霉烂和伤心的味道。在一张张樱桃木的刻版上，我找到了几张外国人带来的破报纸，我看不懂那上面的任何一粒文字，可我会在自己的刀下模仿一气。我故意丢三落四，我恶作剧地把一些字母的方向颠倒一番。我随心所欲，甚至淘气般地将鸟和公鸡的爪印刻在了上面。那是一些真正的赝品，等装订成书后，我会故意撕去几页，把它们埋在沙子里面，让蜥蜴和蚂蚁在上面做窝，拉屎拉尿。我找到一个中间人，让他将第一批赝品，试探着卖给了俄国驻喀什噶尔的总领事尼古拉·彼得罗夫斯基。奇迹发生了，那个被当地人尊称为"新察合台汗"的大熊，竟出乎预料地以重金全部买下了。

　　我成功了。

　　我的全部技艺来源于学习，要知道在当时的中亚细亚的木版印刷中，喀什噶尔的水平是最高的。我轻而易举地掌握了这些内容。

　　我的工作是昏暗和秘不示人的。我在那些伪造的日子里，犹如一个受到了压抑的鼹鼠一样，晨昏不辨。我为什么要爱上那个白种女人？爱上了她，却又无法表达我紊乱的心迹。其实，人世间的谜题很多，这也是其中之一吧。

　　事实上，除了凯瑟琳以外，我还要纪念一个生命中记忆模糊的朋友。

　　他是一个瑞典人，他的名字叫斯文·赫定。在1892年一个下雪的冬天，他骑马进入了新疆南部，他说他要到塔克拉玛干沙漠中挖掘一个古代的城市，它好像叫"楼兰"。瞧瞧，他就是这样一个执着和幻想掺杂一气的人，可他偏偏在翻越天山的时候染上了伤寒。我为他疗治了一个冬天，等到第二年，他恢复到一个健壮的小伙子的时候，春天已经开始了。他固执地要实践自己的想法，还雇用了一支规模庞大的队伍。在我们告别的时候，他要送给我一只金质的怀表，可被我拒绝了。他又问我需要什么，我说我看见他行李中有几张瑞典的报纸，上面的漫画让人笑得前仰后合，我需要那种无忧无虑的笑声，以便将来在我捧腹大笑的时候，我会想起他这个老朋友。他听了我的话，便不假思索地送给了我。我也问他，他需要什么留作纪念。斯文·赫定先生说，他想要我身上穿的一件白色的裕祥，我便脱给了他。我们就这么分别了，他走后一直杳无音信，令我揪心。

好了，我说的意思是，我当时可能就有一种预感吧，我预料到自己将来可能要从事伪造的工作，所以我一直收藏着那几份报纸。我照猫画虎，按照瑞典报纸上的那些莫名其妙的字母，镌刻在了一张张的樱桃木的印版上。我打乱了它们的笔画，我重新组合字母的顺序，让它们面目全非。我想在这样的捣乱中，来怀念我的朋友斯文·赫定先生。

在此，我也祝他快乐。

我用这样诡秘的文字制作出来的文书，已经装订成功了。在沙土中掩埋了多日后，我像收割庄稼一般郑重地抱在了怀里。这是我精心制作的一本赝品，我打算馈赠给英国领事马嘎特尼先生和我心仪无限的女人凯瑟琳。哦，一个克什米尔破落家族的子弟，常年流落在异邦他乡，他在此之前的一生中没有爱情，也没有一丝家庭的温暖，但我需要它们，就像一口干枯的井，一直等待着一场秋天里漫漶而来的洪水聚集。

可神圣无上的上帝也会让人失望，等我兴高采烈地叩响秦尼巴克的大门时，那个肥硕的东干女人却告诉我，领事先生和美丽的凯瑟琳居然回国度假去了。

我被激怒了。

那一刻，我的嫉妒就好像一枚磨得锐利的针，刺在了我的心窝上。

于是，我将那本精心制作的古代文书赝品，以极高的价钱销售给了刚刚到达喀什噶尔的英国陆军中尉鲍尔。毫无疑问，他在印度的北方邦就闻听了我的大名，所以他策马扬鞭飞驰到了我的面前，以一种献媚的神情，给我诉说了他的全部经历和荣誉。他一再哀求我，他想让我帮助他一把。

我们抽着纳斯，在一阵阵类似于神游的美妙幻觉中，他听我讲述了这本古代文书赝品的发现经过。当然了，那是我所说过的故事中最独特、最动听的一个。我道听途说，讲到了巴格达的神灯和开罗的喷水池，我还想象般地说起了耶路撒冷的一条粉红色的街道，以及撒马尔罕的金桃。慢慢地，我迷住了他。

就这样，鲍尔中尉听得如痴如醉，他没有理由不拿出一笔高额的金钱，来换取我的这本赝品。另外，他还送给我一本他自己随身携带的小牛皮装订成的经书。不用说，那是一本五颜六色、花里胡哨的《圣经》。

不，那不是赝品。那只是我用生命书写的著作，是我的作品和广阔的回忆。

我欺骗了那个英国间谍。我的那本书让他在以后吃尽了苦头，也让他遭到了欧洲各国博物馆和私人收藏家的嘲弄，但是这可不能归罪于我本人啊。那一刻，望着鲍尔先生心满意足地离开了喀什噶尔，我对于英国人的仇恨便开始在心底里滋生了。

那些个日子，我开始背叛自己的肉体，拿着鲍尔中尉给我的那一大笔金钱，出入于窑楼和赌场。我浪费自己的精力和全部的心思，我学会了让自己狂饮俄国人的伏特加。在我烂醉如泥的时候，我就会请几个黝黑的印度少女陪我过夜，我让她们身穿半裸的纱丽，通宵达旦地为我跳肚皮舞。我让她们吮我的身体，让我一次次地射精和高潮。在那种醉生梦死的鬼混中，我知道凯瑟琳和她的丈夫再也不会回来了，他们回国去度假只不过是一个荒唐的借口而已，我似乎真的失去了那个美丽的女人，可我什么时候曾经得到过她的感情呢？

我在矛盾中辗转挣扎，直到有一天，我听俄国的总领事彼得罗夫斯基先生说，马嘎特尼和凯瑟琳正在俄国人的列车上，他们即将返回喀什噶尔。

除了一阵暗自的狂喜外，我有理由蔑视他们，我才不会那么无缘无故地原谅这一对狗男女。可我手足无措，我总不能无礼地去杀了他们吧？我想到了一个报复的手段，那些日子，我天天抚摸着英国间谍赠给我的那本小牛皮装订成的《圣经》，忽然就豁然开朗了。

我找到了一个发泄嫉妒与不满的方法。

于是我下定决心，我要让他们的名誉扫地，我要将他们推入一个让全欧洲人都去耻笑和挖苦的泥淖，我要让他们永远记住我——伊斯拉姆·阿洪，一个克什米尔擅长嫉妒和报复的民族的后裔。

我迅速投入这一项紧张的工作中，我在篡改一部西方世界不可挑衅和不容置疑的书。这是上帝的言论，可我调戏了它，我篡改了他老人家的话。我要用很短的一段时间，为那个伦敦郊外的美丽女人制作一本《伪经》。

我真的那样干了。我得心应手的身姿，仿佛是一个举世罕有的伟大工匠。

是的，那不是一种伪造的过程，那仅仅是一种把生命中所有的心血，书写在樱桃木印版上的经历。那也是我的作品和我最广阔的回忆与呼喊。现在，我要说说那种神圣不可侵犯的心理，我要诉说和表达一张樱桃木的印版上，呈现而出的细密花纹和上帝的暗示。

作为一个伪造者，不，作为一个从事于内心的书写者而言，在写作的最初的黄昏，室内不应该点灯。因为在那一刻，孤独是一团完整的空气。离开写作时的那种孤独，作品就不会诞生，或者支离破碎，毫无生气，不知如何发展下去。我越来越明白，写作的人和他周围的人之间，始终要有所分离。这是一种孤独，是写作者的孤独，是作品的孤独。正如一个寓言所说的，写作，除此之外什么也别做。是的，伪造，不，是写作，那是我生命中唯一存在的事情，它让我的生命充满了乐趣。

我那样做了，始终没有停止过写作的工作。

哦，一本打开的书其实就是一个漫漫长夜。我不知道为什么，刚才的话会让我流出眼泪。是的，尽管绝望可还是要写作，不，带着绝望的心情去写作。那是怎样的绝望呀，我一直说不出它的名字。

与尚未写成的书在一起，那就是还处于人类最初的睡眠之中，而写作从来就没有任何的参照，或者说，它像一个初生的婴儿，未经开化，成为一本不说谎的书。在写作之前，人们并不知道要写作什么，而头脑却非常清楚。然而一部写作而成的书就像风，它毫无遮掩，它就是墨水，就是作品，它进入了生活，就像其他任何东西进入生活一样。

除了生活，没有任何其他的东西可以令人回忆……

是的，要不是我在那个夏天的傍晚，爱上了一个来自伦敦郊外、鼻翼两侧长满细碎雀斑的美丽女人的话，我就不会制作出一本如此精湛的作品。1898年秋天的雨季快要结束时，我不仅完成了它，而且为它虚构了一个跌宕起伏、精美绝伦的发现过程。呵呵，欧洲的报纸上连载过这些充满趣味和生动细节的故事，在此，我就不再饶舌赘述了。

这一次，我使用了阿尔金山盛产的一种高寒地带的牦牛皮，来装订这一本谎话连篇的经卷。虽然，它看上去和一本普通的经书毫无二致，可内页上密布的奇形怪状的文字，往往也会让人心生敬意。我给秦尼巴克的领事先生和凯瑟琳递去了一封大红色的帖子，我盼望能见到他们。哦，我的这种出乎意料的举动，一定让英国夫妇大为惭愧了吧，他们赶快派来了一辆吉尔吉斯轿夫驾驶的"驴的"来接我。我整理完仪表，揣上那一本后来在整个欧洲世界引起轩然大波的小牛皮的经书，出现在了秦尼巴克的院中。不过，让我感到意外的是，那个曾经鲜花怒放的中国花园，此时已经满目枯黄、萧条一片了，有好几个雇佣的仆人在领事夫妇归国的时候，纷纷撂了挑子。

我知道，秋天已经深了。

而更让我吃惊的，则是凯瑟琳夫人已经明显有孕在身了。她很吃力地腆着肚子，以一种茫然的神情看着我，好像和我邂逅在了伦敦的某一个街区。我的十指开始慌乱了起来，我明白，这是对我的一种极端的蔑视和挖苦，可我无能为力了。

我知道，我必须开始反击了，我要让他们陷入万劫不复的境地。

我将那一本有着丝绸般柔软封面的经书交给了他们，并给他们诉说了发现它的虚构的故事。马嘎特尼以一种虚伪的热情拥抱了我，而凯瑟琳则给了我一个勉强和尴尬的矮身礼。

后来的事实正如你们所知道的那样，在印度加尔各答的英国东方学家霍恩勒博士，对这一本伪造的经书迅速做出了反应，他慷慨无限地将他所掌握的所有溢美之词都给了我。我还知道，伦敦的《泰晤士报》在一个礼拜的时间内，大篇幅地连载了那个自以为是的博士的长篇论文。哼哼，他说出来的话我才不会相信，我漫不经心却又精雕细刻的那本伪造的小牛皮的经书，居然被他确定为是12世纪的遥远来客，一本稀世之作。

这是一个丑闻的诞生。

他们居高临下的姿态，最后害了他们自己。

所以，我有必要引用一下霍恩勒博士的那些痴话和白日梦。当然了，我只能引用和照本宣科，我说过的，我对那些异端邪说有一种天生的鄙夷。霍恩勒博士是这样考证出那本赝品的身份的。

他居然云山雾罩地说：

"……对于遥远的中亚细亚的土地和更为广阔的东方而言，我们这些人的目光是如此的无知和盲目，几千年了，我们的视线也没有变得更加遥远和敏锐一些。同样，对欧洲人来说，亚洲肯定也是一片巨大的未知的土地，是一张充斥了想象与传说的辽阔地图。有关普雷斯特·约翰的传说，就记录了欧洲人各色各样的想象。

"据说，约翰是一个信奉基督教的国王，他居住在东方的某个地区。他不仅异常富有，而且指挥着一支强大的军队。这支军队剽悍无比，将去援助在圣地与撒拉逊人作战而被围困的基督教徒。

"'普雷斯特'的意思是'祭司'。

"人们相信，约翰既是祭司，又是帝王。他最早出现在德国主教奥托的著作中。奥托写道，1145年，他遇到了一位叙利亚主教，这个人向他讲述了一位名叫约翰的国王的全部情况，说他信仰基督教，住在比波斯还远的地方。根据奥托的记载，约翰曾打算去耶路撒冷与基督教十字军并肩作战，但是他无法让队伍渡过底格里斯河。所以，在河边盘桓了几年之后，他'被迫回到了故乡'。……但是一想到在遥远的撒拉逊人的土地上的某个地方，还有一支潜在的同盟军（这个同盟军可能很快就会在后方给穆斯林军队以沉重打击），欧洲人就心情振奋。但是直到1165年，约翰才被再度提及。

"据称，当时约翰本人的一封亲笔信开始在欧洲的各个宫廷和城市之间流传。信有大约10页长，大都是关于约翰的显位、财富和虔诚的自夸之词。

"约翰声称，大约有72个国王及其王国处于他的统治之下。事实上，他确实远不同于一般意义上的统治者，甚至连他的厨师和男仆人都由国王来充当。他的王国里有通天塔、不老泉、一条散布着宝石的河流、一群高超的骑手、一块属于女战士的土地和其他许多稀奇古怪的事。但是，他的王国里并未滋生酒鬼、骗子、盗贼或者无赖。约翰还声称，他拥有成堆的黄金珠宝，他的宫殿前立着一面魔镜，从镜中可以观察到他统治的所有区域。他是一位强有力的战争领袖，一个公正而强硬的统治者，也是当时世界上最伟大的君王。当然，他也比其他任何基督教徒都更为恭顺。

"所有这些，都强烈地吸引着西方世界。约翰的信被用12种或更多的欧洲语言翻译了出来，数以百计的复制稿在人们的手上传递。1177年，教皇亚历山大三世给约翰回了一封信，回信的复制品被保存下来了，但是没有一封上面有地址，因为甚至连教皇也不得不承认，他也不知道到哪儿才能找到这位神秘、强大、信仰基督教的君王。

　　"由于缺乏事实根据，当时的地图绘制者和地理学者们便妄加猜测。

　　"最初，大部分人认为约翰的王国在印度某地，这可能是把传教士圣·托马斯混淆进来了，他后来死在了印度。此后，人们又认为约翰的王国位于中亚细亚某个未标明的中心位置上，例如喀什噶尔和和阗，这种猜测是基于这些地区存在着亚美尼亚和聂斯托里的一些基督教组织。到了14世纪，大部分欧洲学者已放弃了该王国在亚洲的猜想，而是乐观地将约翰置于阿比尼西亚和埃塞俄比亚等非洲王国，因为这些王国确实一度曾被基督教徒所统治。到了16世纪末，约翰的王国甚至出现在某些荷兰人和德国人绘制的南部或东部非洲的地图上。

　　"为了表达整个欧洲和基督教世界对约翰王国的渴望与神往之情，1182年，又是教皇亚历山大三世给约翰国王赠送了一本摩洛哥小牛皮装订而成的《圣经》。同样，因为不知道约翰的地址，教皇陛下就托付给了一支驶往中亚细亚的骆驼队，并叮嘱他们务必亲手送到约翰国王本人的手中。

　　"可那本无比珍贵的《圣经》从此就消失了，也可能那一支骆驼队被风沙吞没了。但人们相信，那本书肯定还会再次重现的。

　　"1165年的信出自何人之手，学者们对此从无定论，而且像美洲的伊尔多拉多这个传说中的黄金城市一样，约翰的王国也从未被人发现。

像伊尔多拉多一样，它只是一个幻想，是一个吸引着许多探险家和冒险者的迷人幻想。15和16世纪，葡萄牙人绕过非洲到达印度乃至更远的地方，葡萄牙人做出这一航海的壮举，部分原因是当时的人们仍普遍相信，一个强大的基督教国家正在东方的某个地方，等待着人们去发现。"

够了，霍恩勒博士的结论是：

"……欢呼吧，欧洲！那一本由教皇亚历山大三世精心挑选的《圣经》，现在已经被发现了。我有十足的把握肯定，这本由喀什噶尔的伊斯拉姆·阿洪先生，在中国新疆丹丹乌力克沙漠中捡拾到的小牛皮包装的书，就是1182年我们欧洲世界对约翰国王的赠品。"

我想，这就是一桩世界性的丑闻的诞生。它肇始于我，终结于英国的领事夫妇。

就在这个所谓的伟大发现甚嚣尘上的时候，更多的欧洲探险家和携带了巨款的私人收藏家们纷至沓来，可那时，我及时地罢手了。我在那年冬天的日日夜夜里，参与到了秦尼巴克的狂欢酒会和盛大的舞会当中。我没法不参加这种让我伤神的聚会，因为在喀什噶尔的外交社交圈中，人人都以认识我而感到荣幸。我是一个家喻户晓的人物了，我频频地接受敬酒和发表一些似是而非的讲话，这都非我所愿呀。

坦白讲，我之所以还混迹于那种场合，仅仅因为我可以时时看见那个臃肿不堪、昔日的美丽已经荡然无存了的凯瑟琳。

这将是他们夫妇二人在新疆南部逗留的最后的时日了，我没有理由不珍惜它。

是的，要不是我在那个火热的夏天，爱上了这个来自伦敦郊外、鼻翼两侧长满细碎雀斑的女人，我就不会那么投入地制作出一本轰动欧洲的伟大赝品。我在不知不觉之间，创造了一个小小的奇迹。但是回想起来，事情又是如此的令人伤感，那个有着一口灿烂牙齿和绚丽微笑的女人，居然从来就没有体会到我的这份感情的追随。是的，一个异教徒的忠心，被她忽略不计，视若无物了。

而这，就是我报复的全部动机和答案。我是如此的矛盾，我的生命破绽百出，我眼看就要失去她了。

据说，英国领事马嘎特尼和他的妻子凯瑟琳马上就要离职回国了，这是一次真正的诀别。上帝，我将再也见不到她了，在荒凉冷漠的喀什噶尔和整个广袤的新疆南部，一个明眸皓齿的女人的离去，将是痛心疾首的事情。我没理由不伤感不绝望呀。

而他们去干什么？仅仅是英国国王要授予他们乔治爵士的荣誉么？

终于，在1898年11月28日这天晚上，我找到了一个美妙的机会，能够和凯瑟琳独处在了一起。我至今还忘不了那些闪光的细节与短暂的谈话，这是上帝给我的一次神施，我感谢上帝的恩赐。

那天晚上究竟发生了什么？在我嘈杂的记忆里，那天晚上仅仅是秦尼巴克的主人举办的一次庆祝晚会，云集在喀什噶尔的各国探险家和外交人士大都应邀参与了，就连病入膏肓的喀什噶尔的中国按办大人潘效苏也来了。这个老头以一种病态的神情，对我艰难地点了点头。我知道，他对我将一本在他的领地新疆南部发现的经卷慷慨地赠给英国人深表不满。我还明白，一旦他的病情有了好转，他是不会放过我的，况且在他的衙门里面有一套专门让人开口说话的刑具。上帝作证，我当时没有对按办大人的情绪给予安抚，要是我对他说那仅仅是一本我用自己的天才和卓越的伪造手段制作出来的赝品，我想他也不会相信我的。

我假装内急，匆匆溜出了秦尼巴克的宴会大厅，来到了后花园中。我捏着一根宴会上专门招待客人的上好的阿富汗纳斯，一边抽，一边仰望着荒凉寒冷的星空。

我不得不承认，那天晚上，我看见了天鹅在辽阔的夜空中飞行的轨迹。

就在我为按办大人的情绪和眼前这个俗气热闹的晚会大为伤神的时候，那个女人走到了我的面前。是的，我要衷心感谢上帝对我的恩赐，他让我永远心仪的凯瑟琳，像一只臃肿透顶的天鹅，蓦然降临在了我的眼前。我有些不知所措起来，我扔掉了手中的那一根大麻，迎上前去。

凯瑟琳可能是不太适应宴会的那种忙乱和嘈杂，一个人孤独地在后花园中散步。她看见我后，绽开了她的洁白的牙齿与迷人的微笑。

她呢喃说："这可能是我在新疆南部见过的最后一个美丽的夜空了，我相信，以后在伦敦的家里，我会想念这个晚上的。在伦敦是不会见到这么美丽的夜空的，那儿的天气常常被一种讨厌的雾气所包围，好像让人一直生活在海底的珊瑚丛中。"

我没有响应她的话，因为我不知道伦敦是什么，我也没有见过大海的模样。

凯瑟琳见我脸上一副索然的样子，挪动着她的步子，慢悠悠地向我走了过来。让我吃惊骇然的是，她顺手从花园里摘下了一枝火红的玫瑰，她居然伸出自己的舌头，吞下了一叶玫瑰的花瓣，而后津津有味地咀嚼开来。在黯淡的星光下，我看见她的舌头上缠绕了一层玫瑰的浆液，一枝灼灼开放的玫瑰花，顷刻间就在她的嘴里粉身碎骨了，这无论如何让人毛骨悚然啊。可凯瑟琳并不以为意，她走了过来，款款地坐在我的身边，双臂抱在了自己的膝前，以一种幽怨的语气对我说：

"亲爱的伊斯拉姆·阿洪，我和我的丈夫就要回英国了。在伦敦，我将生下我们的头生子，这既让我兴奋不已，可又让我感到很多的遗憾。我不想失去喀什噶尔和新疆这样美丽的地方，我也不想失去像您这样真诚的朋友。您给了我和马嘎特尼无限的友情与慷慨的赠与，我会铭记终生的。可是，您对我仍是一个至深的谜，我对您的一切都一无所知。趁着这个凉爽的夜晚，请您谈谈您个人吧，那样我会高兴的。"

是的是的，她终于对我有了兴趣，她开始对我产生了好奇和探询，可我如何才能回答她呢？她是那么无礼地请求我，可我又不打算拒绝，我该如何是好呀？

她的脸在微光中一直朝向我，一种腼腆的迷惑敷在了洁白的皮肤上。是的，要不是我在这一年的夏天，爱上了眼前的这个女人，也许我自己的命运就是另一条复杂的轨迹了。我无法自持，我端详着凯瑟琳，仿佛一个先天的哑巴要永远保持着一种可耻的沉默似的，我最终没有作答。

这让她感到了扫兴和尴尬，于是她扑哧一笑，说：

"亲爱的伊斯拉姆·阿洪，我们不谈这些让人伤感的话题了。您在遥远的克什米尔有家么？您有自己的妻子和孩子吗？您长年在外奔波，难道您不打算回去看看他们么？"

我孤独落寞地摇了摇头，否定了她的提问。

凯瑟琳依然天真地问我：

"那您有未婚妻了吧？告诉我她是柯尔克孜人，还是吉尔吉斯人？或者她是一个信仰印度教的人？她长得漂亮么？"

我篡改了自己的内心，不容置疑地说：

"不，她已经死了。"

顿时，凯瑟琳捂住了自己的双眼，喃喃地说道：

"对不起，真的抱歉呀，我居然提起您的伤心往事了。我真的不是故意的，我还以为她在您的家乡盼您回去呢。上帝，您可真可怜哟，您是一个善良的人，伊斯拉姆·阿洪。上帝会再次成全您的，您一定会找到一个可人的姑娘的。也许，将来您会带着她到伦敦我的家里来做客的，我欢迎你们。"

我悲哀地摇了摇头，咬住了自己的嘴唇。我害怕自己控制不住的话，那些酸楚哽咽的内心独白，就会一瞬间破堤而出，滔滔不绝。我在那一刻就豁然明白了，凯瑟琳会永远地在我眼前消失，我将再也见不到这个一头毛栗色长发的白人女子了。那时，我甚至退而求其次地想，即使她永远感觉不到我对她的那一份感情，即使她和英国领事先生永远嘲笑我，如果她能一直待在喀什噶尔这个中亚细亚的小城里，让我能在偶然的机会里看见她，我也会无比满足的。可这些奢侈的想法，无疑都会成为一种泡影和海市蜃楼。不，我要从容地安慰一下自己焦渴的心理。

我对凯瑟琳笑了起来。我说：

"不，尊敬的夫人，这不是您的错。我曾经爱上过她，在那一年夏天的时候，我义无反顾地爱上了那个洁白皮肤的女人，她在喀什噶尔的大街上明眸皓齿地向我走了过来，我一眼就爱上了那个和您有着相似外表的女人。可我的一切都是徒劳无功，在我疯狂的追逐中，她一直都在佯装无知。可等她明白过来的时候，她已经病得不轻了。她死了，可她在我的心里竖起了一块青色的墓碑，我一想到她的离去，浑身就会颤抖不止。也许，是我的爱害了她，也害了我自己啊。"

凯瑟琳的肩膀抖动着，眼泪顺着双腮淌了下来。我没有再讲下去，我的停顿让她的悲伤更加汹涌。突然，凯瑟琳伸出手来，一把抓住了我的胳膊。她将我的手放在了她隆起的腹部，结结巴巴地说道：

"哦，这里面是我和马嘎特尼的头生子，我发誓，他已经听见了您刚才讲过的那些故事，我发誓他肯定听见了。亲爱的伊斯拉姆·阿洪先生，我在伦敦生下他以后，我会给您寄一张他的相片的。在此，我和马嘎特尼先生请您做孩子的教父吧，我恳求您。您无论如何要答应我的这个要求啊。"

我忙乱地拒绝说：

"不，我是一个真正的异教徒，我不会做您孩子的教父的。他可不是一本书，答应你的话，我会一辈子歪曲了他和我本人的。我是一个异教徒，尊敬的夫人。"

孰料，凯瑟琳抹去了脸上的泪水，哀求说：

"亲爱的伊斯拉姆·阿洪，我一定会给您一张孩子的相片，我要让您认识他。我会让斯坦因博士到达喀什噶尔以后转交给您的，他可能在明年初抵达新疆南部吧。我的请求是真诚和无私的，朋友。"

我突然僵住了。

一听见"斯坦因博士"这个名字，我突然一惊，寒彻入骨。我的脑袋有些眩晕，我知道有一片噩运的阴影，正试图笼罩在我的头顶，让我怎么也摆脱不掉。后来的事情确凿无疑地证实了当初我的那一种预感，我彻底地毁在了斯坦因博士的手中。不过，那都是1899年的事儿了，离现在还早。

我之所以不厌其烦地讲述这些琐碎的细节，是因为在那个充满了缠绵和惆怅的夜晚以后，我个人的境遇就急转直下，开始一塌糊涂了。在从北方的俄国吹来的暴雪和罡风到达新疆南部之前，凯瑟琳和她的丈夫在十几个仆人的护送下，转道阿拉木图和奥什车站，搭乘火车离开了寒冷的中亚细亚。

他们离开的时候，由当地的按办大人举行了一个盛大的欢送仪式。据说凯瑟琳当场哭得不亦乐乎，几次昏厥在地。我没有参加那次的仪式，我不想让人们看见我的伤悲和魂不守舍。在喀什噶尔旧城东门一带的鼓声敲响时，我溜到了艾提尕尔广场后的一个巴扎上，饶有兴趣地观看一个来自印度南方邦的吹笛人，在指挥一群张牙舞爪的毒蛇尽情舞蹈。虽然，那时候已经进入了冬天，可那一群异乡的蛇却不思睡眠。它们吐露的蛇芯子上，是一团团燃烧的火苗，让人不得不相信那也是一个小小的奇迹。

在表面上送别凯瑟琳的悲伤之下，却是我的另一种暗喜。

是的，我爱过那个即将分娩的女人，像一块煤爱着熊熊燃烧的铁炉。我恨不能将自己扔进那个铁炉之中，让她把我粉碎，把我点燃，让她用一束火苗把我摧毁完毕。可这一切都没有发生，除了未了的冤屈和绵绵无尽的割舍外。我的嫉妒像毒瘤一般发作了，我只有开始反击，将满腹的仇恨还给他们夫妇二人。

我做到了，他们因那本伪造的赝品《圣经》而大获殊荣，一时间名利缠身，夫贵妇荣。但是，他们也将会因它而丑闻加身、名誉扫地的。我等待着这一场轰动世界的丑闻的曝光，我也甘愿做一个不起眼的殉葬品。

狂雪覆盖了一切，我的眼前变得干干净净了，仿佛一切都不存在。

在冬天寒风一阵紧似一阵的时候，我忽然无所事事了起来，只好天天跟随在那个吹笛人的屁股后头，学习舞蛇的技艺。唉，不是这样的，上帝，我必须如实坦白自己惶恐的内心和紊乱的奔跑，我必须彻底承认自己跟踉的爱情和未遂的心愿。——在那个巨大的冬天，我其实一直在等待着一个人的到来，我知道他的到来，将会揭开我身上所有的秘密。他会毫不留情地揭发出去，我也会给世界留下一个开心的把柄和话题，但这都不重要。

致命的是，我明白我只要一倒下去，栽了跟头，那个在英国伦敦郊外的别墅中欢天喜地的年轻外交官和他的妻子，也将浮出水面，一定会遭到世人的讥讽与无情的嘲弄，他们将身败名裂。

所以，我衷心等待着那个死神一般的人。

他就是斯坦因博士。

那可能是我在回光返照中最快乐与无忧的日子，我天天在喀什噶尔的大街小巷里，跟随着那个印度南方邦来的吹笛人。我的双臂上缠绕着五颜六色的大小毒蛇，我的舌根下埋着一支竹管，只要我吱吱地吹奏起来，那些好像在风中冬眠的蛇，就会顷刻间苏醒过来，爬满我的全身和脑袋。为了取乐和表演，我常常装成一棵树的样子，兀立在艾提尕尔广场上。我身上那一件粗糙的裕袢，好像臃肿的树皮，而那些在笛声消失后停止爬行的蛇，又仿佛一根根枯枝挂在了我的身上，横在天地之间。

那一段，我以一棵树的形象天天在广场地带上展览。我的四周围满了拖着鼻涕的小巴郎子们。有时候，他们会伸出手来，从我的身上摘下一根树枝，可当看清是一条毒蛇时，他们马上会惊叫一声，撒腿逃跑。

阳光明媚的冬日下午，在辽阔的天空中飞行的戴胜鸟会歇下翅膀，晃晃悠悠地落在我的枝头上。它们在我的身体上啄着光线，并挤眉弄眼地整理着自己的羽毛。那一刻，我的心脏开始怦怦乱跳，我分明看见了几条蛇在阳光下睁开了它们鬼祟的眼睛，丝绸般的芯子也开始索索地抖动了起来。我必须救它们，我不愿意它们成为一条蛇的午餐。我咳嗽，我试图用嘴里腐烂的臭气熏跑它们。可善良的愿望往往会发生一些微小的偏差，在春天跑上了那些迎春花枝头的时候，有几只留恋我的戴胜鸟，还是被假寐中的印度热带地区的毒蛇给残害了。我的眼前，飘浮着一些沾满了血迹的羽毛。

不错，这也是我的一种罪孽呀。

就在春天到来不久后的一个下午，我作为一棵树也被伐倒在地了。或者说，我被当地中国政府的按办大人潘效苏的衙役给拘捕归案了。他们气势汹汹地冲了上来，把我身上的蛇一个不剩地扔进了旁边一丛乞丐们点燃的火堆里，立马给我戴上了木制的枷锁和脚链，将我押解进了喀什噶尔的衙门里。在我跟跄地进入按办衙门的过程中，我的脑袋里有一阵犯晕，我不清楚他们的目的，我还傻瓜一般天真地想象，这一定是潘大人邀请我喝一杯来自杭州西湖的龙井茶哪。

真的，那时候我并没预感到这个死神一般的阴影在等着我。我也并不知道，斯坦因博士竟然会冒着巨大的危险，在冬季里翻越慕士塔格峰到达喀什噶尔。在我此后的印象中，他是一个性情急躁但脾气温和的家伙。

　　是的，那一天是糟糕的4月25日，我永远也忘不了那次沮丧的谈话。

　　可那个无耻的博士斯坦因，此后在他的一本名叫《沙埋和阗废墟记》的书中却无情地篡改了那次谈话。他伪造了我的所言所行，以一副自大狂的神情偷梁换柱，冷嘲热讽，冒充了上帝的角色。他说什么了？

　　听听，他竟然在他的文章中这样写道：

　　"……对这个多面手的审问拖了很长时间。漫长的两天，我感觉到似乎是呼吸着印度审判厅的空气。当第一次审问时，伊斯拉姆·阿洪显露出了悔恨的神情，供认了一些假冒行骗的行为：1897年，他用伪造的声称是迪西上尉的亲笔信，从阿富汗绅士那里骗取了金钱。但是在古代文书事件上，他却始终声明自己无罪，自称仅仅做过原住在和阗而今已经死亡或逃往他乡的人在喀什噶尔的推销商。他们对他说，古代文书是他们在沙漠中捡到的，他自己并不知道真相。

　　"这是一条精心设计的防线，伊斯拉姆·阿洪以自己的顽强以及对于法律的不愉快的经历坚守着它。我曾觉得一开始就应该告诉他，我并不打算对他的伪造行为，向按办衙门提出诉讼，因为我了解通过这样的法律程序，往往会导致像拷问这样的暴力方式。审问的间隙，我要手下人好好照顾伊斯拉姆·阿洪。然而，在反复申明无罪的过程中，伊斯拉姆·阿洪否认了一个事实，而这一否认却给了我一个抓住这个谨慎被告的机会。当伊斯拉姆·阿洪的防线一旦被突破后，他便毫无顾忌地讲述了他伪造古代文书的技术上的详细细节。他讲述了那本轰动整个西方世界的赝品《圣经》伪造出笼的全部过程，我听得心惊肉跳。

"至此，我获得了这一本来我就存有疑问的事件的真相。

"……或许真正感觉到他的角色已经彻底扮演结束，也许是觉得会因在审讯中彻底交代而遭到老朋友们的嘲弄，伊斯拉姆·阿洪最终虽然获得了释放，可是看来比第一天显得更胆小怯懦。我曾对他开玩笑说，他太聪明了，不该活在喀什噶尔愚昧的人群中。一段小插曲表明，他的确留意到了这句话。

"在我即将离开喀什噶尔之前，伊斯拉姆·阿洪很认真地向我提出了一个请求，要我带他到欧洲去。他没有讲明途中怎样为我服务，但是我认为，他的这个奇怪无理的要求，无疑是为他的伪造天才去寻找更广阔的天地。因此，我毫不反悔地表示了冷酷无情的态度，断然给予拒绝。"

而事情的真相不是这样，这个留有两撇小胡子的家伙说的话充满了谎言和编造。在他的狡黠面前，我才知道，我的那点可怜的伪造技艺，只配给他提鞋或当一个仆人。

某种程度上讲，这个魔鬼一般的斯坦因博士彻底玩弄了我的感情。——是的，上帝可以作证。就在那一刻，他谄媚地从自己的皮袄里拿出了一张相片，满脸堆笑地走到了我的面前，以一口地道的喀什噶尔方言告诉我说：

"尊敬的先生，这是乔治爵士夫妇托付我送给您的，幸不辱使命，让我一到喀什噶尔这样明媚的春天就能拜访到您。这是他们夫妇的头生子，他们诚恳地请求您做他们孩子的教父。我恭喜您。"

我身上的枷锁和脚链，顷刻间就被那些猎犬似的衙役给解除了。我捧住了那张微微有些发黄的相片，仔细地盯住上面一个满头鬈发的孩子看。我没理由不这样。是的，上帝作证，要不是我在那年夏天的时候爱上了这个孩子的母亲，要不是命运对我可怕的戏弄，要不是我的手在一个深夜里贴在凯瑟琳的腹部，感觉到了这个无辜孩子微弱的心跳，我就不会在那一瞬间热泪长流了。

我发自肺腑地大哭了起来，根本就不顾忌那时候我身在喀什噶尔的按办衙门内。我哭了很久，像一摊泥那样软弱无力。

那个孩子在相片上露出了他的可爱的小酒窝。他的眼睛散发出一种透明天真的光芒。在他左边的眼眶眉际，一颗细小的黑痣，仿佛从辽远的天空中飞驰而下的一只携带了好运气的小鸟。他灿烂地笑着，像我在那年夏天的傍晚无限爱上的一个来自伦敦郊外的美丽女人派遣而来的天使，在我的眼前不断飞舞。

我声嘶力竭地哭了，我彻底坦白说：

"是我害了你们，是我亲手制造的这一桩轰动世界的丑闻，害了你们全家。我愿意承受所有的罪过和不幸，我想让你们永远生活在干干净净的人世上，没有打扰和指责，也没有悲哀与忧伤啊。"

我就是在那一刻，彻底开口说出了内心的秘密的。

我承担了伪造的全部后果。

是的，作为一个天才的伪造者和卓越的赝品大师，我的生命已经驰入了黄昏时分。现在，我常常会忘记了自己的名字，在一些神圣的夜晚，每当回忆起我的伪造生涯时，我就会涕泪长流。在我的身上，一些奇迹之花像一枚陈年的大蒜那样，时常会开出一些似是而非的花朵，可我保存的秘密与一生中仅有的爱情已荡然无存。抚摸着自己一生的经历和骨骼，我疼痛至极，却又哑口无言。

或许，一个伪造者的爱情才是真正的爱情。

我发誓，上帝可以作证。

现在，我的生命已经夕阳西下，而死亡也不过是一个凉爽的夜晚。我爱着所有中亚细亚的美丽花园，我将在辽阔的新疆南部，一直等待那个孩子的长大。

上帝，要不是我在那年夏天的一个傍晚，爱上了那个来自英国伦敦郊外的美丽的乡下女人，要不是她使用了魔法，派遣来一个可爱的天使的话，我就不会在魔鬼斯坦因的面前，迅速吐露出我伪造生涯的全部真相。

苏东坡和他的朋友们

风随着意思吹，吹到了元丰三年（1080）的初春。

两个小僧不敢上前，一直站在离茅亭七尺之外的地方，哈着手，跳着脚，目光焊在苏夫子的身上。两个小僧，一个叫修文，一个叫叶子，来了许多日了，却和苏夫子没搭上话。初春时节，一场几十年不遇的倒春寒来了，穿着白衣裳，在黄州一带徘徊。据说百姓们焚了纸符，求告上天，有几座寺里还公开作法，念了驱寒经，但都无济于事。白天还好，可一到了夜里，倒春寒的脾气就大了，打开口袋，把巴掌大的雪片吹到了田舍和旷野中。那几天，黄州不黄，反倒有点儿白。

葱白的白，石灰的白，天鹅的白。

这不，修文的脸上生了冻疮，十根指头像透明的红萝卜。叶子也好不到哪儿去，鼻涕冻成了一坨冰，哈出的气息像一匹白练，胡子眉毛一把抓，弄花了脸。离开禅寺有些日子了，晚上借宿在信众家，一大早起身就跑来这一片坡地，但苏夫子依旧躺在茅亭里，一动不动。——怎么说呢，他好像有些涅槃的味道吧。

叶子问："恐怕不妙呀，会不会灭寂了？"

闻听此话，修文在叶子的脑门儿上弹了一个钵儿，不悦道："乌鸦嘴，趁早闭起。要是苏夫子……怎么说你，像你乌鸦嘴聒噪的那样，咱俩就回不了禅寺，做不了上佛的弟子了。"一念若此，修文竟有些恓惶起来。

叶子说："我这一世就是来供养上佛的，我不想被方丈逐出门。"

修文附和道："我也是。"

叶子凄凉地说："可方丈是一位说一不二的尊者，他派你我二人来这里求告苏夫子，要是带不回诗稿和墨宝，尊者准定发火，和尚这一碗饭你我就吃不得了。"

这时，修文指了指茅亭，灿烂地说："喏，苏夫子醒了。"

茅亭内，苏夫子果真撅了撅屁股，伸了个懒腰。两个小僧喜悦极了，忙移步上前，欲搀扶他起来。可世上的喜悦一般都会幻灭，这次也不例外。眨眼间，苏夫子换了个姿势，又睡着了，鼾声大作。风吹过了这一片坡地，裹挟着雪的味道，煞是清冽。这时，修文蹙起鼻子，嗅见了一种宿醉的气息。叶子也发现，苏夫子身上的那一件棉袍上，布满了一块一块的酒渍，诉说着夜宴欢歌的余韵。

修文忙合十，罪过地说："酒是魔鬼哟。"

叶子亦道："酒呀，真是不要脸的水。"

修文说："这魔鬼害得你我苦等了好几天，我诅咒它。"

叶子啐了一口唾沫，轻蔑地说："这不要脸的水，我一辈子也不碰它。"

于是乎，只有耐下性子等了。——茅亭在这一片坡地的中央，大约有十亩。苏夫子的家在山顶上，屋瓦上挂着一根炊烟，像坏了的墨笔，把天空都画脏了。站在茅亭往下俯瞰，那里就是有名的雪堂，据说是苏夫子天天晚上和友人们烂醉如泥、吟诗作画的去处。

茅亭不大，四根柱子支起了顶子，一尺厚的茅草趴在上面，好似戴了一块肮脏的方巾。风拂过，草茎上有一些似是而非的羽毛在飘，仿佛仙鹤在这里做过窝，如今飞到天外去了，杳无音信。每根柱子上都有一幅画，这让两个小僧开了眼了。

修文说："听方丈讲，这个水上渔翁是苏夫子画的，这雪中寒林也是。"

叶子道："但这个枯枝寒鸦不是。"

修文究问说："怎见得？"

叶子眉飞色舞地说："临来前，方丈对我说，这枯枝寒鸦是一个叫米芾的人画的。他是少年才俊，苏夫子赏识他，竟和他喝了半个月的不要脸的水。我发誓是真的，当时你去了茅房，你没这个福气听。"

修文说："现在也不迟嘛。"

这时，茅亭外出现了一个滑雪少年，一溜烟儿地从山顶上滑了下来，身后漾起了一片白烟。见了两个小僧时，这少年身子一拧，停在了眼前。修文和叶子自小在禅寺里长大，没见过如此奇异的器械，惊得目瞪口呆的，还以为天外来人呢，忙往他的脚上瞧。原来，这少年的脚上各绑了一条竹片，竹片极薄，上面擦了猪油，所以能一路挣脱雪的束缚，把肉身变成一只鸟那样，擦着地面飞。

滑雪少年问完了情况，诡谲一笑，悄声说："别上他的当，他压根儿没睡觉。"

小僧们惊呆了："没睡觉？"

少年说："他呀，他在听今年的春苗长出来了没有。"

小僧们问："你咋知道？"

少年身子一挫，被一团风给卷跑了，往山下滑去，丢下一句话说："他是我爹呗。"

此时，茅亭里的苏夫子腾地坐了起来，嘟嘟囔囔的，吓得两个小僧忙藏在了柱子后边，慢慢偷窥。苏夫子抬起胳臂，绕过颈子，从脊背里抠出了两粒虮子。虮子站在他的指尖上，像两个光屁股的孽障鬼，一下子被严寒拿住了，动弹不得。苏夫子盯着指尖，不快地说："哎哟，人家在听今年的春苗，耳根需要清净才是，可你们两个小鬼一直在絮叨，絮叨了好几天了，刚才还吵了架，一个比一个嗓门大，我不能不过问哟。"苏夫子哈了哈气，虮子们暖和了，低眉顺眼的，承认了错误。这时，苏夫子又绕过颈子，将虮子们送回了家，叮咛说："乖点儿，下不为例哟。"

登时，两个小僧扑了出来，跪在苏夫子的面前，磕头祷告说："谢谢夫子，谢谢给我们当面证法，开示我们。"

苏夫子撇嘴道："我没证法，我也没开示，千万别抬举我哟。"

修文说："此乃佛本生的故事。"

叶子亦道："我念了那么多的经，不如夫子刚才的一次证法。我，我有点儿开悟了。"

苏夫子打了哈欠，斜签在了石几上，跷起二郎腿，慵懒地说："承天寺来的，还是定惠院的？"

修文合十说："果如寺的。"

孰料，苏夫子听了这句话，像针扎了一下，忙跳下石几，敛起衣袍欲跑。两个小僧早有防备，一左一右地奔了上去，各自抱住了苏夫子的一条腿，将他请回到了石几上。苏夫子哀叹道："一听果如寺的人来，我的头就大了。"

叶子趁机说："师父法体欠安，不能亲来。前几日奉了师父的指派，我们来向夫子讨要诗稿的。一个冬天过去了，夫子没给果如寺施舍过诗稿，信众们天天都来打问，滞留在寺里不走，连印经堂里的刻版都干裂了。"

修文亦道："信众们盼着读夫子的诗篇来证法，眼睛都盼出了血。"

苏夫子被困在石几上，抓耳挠腮地说："问题是，我一整个冬天都没写了，囊中羞涩。"

叶子说："那你违约了。"

修文也说："按着你和师父的约定，违约一篇，就要追罚一篇，给两篇。"

苏夫子摇头晃脑，喟叹说："苦也。"

这时，日头出来了，银子一般的光芒泼洒过来，照在了这一片坡地上。坡地在黄州城外的东边，距最近的城门有三分之一里的脚程。黄州的百姓们喜欢叫这一片旷野为东坡，往年间长满了蒿草和杂树，现在被雪这么一覆盖，洁净无比，法相庄重。苏夫子眯起眼，抬头凝视着亭子上的茅草，若有所思。两个小僧生怕错过又一次的开示，也顺着他的目光望过去。——草茎上，雪融化了，一颗水珠牵着另一颗水珠，攀缘其上，身材修长地迎风挂着，仿佛佛陀用过的一串水晶念珠。问题是，这样的念珠太多了，挂满了茅亭四周，铮铮作响。先是有一颗珠子挂不住了，啪地跳下来，落在地上。紧接着，另外的珠子们也纷纷跃下来，荡漾成了一块块水洼，反着光。

苏夫子讶异地说："峨眉雪水呀，真可惜喽。"

修文悄声道："开始了，夫子开始作诗了。"

叶子也说："真仙人也。"

岂料，苏夫子拍了拍大腿，沮丧地说："你们来迟了。去年秋天我倒是写了一卷诗稿，可你们果如寺没派人来取，我就另作他用了。"

叶子慌了，忙合十说："用在了哪里？"

此时，苏夫子的脸上飘过了一丝狡黠。他抬起身子，指点着茅亭之外的坡地说："这山腰上的一片地，我都种了麦苗，我听见它们安然无恙，现在开始发芽。苦恼的是山脚下的那一片，我去年种了不少的诗，到现在也没什么动静。"

修文狐疑了，究问说："种了诗？"

苏夫子点头，笃定地说："是呀。你们果如寺的人没来取诗，再者，我也怕你们拿回去劳苦，点灯熬油地在樱桃木板上雕刻，还要印成一叶叶诗页，给信众们散发，所以呢，我就种在地里了。我寻思，等到了秋上，这些诗枝繁叶茂，硕果累累了，信众们出了城，随便摘下一叶，就可以读诗参悟，大家一起证法了。"

修文伏下了身子说："夫子，你真是悲深愿重呀。"

叶子也称颂道："夫子佛雨洒布，广拔众苦啊。"

苏夫子会心一笑，却道："可惜喽，我苏轼一介农夫，却看不见今年的收成了。这些诗有没有发芽，慧根若何，我真是揪心死了，所以才趴在这个茅亭里听消息。"

叶子说："那我俩去挖吧，挖开看看。"

修文也道："有道理！人荒地一时，地荒人一年，不能误了时节，现在就挖。"

那一段天气晴好，日光如炭，坡地上的雪都融化了，漫山遍野的。

山脚下，一片洼地已经被挖开了，雪水灌了进去，几乎淹成了一座池塘。两个小僧仿佛泥人，一个举镐，一个执锹，站在水坑里挖掘不辍。偶尔，修文和叶子直起身子时，看见茅亭以上的麦田里青翠一片，苗子足足有一拃长了。坡地上的菜蔬和杂树们也是鹅黄浅绿地开满了花朵，蜂飞蝶乱，一片妖娆。可唯独脚下的这一方薄地，砾石翻滚，寸草不生，更别说掘出什么诗稿来。

却又不敢去打问。

因为，这些天来，苏夫子家里来了不少的客人，有潘酒监、郭药师、庞大夫什么的，更要命的是一个叫陈季常的家伙，带了老婆来。他老婆马脸，颊上有芝麻斑，老公一端杯，她就举起蒲扇大的巴掌，抽老公的脸。最最要命的，这婆娘动辄就要吼上一嗓子，和母狮子大叫一般，令人短暂失聪，恨不得一头钻进十八层地狱里躲一躲。他老婆还有一句口头禅，说村酒虽好，可不要贪杯啊。

苏夫子是东家，垒起七星灶，铜壶煮三江，在茅亭里设宴款待，自然不便发火。但修文观察了一下，说苏夫子之所以昼夜狂饮，喝得人事不省，只为了把耳朵关上门，不听狮子吼。叶子也说，我闻见墨汁的味道了，说不定呀，苏夫子在构思，在怀胎，在孕育诗稿呢。——这么一想，两个小僧便释然了，继续弯下腰去，埋头朝地球深处挖掘。

叶子问："诗真的能破土发芽，自己长出来吗？"

修文回说："苏夫子说能，那当然就能了。"

叶子又问："出家人不打诳语，苏夫子他只是一位居士呀。"

修文不悦道："不可妄语！师父说过的，这苏夫子是一位现世佛，俗眼人看不见，还当他是皇帝流放下来的罪人呢。"

叶子忙合十："阿弥陀佛！"

像在验证这一句话。——突然间，从水面之下冒出来了一截竹筒，漂在了两个小僧的眼前。竹筒有握拳那么粗，有一个半肘那么长，小舟似的，在水面上晃来晃去。叶子扑了过去，抓住了它。修文抱在怀里一瞧，竹筒是蜡封的，外壳上镌着一行字：

种诗得诗　元丰二年冬　轼

不由分说，两个小僧慌忙上了岸，洗净了腿上的泥浆，朝坡地上的茅亭里跑去。叶子大喊，找见了，找见诗稿了。修文也喊，夫子，完好无损呀，水没有渗进去，墨香犹在。这时，茅亭里的人们都听见了，纷纷起身，礼让再三，请两个小僧入了座。

石几上，酒肉早已撤去，香烟袅袅，正中央供了一尊佛龛。龛下是一枝枝春花，花香四溢，仿佛刚刚从天庭、从佛陀的花园里摘采下来的。

苏夫子亲手打开了竹筒，将一卷新鲜的诗稿交给了修文，喜悦道："幸不辱使命，请你们捎给果如寺的信众吧，大家一起来参悟。"

　　　　　　　　　　　　　　　　　　　　　　　纸旷野

叶子说:"夫子,这诗稿真是你种下的吗?"

孰料,苏夫子哈哈大笑,客人们也乐不可支,搞得两个小僧愣头愣脑的,不明所以。这时,苏夫子弯腰一揖,老练地说:"还得谢谢两位小僧哥呀。天一热,这漫山遍野的雪花融了可惜,流入江河里更可惜,所以我略施小计,劳苦你们,让你们替我挖了这一片湖,好让峨眉雪水停在黄州,解了我的乡愁之苦。"

修文不解道:"可,可这不是湖,是一个水坑呀,泥沙泛滥的。"

苏夫子捋须,目光精射,慨然说:"尘埃与悲苦总会消失的,泥沙也会,世间万物都会有澄净芳香的那一天。这个湖现在还小,可它着实是一片圣水,应了人的心愿,将来也会慢慢长大,一定会福泽黄州的百姓。"

叶子问:"那它该叫什么?"

苏夫子道:"这是上天的赏赐,也是上佛的爱所降示的。嗯,就叫遗爱湖吧。"

茅亭里,众人咀摸着这个名字,遗爱湖,遗爱湖,纷纷称许。

天色将晚,仙鹤还巢,就在两个小僧依依惜别,打算返回果如寺时,苏夫子将那一卷诗稿装进了竹筒里。——这一霎,修文眼尖,忙取出了诗稿,在众人面前依次展开,却发现苏夫子忘了署名。叶子机灵,忙去研了墨,告了笔,款款呈给了苏夫子。

小僧们道:"有请夫子!"

苏夫子环望了一番坡地上的春色,一缕晚霞落在了他的印堂上。茅亭外,湖光潋滟,青苗吟哦,大地渐渐地隐入了苍莽的暮色中。这时,那个滑雪少年也进来了,将一盏油灯拨亮,照在了诗稿上。苏夫子会心一乐，援管下笔，签下了四颗字。

叶子生疑地念道："东坡？"

修文又念了后面的："东坡居士！"

这一刻，苏夫子笃定道："身在黄州，亦自有其乐耳。从今天起，我就脱胎换骨，躬耕陇亩，自号东坡居士吧。"

元丰三年，春。一个滚烫且崭新的名字落在了宣纸上：东坡居士。

下扬州

一

看见那块发亮的门头时，我就知道自己有救了，忙喊停了车，跳将下去。这里毗邻扬州大学，晚课后的学子们熙熙攘攘，与我一样，提着饥饿的胃，张着贪婪的眼，徘徊在这一条街上，嗷嗷待哺。我反倒不急了，在门口拣个凳子坐下来，让年轻人先一饱口福。

烟花三月，街灯摇曳，空气中挤满了湍急的柳絮，也送来了一丝植物的暗香。

在这样的良宵，能邂逅一碗我梦寐以求的面食，我哭的心都有了。我必须坦白，我的胃就是一介贫下中农，走的是西北特色的面食路线，死不改悔。行旅扬州，"白天皮包水，晚上水包皮"，面对主人的热情和一桌子牙雕般的珍馐美食，我竟然不被诱惑，兴趣寡淡，好像三魂六魄都在半空中游荡，柳絮似的无根无凭，始终安放不在身体中，也难以入眠。这不，深更半夜的，我叫了一辆的士，偷偷摸摸地出来觅食，叫魂一般。

走了一拨儿人，又来了一拨儿，学子们风卷残云的，丝毫不给我机会。门头的牌匾上镶着几颗大字：正宗兰州拉面。我磨着牙，饥肠辘辘的。我闻见了熟悉的味道，我的胃张开了血盆大口，舌下生津，储满了一水库的哈喇子，随时决堤。我点了烟，搪塞着自己，想再等一等，以时间换空间，进行最后的总攻。

后来，他从门里踅了出来，拾桌上的碗，一眼瞭见了我。

我诏笑，用了方言说：喏，给我下一碗二细！

他愣了愣，触电似的，盯着我面前的烟盒。他迅速恢复了表情，将手里的一摞脏碗送进了门内，跟一个伙计耳语一番，又掉头返回来。

他问：你是兰州来的？

他顺手拿起了烟盒，瞅了一眼。烟是黑兰州，这确凿无疑。

我说：听口音，你是临洮的，离兰州城不远嘛。

他回说：今日个打烊了，你想吃的话，明天来嘛。

我苦涩极了，哀告说：你凑合一碗吧，明天我还有公务呢。

他笃定地说：卖完了。

讽刺的是，这时又来了一对学生情侣，坐在旁边的桌上，伙计热络地招呼着。不一会儿，两碗热腾腾的面端了出来，情侣们吃得山高水长，让我几乎晕厥了过去。

他自辩说：就因为你是兰州来的，不卖给你，……除非！

我忍辱负重地问：除非啥？

他咧笑，按住了我的肩膀，宽慰道：除非你不急，先跟我说一阵子家乡话吧？！

二

一来二去，我们聊上了，像故友重逢。

他肤白，团脸，上面孵着一层和气，鼻梁上架着一副金丝边眼镜，斯斯文文的。他解下了围裙，退下了袖套，如果不明底细，你会以为他是围墙内的学生，而不是这家小面馆的掌柜。他点了一根黑兰州，贪婪地吸了几口，很过瘾的样子。烟是一种媒介，三支之后，他彻底解除了警惕，变得话痨了起来。

他说：刚才，我还以为你是来抓我的。

我讶异了：抓你？谁抓你？

他灿烂地说：还能有谁呀，梅花她家的人呗。——这时，他冲着门内大吼了一嗓子，嚷嚷说，别磨蹭啦，饱汉不知饿汉饥的，手脚利索些。他转身，对我解释说：梅花是我老婆，挺不错的一个女人，我觉得值，我不冤。

我立时明白了，他的轻描淡写中埋伏着一个坎坷，一场爱情的事故。我好奇了起来。

他说：下扬州，就要选择这个季节，毕竟烟花三月嘛。

我再递给他一支烟。

他徜徉地说：那一年，我和梅花逃难来到了扬州，也是三月的天气。你要是不急，我就用家乡话讲讲我的故事吧，我都快憋死了。

我恳切地点了点头。

他打开了话匣子，接续道：……嗯，我是个逆子，我已经三年多没回临洮了，更别说在父母亲身边尽孝，我亏欠太大呀。我爹妈都七老八十了，在原先的庄子里没脸活下去，怕乡亲们戳脊梁骨，搬走了，单月在姐姐家住，双月在我妹妹家。农村人比较封建，住在出嫁了的女儿家是一件丢人的事儿，但这也没办法。你懂的，在甘肃，临洮的建筑队很有名，梅花她爹就是一个工程队的老板，她家的势（力）很大，威胁要打断我的腿，挑了我的筋。

别的原因没有，就因为梅花。说了你别笑话我，梅花原本是我嫂子，准嫂子。

我高考落榜了两次，后来考上了铁路的一个技校。技校没前途，我也对自己的信号专业没兴趣，整天吊儿郎当的。我在校时，我哥就带着梅花出来混了，他俩是小时候的同学，早恋的那种。那时候梅花家没反对，她爹也顾不上反对，因为她爹还在创业期嘛。他们租住在技校旁边的一间平房里，我哥白天在货运站打工，晚上自己跑摩的。

住在学校旁边，这是我哥的主意。我哥知道我娇生惯养，从小就是面肚子，离开了一碗面，成天蔫了吧唧的，跟大烟鬼一般。梅花的茶饭好，会擀面，会烙饼，会揪面片，会拉面，夏有夏的吃法，冬有冬的稠饭，一日三餐，一个礼拜都不重样。下课铃一响，我就跑了过去，那里等于我的厨房，给我开了小灶。

其实，梅花比我还小半岁，那时候我就喊她嫂子了，她也不恼，管教我很严。

后来就出了事，一提起来，我的眼睛就会流血。……我哥真不易，一个人养活我和梅花，不让梅花出去打工，专心给我做饭。一到晚上，我哥就在兰工坪一带跑摩的，挣的毛毛钱。除了拉人载客，我哥还给山上的人家送煤气罐，那里没通天然气，还在用煤气罐。送一个充了气的罐子，我哥能挣五块钱。我见过我哥的样子，摩托车后座上捆着三四个铁罐，上山的时候车子打着黑屁，很艰难。我没帮过他一次，我怕同学们看见，我嫌丢人。

出事了，警察拿着我哥的手机，拨通了梅花，梅花当时就瘫了。

我自己去了现场，120刚走，把我哥拉走了。肇事的卡车司机说，当时天黑了，又开始下雨，我哥骑着摩托车出现在了车灯里，不巧的是，捆扎的绳子突然断了，一个煤气罐掉了下来，我哥一下子失去了平衡，就那么没了，摩托车成了一堆废铁，责任全都栽在了我哥的头上。……我的眼睛里能哭出血来，真的，也就是到了扬州之后，我渐渐淡忘了，我慢慢恢复了过来，包括梅花也是。

扬州养人。在扬州，我和梅花心上的血痂掉了，长出了新肉，没了伤疤。

以前可不是这样，以前我像一条狗，带着梅花东躲西藏的，就怕被抓回去。……料理完我哥的后事，庄子上的风言风语就起来了，说梅花命太硬，克夫，一般人降不住。其实，我哥和梅花还没领结婚证，顶多是未婚同居吧。在临洮待了半年多，梅花受不了人们的唾沫星子，就跑了出来，跑来找我，反正是不想活了。那一段时间我在毕业实习，我就安排梅花住在了女生宿舍。将就了一阵子，我就毕业了，毕业等于失业嘛。

我从没梦见过我哥，但我觉得必须继承他的遗志，一定要照顾好梅花。

那时候，她爹已经发达起来了，土豪，资本家一个，手下的恶棍不少，鼻子也尖，找见了我和梅花，把她绑架走了，听说要把女儿嫁给乡上的一个干部。那个干部中年了，丧偶，有一对双胞胎。梅花性子烈，假装服软了，却在婚礼的前几天跑掉了，还撬走了她爹的一笔钱，跑到兰州跟我会合，我们连夜上了一趟火车，去了四川。

在成都郊外，梅花做主，我们开了一家拉面馆。在这一点上，我信赖梅花。

拉面馆的生意很不错，回头客也多，梅花的茶饭手艺派上了用场，她还招了两个徒弟，达州来的，手把手地教。日子一安顿下来，人也就麻痹了，梅花开始想她妈，想得前心贴后背的，经常拔自己的头发。有一次，梅花忍不住了，偷偷给家里挂电话，这下暴露了行踪。那天，梅花去医院里看牙，徒弟们也跟着去了，我一个人守在馆子里。

冷不丁，进来了几个人，嚷嚷着要吃面。我从他们的口音里听出了麻烦，刚开始却没留意。等我端着热腾腾的面出去时，发现他们阴着脸，嘴上叼着黑兰州。喏，就像你现在的样子。没等我反应过来，他们就动了粗，挟持了我，自称是梅花她爹派来的，要我把梅花交出来，还污蔑我拐卖妇女。呵，这个罪名太大了，我可受用不起呀。

好歹我也是一个男人，我不能对不起梅花。我反抗了，将几碗滚烫的面泼在了他们头上。

我找见了梅花，辞掉了她的徒弟，连夜跑到了重庆。重庆也不保险，于是坐着轮船往下游漂，这么着来到了南京。那一段时间，我和梅花惶惶不可终日，没敢出门，成天待在小旅馆里唉声叹气，但凡碰见西北口音的人，我们就觉得完蛋了，杀手来了。梅花说，干脆死吧，死了让我爹亏心一辈子。我也犹豫着，知道自己这辈子再也扬不起头了。

巧了，旅馆的抽屉里有一沓明信片，可能是前头的客人留下的，扬州的风景，美极了。扬州，或许会让一个人的脑袋扬起来，不再窝囊，能活出个人样儿吧。

那时候，我和梅花的关系还没明朗，中间隔着我哥，我哥是一种无形的存在。逃难时，我们好像三个人一起上路的，不分彼此，也没有性别的意识。也是在这个季节，烟花三月吧，我和梅花头一次来到扬州，苦哈哈的，心里装满了苦胆和黄连，落难极了。反正要去死，我们就开始挥霍，逛了个园，逛了宋夹城，浪了好几遍瘦西湖，吃遍了扬州的各种小吃，听了扬州小调，泡了澡。唉，比起咱西北的焦山渴水，荒山秃岭，扬州的美不像是真的，美得像一场梦，不愿醒来。那时候的柳絮也像今天一样，梅花说，要是真的死了，我们就跟柳絮差不多，没人记得，太可怜了。对了，你逛过梅花岭上的史公祠么，那里有一副对联挺好，"数点梅花亡国泪，二分明月故臣心"。梅花她生错了地方，她在前世里可能就是扬州的，她一到了扬州，心思开始动了。

有天早上，天还没亮透，梅花就拽我起来，一口气跑到了观音山西面的大明寺。

梅花很迷信，买了鲜花和水果，点了香，磕了响头，还让我跟她一样祷告。下了山，梅花郑重地说，我把你哥送走了，现在就剩下了咱俩，咱们干脆不死了，好好活着，开一家拉面馆，我天天伺候你吃面吧，有面吃，你就不会想家了。……长话短说，那天晚上，我和梅花就成了夫妻，我们喝了一场酒，把肚子里的眼泪都哭光了。

刚开始很难，因为选错了地段，面馆的生意很差。

牛肉拉面，也讲究一个食材，但这里卖的不是牦牛肉，而是黄牛的，熬煮出来的汤不是那个味道，不淳厚，后味不足，当然水质和调料也是一个问题。再说了，扬州人的嘴太刁，这里的美食精细到家了，一块豆腐都能切成一团毛线丝，让他们来吃大手大脚的拉面，尝个鲜可以，但回头率不高。嗯，不过现在好了，网购真是一种先进的生产力，我下了单，青海的牦牛肉隔天就能到货，质量稳定，也新鲜。

梅花动了脑子，骑着车子满城转悠，终于租下了这个店面。

这里的好处就是学生多，学生们和我当年一样，正在长身体的阶段，胃口大，口也粗，不挑三拣四的。说了你也不信，我的拉面一碗十二块，另加一份肉，也只收六块，但是量大，一碗就能吃得打饱嗝，不像扬州当地的美食，讲求档次，七碟子八碗的，吃完了还噻牙，感觉只有六七分饱，所以学生们的回头率高，碰上赊账赖账的，我也睁眼闭眼，从不计较。我是当学生过来的，我知道谁都有难处嘛。

喏，除了这个店面，我在楼上还租了一室一厅，家就安顿在了上面。

在扬州城，这里就是我的小地盘。我和梅花不偷懒，天不亮就起来干活，早早和伙计们开门营业，和面的和面，调汤的调汤，吆喝的吆喝，一直干到下午。其实，下午也没消停，还得大火煮肉，预备第二天的汤汁。晚上更忙，忙得连咳嗽的工夫都没有，得随着学生们的作息时间才行。后半夜上床睡觉时，骨头都快散架了，但看着手里的一沓子"毛爷爷"，我感觉不累，浑身有使不完的力气。

现在太先进了，我虽然不能给爹妈尽孝，但我加了姐和妹的微信，她们经常拍一些爹妈的照片发过来，有时候还有语音，但那不过瘾，不如我这么当面唠叨。梅花她爹还在钻牛角尖，但我爹妈想开了，不管咋说，梅花是他们的儿媳妇嘛。

我知道，这都是扬州带给我的福分，扬州是我和梅花的风水宝地。

这时，他扔掉了烟蒂，转身朝着门内又吼了一嗓子，典型的乡音。

——来了！

话音未落，一个眉清目秀、飒爽干练的女子应声出门，手里端着一个托盘，将一碗喷香四溢的拉面搁在了我的面前。红的是辣椒，绿的是蒜苗与芫荽，黄的是一根根面丝，清透照人的是鲜汤。一嗅之间，我几乎陶醉了过去。

我望了望她，知道她就是梅花。

梅花灿烂地说：老家哥，你尝尝我的茶饭，给提个意见吧。

他附和道：嗯，这是梅花刚才专门给你特制的一碗，不是卖给学生们的那种。

我惊讶了：特制的？

他狡黠一笑：在扬州城里卖拉面，我得适应当地的口味呀，给学生们的那叫混搭，混搭是一种时髦。说白了，一方水土养一方人，适者才能生存嘛。

三

这时，梅花解下了围裙，落落大方地盯着我，等我给她的手艺提意见。梅花显得很臃肿，肚腹隆起，一只手骄傲地抚摸着。我道了祝福的话，忽然间没了饥饿的感觉。他自嘲说：嘿嘿，这叫生米煮成了熟饭，等我把娃娃抱回家去，她爹一定会后悔得碰墙呢。

梅花打了他一下，娇嗔说：哼，你又在揭我的短。

他满足地说：听见家乡话，我就不打自招了，不能怪我。

我诚恳地说：……以前呀，咱西北的穷亲戚们为了讨生活，经常去天府之国的四川背茶叶和盐，所以留下了那首著名的民歌《下四川》。现在你们不同了，你们是为了爱情才来到扬州的，我冒昧地编一首花儿歌词，送给你们吧。

于是，在那个乱花迷眼的午夜，在静谧如天堂般的扬州，我悄声漫唱道：

玉石铸下的观音山，
我把你供上；
象牙镶下的白牙齿，
你给我笑上。

百花栽下的瘦西湖，
我把你追上；
扬州织下的花绸缎，
你贴身穿上。

白银打下的蜻蜓簪，
我给你戴上；
金丝缠下的双筷子，

你给我含上。

一生积攒的热肝肠，

我为你端上；

缘分种下的人世里，

你把我跟上。

青海湖上

冷本才让坐在青海湖边的草地上。

他已经有87岁或者103岁了，反穿的那件羊皮袄使他看上去像一只羊。

冷本才让手里抱着一只酒瓶，瓶口里插着一根草秸秆。有时候他含住草秸秆嘬上一口酒，然后眺望湖面；有时候他抓起一只羊骨头的朵拉（转经筒），诵念起来。

唵。嘛。呢。叭。咪。吽。

他的眼屎挂住了脸面，嘴角上的白沫泛着干燥的渣粒和白光。他好像坐了有一个世纪多了。

更多的时候，他像石块，垒着。

他的羊在身后高高的山坡上吃青。青海湖边上是堆起的湟鱼的尸体。人们把六六六粉撒在草丛里灭鼠，雨水又把药粉冲进湖水，捉住了鱼群。

冷本才让坐着、喝着。

风从天堂般的水面上吹过，犹如心旌。

冷本这时候看见了湖面上一支华丽的马队，吹拉弹唱着从水面上走过。队中一架亮丽的马车上是一个唐朝装束的女人，脸面像一只漂亮的母羊羔。

冷本每天都看见这队人马从水上走过。

恰好在日升中天。

冷本说，噢，那是文成公主的马队。她要入藏，和松赞干布大爷成亲。

像羔羊一样的女人呀。

冷本看到马队时，就要喝上一口酒。——青稞酒在舌面上跑过，犹如草地上一筐子的鲜花在奔跑。

冷本是黎明出来的。

他坐着喝了整整一个世纪，等他回家时，两三瓶酒没有了。

夜晚的湖水也像草地一样。

星星们挤成一团，坐在破羊圈里。

冷本的家不远。一座泥坯的小房子卧在山冈上。冷本的院墙不是草泥糊的，而是一只只酒瓶垒起来的。瓶口向外，敦实的瓶底把院子围得严严实实的。

羊圈也是瓶子围的。

羊不能吃亏。

一只羊要换几十瓶酒哩。

这个玻璃的院子，是冷本整整一个世纪喝下的。他有时不免骄傲。

冷本是个鳏夫。

夜里没事可干。羊们都安静地入睡了，青海湖上仿佛罂粟花般的香气吹来，沁人心脾。

青海湖上，酒瓶飘飞。

冷本喝着，诵着经。夜深了，他蹒跚着趴在围墙的酒瓶底上，朝外张望。夜光使酒瓶发出阵阵碎芒，酒瓶把微明聚拢起来，可以透视远处。

冷本望着水面。

他看见夜晚的青海湖面上，疾驶而过的一列马队。马队上的兵卒们手里高举着刀戟斧枪，胸前的圆圈里是一个大大的"兵"字。

长辫子飞动着。

马队估计有好几百万人，天天晚上都跑不到尽头。

冷本悄悄地喝酒，不敢弄出声响。

酒气像日光下沸腾的羊圈。

春天的一个夜晚，我去拜访冷本才让时，他偷偷地问我——

"康熙的队伍怎么还没完呢？他们是去唐古拉山里打雪豹吗？"

我说：

"是的！"

复 仇

我和扎西、琼坐在草原深处喝酒。

草原远在一堆高入云端的寺庙和祭台深处，打马而过的人们，以及转经前往夏季牧场的部落与羊群，总会在这里盘桓数月，念经祈祷。

琼是扎西的新婚妻子。

我们三个，一块儿喝着土制的青稞酒。

一堆空酒瓶。

事实上，此刻透过窗子望出去，一面斜耸的山坡上毡帐如云。它们像一堆羊毛般的鸟群，模糊而杂乱。

夜幕四合时，窗下有传唱的声音。

我们是坐在一家回族的饭馆里喝酒吃肉。在高原，精于生意和吃苦的回族人，首推的生意是饮食。

黄焖羊肉。手抓饭。干炸羊腰子。

羊尾巴油。羊肋骨。清水羊杂碎。

屋外的高音喇叭里，一位藏族老人哀婉冗长的三弦弹唱声，使这顿饮食功课美不胜收。

灯光低悬着。

琼、扎西，和我。

我们三个在薄暗里喝酒吃肉。

但那个人终于找来了。

"呕……喳……，你一刻也不让我消闲，像狗一样地闻着找来哩。"扎西说。

"啊是！"

"价，过来吃上些肉，别客气。酒，价你也喝些。"扎西又说。

"仇，还莫报哩。"

——那个人站在灯影之上，肮脏的腰带上插着两把银饰的腰刀。手握在油光的羊骨头刀柄上，浑身酒气。

"价，先吃上些肉再说。"扎西道。

"仇呢？报过了再吃。"

"颇烦着（郁闷、烦恼），颇烦着。我来了一个兰州的朋友，不容易价。我和我的朋友喝个酒，你就来颇烦我着。"

"我，心里也颇烦着。"

"价，我给你介绍一下。这是兰州来的诗人叶舟，我的，朋友。"

"价，莫听说过着。"

"我的朋友在哩。价，我陪着喝个酒，你价一个劲地颇烦着。"

"仇，先报过。"

"颇烦着，颇烦着。价，这个仇把我的酒，和我的朋友干扰着。心里嘛，价要落下个病根根的哩。"

"仇要来哩，不是我要来哩。"

"价，我倡议一下，你把我的媳妇子领去。价，你俩去报仇去。我要好……好好地和我的朋友喝上一下子。"

"成！"

窗下响起了一阵杂沓的傲慢蹄声，由近及远，几至模糊不清。琼在下土楼梯的时候，对我咧嘴笑了一下子。她的笑声仿佛在说，那一碟子手抓羊肉凉了，再炒热了吃。

扎西继续和我喝酒。

扎西边喝酒，边和我说起他打猎的事情。——后来我才搞明白，他的那些打猎的历险故事，其实不过是在黎明时分，在公路上扛回来一具具夜间被飞驰的卡车撞死的动物。有些还是国家严令禁捕的珍稀动物，但它们是被汽车撞死的，就该闭嘴。

一地的空酒瓶子了。

扎西还要喝。打烊的哥哥单腿睡在隔壁的一根条凳上，呼呼作响。

夜幕下，那老人弹唱的是《格萨尔》片段。

那个复仇的人又来了。琼没来。

他站着，不吭声。

"仇，报过了没有？"扎西问。

"她喝醉了，像一只乖母羊。"

"颇烦着！价，我和我的朋友喝个酒嘛，价有人颇烦着哪！"

"仇，报过了再喝。"

"价，这么办吧，我觉得颇烦了。"

扎西从屁股后面，抽出了一把锋锐的藏刀，捋下袖子，在自己的胳膊上哗哗哗拉了三道口子。

血喷的一下涌了出来。

"颇烦着。价，我的朋友心里落下个病根根了，酒莫喝好着。"扎西说。

"仇报过了，算了。"

复仇的人依然立在灯影之上，这使盘腿坐在炕桌前的我看不清他的脸。他站了一会儿，喉咙里嘟哝了些什么。

扑腾一声，他也盘腿坐了下来。

他用牙咬开了一瓶酒的封口，嘟嘟嘟地喝了起来。末了，他也抽出刀，像扎西那样，在胳膊上割了起来。

但他只割了一道口子。

随后，他举起一扇羊肋排，兀自啃吃起来，边嚼，边和我与扎西碰杯。

酒瓶发出刀子断裂的声音。

他叫尕藏。

尕藏说："颇烦着，颇烦着。不报么，仇要找来哩；报么，好朋友在这里坐着哩。价，让人颇烦着！"

三个人喝至天亮，梦见佛光。

婚　礼

尕旦和我骑马走进了草原深处。

这是秋天的日子。

天空粗糙。

大地雍容。

鹰在疾驰。

马背上披着锦绣斑斓的被面，在日光下反射着斑点。草原辽阔，在绿色的毡毯上，那几幅彩色的被面很夸张，也很耀眼，据说那是杭州的丝绸做成的。它们是送给才旦的新婚礼物。

才旦是一个酒鬼、一个草原的好骑手、三个孩子的父亲。

他还是我和尕旦的朋友。

这样说的意思是，我和尕旦其实也是酒鬼。——两个月前，我接到了才旦捎到兰州的话，说他要和那个狐狸长相的女人结婚了，要我到草原深处和他好好喝一杯。我爽快地答应了。我先是坐火车，然后坐了三天的长途班车，最后雇了一辆三马子才找到了尕旦。我们换上两匹大马，在起伏的山峦上走了八天。

秋天明净地在草原上奔驰，我们好像迷失了方向。

方向是尕旦指的，可他现在已经烂醉如泥，歪歪斜斜地耷拉在马背上了。他早就醉了。

他的怀里，仍旧戳着几只青稞酒的瓶子。走马散漫地徜徉在草原上，他也散漫地捏住瓶子往嘴里浇灌。他像一个消防队员。他一直在浇灌着自己。

大鹰在头顶徘徊，像一把匕首搁在天上，明晃晃地发光。

马蹄惊起了几只蝴蝶，像光斑一样烁闪。它们落在了锦绣斑斓的被面上，误以为那是一束束鲜花呢。

尕旦嘟哝着说："哦，一个酒鬼要改邪归正了，一个酒鬼要放下酒罐子立地成佛，一个酒鬼在这个秋天给自己一些想头了。你会相信吗？"

我纠正说："他都让那个狐狸长相的女人生了三个娃娃了，他非要娶她啊。否则，他能算一个好酒鬼么！"

尕旦"啧"的一声，很不满地批判我说："屁！都是别人帮他生的。那几个娃娃里有客人们帮他的，也有干部们帮他的。你没帮他吧？"

我脸一红，很泄气地说："我怎么可能呢，我们是朋友呀！"

尕旦没理睬我的信誓旦旦，笃定无疑地说："你肯定帮了忙了，谁让你是才旦的朋友哪！你一定帮了忙了，我才不信你说的那些醉话。"

我没再吭气，信马由缰地在草原上颠簸。我知道尕旦醉了，醉汉的话是不足一驳的。

纸旷野

——远处的山冈上，经幡在飞。煨桑的淡蓝色烟雾，在天空中慢慢洇开。草丛里跑着一些灰褐色的鼠兔，它们发出短暂尖厉的惊叫，原因是老鹰把影子撂在了它们的头上。

尕旦和我已经迟到了好几天。

可我们并没有把鞭子撂在马背上。马是无辜的。

草原上的婚礼一般要进行十几天，大家白天围在锅灶边吃肉喝酒，晚上则会围着一堆篝火跳锅庄。在黯淡的夜空下，那些女人们身上的银饰就会发出叮咚的响声，这说明她们跳到了兴头上，而男人们会无一例外地醉倒在帐篷周围。

尕旦和我，走在草原上。

仿佛两只旧麻袋似的，我俩早就疲倦不堪了。

竟然，翻过第九座山冈时，我看见才旦坐在一堆嘛呢石旁边。他的面前是一块绣花的毛毡。毡上摆放着香炉、肉疙瘩、银碗和一把刀子。才旦好像是在等谁，见到我们的时候他一脸的茫然。他举手，做了一个朝拜的动作。

很显然，他已经烂醉如泥了。

可他还是对我笑了一下，伸手把我抱下了马背，替我掸了掸身上的灰尘。

他撕下了一小块干肉，喂进我的嘴里；又从一只皮囊中挖出来一小撮酥油，抹在了我的脸颊上；最后，他干脆把一银碗青稞酒端给我，要我一饮而尽。

没有退路了，我接过来，径自灌进了自己的胃里。

我对才旦说了一些祝福之类的话。他根本就没听进去，又给我盛了一碗，命令我一饮而尽。

酒像一股火焰，跑进了我的身体内。我在一瞬间被点燃了。我把几块被面披在了才旦的身上，又对他说了一些似是而非的幸福话。孰料，才旦却用手阻止住我，样子很满足地说：

"现在么，我们公平了。你看你一下子就喝大了，你的酒量这么差劲了，你这样喝大了，你才不会糟蹋我，你就不会再笑话我了呀。"

才旦又说："我在这里，堵了你们几天几夜了。你们终于来了哦！"

清晨的太阳照在石崖上，

红石崖如屹立的神像，

那是佛一样的客人到来的象征。

中午的太阳照在河水中，

洁净的水如圣神的供品，

那是供品一样的客人到来的象征。

下午的太阳照在草滩上，

草原像开满鲜花的藏金莲，

那是花一样的客人到来的象征。

才旦一边唱着迎亲的曲子，一边拿起青稞粒和五谷杂粮，撒向天空。

这时候，尕旦从马上一头栽了下来，仿佛一只凌乱的麻袋砸在了

纸旷野

地上，很不争气。我本来想上前扶一下尕旦，可我浑身像一团棉花那样柔软不堪。日光太亮了，地上逶迤而来的酒气，让草原变成了一座沸腾的马圈。我一软，就跌倒在了一堆青草上。

尕旦和我，像两只打开的麻袋那样横陈于草丛中，知觉全无。

我们睡了有三天三夜。

才旦在我们酣睡的时候，独自一人坐在那一方毡毯上喝酒。他边吃着酒肉，边醉眼迷离地唠叨说："你是我的朋友，你那么老远来参加我的婚礼，我心里过意不去得很呀，我自罚上三碗吧！我一定要自罚上三碗，你们别劝我呀！"

我和尕旦谁也没劝他，一任他像草丛下的溪流那样，茫无目的地流淌。

我们睡了有三天三夜。

才旦自罚了三天三夜。

最后，尕旦、才旦和我好比三堆未点燃的粪火，一直沉默了有三天。

而那三天，在草原深处的帐篷群里，一场火热的藏族婚礼正如火如荼地展开，就连机灵的藏獒，也没有嗅出我们的一丝踪迹来。

三个神秘的酒鬼，让草原深处挂念不已。

打猎的故事

喂，你想打猎吗？

你想扛回去一匹唐古拉山里的雪豹吗？

呵呵，那你跟我到动物园去！

——夜晚的星星们，像一包袱突然抖搂出来的玛瑙，从那曲的天空中照耀过来。其实，那不是星星们发出的光，而是雪山反射过来的透明的夜色。仁青扶着我走出了一家酒馆，步履踉跄地呕吐着。

他身上藏式服饰的图案中就有一块豹皮。

那些神秘的花纹可能启发了他。于是，他邀请我到动物园里去打猎。

那曲那边的草原上，正在举办"恰青"大会，整个藏北的帐篷们都游移向那曲。这种情景我只有在甘南的桑科草原上见过，可那次是六世贡唐仓佛爷举行的灌顶大法会，没理由不多啊。这次不一样，草原上骑马的好手都走了，就连著名的瘸子，也在半个月前坐着一辆牛车到那曲凑热闹去了。

小城里似乎只剩下了仁青一人。他没理由不喝大呀。

仁青已经吐了有一夜了。

他的胸襟前，挂满了绿色的胆汁。

我们一起走出了一家酒馆，在狭窄的街道上张望了半天，可没有一辆头顶发亮的出租车开过来。后来，我们索性互相搀扶着，在地上踢着石头和废旧的瓶子，大声唱着一些模糊不清的谣曲，往动物园的方向挺进。

仁青说："你这个糟糕的汉人，你一点儿酒量也没有，你就根本不配做我的朋友，你从兰州那么远的地方上来，我没给你喝够，你回去在兰州一说，让那些人把我笑话死了，草原上的仁青不是一个窝囊废，你这个糟糕的汉人，你居然把草原上的仁青给喝吐了，这样对你有什么好处呀……"

仁青说："其实，我不是那个叫仁青的人，我只不过假装了一回仁青罢了。我的前世是一个牧羊人，那时候，我才13岁，你信不信？有一天，我赶着羊群钻进了唐古拉的一个山沟里，羊们在山上吃青，我在一个山洞里睡着了，我还做了一个漫长的梦，我梦见一位佛爷站在天上教我说书，我背诵了几天几夜，等醒来以后我一张嘴，我就能说出全本的《格萨尔传》了，可那时候我连一个字母也不认识呀。"

仁青说："不对，不对！我刚才说的话是骗你哪，我根本不会说书，我也没听过格萨尔老爷的奇迹，那是因为我对不起一个朋友的缘故，我的朋友叫叶舟，他从老远的兰州来找我喝酒，可我没招呼好他，我还喝吐了，我吐得很厉害，我把自己的下水都吐出来了，我这个兰州的朋友扔下我就走了，我可能还打了他，我还嘲笑了一下他的长相，等我醒来，羞得我找了一个老鼠洞藏了几天，我没脸见人啊，我现在一说这件伤心事就要喝大。是呀，我也不能对不起你，你没喝好，那我请你去打猎吧！"

我们一直走到了动物园的后门，在星光下翻墙而入。

——夜晚的动物园里阒寂无人。在漆黑的深处，偶尔会传来野生动物们低低的喘息声。一只高寒地带上的蝙蝠在空中飞行，它的翅膀差一点儿刮在了我的脸颊上，吓我一跳。

仁青蹒跚地往前走，绕过几个黑乎乎的低矮建筑，来到了雪豹的笼子前。

几只蓝得让人忧伤的眼睛，在笼子里晃动不已，披着夜色的雪豹此刻比夜色更黑，鼻孔里喷出的白气逶迤上升，四周围传来雪豹柔软的脚步声。

仁青对雪豹问候说："乔带帽（你好）！"

在晴朗的星光下，我看见仁青从袍子里摸出了一枚银子的挖耳勺。他跟跄地走到了铁笼子前，轻轻一下，那扇铁门奇迹般地被打开了。

仁青钻了进去。

他的身影和那群雪豹混为一团，漆黑一片。

过了好久，在我惊魂未定时，仁青突然站在铁笼子里，双手抓着粗大的铁栅栏，对我嘿嘿嘿地发笑。他招了招手，似乎是在对我发出邀请。

那些凶猛的食肉动物居然匍匐在仁青的脚下，挤眉弄眼，哑巴似的。

仁青说："我和你一起打猎呀，你说的！"

我想，我的无动于衷可能惹怒了仁青，他伸手对我做了一个下流的手势，那意思好像我是一个天生的胆小鬼。

可我真不愿意糟蹋自己。我坦白吧，我是一个俗人，我不能把自己当成雪豹的一块点心啊。

我准备起身，我打定主意要跑到有饲养员的地方，请求他们帮助把仁青从铁笼子里解救出来，除此之外，我束手无策。他是我的朋友，他现在喝大了，他会为喝大而丢了自己的性命的。

这时刻，仁青却突然开口说话了。

仁青以一种极其鄙夷的口吻说："你不是我的朋友，兰州来的叶舟才是我的朋友，我亏欠下他的人情了，那一次我没好好招呼他，让他一肚子的委屈，我没邀请他打猎，可我现在邀请你了，你怎么能不替我的朋友叶舟扛回一匹豹子呢？"

说完，他一头栽倒在地上。

那些豹子，竟然像铺盖卷一样依偎在他周围，为他取暖。

他一直睡到了次日黎明。

他在凛冽的天光中揉了揉眼睛，在铁笼子里翻身而起。他走出了雪豹的领地，还给它们说了些什么，我没听清。

仁青看见在铁笼子外满眼焦急、困倦缠身的我后，猛地一愣怔，嘴巴能塞下去一只拳头。他大言不惭地对我说："嘿！老哥，你怎么在动物园里呀，你是从兰州来看我的吧？！"

我扭头看了看铁笼子里丢三落四的几只玻璃酒瓶子，又看了看仁青明显瘪下去的胸襟，就立刻明白是怎么一回事了。

我对仁青说：

"对呀，我刚刚下了长途班车，来找你的！"

仓央嘉措道歌

这一段，冬宫（布达拉宫）里乱作一团，人影憧憧，气氛凝重。

为今年的收成计，也按照旧日仪轨，六世达赖喇嘛仓央嘉措该率领全体僧人举行祈福大法会。先在冬宫设仪，然后移驾至大昭寺开坛，仪式绵延月余，阵势空前。大法会期间，前后藏以及山南一带，都像进入了春天的节日，人们从冬雪和酷寒中苏醒过来，拍掉身上的罡风，奔走相告，将种子供奉在佛龛上，给农具和牛羊记符，请求空行飞渡的神佛们予以加持和祝颂，期待秋天的丰收。更有无数发了愿的信徒们远足而来，一步一叩，口诵"六字真言"，用七尺之躯丈量着这一片黑色的大地。在路途中，春草发芽，风马飘洒，经幡猎猎，乌鸦麇集，空气里布满了一股新鲜酥油的气息，令人沉醉不醒。

人们逶迤而上，从草原、丘陵、雪山和大地的褶皱深处，一边发愿，一边餐风饮露，埋首默行。在冥思中，天道运行，六世达赖喇嘛已经在冬宫的法台上拈花微笑，将给信徒们布施、摸顶、开许，说不定还会有金刚灌顶大法会呢。人人都在猜想，祥云会罩在自己头上，来个意外的施洗。说不准，谁都说不准，唯有佛爷才知道这份应许。行进在修远的磕头之旅上，布达拉宫仿佛就是一只巍峨的巨鹰，蹲在须弥山巅上，金光烁闪，为人世间引路，给迷茫和疲倦的人们吹来一阵阵仙气。喏，听听！从声嗓里涌过的"唵、嘛、呢、叭、咪、吽"的诵念，就是一棵心愿的菩提树，发芽抽枝，浓荫如盖，荫蔽了这一片高迥的佛土。

春天了，春天是一道元神，万物轮回而至，春暖花开。

其实，人们的心里还藏着一个秘密的私愿。这私愿实属大不敬，却有着充足的理由，令人激动，夙夜难眠。八年前的秋天，藏历九月，作为五世达赖喇嘛的转世灵童，来自山南门隅的一个15岁的少年，被藏王第巴桑结嘉措确立为六世达赖喇嘛的真身，登上了法王的宝座。那一年的晚些时候，藏历十月二十五日，在一个钟磬齐鸣、法号高唱的下午，这个15岁的少年被迎至布达拉宫的司喜平措大殿里，正式坐床于无畏狮子大宝法座上，名讳洛桑仁钦·仓央嘉措。

此去经年，西藏十三万户百姓的心目中，布达拉宫有了主心骨。即便战乱、瘟疫、灾荒时起，纷争不断，但只要冬宫里桑烟缭绕，响铜播远，那一定是"全境之怙主、苍生之教亲"的六世达赖喇嘛仓央嘉措在祝福。天人众生，一切僧俗，时常面朝拉萨，记挂起冬宫里的幼小尊者，盼着尊者快快长大，圣心圆通，花落莲出，主持这一片福田上的大小事务。但盼望归盼望，大家都知道仓央嘉措犹在学法习经的过程中，佛珠要一颗一颗地念，饭要一口一口地吃，不可能揠苗助长。人们猜想闭锁深宫、远离红尘、一心修炼的尊者一定在做有情的业行，也一定会洞悉无余。是的！人们私揣着一种大不敬，都想在尊者仓央嘉措出关时，头一个去供香，头一个去伏拜，头一个领受赐福和摸顶，一睹天颜。

嗯，这想法常常会吓坏他们自己，仿佛一辈子看见了一回大象。

在藏区，人们描述着尊者仓央嘉措的容貌，说尊者生就一双丹凤眼，眼眸中有彩虹闪耀；说尊者不高不矮，双臂过膝，两耳垂肩，总是风采超俗，气度不凡。小时候，纵令尊者出身寒微，鹑衣百结，也胜过他人的锦衣华服。又说，尊者面容俊美，光彩照人，头发油亮蜷曲，关节不显，齿如编贝，一共40颗整。尤其奇异的是下边的右门齿，恰如一颗松耳石，颜色碧绿。还说……。这时，说话的人偶一回眸，看见了佛龛上的供像，分明是在描述观世音菩萨的真身么，便顿感唐突与冒犯，忙打住了嘴，掩面而走，去吆喝坡上的牛羊了。

期待像一坡的春草，渐渐地鹅黄浅绿了起来。

这天，尊者做完了早课，伸着懒腰，拨弄起了弦子。我亦洒扫停当，服侍完饮食，去打开窗子，想给囊谦（佛堂）里透一透气。

"出彩虹了！"我喊。

"呃，果真！还是双杠。"尊者俯身来看，又问，"夜里下过雨？"

"没下！该到大法会了，彩虹是佛在应许！"

我老练地回答。

我叫仁青，是布达拉宫的一名侍僧。我在婴儿时就被丢在了寺墙外，是喇嘛们收养了我，现在我已经是一个少年了。我干过扫帚僧、粥僧、点灯僧，每天黎明即起，照料经书，擦拭佛堂，迎接四面八方的朝客。这里是我的家。

命是前定，所以我命定般地遇上了我的主人，我的六世达赖喇嘛仓央嘉措尊者。我贴身服侍，近前聆听，主仆二人渐成兄弟。有时候，我或许有一点点谵妄，我幻想自己也可以肉身成佛，一直追随在尊者的左右，不弃不离。

　　"是啊！"

　　尊者语气黯淡，颓坐一旁，表情像一块寒冰。尊者说："春天开始了，什么都醒来了，就我自己像一卷读毕的经书，被砌在经墙上，落满了灰尘，慢慢变黄。"尊者的话让我也落寞起来。仆心随主，这一段软禁的时光，约莫有八年了。我劝慰说："呃，拉藏汗的密探布满了整个拉萨城，盯着布达拉宫转悠，空气紧张，充满油火，一点就要着。拉藏汗就怕你和信众们接触，怕你真身闪露，受了拥戴。不过，虽说白昼里无奈，但夜晚是咱们的。夜晚广阔，金刚护法的乌鸦们伸开了密密麻麻的翅膀，遮蔽住天光，我陪你多溜出去几趟，尊者也好散散心，去街上听弹唱，听说书人的故事，像往常那样。"忽然，尊者立定，逼视着我，仿佛看破了我的心机，截铁地说："从今晚开始，我决不再跨出宫门半步。你盯紧我，如有违犯，你就拿拂尘抽我的脊背，就停我的饭，停我的水。"哎哟！尊者的话像一声发咒，我跪膝在地，忙扇了自己几耳光。尊者说："人小鬼大的仁青呀，在这个囊谦里没外人，我不是达赖喇嘛，你也不是仆人，你记住我的话，照我说的去办。"尊者的口气越是央求，我越觉得是一种惩罚，一种忤逆不道，一种大罪过。我伏在地上，嘴里默念着嘛呢，请求宽恕。

　　"我怕我变成一只猴子。"我说。

　　"嘻！你就是猴子！"

尊者呵呵大笑。

我知道那个传说。传说讲，尊者乘愿而来，降生在山南门隅时，尚未显露一丝朕兆，也无奇迹。平日里，尊者常常和附近的娃娃们结伴去爬树，去河边摸鱼，去草地上捕蝴蝶，去骑牦牛，去抱小羔羊。那一日，远在千里之外的藏王第巴率着寻访队伍，星夜辗转，终于站在了圣湖边。藏王按照旧制，朝水里撒了五谷，献了坛城，供了祭物，还绾了金刚之结。那是一个菩提发心与宏愿实现的时刻，无风无云，天空晴明，水面宽展无垠，仿佛一面巨大的水银镜子。这时，藏王凝神细察，看见镜子里出现了一条十善之途，孔雀和琥珀交织在两旁，梵乐高奏，诸空行在天上掠过。在道路的尽头，藏王看见了一座彩缎和豆蔻之乡，蜜与流奶之地，馨香扑鼻，慈爱激越。……后来，年幼的尊者出现在镜子里时，藏王和僧俗属下们忙跪伏在地，涕泪长流。他们知道，五世达赖喇嘛示寂后，如今已然归来，就在山南，就在门隅，就在毡帐前和一帮鼻涕娃娃们在玩耍。

玩了半晌，一个叫曲珍的姐姐输了游戏，玩不起，却恼恨地拿起柳条，抽在了尊者的脊背上。曲珍不知，她笑吟吟地抽打，实际上打在了观音菩萨的身上。不待察觉，娃娃们忽然看见有一只猴子从人堆中跑远了，跑进了密林里，边跑边哭。天黑了，大家才发觉不见了曲珍姐姐，丢了。大人们在林里林外地叫魂，也没找见曲珍，还当她落了水，或是被林中的野兽们给祸害了呢。不怕！这其实是另一头的藏王作的法，让曲珍暂时丢了一段时间，长长她的记性，权当她是一枚异熟之果。

还是在镜子里，藏王给曲珍记了符，放她回家，免得急坏了她家里人。天明时，曲珍回到了家里，站在毡帐前喊阿爸阿妈，邻舍们也都起来了，但大家骇然不已，惊慌失措。因为，原先长相娇美的曲珍，竟然长了一脸的猴毛，还抓耳挠腮的。有人念嘛呢，有人拿出了金刚杵，都以为是妖魔使怪，借尸还魂，来祸乱这一片和平之乡的。恰此时，睡眼惺忪的尊者上前，扑进了曲珍的怀里，阿姐，曲珍阿姐，一个劲地念叨。奇迹发生了，尊者的小手抚过曲珍的脸蛋时，像剥开了一枚煮熟的鸡蛋，曲珍恢复了先时的模样。不！比先时的娇美更加动人，愈加漂亮。大家觉得做了一场不大不小的梦，曲珍还是曲珍，但尊者的福德和法力却令人刮目相看。那以后，山南一带的女娃娃们被家中大人牵拽着，喜欢跑到门隅来，请求尊者摸一摸脸蛋，换一换眉眼，端正一番五官。

于是，尊者从那一天起，开始喜欢摸女孩子们的脸，乐此不疲。

一般情况下，尊者趺坐于法座上，口含一枚绿松耳石，念起嘛呢，挨个儿细细摸过，仿佛是在摸一只从四川背回来的精美瓷器，心生不舍。直到有一日黄昏，从拉萨驶来的黄罗伞盖和寻访队伍拥进了尊者的家院，这项工作才告停止。

"我可不是猴子。"

我撅嘴。

"问题是，我可以随时一念，把你变成一只长毛猴子。"尊者举手印，却思忖一下，恍然说，"舍不得！万一变你成猴子，我就落单了。我实在舍不得。"

我抱住尊者的胳膊，什么话也没讲，心里却在往死里哭。

"但，我刚才的话你记住。"

"遵法旨！"

"……除非我心生厌离，出走布达拉和拉萨城，一门心思，再也不回来啦。"尊者哽咽再现，脸上一度难过起来，叮嘱说，"外边的廊檐下有一只鸟笼，是我从门隅带来的一对绿毛鹦鹉，你快去把它们放了吧。其实，我也是一只囚鸟，只可惜没了翅膀。"

我斗胆说："尊者，不如我们去逃，主仆二人，浪迹天涯！"

"天圆地方，均在佛祖世尊的手心里，逃去何处？"

"哦！"我一时还没想想好，便说，"反正，逃到一个清凉空荒之地，没有凶恶蛮横的拉藏汗和青海蒙古大军，也没有阴谋多端的笑面虎藏王，世外桃源吧。在那里，你念你的嘛呢，写你的道歌诗篇，我给你供香奉茶，攒糌粑，打酥油。"

"心不逃离，体奔何益？"

尊者道。

"呃，可我不能眼睁睁地看着尊者受夹板气，一头是拉藏汗，另一头是藏王；一个把你当死敌，一个拿你当傀儡；一个下毒，一个喂蜜；一个对你步步威逼，另一个给你穿衣戴帽。其实，喇嘛们私下里早就议论纷纷了，原先广大无边的佛国圣土，本乃尊者手中的领地，是从前一世里继承来的，可现在却被拉藏汗和藏王瓜分殆尽，尊者也只有蜷缩在冬宫的这一间囊谦里。即便这里是兰若之地，喇嘛们也叫屈，也替尊者日夜打抱不平。"我没讲过这么多的话，一段时间以来的浊气与郁闷，一股脑儿地倒了出来，呈给尊者判决，好快快降一道法旨示下，让我去串联，去结伙。我搭了耳朵，又秘语说："尊者你还不知吧，宫中有一班护寺的武僧，个个都是飞檐走壁、飞叶伤人的高手。也许可以！"

"呆货！"

尊者愤然叱道，拍案起身，吓了我一跳。

呆货，这是八廓街和拉萨城里骂人的话，鄙夷至极，说明尊者真动了气。尊者也自觉不妥，顿了顿，长叹说："迟了！晚了！八年前的钟声落地，就已经不再是钟声了。"愚钝如我，不解其中的禅机，忙说："一切都不晚，等拉藏汗和藏王来议事时，可以先下手为强，出其不意嘛。"这回，尊者真的气恼了，拽住我耳朵，讥讽说："喏！把一头牛牵到京师，它还是一头牛，你就是那头蠢牛。"我立时低眉顺目，乖乖聆训。果然，尊者开示说：

"这枚酸果我已经咬开了，的确很酸！"

我插嘴说："秋天就好！"

"咬开了，我就得继续咬下去，直到吞下它，消化了它。"尊者握拳，轻轻捶打起我，像在加持我的信心和力量，又说，"我哪也不去，我就坐定在这座深宫冷宅中，一所悬命，看着业障一寸寸地报还，看着空气中有金莲花打开，也看着光阴和我自己一步步朽烂，成就平和，利益众生，好在经卷堆起来的山上，在佛尊宝座的膝下，写上我这一世的诚恳道歌。"

"我不甘心，喇嘛们也不甘心。"我说。

尊者道："在这一世喧嚣和冥顽的光阴里，谁先开口，谁就败北。喏！我写下的这一行行道歌，便是证据。"

"可隐忍不等于乖乖认输吧？"

我像辩经一般。

"我是个失败者！失败者，其实无从选择。"尊者不像他这个年纪的，语气灰头土脸的，好像刚从阿里赶脚而来，精气皆疲，又说，"我是蛛网上的那个节点，我一动，定会有大的血光之灾，满城遭屠，兰若尽毁。"

"说不定，这样会收复失地。"我强辩道。

尊者说："我每写下一行，我就收复一次。"

"不！人不能委屈，尊者更不能委屈。"我虽不解禅机，却早已泣不成声，嘟囔说，"等一下，我会请求所有喇嘛昼夜念诵，好让尊者化毒为药，领受盛大的护施。"

"不必！其实，我不孤单。"尊者说。

"可这样太煎熬。"

尊者微笑说："至少，我还有诗歌，还有兄弟仁青你。"

这时，门外传来了求见声。

尊者闻听，慢慢整理好身上的袈裟，面色淡定，口诵嘛呢，跌坐在法座上。我紧走几步，打了帘子，看见布达拉宫的掌玺大法师惶惶而入。我不知发生了什么事，但从大法师冒烟的表情上看见了不妙。

"尊者，刚接到两份专使急件。"

"如何？"

掌玺大法师回说："一份来自藏王第巴，另一份是拉藏汗发来的。两封急件一前一后，却意思相同，让布达拉宫即刻取消今年春天的祈福大法会，宫门紧闭，任何人不得外出。"

"哦！还是让我来唱一首道歌吧。"尊者说。

仅仅穿上了红黄袈裟，

　　　　　　　　　　　　　　　　　　　　　　纸旷野

假若就成喇嘛，

那湖面上的金黄野鸭，

岂不是也能超度众生？

唱毕，尊者忽然发笑，笃定地说："也好！其实这样挺好，有了诗歌，至少我还能证悟自己，证悟这一世的生命。"

我也插嘴说："哦，这下诗歌也是一枚妙果了。真好！"

伊帕尔汗

一

　　开罗来的理发师走到颓墙下时，艾尼瓦尔的一坑馕刚刚打熟。

　　他是在河边过的夜，身上带了整宿的水汽。艾尼瓦尔埋下头在摘炉坑里的馕饼，发现火苗暗了暗，便知道那个异乡人又来了。买馕的人这时并不多，但需求量大，一坑馕饼四五十个，分散在不同的筐子里后，人就走光了。馕房也在颓墙下，临时搭建的一座简易毡房，四面漏风。艾尼瓦尔的老婆在里头擀面饼，擀好一个，便从门帘下递出来，不露面，但理发师能看见她下半截的碎花裙子。面饼样子僵，艾尼瓦尔用指头抓起盐水，一甩一甩地往上面洒，顺带着也将黑芝麻扔了上去。这一洒，面饼登时生动了起来，有一层明黄色的光晕，水湿湿的，发黏，也发软，很容易被贴在炉壁上炙烤。

"朋友，想想看，怎样才能藏好一把盐粒，而不被别人发现？"

"哦！我从没想过，费脑子。"

手上太忙，艾尼瓦尔无心作答。

"再想想吧！你是全伊犁最聪明的小伙子，我不会走眼，你一定能想出来的。"开罗来的理发师一边发问，一边从兜里摸出一枚粗钉子，嵌在了颓墙的砖缝中，随即又将肩上的包袱挂起来，接着说，"啧啧，别洒那么多的盐水了，你的馕能把一头大象齁死的。"

艾尼瓦尔说："从没人说过我的馕咸，我从小就这么打馕。"

"再想想吧！"理发师催促道。

"什么？"

"一把盐怎样才能伪装好，不被别的人发现？"

"够了！"艾尼瓦尔忽然火了，将手里的大毡盖猛地扣在坑口上，力气大得足以把馕坑拍碎。理发师悻悻的，不明白对方的这股邪火从何而来，闷头骑上了旁边的颓墙，将身体放平坦了，枕起双手，一个人开始望天。艾尼瓦尔知道自己有点过分，便拽过来劈柴墩子，垫上一块大树根，挥斧砍了下去。哦，该死的！每一斧都砍歪了，手柄也快震裂了。艾尼瓦尔嘟囔说："问了我整三天，这个破问题把我的脑筋都想坏了，可你还在问，一点不罢休。"

"抱歉！"

"哦！其实也没什么，主要是我的脑子不够用，你可以问问别的人嘛。"

"我没朋友。"开罗来的理发师从颓墙上支起身子，手搭在额顶上，遮住了火辣辣的日光，居高临下地说，"兄弟，我在伊犁没朋友，但你算一个。"

"我也这么看。"艾尼瓦尔和解道。

"感谢主!"

理发师腾地坐起来,高声赞美了一句。

夏日的伊犁令人措手不及。入夜后,河谷地带湿气大,空气里能拧出水来,凉得像一块冰;但日头一旦升起,整个城市又像沦陷在了馕坑的炭火中,撕心裂肺的酷热。这从人们的穿衣上就能瞧出来,有的披着羊皮袄,有的裹着粗毛毯子,可年轻的男女们喜欢裙子、夹袄或袷袢。比如艾尼瓦尔和理发师,都各自穿了一件白色的袷袢,但一个干净,另一个脏兮兮的;一个清清爽爽,另一个湿漉漉的。

后者是开罗来的理发师,天天早上一露面,就像从污水池子里钻出来的。

艾尼瓦尔知道他自有一套工序,多半不理睬,也不催促他开张。一般来讲,理发师挂完包袱中的剃头工具,先要躺在矮墙上晒半天。等晒足了,晒透了,才会像还了阳魂似的,跳下来吆喝个人的买卖。半个月前,理发师初来乍到,在直角尺般的街上溜达了几个来回,数了数行人,终于瞅准了这一处角落。——这里位于左右两条长街的对接处,身后是汹涌的伊犁河,按说是个打头碰面、人粥稠密的所在,但伊犁城的小商小贩们喜欢讲迷信,说滨河地带一般财运不佳,银钱都会被水流白白冲刷殆尽,无人肯就地设摊。可也有不太讲究的,大天白日的将摊子支在了河沿边,扯起声嗓吆喝生意,很快就应验了:先是一个卖锡瓶的站在那里,锡瓶有上百上千只,层层叠叠地码放着。有一日,突然刮起一阵风,锡瓶哗啦一声倒了,滚下了河堤,小贩跑过去想捞,结果被

　　　　　　　　　　　　　　纸旷野

一个浪头卷走了，至今尸首也没找见。接着，哈密来的一个马掌匠站在了那里，生意火旺了半年，最终却被一匹病恹恹的伊犁马给踢死了。后来，一个衣饰鲜亮的迪化商人瞅中了这一块，他倒也不急，雇了一个泥水匠，连夜砌起了半堵墙。迪化商人是做药材生意的，在墙下铺开了摊子，坛坛罐罐里装满了各色药粉，像他的衣裳一般漂亮。不承想，那天下午来了三个女人，不问青红皂白，扑上去就将他骑在了胯下，连撕带打的。街上的人们耳朵尖，知道是他的三个老婆，以前互不认识，都是骗婚骗来的，此番集结而来，就是来讨一个说法的。厮打了半天，其中一个三百斤重的老婆抬起门扇大的尻子，将商人的脑壳从裤裆里拽出来时，才发觉他已经呜呼哀哉了。顿时，三个女人在街上追打了起来，不要命地打，分不清地上是谁的血，反正染红了半条街。打够了，她们才想起去哭尸，又抱成了一团，哭得像亲姊妹。

只是，路边的那半堵颓墙还在，荒凉了一整个冬天。人们扪下心来等待，看哪个倒霉鬼会去替补，免费给伊犁城的百姓们增添一些茶余饭后的谈资。

事实上，艾尼瓦尔也是个异乡人。

刚开春，他带着老婆将馕房设在了颓墙下时，人们暗藏的幸灾乐祸尚未消退，只等着看笑话。孰料，这种不良企图渐渐被艾尼瓦尔的馕饼给修正了。艾尼瓦尔烤的馕里酥外脆，分量足，金灿灿的，有一股新麦的浓香，重要的是它只卖一个天罡钱，而别的馕房一只要卖一个半。渐渐地，艾尼瓦尔的馕房声名鹊起，一天卖三口袋麦粉都不在话下。

但买卖双方都存了私心，都属精明人。在艾尼瓦尔看来，馕房的对过是红乌鸦客栈，全伊犁最高档最热闹的场所。那些戴着大金箍子、身穿貂皮大衣的客人们临上路时，往往会在前一夜下订单，一买就是半马车馕饼，订单几乎天天都有，够忙乎的了。对街上的小伙子们来讲，去艾尼瓦尔那里买馕，运气好的话，还可以顺便瞟一眼他的漂亮媳妇子。闲话传开了，越说越像一句顺口溜。人们咂巴着嘴说，哎哟！艾尼瓦尔的媳妇子，男人看了受不了，女的看了要撞墙。——只不过现在入了三伏，小伙子们都去葡萄园里消暑了，馕房前头贼兮兮的眼睛才少了一多半，但生意照旧火。

开罗来的理发师也瞅准了这里。

他一点不客气，将钉子插在砖缝里，挂起一包袱剃头工具后，简简单单开了张。剃头匠都有自己的幌子。幌子是一条拃宽的生牛皮，既可以捆扎包袱皮，还可以磨刀。理发师对艾尼瓦尔一笑，摸出天罡钱，买了一只热馕饼塞进了嘴里，干噎地说：

朋友，我是从开罗来的，剃了几千里路的头发，剃光了无数脑壳呀。

开罗？

对，在埃及！

天山南，还是天山北的？

理发师知道鸡同鸭讲了，忙释义说，怎么讲，反正挺远的，能跑死一万匹马。

啥村子？

呃，村子也不大，你叫埃及也行，叫金字塔也好，不过我喜欢别人喊我开罗来的。我家里也有一条河，比伊犁河水大，至少大十倍吧。理发师敷衍道。

你会游水？

　　　　　　　　　　　　　　　纸旷野

对呀！我人生地不熟的，无处借宿，打算晚上游过去，住在对岸的树林里。理发师骄傲地说，我住惯了野外，或许还住不惯毡房呢。

这么着，半个月以来，开罗来的理发师每天早起，就像从污水池子里捞出来的，先要躺在颓墙上晒日头。他不像个匠人，匠人没这么懒惰的，但懒惰是别人身上的病，艾尼瓦尔也就懒得去计较。——这时，新一炉的馕饼烤熟了，艾尼瓦尔揭开馕坑上的大毡盖，一股浓烈的麦香突地播散，理发师不由得咽起了唾沫。艾尼瓦尔用火钎子钩起一只，高高地递给了对方。理发师不接，一副忸怩状，递得急了，方说："兄弟，我兜里光了，仅有的几个天罡早上被水冲掉了。""你先吃吧，吃完了再说。"艾尼瓦尔摘下馕饼，干脆扔了上去，才逼对方接上手。理发师说："兄弟，那天我给你剃过头，剃一次七个钱，我已经吃完了，这个算欠你的！"艾尼瓦尔嘻然一笑，摸了摸头皮说："等我的毛再长出来，你恐怕会吃我上百个吧。别惦记我的毛了，你抓紧干活才对。"

理发师不答，掰开烫乎乎的热馕饼，眯眼蹙鼻，先闻了一阵子麦香，然后才细嚼慢咽了起来。

这是上半天的时光，街上的马车、驴车和行人骤然多了起来，游走的小贩叫声嘹亮，附近的店铺都卸开了门板。一个女人在石阶上洗毡，几个鼻涕娃娃在跳毽子，有人正站在梯子上抛浆泥，准备修缮一下破损的屋瓦。忽然，一匹辕马被飞过的麻雀惊了惊，蹄子迟疑间，车上的甜杏子翻倒在街上，四处乱窜，像一枚枚金元宝。——炉火快败了，该到了添柴的时候。艾尼瓦尔从墙根下抱来整齐的劈柴，撅起尻子往馕坑里码放。一扭头，发现理发师正抱膝坐在墙头上，定睛打望着对面的红乌鸦客栈，连眼睛都不眨。

打馕需要暗火。艾尼瓦尔待炉中的劈柴烧透后，才舀来一瓢水，泼在馕坑里，让它们变成木炭。馕坑里的温度上升时，艾尼瓦尔接过老婆从门帘下递来的面饼，洒盐水，扔芝麻，又撅起尻子往坑壁上贴。再一扭头，看见过来了一个长髯老叟，请理发师剃个头，再修一修鬓角。理发师却说：

"不修！今天我歇业。"

"那你不该挂幌子。"

老叟嘀咕道。

"反正没心情，你去别的摊子上修吧，别打搅我。"

老叟蹒跚着走了，原来腿脚不利索，不良于行。艾尼瓦尔蓦地犯了病，攥着一根羽毛掸子，抽打起空气中的苍蝇，边抽边骂。不巧的是，又过来了两个小巴郎子，互相攀着肩，站在颓墙下仰头央告。一个说："我头上生了虱子虮子，请你给我剃成光头吧。"另一个则说："我见了鬼，让鬼啃成了斑秃，我也要个光头。"岂料，理发师不为所动，眼睛直勾勾地盯视着红乌鸦客栈的大门口，老僧入定似的。问急了，理发师居然愤懑地说："滚！快滚！"两个小巴郎子松开手，忽然朝上啐了一口唾沫，反身便跑远了。理发师却也不恼，慢慢揩掉了鼻子上的唾液，继续往死里看。艾尼瓦尔终于忍不住了，抢上前去，在理发师的脊背上抽了一掸子，抽得他哆嗦了一下。艾尼瓦尔嚷叫说：

"到手的钱被你骂走了，你吃撑了么？"

"嘘！"

理发师催他安静。

"笨蛋，一个大大大的大笨蛋！"艾尼瓦尔气不过，开始揪掸子上的羽毛。羽毛被风一卷，停在了空气中，令理发师的视线一时间混淆起来。艾尼瓦尔又嗔怪说："没见过你这样做买卖的。难道，你们开罗村子里的人都缺脑子么？喂，你再不开张的话，我就不认你做朋友了。"

理发师闻听，从一群羽毛中跳了下来，抚住艾尼瓦尔的肩膀说："那可不成。你不认我的话，我会饿肚子的，我不答应。"

"算你聪明。你看什么看，红乌鸦那是阔人们待的地方，你看也看不饱。"

"不过，今天真的很邪乎呀！"

理发师低声说。

"什么？"

开罗来的理发师顿了顿，用目光扫了一眼街面，沉郁地说："今早上来了两班邮驿，都骑着官府中八百里急递的快马，停在了红乌鸦门口。我看见一个女人从楼上下来，签收了邮驿带来的信件。哦！那个女人脸白得像一捧雪，慌里慌张的，一定有什么重要的事情发生了，我敢打赌。"话毕，理发师从裕祥下掏了掏，摸出来一根纳斯（劣质大麻），给打馕匠让了让。对方直摇头，理发师便自己点了火柴，咂出一口烟来。理发师说："前一天收工时，就有一班邮驿来，昨天来了两班。蹊跷的是，今早上才过去了一泡屎的工夫，居然就来了两匹快马，频率越来越急。我猜吧，肯定还有另外的在路上，往红乌鸦客栈里赶。你敢打赌么？"艾尼瓦尔扑哧一乐，百无聊赖地说："呵呵，你们开罗村子里的人不缺脑子，缺的是钱，我才不上你的当呢。不过，这一点也不稀奇，我认得那个脸像一捧雪的女人。"

"你干吗认识？"

"喏，她来买过我的馕，买了一个礼拜了。"

"原来这样子呀。"

"我还知道，她是英国人，从俄罗斯的奥什车站下来的，我听客栈的小厮们这么讲。"艾尼瓦尔占了上风，感叹地说，"她可真漂亮呀，比我老婆古丽还漂亮。"

"我走眼了。我还以为你是老实疙瘩，原来你也很坏嘛。"

理发师挖苦道。

"糟了糟了，大事不妙。"

"干吗？"

"她出来了，那个英国女人从客栈里出来了，又来买馕。呃，我又听不懂她的话，她干吗难为我，偏偏要来买我的馕呀。"

艾尼瓦尔躲在剃头匠身后，哭诉道。

——这时，开罗来的理发师肃静下来，慢慢侧转了过去，瞭见一道颀长婀娜的身影，被正午的日光送过来，越来越近。他抬起头，看见了那一张白雪般的脸，看见了一束搭在胸前的金色发辫，还看见女人的怀里抱着一只镴铁罐子。罐子上有一行罗马体的英文：

伯明翰威尔逊糖厂出品

二

客房在二楼的最里梢，是红乌鸦客栈唯一的套房。

英国女人捧着几只烫乎乎的热馕，左手换到右手，右手丢进左手，刚出锅的东西，没办法。站在门前时，她才安静下来，眯了眼盯着门楣上垂挂下来的一副门帘。——门帘是用极细的竹丝编织的，间距匀称，顶天立地，中间勾连的丝线则更细，在光线下几近于无。但退后一步看，整副帘子上有一方隐约的图案，像一棵硕果盈枝的高树，又像一只黑白的飞鹤。她多半相信前者，因为从奥什车站过来的路上，向导就喋喋不休地介绍说，伊犁是一座苹果城。哼！中国人的小趣味，有点可笑吧。

可每次进出时，她都小心翼翼的，生怕碰坏了它。这一回，她矮了矮身子，行了贵族礼，心中默念了一声：午安！等她闪身进去时，帘子果然没坏，她顿时有了一种满足感。

不用问，卧房在拐角，门前立着一座衣架，挂满了女装、帽子和丝巾。外面的客厅很大，三面透窗，日光像雪崩似的扑进来，亮若天堂。墙上挂了几幅水墨卷轴，还是中国人的小趣味，虾米，菜蔬，蚂蚱，鱼和龙，花鸟，以及一些夸张放肆的方块字。昨晚上，她将卷轴统统反了过去，露出背衬，希望第二天再翻过来时，变成一张张油画，变成肯特郡乡下的风光。她果然这么干了，一手捧着热馕，一手去翻墙上的卷轴。但她很快失望了，每一幅都确凿无疑，老样子。于是，她再一次告诫自己说：凯瑟琳，你真的远离了伦敦，身在遥远的中亚细亚，在新疆，在伊犁了。

她并不沮丧。她嘻然一笑，踩着厚厚的栽绒地毯蹓向了窗前，怀里的热馕香气扑鼻，一丝一缕地唤醒了胃中的饥饿。哦！仔细想想，她已经有许久没认真进过食了，红乌鸦的饭菜太劣，劣到了极点，不是烤肉、抓饭和羊油，就是奶茶、面食与杂碎汤。怎么说呢，这对一个女人的身材不利，尤其是对一位贵族出身的小姐的冒犯，但她都忍了，在敷衍的笑脸下埋着不快。幸亏，一个礼拜前她出门去散步，在红乌鸦的对面，发现了这种本地的面包——她不喜欢叫馕，她讨厌那个粗笨的发音——并渐渐习惯了它。呵呵，今早上蛮不错的，那个烤面包的小伙子言听计从，在她的指导下烤了几只带糖的，而不是那种苦哈哈的咸东西。

突然，她像一只弹簧般地跳起了脚，神色骤变。

她扔掉了怀中的热馕，扑向了窗下的书桌，声嘶力竭地尖喊了一声：上帝！——桌案上凌乱不堪，一片狼藉。她临出门前摆放整齐的几册书、一沓信纸和蘸水笔都挪换了位置，要命的是两封摊开在桌上、尚未重读的家书也次序颠倒，高下不平，仿佛被人私自翻动过似的。她有一个固执的习惯，喜欢将母亲的信置于右边，而将乔治的信放在左边，那里离心更近，更容易被自己诵读和感动。可现在，桌子上被人做了手脚，稍一低头，甚至会看见光线下一枚粗鲁的大指纹。

她咒骂了一句，冲过去拽动了一根线绳。

线绳机敏，牵连着红乌鸦厅堂内的一盏叫铃。她拽得很粗暴，像一个比赛中的划桨手，差一点将线绳扯断了。果然，一个红衣黑裤的小厮忙不迭地跑来，在竹丝帘子外气喘吁吁的。她喊他进来。小厮撩起帘子入内，头顶的瓜皮帽掉在了地上，刚戴稳，小厮双手抱拳欲作揖时，瓜皮帽又掉了下来，窘得他满脸通红，汗水涔涔的。眼前的一幕，令她的气消了一大半，还差点儿失笑出来。她从没见过这么古板的人，连打声招呼都像蛤蟆似的撅起屁股，拘谨死了，与中世纪的玩偶一样。她没笑出声，反而板起了脸，指着一桌的凌乱说：

"猫来做客了？"

"不！客栈里不养猫，也不养狗。"

小厮镇定地说。

"嘀，那你也别告诉我，说服务员来清扫了房间，更别说刚才刮了一阵风。我刚从街上回来，风平浪静的，连一只飞鸟都没看见。"她有点咄咄逼人，又问，"你是想说风吧，可风在哪儿？"

"天山上。"

"山上自然风大，可它干吗偏偏吹我的窗户，弄乱我的东西呢？"

"小姐，请等等！"小厮忽然叫停，这倒出乎她的意料，不能不闭嘴。她瞧见小厮阖上眼，背起手，穿着一双船形的土布鞋，在栽绒地毯上踱起了方步。她心说，别糊弄我了，你想找见一只老鼠或旱獭，然后归罪于它们吧？但又不像，小厮一直抽吸着鼻子，东嗅嗅，西闻闻，简直目中无人一般。她却也不恼。她觉得他像马戏团里的一个小丑，挺有笑料的，所以就宽容了他的孟浪与无礼。好半天了，小厮这才塑下身子，睁大了眼睛，陶醉地盯视着她。

哦！他还是个少年，双颊细腻，唇上孵了一层淡黑的汗毛。蓦地，她发现这名小厮的目光变了，由刚进门时的懒散和无力，变成了两道烁闪的精光，贪婪而又满足，似乎挺矛盾的。的确，她发现他的眼底有一团发亮的物质，可究竟是什么，她也说不清楚。终于，小厮稳住了鼻子，试探说：

"小姐，恐怕您还不知道吧？楼上楼下的客人们，悄悄给您起了个绰号，喊得可亲热了。"

"绰号？给我的？"

她惊诧道。

"对呀！都快喊了您一个礼拜了，可您就是独自待在客房里，不肯下去跟他们一起进餐，让他们一睹芳容。"小厮伶牙俐齿的，口气夸张地说，"为见您一面，有几个客人还续了房，耽误了买卖，甚至还拌过嘴，红过脸，打了赌。真不骗您，骗您我就是这一只臭鞋。"他指了指脚上。

"瞎说！我有什么好见的，我又不是天使和圣女。"

"小姐比天使还美。"

"呃，你的嘴巴抹了蜂蜜水，可我不愿给你小费，你去别的客房赞美吧。"

"小的免费！"

她斗不过他，但心里涌过了一阵激动的微澜，像一枝玫瑰在怒放。她尽量掩饰着，又问："你的口音里有一股伦敦腔，你去过英国么？哦，自从我在伦敦上了船，这大半年来坐火车穿过了法兰西、德意志和俄罗斯，又从奥什车站一路走到了伊犁，你的发音是我见过最标准的。如果不看你，我还真以为碰见了同乡。"

"客栈里偶尔有英国人，我听会的，觉得也不太难。"

"听会的？"

"当然！但我不认识字母，你们的字像蚯蚓一样。"小厮道。

她抚了抚桌案上的信瓤，略略踏实下来，又蓦地问："嗨！说了半天，你还没讲我的绰号呢，客栈里的人究竟是怎么捉弄我的呀？"

"伊帕尔汗！"

"什么？"

"他们私下里喊您伊帕尔汗。嘿嘿，全叫开了，连红乌鸦客栈里的

纸旷野

洗衣娘、厨师、扫地丫鬟和马车夫统统都叫您伊帕尔汗。不信的话，您出去问问吧。"

"不！其实我叫凯瑟琳·波尔兰德，叫我马嘎特尼夫人也行。"她急了，这事关她的身份和名誉，没法不急。又嚷道，"我的丈夫叫乔治·马嘎特尼。呃，这名字也许饶舌，但他还有一个中国名字叫马继业，怎么说呢，他是个混血儿，有一半来自他的中国妈妈。乔治很优秀，一米八的个头，帅极了。知道么，我和乔治是在泰晤士河边认识的，那天雾挺大，我很马虎地丢了伞。可乔治是个细心人，他从伞上发现了我的乳名，刺绣下的，他就在浓雾中大喊波尔兰德、波尔兰德。这么着，认识了刚刚一个月，他就对我展开了攻势。他挺浪漫的，有一肚子的奇思怪想，居然三天两头就跑到肯特郡去看我，我没法不被他俘虏，我的心肠挺软，这你能瞧出来吧？"她越说越激动，越来越亢奋，面色潮红，仿佛在旅途上酝酿了大半年的话，终于能够一吐为快了。又说，"哦！我和乔治认识三个月就结了婚，婚礼蛮朴素的，就在一间乡村的教堂里完成了婚誓。这事不怪他，他走得很急，因为女王陛下下了诏书，正式任命乔治为英国驻克什米尔公使的中国事务特别助理。其实，他此前干的就是这份活，只不过未被任命罢了。太风光了！在肯特郡，人们都对波尔兰德家族竖大拇指，尤其那些跟我一般大的姑娘们，呵呵，简直嫉妒死我了，恨不得把家里的伞统统扔进伦敦，砸中哪个白马王子算了。喏！我丈夫乔治是1890年去了喀什噶尔的，粗粗算来也有七八个年头了，我是他妻子，我不能不来陪他。所以呢，你不能喊我别的，叫我波尔兰德小姐也行，但最好称呼我为马嘎特尼夫人吧。"

"夫人，大家没一点恶意。"

小厮申辩道。

"是么？"

她有些意犹未尽，但更多的是为了纠正这个仆人，也为了发泄这一趟漫漫长旅上积攒的不快，便说："知道么，乔治很孤独，也挺想我。我了解我的丈夫，他在婚后三个月就走了，但他不停地给我写信，不停地写呀写，来安慰我，好让我开心。哦！他只身一人在喀什噶尔，虽然口口声声说那里是中亚细亚最富庶最繁华的城市，说那里有精美的饮食、热闹的巴扎、漂亮的丝绸以及疯狂的歌舞，他还说那里有一座外国人俱乐部，每个周末都有定期的酒会或沙龙，他还说自己多年来花钱建了一座 CHINA PARK（中国花园），专门等着我去做女主人，生一大堆孩子，等等。反正他说了很多，就像他经常爱唱的那些歌，什么一片陌生的土地上唱着天国的赞歌，什么为女王陛下照料东方，什么英国的战靴到了哪儿，哪儿就有女王陛下的曙光……但我作为妻子，我知道乔治很寂寞，真的寂寞。他在信上的那些话，只不过为了粉饰太平，让我别担心。我此番前来，就是替我的丈夫瓦解寂寞，分担不快的，可我没料到我竟干了一件蠢事，蠢到了家。我居然在伊犁的这个破烂客栈里，滞留了有一个礼拜了，迟迟动不了身。"一念至此，她的眼圈忽然红了，噙着泪水，哀告说："乔治爱听我弹琴，说我的琴声里有一种单纯而忧伤的元素。在肯特郡的老家时，我一边弹，他会在一边旁若无人地伴唱。或许吧，那是婚后最快乐的一段时光。在琴声中，我发觉自己越来越爱他，离不开他。临来前，我想给乔治一个大大的惊喜，所以我不顾家人的反对，执拗地带走了一架钢琴，搬上了轮船，搬到了法兰西，又搬上了驶往奥什的火车。上帝！我没料到会这么远，即便天上的月亮徒步来伊犁，来喀什噶尔做客的话，也早已到了吧。可事与愿违，来伊犁的路上，那几座冰达坂开始融雪，洪水冲毁了道路，加上接我的管家雇来的一帮阿塞拜疆的挑夫们太蠢，竟然让钢琴陷在了泥浆里。唉！管家先把我送来了，安顿在了这个客栈，他又折返回去迎钢琴了。先生，我在等钢琴，等了一个多礼拜了，我不想下楼，因为我不愿认识谁，也不想招惹谁，但拜托大家也别取笑我，亵渎我，别给我起什么绰号。"

"小姐，不，夫人，您真的误解了。"

"我相信直觉！"

"夫人，伊帕尔汗是'香姑娘'的意思。"小厮笃定地说。

"香姑娘？"

小厮回说："对呀。大家都议论说，自从夫人您入住了这间客房后，整个红乌鸦客栈里都飘满了一股淡淡的馨香。一定是的，香气是从这门缝里漏出去的，从您的窗口飘下去的，一朵云似的，罩在了每个人的头顶，吹也吹不走。您下楼去买馕时，扫地丫鬟和洗衣娘碰见过您，她们鼻子尖，非说您的裙子也香，您的头发也香，您戴着的那一顶帽子也香气扑鼻，险些馋死了她们。后来，大家商量来商量去，一致觉得其实是您身上的肉香，香气是从您的肉里发散出来的，不是什么破香水，也不是您涂了脂，抹了粉，所以大家爱喊您伊帕尔汗。"

"肉香？"

她吓了一跳，蹊跷地问。

"一个比方吧。小的刚听了夫人的话，深觉有理，夫人跟马嘎特尼先生好像还在热恋当中那样。热恋的人不免会，怎么说呢，不免会散发出一股气息。在中国，人们叫它心气儿，平头百姓也爱叫它肉香，一种心底里的东西嘛。"

"咦，怎么个香法呀？"

她好奇道。

"抱歉！我的鼻子不够尖，我刚才抽了两根纳斯，但我知道香还在，快熏死我了。"小厮又恢复了刚进门时的颠顶样子，眯眼蹙鼻，背起手踱步，慨然说，"我会找出来的，我一定会说清楚的，夫人。"

"可我喜欢这个名字，伊帕尔汗。"她喜兴道。

"这个也免费！"

"呃！先生，那我就更不肯下楼去了，免得大家白白闻了我。"她幽默道。

小厮陡地严肃起来，一本正经地说："夫人，您远道而来，就是伊犁的客人，是红乌鸦的客人，我们欢喜都来不及呢。但有些话需要先提醒您，不光伊犁，不光喀什噶尔，最近连整个新疆都兵荒马乱的，街上的贼娃子和化装进城的土匪很猖獗，哥萨克的骑兵也经常骚扰边境线，据说屠杀了几个村子，放火烧掉了大片大片的草场，抢了无数牛羊。街上传言说，朝廷和皇上都知道了，没准儿会重开战事，给老毛子来个狠的。"说到这，小厮攥起拳头，一下子击在了墙上，疼得他龇牙咧嘴了半天，又叮嘱说，"夫人，您千万得留个心眼，不怕猫，也不怕狗，但请您晚上把门窗关好，您桌上的物件可都金贵着呢。"

"你又在怪罪风吧？"

"对呀！夫人有所不知，天山上有一只斑斓猛虎，它专管风，它的

纸旷野

胃就是一座大风库。它有个坏毛病，喜欢站在山头上往伊犁看，往喀什噶尔看，一瞧见香喷喷的漂亮太太，它就忽地吹一口气，等你愣神的工夫，它就会下嘴吞了你的。"小厮做了个虎啸的怪脸，惟妙惟肖，又唏嘘说，"反正，全伊犁的漂亮太太都被吃光了，今年夏天数您最漂亮，马嘎特尼夫人，不骗您！"

"先生，我记住你的话了，我真的很愉快。"

"如此便好。"

"再见！"

"伊帕尔汗，回见！"

小厮鞠了一躬，拧身出门。

她偏偏不从。她忙乱了一阵，将三面窗户统统敞大，让日光彻底喷涌而入。——异域的正午，天空深蓝，水洗似的，犹若一片明净的弧形之瓦，罩在头顶。她自小习惯了肯特郡那种晦暝难分的天气，阴郁，霉湿，雾霭缠绵，心里好像时时生了一层苍苔。但伊犁却不，雪崩般的日光砸下来，毫无阴影，连空气中的灰尘仿佛都长了一双隐形的翅膀。她记得一位爱尔兰的诗人说过：啊！日光灿烂，犹如一本发光的书。对！她笃定地说，伊犁也这样，伊犁就是一本日光之书。

她的心情好极了。她对着窗外河谷一带的苹果林，伸了一个长长的懒腰。

后来，她弯腰捡起地毯上的馕饼，没摔碎，还烫。她吹掉了灰，一口咬成了月牙状，狼吞虎咽了起来。她一手持馕，一手搬来圈椅，安静地坐在书桌前，将早上邮驿送来的两封家书依次摆好，打算再读一遍。——其实，这一路上乔治和妈妈的信就像上帝的信鸽，一步不差地追撵着她，总会在她落脚的地方扇起翅膀，咯咯咯地叫她。不说妈妈了，光乔治寄来的信就有一大摞，都被她按时间顺序，仔细装进了行李中。嗬！滞留在红乌鸦客栈的这一个礼拜内，乔治的信越来越多，越来越快，今早上她刚读完了一封，另一封又在楼下喊她。这让她觉得喀什噶尔离伊犁并不太远，兴许就在伊犁的郊外呢，谁说得准呀？

现在，先读谁的呢？

她边吃边思忖，左乔治，右妈妈，妈妈当然啰唆了些，但她喜欢说肯特郡，说伦敦，自然感觉亲近；而乔治虽说谈的都是陌生的喀什噶尔的琐事，有点乏味，有一点点无聊，但乔治离自己的心脏更近。不是么？

当然，面包也不错，不像前几日那么咸，那么䐃。

这得归功于自己，她暗自庆幸。早上，她抱着一罐白砂糖去交涉，烤面包的小伙子也不太顽固，将她带进了阴暗的毡房，让他的戴着头巾的太太将糖粒化成了水，揉进了面团，这才烤出了如此喷香的面包，这不免令她得意。

哦！臭乔治，两撇小胡子的乔治，长了一双大脚丫的乔治，喜欢在头发上抹发蜡的乔治，爱穿枪驳领西服的乔治，吹牛的乔治，女王陛下的乔治，我的心肝乔治……，她念叨着，干涩地咽下了一口馕饼，打算从乔治开始：

波尔兰德，我的宝贝！

哦，上一封信还没说够，我就匆匆交寄了，真的很后悔。你知道的，一对你开口，我的话就像伊丽莎白姨妈家的那只破手风琴，越拉越长，

　　　　　　　　　　　　　　　　纸旷野

怎么也讲不完。（顺便，姨妈的门牙补了吗？她家的那只癞皮狗还喜欢在半夜里吠叫吗？）……告诉你吧，昨晚上喀什噶尔又刮了一场沙尘暴，不大，但也不小。早起，我就带领仆人们将 CHINA PARK 冲洗了三遍，里里外外亮得像一块玻璃，比这片绿洲上的任何东西都亮。相信我！写信的这一刻，CHINA PARK 的院子里落满了云雀、燕子、红腹灰雀，另外还有几只美丽的 Golden Oriole（金莺）和 Hoopoes（戴胜鸟）。门外的克孜勒苏河面上，照旧吹来了一阵阵巧克力味道的风，令人陶醉。

我还做了祷告。我祈求该死的塔克拉玛干在你到来之前，收回它的狂躁和魔法，别再刮魔鬼般的沙尘了，好给你一个不错的第一印象。——你应该知道，喀什噶尔是整个中亚细亚的圣城，这里唯一升起的一面"米"字旗，就在 CHINA PARK 的上空，女王陛下会保佑你快乐的，波尔兰德。

咳，波尔兰德，现在我要给你隆重介绍一位先生，一位学识、德行与智慧集于一身的绅士。

他叫彼得洛夫斯基，乃俄国沙皇陛下派驻喀什噶尔的总领事。他幽默风趣，擅长朗诵普希金，在喀什噶尔的外国人俱乐部中，他的酒量数第一。我与他相处甚睦，惺惺相惜，虽说为了各自国家的利益偶有不快，但我尊敬他，爱戴他，始终以"兄长"视之。这不，今早上这位绅士大驾光临，还带来了他的一队哥萨克精兵，不问三七二十一，就将院子墙角下的几株吉格达尔（沙枣树）连根挖掉了，移栽上了石榴树。这位绅士说，吉格达尔太难看了，简直配不上美丽的凯瑟琳小姐。对他的盛情，我深表赞同，因为石榴树刚到了它灿烂的一季，花蕾绽放，彤红一片，像极了你曾经穿过的一件曳地长裙。

对了，波尔兰德，等你一到喀什噶尔的话，我想我们应该第一时间就去拜访这位绅士，以表谢意。——要知道，彼得洛夫斯基先生心地善良，温文尔雅，也很随和。不瞒你说，他可是整个喀什噶尔乃至中亚细亚最有权势的大人物。前几年，那个来自瑞典的探险家斯文·赫定，就将彼得洛夫斯基称为"新察合台汗"，这当然是一份敬意。我想，这位绅士一定会接待我们的，不仅会为你斟一杯伏特加，还会沏一杯香浓的咖啡，而他亲煮的咖啡，在喀什噶尔是绝无仅有的。

另外，喀什噶尔的按办大臣潘效苏，今早上也差人送来了一只锦凳。凳子上蒙了一块彩色丝绸，绣满了松枝与仙鹤。哼！这是中国佬爱玩的小把戏，我对此不屑一顾。先说这些吧，再续！

吻你！

18／7／1897 你的马嘎特尼

妈妈的信写在一页粉红色的信笺上，蓝色墨水，像她的人一样整洁。

波尔兰德，为你祈祷！

这些天，我一直拿着最新版的中亚地图，特别是新疆方面的，我掐指计算，你应该到了天山的南侧盆地了吧？但愿你一路顺畅。……哦！孩子，你的月经还好吧？要知道你每次来月经前，你疼得死去活来的样子多可怕，这是最让妈妈揪心的事。记住，月经疼痛时，除了向上帝祈祷外，你一定要卧床休息才是，别那么着急赶路。……现在，在伦敦流行的是一种装饰了白鹭修长羽毛的小耳帽子，就连女王陛下在礼拜日的祷告会上也戴着这样的帽子。亲爱的女儿，可我没法给你寄一项，因为这种流行的时尚弥漫以后，整个大不列颠土地上的白鹭已经至为罕见了，人们开始从美国西部印第安人的沼泽中猎杀这种候鸟，然后再源源不断地输入伦敦，整个市场上的羽毛价钱看涨。

在中亚的喀什噶尔，我相信也有白鹭的，你可以让乔治想想办法！下回见！

11／5／1897 你的妈妈

她读完了，也吃完了一块甜馕饼，甚至将掉下来的细屑都拾进了嘴里。在整理最近的几封书信时，她忽然觉得乔治太粗心了，也太不像话了。——妈妈的信纸都是光洁典雅的粉红色，可乔治的呢，乔治的信纸越来越黑，越来越粗糙，尤其是手头的这几封，像随意撕下来的一片片纸头，边角料。况且，乔治的拼写越发潦草，字母也丢三落四的，勾勾画画，涂抹的痕迹非常重。蘸水笔也可能坏了，滴下来的墨汁晕染一片，不使劲猜，还真的让人费解。

呃，这对人的确不太尊重，这也不像一位绅士的品行。她暗忖道。

但是，对乔治的怨怪并不妨碍她的好心情。她忽然有了一个怪念头，在空旷的客房内扑哧笑出了声，笑声若一只野鸽子，在日光下羽翅缭绕。她去盥洗室净了面，擦了粉，描了眉，又从衣架上择出一件火红色的曳地长裙，无袖，低胸，裙裾上镶满了一道道蕾丝。她匆忙换在身上。临出门前，她又摘下衣架上的那顶帽子，歪斜地扣在了头顶。

下楼梯时，她看见红乌鸦厅堂内的人们都停下了手中的活计，纷纷举起头，将目光焊在了自己身上。她不二话，下巴扬得很高，暗中拎起了裙摆，咚咚咚地用鞋后跟回击了众人的无礼眼神。

街上的日光像一块透明的白地毯，绣满了中亚细亚的夏天。她抬脚迈过了门槛，塑下身子，略略停顿了几秒钟，朝左右两侧的长街深望了一眼。行人稀少，街景寡趣，这个火辣辣的午后，人们都去家里或树荫下乘凉了。她忽然有点失意，觉得冷清真是一份罪过，尤其当一个白种女人站在街上，尤其这一件石榴色的长裙亮相时。

可她并不气馁，有三个人就足够了。

她收腹挺胸，暗暗将臀部抬升，迈起一种猫步，妖娆地朝对面的馕房走去。——艾尼瓦尔正在贴馕，新一炉的烤制开始了，炉火正旺。当她的身影抛过去时，艾尼瓦尔刚直起了腰，眼睛忽地瞪圆了，比牛眼还大。她发现面包师的太太也撩开了门帘，不错眼珠子地盯着自己，嘴角上文了一朵花似的。另一侧，那个邋遢的理发师本来躺在颓墙上打盹儿，此时也扑腾跳了下来，瘸了瘸脚，显得很窘。

"先生，我专程来告诉你，谢谢你的面包！"

她恳切地说。

"面包真香！"

再道。

自然，面包师听不懂她的话，但从她的手势上，似乎又猜见了什么，谦逊地点了点头，仿佛在说不客气。她的目光掠过艾尼瓦尔，又对着女主人打招呼。古丽大方地斜出来半个肩膀，用笑意回应了她。——上帝！她突然停下了，她才发现面包师的太太居然是个大美人，美得无以复加，像正午的一个梦，像一只工业时代的精密仪器，像一座镶满了彩绘玻璃的小小教堂。她有点尴尬。心说，比起眼前的这一位精美的中国瓷人，自己不过是一间窄小作坊里，刚刚捏塑完的泥胎粗坯罢

纸旷野

了。念想至此，她反倒轻松了下来。她说：

"拜托一件事，我肯定会付小费的，先生。"

什么？

她看见了夫妇俩的疑问，忙用手语比画说："外边真的太热，我决定不再下楼了。烦请你们一日三餐，将烤好的甜面包送到客房里吧。我会付小费的。"

没问题！一点小事而已，太太。

她得到了答案，伸手抹下了宽大的帽子，频频致谢。这是一种礼节。但面包师忘了手上的软饼，美人古丽也一直瞅着她，目光中缠满了艳羡和欣赏，好像在这个短暂的空隙里，她也被馕坑烧制成了一件优美的中国瓷。忽然，她指着毡房门前垂挂的一根掸子说：

"可否给我一根羽毛，彩色的那根？"

古丽依言拔下了一根，款款递在了她的手中。

"哦，上帝！"她愉悦地接过来，在帽兜上找了一圈，终于找见了一线缝隙，将彩羽插了进去，赞美说，"简直太漂亮了，这是什么鸟的羽毛呀？"

"野鸡的！"

"什么？"她看见理发师瘸着腿，慢慢走上前答话。

"红尾锦雉。"

她喜兴地问："先生，你会说英语？你是个理发师吧，你会英语？"

"呵呵，除了英语，我还会讲法语、德语和俄语，这难不倒我，因为我在欧洲漂泊过，像一个浪子那样。"理发师很大度，边回话，边将内容翻译给艾尼瓦尔两口子听，但语气里不乏卖弄。"太太，我从埃及来，我是一个开罗的理发师。想必你也知道的，我回家的路被战乱和瘟疫给阻绝了，我滞留在了这个该死的地方，天天做梦都想回到金字塔下去。"

"呃，难怪你一直盯着我的头发看，想做一单我的生意？"她问。

"不尽然。"

她忽然讥诮说："莫非卖镜子的人都不照照自己？卖水的人会被渴死？一个理发师留这么长的脏头发，十天半月都不洗，让我怎么放心呢？"

"为了衬托你的金头发，和你身上的香气。"

"Shut up（闭嘴）！"

"太太，你现在是整个伊犁城的伊帕尔汗，香姑娘。"理发师赞美道。

"先生，您称呼我什么？"

她顿了顿，嗫嚅道。

"伊帕尔汗！"

"这您也知道呀？哦，上帝，干吗客栈内外的人都这么称呼我，这么见外？"她一半埋怨，一半歆享地说，"我究竟做了什么呀，难道圣母玛利亚给我洒了甘露？难道我的到来让大家不快？难道……"

"因为薰衣草！"

"薰衣草？"

她惊诧地问。

开罗来的理发师诚实地笑了笑，指着她身上火红色的长裙说："太太，你一定路过了巴黎郊外的普罗旺斯，你也一定在薰衣草的花田里走过，所以你的裙子上沾满了欧洲的花粉，你慷慨地把薰衣草的味道

　　　　　　　　　　　　　　纸旷野

带进了伊犁城，带入了新疆。"

"是的，您真是料事如神啊，先生！"

她真想给他一个拥抱。

三

艾尼瓦尔的馕饼之所以走俏，除了价廉，另一个关键在面粉。

不是粮铺里卖的大路货，更不是小贩们上门推销的那种羼杂了麸皮和灰尘的面粉。馕房里的粮袋快告罄时，艾尼瓦尔会和古丽租一辆架子车，去伊犁城郊外的农户家里，专门收购新麦子。农户们勤俭持家，一般舍不得吃当年的新麦，吃的是往年的旧粮食，卖的自然也是陈粮。但艾尼瓦尔长相喜人，嘴也甜，带着古丽走村串户，一家一家地拜访，积少成多，总能淘来满架子车的新麦子。新麦子贵，一袋要多出七八个天罡钱，艾尼瓦尔却觉得值，薄利多销嘛。

买来的新麦子，也不会送进粮铺里去磨。粮铺里虽然磨得细，但浪费大，老板为了赶工，还常爱在磨石上涂一种润滑的煤油，这使得面粉中常有一股刺鼻的味道。夫妇俩喜欢伊犁河畔的水磨坊，价钱低，还磨得粗。打馕一定要用比较粗的面粉，尤其对新麦子而言。粗面粉再经过一只网眼大的箩子一筛，筛下来的粗颗粒就可以和面、发酵和打馕了。——这种粗颗粒在炭火中会爆炸，炸出花，炸出粮食本身的香味来，不像蒸煮的那样，吃不出精彩。

几天后的傍晚，艾尼瓦尔熄完馕坑的火，收了工，去租了一辆架子车。

古丽跳上了车，坐在车框上，又整理了一下头巾，将五官虚笼笼地掩在里头。艾尼瓦尔想了想，丢下车把，踅到了半堵颓墙下。一连几天，开罗来的理发师都闷闷不乐，斜倚在墙头上，不吭不哈的，互相之间鲜有交流。但艾尼瓦尔明白，这个脏头发的家伙没吃没喝，就那么一直硬扛着，八成是不好意思张口，再赊欠自己的热馕了吧。

开罗人！——艾尼瓦尔记得理发师曾说过，那个叫开罗的村子能跑死一万匹马。嗬！够远的了，难怪他里子厚，脸皮薄。料想一番，艾尼瓦尔抹下小帽，抠着青光锃亮的头皮，笑眯眯地说：

"朋友，给我剃个头吧？"

"一边凉快去！你的光头亮得能当镜子使，你故意挖苦我？"一顿白眼。

"喂！就算你提前预支，先替我剃了，我欠你一份工钱嘛。"艾尼瓦尔从馕房里取出几只馕饼，温吞吞的，递上去说，"这几个样子怪丑的，我没卖，想留下自己吃。干脆，你的工钱就用馕换了吧？"

理发师一骨碌翻起来，接在手里："这主意不错，伙计，成交了。"

"那你欠我一个光头？"

"当然，随叫随到。"

理发师狼吞虎咽地啃下一口，腮帮子都肿了。

"可我很纳闷，你干吗白天光睡觉，不接客挣钱呢？"

"没心情。"

闻听此话，艾尼瓦尔气不过，掉头欲走。——这时，他发现理发师停止了咀嚼，目光迢递而去，直勾勾地盯在了红乌鸦客栈的门口。客栈里又迎来了一单大生意，箱箧满地，吵吵嚷嚷的。迎送嘉宾的那辆马车卸下来不少人，辕马也在打着响鼻，不失时机地凑起了热闹。看见艾尼瓦尔愤怒的眼神时，理发师慵懒地展了展双臂，狡辩说：

"我们开罗人都说，金字塔不是一天盖成的，不用那么忙。"

"喂，那你能看饱么？"

"伙计，你放心去买粮吧，我替你守着馕房。"理发师道。

"不必！"

夜深了，一份巨大的凉爽降临下来，熨帖人，滋润人。整个伊犁河谷地，沉浸在了一种夏夜的狂欢中。艾尼瓦尔拉着架子车，曲折地往城外走。街道上行人稠密，吆喝声四起，到处都是卖吃喝卖工具卖衣服和瓜果的虱子巴扎，每个摊位前的煤油灯都挑大了捻子，亮若白昼。艾尼瓦尔边拉车，边给古丽唠叨起理发师这个人，古怪，深沉，摸不透，不像一个吃手艺饭的匠人，甚至还有那么一点点脑子缺弦吧。古丽沉吟一番，却另起炉灶地说：

"可我喜欢那个洋女人，漂亮，贵气，金头发，身上还那么香。"

"她有薰衣草，你没有。"

艾尼瓦尔有点生气。

"薰衣草是什么草？"

"呃，你要是有薰衣草，你比洋女人更香，伊犁城的势利眼们也会喊你伊帕尔汗的，我保证。"艾尼瓦尔擦了擦汗，觉得应该对妻子温柔点才是，遂和缓地说，"我问过理发师了，他喜欢打比方，可比方来比方去，我觉得薰衣草既不像牡丹和芍药，也绝对不是玫瑰和吉格达尔花，反正说不清。"

"她好像也说不清，那个洋女人？"

古丽问。

"我没敢多看她。嗬，她的领口那么低，那么鼓囊囊的，比我刚出炉的热馕还饱胀。古丽，你知道的，我只爱看你，别的女人不入我的眼睛。"

"瞧！桃子下来了。"

艾尼瓦尔顾不上去瞧小贩的桃子，喊了声坐好，忙将车把一拐，撒到了路边。古丽惊了惊，扶住了车框，这才发现对面疯跑过来一匹马，马蹄在麻石上溅起了火花，蹄声恐怖。马上的家伙狂甩着鞭子，抽打在马屁股上，罔顾行人，切瓜砍菜般地一闪而过。两侧的摊贩们遭了殃了，扶条凳的扶条凳，拾瓜果的拾瓜果，对着街道尽头的那个家伙和畜生咒骂不止。古丽也缓过劲来，嘟嚷说：

"哎哟，像个死神似的，去报丧去吧。"

"该死的邮驿！"

艾尼瓦尔镇定地说。

出了街口，本该往西走的，艾尼瓦尔却拐向了北侧。古丽问："干吗不从伊犁将军府走呢，这边不是近么？"艾尼瓦尔低声说："我预感不好。今晚上不知怎么了，将军府四周站满了朝廷官兵，个个都是重甲铁铠，封锁严密，咱们惹不起。"闻听此话，古丽遮严了面纱，藏住了双眸。

次日一早，理发师从颓墙背后翻了过来，浑身雪亮。

这一宿，他没去对岸的树林里过夜，而是躺在墙根下的一块青石上，数了半夜的星星。银河浩荡，繁星稠密，他一边数，一边支起耳朵，听着红乌鸦客栈里的动静。直到后半夜时，才听见客栈的大门哐当一声闭合了，他才歇下口气。但还是睡不着，他又继续数，数了许多遍，天上的星星像在跟他恶作剧，忽明忽暗，让他每一次都数错了，还得从头再来。偶然间，他发现河面上腾起了茫茫的雾气，赳赳然而来，仿佛一幕广大轻薄的帷幔，将夜空完全遮蔽了，不许他反复造次。露水也像黑夜泌出的影子，吹袭而至，悄然落满了他的全身。——这一霎，他抽搐不止，遍体滚烫，蓦地想起了少年时的情景：当时，他还是个放羊娃，给财主做雇工，天天在沙漠上驱赶着上千只羊，三十峰骆驼，逐水草而行。可有一日，从马格里布沙漠尽头掀起了一场黑风暴，将羊只和骆驼都活埋了，一个不剩。他捡了一条命，昼伏夜行，数着天上的星星，才幸运地踅出了沙漠。但他不敢回家，他知道财主一旦看见他两手空空地回去，会毫不犹豫地派人绑了自己的父母，然后扔进沙漠深处。不出几天，父母就会变成两具惨不忍睹的木乃伊。

他决定出逃，亡命天涯，因为有时候死无对证也是一份说辞。

临别前，他站在尼罗河畔，也是这样的夏夜，也是河面上升起了一层薄雾，露水打在了眉头上，心里空荒。他瞭见了远处的金字塔，贝都因部落里隐约的帐篷和石油灯，甚至还闻见了空气中一阵羊肉的膻腥。他跪了下去，做了祷告的功课，然后义无反顾地跳进了水中。待他精疲力竭地泅渡到了尼罗河中游时，他忽然听见了一阵船歌。他获救了。他被一张渔网捞了上去。

此后，他跟着这一艘商船去过开罗，去过亚历山大港，去了地中海对岸的威尼斯、阿勒颇和直布罗陀海峡一带。他瘦小黝黑，身负异禀，自尊心极强，但常常受到同行的欺凌和辱骂。在尼斯港卸货时，他窃走了船主的七枚金币和一把摩洛哥匕首，又一次开溜了，径直往北，再往北，一心要远离家乡，远离开罗，虽说他随时随地自称是开罗来的。

那些年，他做过马车夫、点灯人、皮货匠、擦鞋人、花匠、泥水小工和贼，但他始终没停下过脚步，继续往北奔命，仿佛一匹瘦骨嶙峋的丧家狗。直到他进了圣彼得堡，懂得了俄语，勾引了一个烂醉如泥的侯爵女儿，并趁机奸污了她后，他才被及时拿住，打入了天牢，等待尼古拉二世陛下签发斩决令，孤身一人地走上断头台。

这时，他又走了狗屎运，他快活地签下了一纸契约，被无罪开释。从此，他背着一包袱剃头工具，辗转进入了中亚腹地的新疆一带，秘密活跃于天山两麓，俨然变成了一位开罗来的理发师。

……忆及过往，他跪在墙后的青石板上，将拳头塞进了嘴里，美美地哭了一鼻子。哭完，他又心生悔意，咒骂了一顿自己的软弱和无能。他不再哀伤，也不再自怜了。他蹲在河边，将身上那件脏兮兮的袷袢搓洗干净，晾在了树杈上。

天亮了，他白雪雪地站在颓墙下，啃吃着半拉牛筋似的冰馕。

这时，一个小厮露头，站在红乌鸦的门槛上，尖起声嗓喊他。他停下嘴，拔长脖子问："喊我么？"小厮却说："打馕的那个小胡子呢？"他回说："昨晚上就走掉了，好像他老婆得了急症。"小厮探头望了望左右长街，便很泄气地说："不过你也行！她让我喊对过的人，打馕的不在，但你也算对过的。你快点跟我来吧，英国太太有事要吩咐。"他塑了一秒钟，忙将嘴里的食物吐干净，摘下墙上的包袱，挎在了肩膀上。临进客栈前，他还掸了掸鞋面上的灰土。

"喂！你得把包袱放下，空手进去。"

小厮打着哈欠说，没睡醒的样子。

　　　　　　　　　　　　　　　　　纸旷野

"搜身么？"

"我不认识你，但这是规矩。"

"呵呵，里头是吃饭的工具，剃刀、推子、汗巾、黑皂和镜子罢了。小哥，那你替我保管吧。"理发师卸下包袱，交给小厮，暗中转动了腰肢，将白色袷袢下的凸起处藏稳了。在理发师看来，剃头的家什唾手可得，但那把镶满了珍珠和宝石的摩洛哥匕首，却比命还要紧。它跟了自己十几年，穿州走府，嗜血饮泪，劈开了一条条生路，岂能栽在这个愚蠢的仆人手里。理发师说："小哥，烦请你给太太通报一声？"

"进去吧！"

小厮靠住门墙，丢起了盹儿。

隔着竹丝门帘，理发师嗅见了一股猞猁的馨香：这气息含有炽烈的攻击性，像寂寞的山野里炸开的花蕾，也像无端的天籁。他轻撩起帘子，闪身入内，双脚陷在了厚厚的栽绒地毯中。客房里浓香迫人，广大无边，令他越发地不堪起来。他觉得这气息是对自己的一种深刻冒犯。他知道，它来自巴黎郊外的普罗旺斯，他见识过那一片片六月里怒放的紫蓝色的花田，但他禁止自己去回忆。——此时，英国女人背对着他，冲着墙上的一面镜子，正在悉心绾着发辫。

哦！她白皙，高挑，性感，一双修长的腿衬托了她，像极了一只火烈鸟。他凝神望去，尤其当她撩开了脑后的金头发，露出光洁细腻的脖颈时，他竟怪异地联想到了断头台上森冷的铡刀，联想起她只呢喃了半句，便身首分离，泥软地倒了下去。他暗自掐了自己一下，轻咳一声。英国女人听见了，也从镜子里发现了他，便潦草地结束了梳妆，对他莞尔一笑。

"是你呀！面包师呢？"

"今天是主麻日，艾尼瓦尔和古丽一大早就去了寺里。他是个虔诚的教徒，他没落过一次功课。"理发师放心地撒了谎。他知道，即便双方日后去对质，中间也隔着一道语言关。他又说：

"太太，今天没有甜面包，真抱歉！"

"呃，你干吗这样盯着我，先生？"

"怎么？"

"你的眼睛里有一层蛛网和锈迹，挺奇怪的。"

她异常直率。

理发师含了含胸，明白自己输理在先，忙敷衍说："太太，我心中的蛛网和锈迹，来自失眠的煎熬和摧残。哦，我来自开罗，已经有十几年没回去过了，思乡日深，而这种思念其实是一场热病，不能怪我。"他暗忖，这句话准定是一把杀手锏，除非这女人天性冷漠，无理取闹。又说："太太，埃及有一句谚语，看不见金字塔时，一个人就像个可怜的弃儿。你觉得呢？"

"哦，上帝！"

"另有一句，说喝过尼罗河水的人，迟早会回到金字塔下的。"

"求求你甭说了，先生！"她忽然烦躁起来，十指插进了头发，颓坐在圈椅中。她哀告说，"我是去追随我丈夫的，我以为他在哪儿，哪儿便是我的家。我本来忘了身在旅途这件事，可又被你叫醒了，该死的！"她的金头发乱糟糟的，语气也接近窒息，忽而又说，"不过我比你好一点点，我快回家了，乔治在等我。可你呢先生，你还将驻留在伊犁么？"

理发师沮丧地说："这正是我失眠的缘故。我的白天与黑夜一样混账。"

"可我睡得很香！"

"哦！看得出来，你气色不错，你正坐在那辆叫幸福的马车上。"理发师斜觑了一眼门外，看见了小厮的侧影，同时也感觉到了腰后的那柄摩洛哥匕首在蠢蠢欲动。他霍然说，"对一个幸福之人来讲，再多的恭维也是给黄金涂色，给百合添香，徒劳无功而已。"

"你读过莎士比亚，先生？"

这一霎，她似乎有了某种认同，语气转缓。

"偶尔涉猎吧。"

她蓦地起身趋前，距理发师一尺之遥。她开心地说："心休眠，人好住，失眠也不是什么大不了的事。先生，也许我可以为你做点什么，比如我可以送你一包薰衣草？"她尽量挑选着辞藻，不让对方感觉为难，也不会令对方当即拒绝。又说："哦！法国佬真的很浪漫，他们说薰衣草精油是圣母玛利亚的甘露，说薰衣草花乃是爱情的信物。不过在我看来，薰衣草的花香还能疗治失眠，养神安心，像读完了一页莎士比亚那么满足。"她开始絮叨起来，卖弄说："要不是先生你那天提醒我，我还真忘了这一茬呢。路过普罗旺斯时，我的确采购了一皮箱薰衣草花，我找出来了，现在像个大富翁哟。也难怪，客栈内外的人都说我浑身香透了，还叫我伊什么来着。"

"伊帕尔汗！"

"先生，请允许我送你一包吧！"

她慷慨道。

"那敢情好！"

他的目光逡巡来去，终于觅见了难逢的机会，没有不答应的道理。他看见英国女人笑吟吟地拧身，迈着一种优雅的猫步，踅进了卧房。

这时，理发师倒也不急，款款踱步，立在了窗前。

窗下有一堵客栈的土坯围墙，两米高，墙头上栽满了干燥的荆棘刺和削尖的木头。墙外则是一座苹果园，枝柯横生，密不透风。他冷笑一下，又缓缓站在了书桌前。桌案上摆着一封家书，内容短促，字迹潦草。——令他意外的是这张粗糙的信纸，约莫二指宽，一拃长，质地烂极了。他不敢动手，只俯身细察。

不出预料，信是这个英国女人的丈夫写来的，但他平静和自负的口吻，一点也掩饰不住书写时的狂躁与急迫。他说：

波尔兰德，祝贺我吧！

因为我刚刚接到了自克什米尔转呈来的外交部邮件，你的丈夫——乔治·马嘎特尼，已被女王陛下任命为大英帝国驻喀什噶尔领事馆之领事。宝贝，我将不再给你写信。这些天，我会闭门谢客，撰述一封效忠信发往伦敦。我期盼你的拥抱，以及对一位新领事的甜蜜之吻。匆匆。不赘。

"你在干吗？"

英国女人尖声问。

"哦，太太，矿石灯快烧完了，天都亮了，你忘了吹灭。"

理发师异常镇定，俯在桌角前，连吹了几口，才将灯吹熄。一转身，他发现英国女人怀抱着一件鼓鼓囊囊的斑斓锦袋，忙说：

"灯光代表了一种哲学，不是么？"

"当然！"

又是莎士比亚。女人咧起嘴，赠出一记微笑。

"喏，这一定是薰衣草了！不用看，我已经闻见了它神圣的天堂般的气息，闻见了它婴儿般的味道。它绝对是天赐的甘露，也代表了太太对一个开罗来的游子的礼遇。我想，它不光能治好我的失眠，还会让我美梦成真的。"他弯下腰，恭顺地接纳于怀，却茫然地问道：

"太太找我来，有事么？"

"的确！我想请人改造一下这个萨玛瓦尔，不煮茶，专门用来烧咖啡。"

"茶炊？"

她的兴奋持续不断，引着理发师走到了门端，指着一只红铜茶炊说："这是我在奥什车站买的。嗯，俄国人的东西总是又蠢又笨，偏偏我不想喝下午茶了，我想亲自煮咖啡，乔治也爱喝我煮的咖啡。"

"放心吧，太太。"

时间紧迫，理发师不敢再逗留，忙将拳头大小的薰衣草锦袋塞入袷袢，系在了腰带上，又将萨玛瓦尔搂抱在怀里。出了门，小厮依旧半梦半醒的，随手将包袱挂在了他的脖子上，哈欠不绝。

理发师下了楼，冲出了红乌鸦客栈，站在颓墙下，扔下萨玛瓦尔，紧着打开了包袱皮。他将那一根做幌子用的生牛皮挂在钉子上，掰开剃刀，将它一拉两半。——这是信号！划开得越多，表明事态越紧急，越强调见面。

简直见鬼了！

整个白天，理发师蹲在墙下的阴影里，抽掉了十几根劣质纳斯。

他急得想骂娘，想抓狂，想跳进河水里清醒一下。但想归想，他必须老老实实地待在原地，等待接头人的到来。他手里下意识地攥着一块小石子，到傍晚前，竟然不知不觉地将它捏碎了，毫无痛感。其间，一群二流子拥过来，将他圈住，喝令他给每个人剃个光头。见敌众我寡，力所不逮，带头大哥的腰里又插着几把英吉沙刀子，更要命的是怕误了大事，他忽然灵机一动，在自己的鼻梁上来了一老拳。唉，鼻梁快折了，鲜血汹涌而下，淌在了他雪白的袷袢上。他满不在乎，捧住脸上的血水，左甩一巴掌，右甩一胳膊，装疯卖傻地吓退了他们。——这是他小时候的记忆：血祭。如果没记错的话，埃及的血祭一般用的是羊只和骆驼，但他现在豁上了自己的命。

暮色垂降，晚霞肆虐，伊犁的黄昏像一场巨大的恩情，再一次无辜地降临人世，洒在了高高矮矮的屋顶与麻石砌成的长街上。他在生牛皮上划下了最后一刀，再也无从下手了，因为"信号"快成了一根拂尘，在风中漾荡着，像一茎芦苇花那么缤纷，那么细弱。

就在绝望的一霎，一辆厢式马车嘎吱一声停在了面前，放下来一只梯凳。他认得车框上的那盏小灯笼，光晕中有一枚墨印的骷髅头。

他四下里张看，见一切如常，便摘了包袱，抱起萨玛瓦尔，跳上了车子。马车夫放下了帘子。他在黑暗中扪心自查，究问自己刚才有没有什么纰漏。车子时疾时缓，马车夫的鞭梢子甩得像雷声。他趔趄地坐着，几乎快把心脏都颠碎了。约莫一刻钟后，他忽然听见车厢外人声嘈杂，沸反盈天，吆喝声和争吵声仿佛捅坏的蜂巢。不用猜，一定是到了某处大巴扎，就像他明白如何把一把盐机密地藏好一样，他觉得这个点选得不错。呃，他几乎想即刻奖励一番自己的手下了。

车停了，帘子一起。

他去踩梯凳时，脚踝瘸了一下，手中的萨玛瓦尔突然滑脱，炸响在街道上，若一只嘹亮的响器。该死！他觑见行人们都看了过来，忙埋下头钻进了一旁的店铺。马车夫拾起散落的红铜茶炊，也慌忙尾了进来。

"都到齐了么？"

他叱问。

"长官，单缺一个情报员，他叫穆萨。"

"狗屎，干吗迟了？我的信号挂了一整天，也没见你们来接应。"

"本该穆萨当班，可他晚上才说他在拉肚子。"

理发师蓦地转身，一记直拳，钉在了伊犁本地情报员头子的脸上。他知道自己绝对打下了对方的两颗门牙，让他们长长记性。小头目四仰八叉地栽倒时，撞翻了店铺里的几排货架，声音凌乱。他看见一堆铁器、锡瓶和铜壶什么的滚落一地，心中陡然一凛。——是的！他现在需要一个巧手的工匠来帮忙。

他扑上去，攥住了小头目的衣领，将他拽起来问话："谁是铁器匠？"小头目哆嗦说："小的便是！这家铺子还是总领事大人出资开的，让小的有个合法身份。"他目光扫视一圈："他们呢？"小头目眼望着理发师满脸满襟的血迹，心存忌惮，畏惧地说："都是我发展的下线，为沙皇陛下效命的。长官，发生了什么事，你受伤了么？"他松了手，用脚将萨玛瓦尔钩过来，踢在小头目的跟前，叱令说：

"快动手，把它改成一只咖啡壶。"

"长官，那红乌鸦客栈呢，不用盯梢了？"

"白痴！"

"可是新察合台汗交代过，必须昼夜盯防那个洋女人，不能让她囫囵着回到喀什噶尔呀？"小头目手持器械，一边拆解着萨玛瓦尔，一边生疑地说，"这几天，伊犁将军府警卫森严，盘查严密，好像有什么大的动作。"

理发师说："洋女人是以游客身份进来的，将军府尚不知情。"

"不过，与其在半路上做掉她，不如在这里刺啦一下。"小头目以指作刀，在自己的脖子里横切了一下，又说，"死在这里的话，不是恰好嫁祸给将军府，让英国佬去跟我们的朝廷内讧么？"

"少废话！"

他不乐意自己被窥破，登时咆哮一声。

萨玛瓦尔终于被拆解开了，小头目搬来了铁砧子，其他的几个互相帮衬着，用一把木榔头开始敲打，准备先将铜皮碾平。理发师在火辣辣的日头下站了一整天，此时口干舌燥，几乎快虚脱了过去。他将身体窝起来，坐在暗处的犄角旮旯里，脑子里却细细地捋了一遍白天的细节。他挺满意。他没觉得有一丝半毫的差池，更无一点破绽。此刻，只待咖啡壶改制完后，他就可以堂而皇之地走进红乌鸦客栈，像一位热心的绅士那样，敲开英国女人的门，做他该做的一切。

时间漫长，敲打声也很单调，有气无力的，像一支唱坏了的催眠曲。理发师阖上眼，打算先眯一会儿，养养精神。就在他快要睡着的一霎，土著情报员却喊醒了他，歉意地说：

"长官，我可从没喝过咖啡呀。"

"一帮蠢杂碎！"

"那壶长得什么样？你画个草图，我才能下料开工。"

"让我想想看。喂，你们谁有纳斯？烟也行。"

理发师接过一罐莫合烟丝，顺手展开了烟纸，准备卷一支喇叭筒，提提神。突然，他的目光僵住了，忙抻开一页烟纸，对着煤油灯光正面看，反面瞧。——烟纸约莫二指宽，一拃长，质地烂极了，多半是这种下三滥的贩夫走卒们吃烟用的。他认出了它，一位英国新领事曾在这种糟糕的纸上，给太太写过信，诉说过衷肠。一念至此，理发师腾地站了起来，问：

"有后门吧？"

"柜子后面有，快！"土著情报员们迅速动作开来。

"带我走！"

这天晚上，在人流湍急的大巴扎上，艾尼瓦尔蹲在架子车后，目光不离铁匠铺左右。先时，他听见萨玛瓦尔摔落的炸响时，恰巧回头看见了一只剃头的包袱。他正是从熟悉的包袱皮上，辨识出了理发师的侧影。现在，艾尼瓦尔的腿都蹲麻了，心里不停地埋怨说：

"呃，你还说我是你唯一的朋友，骗鬼去吧！"

四

小厮将古丽带上楼，站在英国女人的客房门前时，放弃了搜身。

事实上，他也没法去搜：首先，古丽始终在笑，咧嘴笑时，两颗迷人的虎牙像和田的羊脂玉，布满了一层迷人的光泽；其次，他经常去馕房里买馕，打头碰面的，也算半拉熟人吧，他没道理不客气。况且，古丽这时还举起了手中的篮子，让他随意拿几个桃子吃呢。

他挑了一颗中等的，替古丽敲开门，撩起了竹丝帘子，转身走了。

这天晚上，英国女人决定节食。因为闲来无事时，她打开了从伦敦带来的几只衣箧，翻检出一大堆裙子和裤装，挨个儿试了一遍。她吃惊地发现，自己的腰肥了一圈，竟有好几条裙裤都穿不上身，卡在了半途中。她沮丧地扔掉了衣裳，坐在圈椅里生闷气。就在她心情恶劣的一瞬，面包师的太太不请自来。

她知道对方不会讲英文，便用很夸张的手语尖叫说：

"哇，古丽，是你么？"

"太太，我来给您送一篮桃子。伊犁的桃子刚刚上市，个大，汁浓，咬在嘴里像一包蜜糖水。"古丽用一双幽蓝的眸子在说话，将篮子递给她，催促说，"先尝一个吧！知道您爱吃甜食，您一定会喜欢的。"

"不！我发过誓，今天要节食的。不过好吧好吧，我先拿一个，明天吃！"

"这一篮子都是给您的，太太。"

古丽的眼睛喋喋不休，一弯腰，将篮子搁在了地毯上。

她有点无措，虽说是一份礼物，但对方的催迫令她产生了些许的不快。她尴尬地耸了耸肩，冷下脸来，却发现古丽哭了。泪水从古丽悠长的睫毛下淌了出来，挂在清冷的面颊上，声音抽噎着。她退后几步，这才发现古丽不对劲：没了平日里的面纱，头发凌乱，浑身沾满了呛人的灰土，那件碎花的小裙子也撕裂了。哦！古丽哭得那么恳切，一定是有原因的。

"告诉我，发生了什么事？"

"没什么。"眸子说。

"不！我能读懂你的眼神，一定有事的，请信任我吧。"

她手势频乱。

这时，古丽方才破涕为笑，笑得那么由衷，那么自然。她当然不会再追问下去了，忙举起两手，做了投降状，啃下一口桃子，还故意做出一番陶醉的表情。古丽的样子也舒展开来，悄悄从夹祆下摸出了一封皱巴巴的信，塞给她。

此刻，信并不重要。

她忽然灵光乍现，来不及去读，随手将信件扔在了桌子上。她一把拽住古丽，推推搡搡地将她拥进了卧房中。她开心极了，指着满床满地、花花绿绿的各式衣裳，乐呵呵地说："我嫌瘦！这都是前几年伦敦流行的时装，不过时，可我居然肥了五磅，十磅也说不定呢，我穿不了了，但比较配你。好妹妹，你挑一件吧？"古丽一头雾水，愣怔地瞧着她，不明所以。她拍了拍脑门，拣起一件长袖的白裙，唐突地绷紧在古丽的胸前，左试右探，比画尺寸，裙摆似乎太长。她另拿起了一件粉色的百褶裙，肩距、腰身、肥瘦都十分衬，好像专为古丽捎来的一样。——哦！上帝，就这件了。一个粉色的烤面包美女站在伊犁街头上，将会引起一场不大不小的轰动吧。她猜。

"不过呢，你得去冲冲澡，才能换上它。"

古丽懵懂着。

"好妹妹，洗澡的时间刚巧到了，客栈的水很烫。等你香喷喷的出来，再穿上这件百褶裙后，呢，那个小胡子的面包师肯定会兴奋地跳起脚，给你来一个猛烈的湿吻的。"她一边自说自话，一边将古丽搡进了盥洗室内。

隔帘后头，浴缸里盛满了水，热气蒸腾，水雾缭绕，墙上的架子里搁着土皂、巾帕、镜子和梳子，这都是客栈的洗衣娘晚饭后准备的。她做了一个邀请的姿势，古丽明白了，但有些为难，也有点忸怩不安，却拗不过眼前这位美貌如花的洋太太的热情，脚步蹒跚。她将古丽轻搡到了浴缸前，拉开了隔帘。

"呀——"

古丽被吓出了声，拧身扑进她的怀里，瑟瑟发抖。

"怎么了，好妹妹？"

"你瞧！"

她顺着古丽的手指一看，登时释然了，忙轻轻卸下古丽紧搂的胳膊，蹀到了浴缸前。——浴缸中的水面上漂满了一层细碎的花瓣。在蒸汽的作用下，花瓣次第张开，互相攀缘，仿佛结成了一块紫蓝色的花毡。她心里有数。这是她刚刚洒进去的，不承想，却惊吓了这个伊犁姑娘。她俯身拨开了一坨花瓣，撩了撩，忽然掬起一捧水，递到了古丽的面前。她催促说："快闻一闻，好妹妹！再不闻的话，香气就跑掉了。"古丽看懂了她的情义，埋下头，贪婪地抽了几回鼻子，而后陶然地仰起脸，发出一种醉心的表情。她蓦地有了一个捣蛋的念头，趁古丽恍惚的瞬间，将手心里的香水浇在了古丽的头顶。

呵呵，这下你该去洗澡了吧，不洗也得洗。她心说。

"真香！"

眸子说。

"对！这是普罗旺斯的花，天堂的气息。"她回应道。

"Lavender！"

古丽鹦鹉学舌。

"咦，你竟然知道薰衣草这个单词？"

"听来的，听艾尼瓦尔讲的。"

用了手语说。

她心里一突，慢慢近前，将古丽搂进怀里，给了一个诚挚的拥抱。她低语说："不！在伊犁，它不该叫薰衣草，应该叫伊帕尔汗。"

"伊帕尔汗？"

"是的！你就是伊帕尔汗，一位香姑娘。"

她哀恳道。

隔帘闭合了，光线幽暗，盥洗室内阒寂无声。

古丽躺在浴缸中，视野中繁花绽开，波来涌去，泛起一层神秘的荧光。这一块被水簇拥的薰衣草花毡覆着她，浓烈的气息裹住她，她像个婴儿似的，忽然觉得自己有一种委屈，一种不可自拔的弱小感。她刚才哭了一鼻子，实在忍不住，竟在洋女人的面前哭了，真丢人！

昨晚上，艾尼瓦尔拉着她去买新麦，可他一反常态，不往郊外的村子里走，偏偏在伊犁城区里兜圈子，兜了一整夜。今天她坐在架子车上，又坐了一整天，脑袋都快被晃晕了。天刚擦黑，等她从车框中刚睡醒，却发现车子停在了大巴扎，艾尼瓦尔从一座土楼上急匆匆地出来，一脸惶恐。

丈夫二话不讲，将她拽进了一条僻静的巷道内，从怀里掏出一封信，叮嘱她赶紧送给红乌鸦客栈的英国女人。她不太情愿，艾尼瓦尔却断喝说，现在就去，别磨磨蹭蹭的像个小母鸡，一定要当面交给她。她抢白说，那你呢，你干吗去？丈夫火急火燎地说，男人家的事，女人家废什么话！她也火了，将信扔给了艾尼瓦尔说，我偏不去。

孰料，丈夫竟送上来一记耳光，烙在了她脸上。

后来，她毕竟还是来了，因为艾尼瓦尔抽空跑了。在路上，她还买了一篮子鲜桃，想做一份见面礼。——此刻，在薰衣草的熏染下，古丽觉得脸颊也不那么肿，也不再痛了。她将身体浸润在花田似的水波中，渐渐犯起了瞌睡。

这时，外间的书桌上，那盏矿石灯也烧到了末尾，火苗矮下一分，又矮下了一分，终至灭了，仿佛被英国女人奔下楼去的脚声给踩灭的。

今晚，客栈厅堂内空空荡荡，一只机械钟在嘀嗒鸣响。她慢慢敛住了脚步，将手摁在胸脯上，抚下了心跳。她开始端出一副大大方方的样子，走到门端处的镜子前，整理了一番头发，用膏油轻拭了一下嘴唇。她知道自己很优雅，撩起裙摆，偏腿迈过了门槛，用一种夸张的猫步，没入了长街。

但三分钟后，她又踮起脚尖，原路踅了回来，像一条仓皇的暗影，闪进了艾尼瓦尔的馕房。上帝！她听见了一声黑暗的惊叫，声嗓很低。

闭了眼，她扑进了对方的怀里。

她将脑袋深埋在他的脖子里，使劲嗅，拼命咬，疯狂地扭动不止。——不用问，她从他的体味里辨识出了乔治·马嘎特尼，她的丈夫，她未来的爵士，她从万里之遥投奔而来的靠山。她颤抖着，觉得身体内的器官统统打开了，水声漫溢，几乎快淹没了自己。她一手挂住他，另一只手摩挲着往下，想扔掉他腰带上的子弹袋和枪械。但他并不允许

纸旷野

这样，他粗暴地捏住她的手腕，撇开了。

她不肯罢休，又用嘴去找，找见了他的胡子，打算用舌头撬开他的牙齿。

"不，波尔兰德！"

"为什么？"

她从他身上滑下来，僵得像一块冰。

"你迟到了半小时，我在信里说好是十一点整来见面的，宝贝！"马嘎特尼十指翻飞，横在彼此之间，喋喋地抱怨说，"事态异常紧急，我本来约定的十一点，备好的马车就在街角上等着咱俩，可你晚了这么久。"

"乔治，你怎么来了？"

"接你！"

"用了这样的指责和抱怨么？"

"呃，亲爱的，我一直在往伊犁赶，马不停蹄地赶，半路上只在一家车马店停留过，和那些该死的瘾君子、臭虫、跳蚤和杂种们睡在一张大通铺上。上帝，幸亏你安全无虞，像什么事都没发生过一样。"马嘎特尼一步步退却着，生怕她再贴上来，纠缠不休，又说，"宝贝，现在不是叙旧的时候，咱们就走，马上撤。哦！至于行李呀钢琴呀什么的，自然有我的人善后。"

"你的人？"

"我的情报员，以及喀什噶尔官府派来的特工。"他答。

"乔治，可你在信上说，你一直待在 CHINA PARK 里等我？"

"我撒了谎，我的信上都是谎言。"

"为什么？"

"波尔兰德，现在一言难尽呀。"

"不！你得告诉我，否则……"

她执拗道。

"嗯，这是一片诡谲的土地，也是一块遥远的疆域，杀机四伏。你初来乍到，一个殖民军的妻子，一个外国人，根本不会明白其中的曲折和恩怨。"这时，马嘎特尼开始示好，想主动拥抱一下妻子，却被她拒绝了。他笃定地说，"我发过誓，我许诺只让你享受中亚细亚的阳光和所有的欢乐，而看不见一丝黑暗。我真不能说，现在也不是讲述的时刻。"

"我必须明白！"

"波尔兰德，我的宝贝。"

"不！领事先生，请称呼我凯瑟琳小姐！"

她用了清晰的发音，重复提醒道。

就在英国夫妇你吵我嚷，争执不下的关口，红乌鸦客栈里突然传来了不测。——小厮的尖叫声像春天的滚雷，也像山崩的巨响，在左右两条长街上回响开来。夫妇俩忙掀起一角帘子，看见红衣黑裤的小厮正站在门槛上，连哭带跳，扯着嗓子朝楼上的宾客们喊话：

"杀人喽！活着的快下来，全都下来呀！"

又喊：

"英国女人被杀了，二楼的洋女人被杀了。"

当然，他很乐意翻译给她听。

她晃了晃，身子往后一趔，差点晕死过去。马嘎特尼手疾眼快，将

　　　　　　　　　　　　　　　　　　　　纸旷野

她揽进了臂膀中。他轻喊她的名字，掐住了人中，才让她慢慢醒了过来。她浑身酥软，却被他轮毂般的双臂箍紧了，不至于瘫倒在地。半天了，她才缓过一口气，嗫嚅说：

"她死了，她是替我死的。"

"谁？"

"伊帕尔汗，香姑娘。"

他切齿地说："好吧，这就是你刚才要的答案，我不必答复了。"

"放开我，我要去看看古丽。"

"No！"

马嘎特尼低低地咆哮一声，捂住了她的嘴。他一边钳制她，一边耳语说："波尔兰德，现在需要一点点自私。有的时候，自私其实也是一种不太坏的品质。"见她依然踢踢打打，泥鳅般地挣扎，他忽然在她的太阳穴上擂了一拳，将她击昏了过去。

尾 声

礼拜三傍晚，艾尼瓦尔在伊犁河对岸的林子里，找见了开罗来的理发师。

抬埋完了古丽，馕房并未关张，艾尼瓦尔依旧打馕卖饼，像从前那样。这天歇工早，他一边啃着馕饼，一边端着喝水的净杯，踱到了河边，见理发师的一堆衣物扔在岸上，人却在河中心游水。夕光洒在水面上，风吹微澜，白杨树的叶子犹如一面面手鼓，在喑哑地放歌。理发师招了招手，喊了声："朋友！"他也回应了一句："伙计！"

抽了空，他用脚尖拨拉了一下理发师的衣物，看见腰带上系着一件薰衣草的锦囊。裲裆雪白，但有一点点暗渍，像没洗干净的血迹。

　　半晌后，理发师从水里钻了出来，哆哆嗦嗦地跑到他的跟前，单腿在跳，想把耳眼中的积水跳出来。他背靠一棵桦树坐下，平静地吃喝。理发师问："喝得那么香，究竟是什么呀朋友？"他哼了一声，轻蔑地说："糖水！那个失踪的洋女人留下来的一罐白砂糖。"理发师泄气地说："我剃了半辈子的头，现在我的头发太长了，快生了虱子，可没人来为我效劳。你会剃么？"闻听此话，他款款搁下了净杯和馕饼，随口说："试试吧！反正，你已经欠我一个头了，再欠一个也没什么，虱多不痒嘛。"

　　四野空旷，夜风逶迤，理发师随便坐在了地埂上。

　　艾尼瓦尔将一块苫布兜过去，护在他胸前，绾了个疙瘩。他掰开剃刀，左手摁下头发，右手将刃口贴在了发根上，仔细地掠过。他剃得很小心，渐渐地剃白了理发师的头皮，脚下竟堆满了一层脏兮兮的乱发。他不作声，暗中踩住了它，咒骂它，仿佛它是魔鬼的化身。当剃刀移向了左右两腮，开始修理鬓角和胡须时，他突然将锋利的刀尖，摁住了理发师脖子里的一根动脉。

　　"朋友？"

　　理发师一挺，脊梁骨戳得像一根橼子。

　　"别动！"艾尼瓦尔一边稳住他的下颚，一边攥紧了剃刀，空虚地说，"现在告诉你吧，将一把糖藏进水里，才是最好的伪装。其实，盐也不例外。"

　　"让你钻了空子！我刚才就应该留心到你，因为你不会游水。"

"老虎也有打盹儿的时候。"

"呃，你是怎么发现我的，朋友？"

"你猜！"

"我仅仅是一名开罗来的穷理发师呀，拜托！"哀求道。

"伙计，咱们喀什噶尔的按办大臣潘效苏大人说过，新疆的确太大，大得像十万只老鹰的翅膀依次飞过的地方，但它没有一寸是多余的，没有一寸不被我们心疼。这次你来试过了，不幸的是，你没有了第二次机会。"艾尼瓦尔慢慢将剃刀喂了进去，听见噗的一声，仿佛气皮囊破了，也仿佛一枚树叶落了下来。他疲惫地站起身，掷了刀子，自语说：

"哦！不久后，秋天就要来了，最后的美也将来到。秋天一来，这里就会像一座黄金的宫殿，真好！"

艾尼瓦尔走过去，拾起了地上的薰衣草锦囊。

蓦地，他的腿有些打软，踉跄了几步，赶忙扶住了一棵树。他靠了靠，觉得自己的一根肋骨丢了，而这根肋骨前几天都还在，还好端端地贴着妻子，现在竟丢了。肋骨丢了，又说不清究竟是身上的哪一根，所以才如此狼狈不堪的。他憋足了一口气，硬撑着爬到了伊犁河畔，摸见了冰凉的河水。

他打开了薰衣草锦囊，一粒，又一粒，仔细数着，将一朵朵花蕾吹进了河里。他瞧见这些善解人意的干燥花瓣，首尾相衔地投入到了天光中，慢慢落下，布满了广阔的水面，顿时将一条河染成了波光潋滟的紫蓝色。此时，夏夜静谧，长风吹拂，一团团热烈的馨香如渐渐涨起的潮水，漫过了河堤，漫向了弧形的夜空。

撒完了最后一粒，艾尼瓦尔坐了起来，塑住身子，问天打卦，仰视着一群群永恒的星宿。他扪住心口，样子虔诚，一再发愿说：

"古丽，要是你天上有知，就请你让这一片河谷上长满温煦的薰衣草吧，让伊犁的每一个姑娘都香喷喷的，都是像你一样美丽的伊帕尔汗吧。古丽，我知道你听见了，你一定会的！"

突然，艾尼瓦尔号啕大哭起来，哭得像天山上下来的一匹豹子。这是古丽被害后的第一次痛哭，第一场悲哀的眼泪。艾尼瓦尔一边捶打河水，一边擂着额头，撕心裂肺地漫唱起了一支谣曲：

没有你，我要这生命干什么，

没有你，我要那天堂干什么？

苦恋于你，我流了那么多的泪水，

又要那淅沥不断的秋雨干什么？

傍晚，当你撩起垂散于脸庞的秀发，

我还要那皎洁的月光干什么？

你眼若水仙，面若玫瑰，身材像桧柏，

有你在的地方，还要那花园干什么？

倘若你想到河边来漫步玩耍，

就看我的眼泪吧，还要这河上的清波干什么？

纸旷野

请在你的门槛边，赐我一席栖身之地，

还要那富人们的亭榭楼台干什么？

没有你，我要这生命干什么，

没有你，我要那天堂干什么，古丽呀！ [1]

---

1 诗句改写自《阿塔依诗集·雅曲·十二木卡姆·第三套曲》之《没有你，我要这生命干什么》

第三辑

世上的奇迹

街道：一只船

一、以散文的方式

是的，在二十世纪七十年代的记忆里拾取枯枝败叶一堆。

——因为你的名字取自一条晦暗无定的街道。在时光的水面上，他和季节、羊皮筏子、鱼群、泥沙以及早春的枝条一起漂浮，闪烁着青铜色的诗意光芒。那天夜晚，你拐过街角，穿过东风旅社、煤场、花圈铺、车马店以及小学校的门口，脚步拖沓而空洞。星辰太累，你的母亲正在手术，贫寒的疾病缓慢地扩散，无助的父亲躲进了柴房偷偷地哭泣，而年幼的弟妹们快活得像健康的青蛙。你驻足在街景漫漶飘摇的深处，一叶障目。这时候，你就前定般地遇到了我。噢，如今我为什么一再地遥望，那座深陷于中国西北腹地深处的狭窄街道呢？为什么要讴歌兰州这座荒凉城市的三粒字母呢？一、只、船——一截短促的发音，一个瘦弱的形象，一只鸥鸟投下的阴影。一位名叫叶芝的人向我走来，独独向我打听这一场命名的真谛。仪式落满了灰尘，吆喝之人分崩离析。叶芝说："归根到底，能听见宇宙歌唱的地方是你从时间、地点、家庭、历史等方面都已经扎根或决定扎根的某一条街，某一个社区。"

时间让生命破绽百出，帆叶的痕迹连上帝亦无措手足。你仿佛行走在光绪年间的某个早晨：黄河暴涨，兰州城外一只木船随波逐流，漂至芦花漫天的岸边（据《兰州方志·水文资料》）。传说，那只芦荻托举，抹覆了石漆和石油的新鲜木船中，有一个六岁的男童笑声嘹亮动人，他最后的去向在诗篇和谣唱中语焉不详。

多年以后，一位108岁的老土著却这样叙述：

随着清王朝对西北的频繁用兵，江南人随军西来者日多。他们有感于乡关万里，顿萌叶落归根之念，便筹资在此地带营造了一所义园，用来暂厝亡故江南人的灵柩，以便日后扶榇故里安葬。义园造型奇特，颇似一艘扬帆南航的大船。那高入云端的旗杆，酷似桅杆；弯曲高翘的飞檐，简直是劈波斩浪的船首。这座建筑物寓托着南人的无尽乡恋。于是，人们根据义园的外形，把这块地方叫作"一只船"。

走吧！

街景游移，夜光中的蝙蝠携带着明亮的呼哨，清贫的瓦楞和屋脊之上，充满了日常生活的世俗光芒。海德格尔说："培养和关心，乃是一种建筑。"童年奔走相告，你站在那里，犹如一捆旧日的书信，一处遗址，一块在时间中弯曲的青砖。我的笔端往往和你猝然相遇，像一队孪生的敌人那样优美。在兰州，污染的天空和局部的工业新新顿起，距河二里，在一只船街道纷繁黑白的记录中，依然能够凭听到泥沙俱下的河面上消逝的传说与奇迹。河水匍匐着，裹挟着从舟曲草原、玛曲草原、碌曲草原上滚滚而下的万千气象：经幡、藏传佛教、法号、羊群、神祇、嘛呢石堆、民族、风俗和自然，蔓延至你的诞生之地。微弱的小城，本雅明说："城市并不是因其建筑和群众，而是因其流浪者、漂泊者和梦想者。"你站在街景的深处，虚构的人，怀揣着一个颠簸的名字和光荣。一只船街道：诞生以及成长、学习的路途，一盏幽暗的桅灯，在最黑暗的地段打破了沉默。成千上万的红铜喇嘛口诵佛唱，心法合一，逶迤走过，他们炉灰似的背影，暗许下我今日的诗篇和劳动。噢，七十年代，一个手抄本的年代，一个可以用橡皮擦鼓舞的茫然季节，在你睡眠的窗外，一位清癯的穆斯林老人恪守方向，进行着内心的功课。黄河微波不兴，你失却方向，内心如辙。那些顺水而下的消息；那些灿烂的雨季和河畔的朗诵，都归入了一卷神示的羊皮。不是缘于怀念，而是一种气象的招引。雄心难熄的两岸，在所有的陌生人当中，你独独向我走来，询问了一处归家的地址。噢，孩子！我又能重复什么样的词语？

> 因为我见到的幻象
> 几乎完全消失，但从中诞生的芳香
> 依然一点一滴落在我心中。
>
> ——但丁《神曲》

二、以诗歌的方式

人生荒凉的现场，泥沙俱下

不期而遇的事件

　　将成为偶然的补白；
一枚徽章开始了锈迹的年代
一场生命的转移，佩带了睡眠
和深刻的伤害。

诞生的婴儿是多么盲目
而夕光中的亡灵却如此一致——
哦，黑夜枝头

　　无辜的群众
让街景游移，细碎的花朵
让一个梦遗的少年苏醒。

他将述说成长的细菌
以及发育的疾病中

　　一只随风而舞的风车。

虚构的人，此刻你要迎上前去。
谁取走了时间的芳香
谁就会在内心弯曲。
一本灵魂之书，隐秘开花——
其嘹亮的筑居和人民

　　仅仅少于一个国家的典籍。

没有人知道得更多

当你重新返回，一个奔走相告的童年

悄悄奠基——

因此，一张刚刚草拟的讣告

一幕油印的仪式

一次七十年代锈迹斑驳的雨，将成为可能。

虚构的人，此刻你要擦身而去

你寂寞的筐子里

要埋下不由分说的引信。

在晴朗的黎明，你的晾衣绳上

　　一定要展览生活罪恶的秘密。

就在秋天的街角，一个大辫子的姑娘

储藏了冬菜；

她带着营养和喜悦

　　成了我的母亲。

那一条街道被命名为一只船

而漂泊的煤炭就在这里驻锡。

　　虚构的人，你只留下了恍惚的背影

在夜晚的电线杆上

凸显出两团麻雀乌黑的惊悸。

你像一个时代黯淡的喜剧。

你教会我认识了字母、毒药与恩情。

三、以索引的方式

1. 作者对一只船的记忆应该恢复到二十世纪七十年代的早期，那时候的一只船街道，还是一片黑白混沌的世界——因为那时的黄河水在冬季还结冰，也有人穿着毡衣，在冬季的街道上不停吆喝着贩卖冰块。在寒冷的冬天里，嚼冰似乎是孩子们的时尚之一。坐落在一只船深处的是一家规模庞大的煤场，每天都有无数的解放牌卡车来往运输，街道的上空弥漫着呛人的煤灰，像一团团穿裤子的云。

2. 一只船是兰州市区内一条鲜为人知的小街道，它东临著名的学府——兰州大学本部，西接长途汽车东站和旧大路，北毗东方红广场的主干道东岗西路，南翼为109国道和312国道途经兰州时的交通主干线——民主东路。在湍急的车流中，一只船名副其实地成了一座安居着日常生活和梦想的小小码头。

3. 在粗硬尖厉的兰州土话里，一只船往往被说成"一只喘"；在混杂了兰州土话和北京腔的蹩脚发音里（它是时髦的标志，带有贬义），一只船又往往被念成"一直喘"。

4. 一只船街道距黄河只有两里多路，河水在这里转身北上，留下了一片滩涂之地。在晴朗的秋天，常常可以看见大雁等无数的候鸟在这里栖息，所以这一片滩涂被称作"雁滩"。

5. 长不过两里，宽度也局限在两里左右，一只船街道就这样漂泊在记忆的尽头。——在小街的东头是一家东风旅社，常见一些戴着呢子帽，胸脯上插着钢笔，手里提着人造革公文包的干部同志们进出此地。傍晚来临时，东风旅社的一只高音喇叭会准时播放《各地人民广播电台联播节目》，一些国家大事和领袖人物的指示，会源源不断地递送到人们的心里。在旅社的隔壁，是一家国营的理发店，通常在节假日的前夕会人满为患，屏息排队的人，一定会听见剃头师傅在一块旧皮革上磨剃刀的声音，但谋杀不会发生，那是一个和平的年代。毗邻理发店的是一家兰州牛肉拉面馆，他们使用了一种本地产的蓬草熬炼成的碱水，让面条像无数根发丝一样诱惑你，通常一海碗的牛肉拉面你要付两毛八分和三两粮票，如果你使用了全国粮票，售票员一准会抬头望你一眼，以示敬意和尊重。上述这一块地段已经被改建了一座宾馆和海鲜楼，每当公车带着官员驶停在楼下时，总有眼明手快的保安赶紧将一块红布遮在车牌上，红布上绣着四个字：恭喜发财！再往前走，是一家门可罗雀的药店，店员们一般喜欢在早上和下午昏昏欲睡地趴在柜台上，一到夜晚，他们便开始研磨各种各样的中草药，浑浊的青草气息将毫不犹豫地侵袭你的梦境。在兰州，你要是得罪了某个人，或者你借了别人的几分钱未还，别人会沉下脸来对你说：不要了，不要了，拿去吃药吧！紧挨着药店的是一家烟酒门市部，蛋糕和夹心果并排摆在柜台的上面，灰尘和营业员的喷嚏感染着这些诱人的食品。那些年，我们家来的亲戚，通常会提上一包麻粪纸包裹的糕点来串门儿，麻粪纸已经被油浸透了，可全家人舍不得吃，因为我家大人在晚上会赶紧送到他的主任家里，以表问候。在烟酒店的尽头是一家肉铺，水磨石的柜台上横陈着发红的瘦猪肉，屋梁吊下的铁钩子上也是瘦不啦叽的肉。我有一位远房的表姐就在里面做事，每当家里来了重要的客人，我母亲会打发我去割上三两肉。我捏着肉票，踮起脚尖站在柜台下，对我表姐含蓄地一笑说，我要三两"丹顶鹤"。我表姐心领神会地给我一块肥肉簇拥的猪肉，上面只有一点点儿瘦肉，而且秤头拉得老高……如今，这一地段修建了一座兰州最高档的四星级涉外宾馆，但入住率并不是很高，倒是它的桑拿和按摩的技术被人们口口相传，成了上流社会社交与休闲的场所。

6. 一只船街道的西头，被旧大路（旧社会的一条街道）包围着，一到下雨天，这里泥浆翻滚，行人遭殃。在街口有一家车马店（现在是长庆油田的办事处），一到深夜，就能看见打着响亮鼻息的马车钻进钻出，一夜的住宿费用是一毛钱，外带马匹的饲料。郊区的农民们常常拉着一车车的冰草送到车马店，换回一些钱去补贴家用。车马店的旁边是一家花圈铺，一户来自农村的外乡人不舍昼夜地坐在门口劈着竹篾，然后扎成一个个的花圈形状。有一段时间，街上总是莫名其妙地丢失扫把和笤帚，后来发现都被花圈店做成了龙骨骨架，于是外乡人的名声一落千丈，可最后谁家也或迟或早地去买花圈，怨气便烟消云散了。在西头的街口，也许能看见一个卖棉花糖的老人，操着一口河南方言。你递给他五分钱，就会瞅见他把一小勺白砂糖倒进一个旋转的铁皮罐子里，在一盏煤油灯的作用下，铁皮罐子里会飞出云絮状的糖丝，缠绕在一根竹签上。在西头还有一家大型的柴油机厂，那些年，传言从里面制造的机器都漂洋过海送到了阿尔巴尼亚兄弟的手里了。厂子很神秘，有一个同学是该厂的子弟，他常常能偷出来一书包的钢砂，像一颗颗扁豆，街上的二流子们往往向他索要钢砂，那时最流行的武器就是钢砂枪，二流子们在街头混战中靠它决一死战。柴油机厂倒闭于九十年代中期，它现在是一个专售陶瓷用品和盗版 DVD 的市场，在兰州小有名气，一些留着长发的准艺术家和文学青年们经常出没于此，嘴里念叨着好莱坞和尼古拉斯·凯奇的名字。说到西头，还有一个神秘的院落，门口有解放军战士把守，每当夏日的余晖降临时，一只船街上都会涌满身穿民族服饰的藏族同胞，更多的则是身着赭红色袍子的喇嘛们。他们沉默地走进街道的西头，脸上荡漾着难以言传的神秘笑容。等我长大后才知道，在那座鲜为人知的院落里，驻锡着一位声名显赫的大活佛，他圆寂于2000年的春天。

7. 说到一只船街道的南侧，就必须说到一所小学，它原先叫东风中学，后来改名为一只船小学。它是一所"戴帽子小学"，即含有初中两个年级。一座青灰色的二层楼，构成了它全部的内涵。我在1972年进入这所小学时，碰上的第一个班主任姓沈，她来自天津。时至今日，我仍然怀念她在第一次上课时晕倒的情景，她颤颤巍巍倒下的样子，给我留下了难以磨灭的印象。我们所有同学都呆若木鸡地看着她口吐白沫挣扎的样子，可没一个人站起来搀扶，为此她获得了那一年度的先进教师的称号。工宣队进驻学校是"文革"后期的事情，领头的是一个姓魏的家伙，他喜欢和学生们打成一片，在宽敞的操场上赌玻璃球。他玩弹子的水平在一只船辖区内家喻户晓，走在路上的时候，他一身发白的工装内时常传出玻璃弹子的优美声响。在学校围墙以南，整齐地码放着七排老式的平房，恰巧它的名字就叫"七排平房"。那是一些清朝末年修建的建筑，墙壁上镶嵌着很多的砖雕，故事内容一般取自岳母刺字和孟母三迁之类的传说。七排平房毁于1976年的一系列灾害，那一年因为有了唐山大地震，所以它的毁灭基本上无人问津。在我上学的路途上，要经过一段曲里拐弯的小巷，巷道的一侧是人家院落。有一户人家儿女颇多，奇怪的是老大儿子和老大女儿均为白痴，常常站在街口上往学生身上抹鼻涕，而他家的其余几个孩子都出落得异常聪明漂亮，尤其是一个扎着麻花辫的女儿，比现在的章子怡和巩俐之流还要美丽一万倍，可是最近有一次我碰到她的时候，她骑着一辆三轮吆喝着买卖，我心里难过了一下午。在通往学校的路上，少年时代我最大的收获就是捡到了五毛钱，一看四下里没人，我掖进了怀里，幸好周围没有警察叔叔。

8. 我家门口有一棵左公柳，据说是当年左宗棠西征时种下的。每当夏夜，院子里的老年人一般都坐在树下，谈论着道听途说的故事和真假莫测的神秘体验。那棵树死于1978年，原因是树旁的一户人家总责怪春天的柳絮飘满了他们的院子，所以指使孩子铲掉了树根下的皮，它像一位老人什么话也没讲，在春天发芽时变得僵硬了。

9. 煤场里有一个来自上海的老头，一直充当场里采购员的角色。

一到夏季，人们常常看见他的自行车上载着一只水桶扬长而去，直奔雁滩，深夜来临时，煤场的家属院里就沉浸在一片沸腾的蛙声里。上海老头在院子当中唯一的水龙头下宰杀着那些青蛙，血腥的气息经久不散，以后几天，老头碗里的白饭上便堆满了青蛙腿。那年头，西北人对这样的饮食呕吐不止，因为他们一般把青蛙叫作癞蛤蟆，一想就起疙瘩。不像现在，兰州城里挤进大大小小火锅店的时髦女郎们，首选的可能就是这一道菜，但她们如今改叫"田鸡腿"了，据说吃了能瘦身。

10. 记得1976年9月9日下午，我刚从兰州大学的假山上玩耍回来，一只船街上最著名的秦妈便拉住我的小手，泪眼婆娑地对满街的人们嚷嚷说：毛主席，毛主席他老人家缓下啦！（"缓下"是兰州土话里"去世"的意思）不到一个小时，秦妈也光荣彻底地缓下了。

11. 在1979年秋末的一个傍晚，煤场偌大的场地上突然空无一物了，一队军车覆盖得严严实实进了厂区，车上拉着草席包裹的货物，军人们在口令的指挥下搬卸着，货物码满了整个场地，晚上还有荷枪实弹的军人在把守，没人明白那是什么。一只船街道上著名的"游击队长"肖老万在凌晨时分潜入场地，撕开了一包货物，他惊喜地发现里面全是鞭炮。次年春节的大年初一，他家门前一地碎红。

12. 大约八十年代初期，最早的一首邓丽君的靡靡之音出现在一只船街口南侧的一座公共厕所里，一只巴掌大的"煤砖录音机"被人捧在手里。与此同时，出现的还有大鬓角、喇叭裤和女阿飞。

13. 在一只船街道上，二流子们一旦看上了某个路过的女孩儿，心里就充满了毛遂自荐的英雄主义豪情。北京话里的"套瓷"，在兰州土话里一般被称作"采马子"，马子是一个暧昧的说法，它绝迹于1986年，后来被"谈恋爱"这样的文明辞藻所取代。

14. 八十年代初期开始的严打在一只船街道上引起了普遍的响应，原因之一就是它为流氓恶势力泛滥的重灾区。我们那条街上最著名的首领叫"铁公鸡"，他的军用挎包里，时常揣着一把锋利的军刺，他可以毫不犹豫地把军刺攮进一个人的后心里。"铁公鸡"在那次严打中被判了无期。毋庸讳言，他是我少年时代最崇拜的人物。

15. 那时候，一包双羊烟一毛五分钱，一包经济牌香烟值八分钱。我第一次学会抽烟，是在王志刚家的屋顶上，抽的是一根凤凰牌的，浓郁的香精味经久不散。在那夜的屋顶上，王志刚还给我们吹了一段口琴（那情景和姜文的《阳光灿烂的日子》如出一辙），是一首知识青年上山下乡的歌，也叫《四季歌》，歌词大意如下：

……四季的流浪人归来

小妹已离去；

我少年时代的朋友啊，你如今在哪里？

想起了往日的欢乐，我悲伤又欢喜啊悲伤又欢喜。

16. 幼年的王志刚在一只船街道上勤奋画画的情景，至今还保存在老一辈人的心里，他时常坐在一架茂密的葡萄藤下，在一张张草纸上画着素描，我和我妹妹经常充当他的模特。他是一只船街道上出去的第一个大学生，现在已经是蜚声国内外的雕塑家了。前不久，他还和国内的诸多雕塑家在陕西的阳陵农田里举办了一次展览，号称"和历史对话"——他的作品是一堆钢铁的甲虫大军，跑过了冬季的田野。

17. 在七十年代末，一本手抄书在一只船街道上悄悄流行着。那时候，每家每户的孩子们都表现出了空前的学习热情，一盏盏白炽灯通宵达旦地亮着，我的同学们都在奋力抄写着那本大胆而刺激的地下书，它的名字叫《少女之心》。但是好景不长，家长们很快就发现了这一苗头，在我的记忆里，最早的"扫黄打非"就是在一只船街道上开始的。

18. 第一辆自行车的丢失发生在1982年的某个傍晚，在煤场门口的路灯下，一位叫王建国的工人把自行车放在街边，一个人凑近棋摊上指手画脚，等次日黎明，他发觉自行车已经不翼而飞了，他坐在马路牙子上哭了整整一天。奇怪的是次日晚上，他的自行车又出现在了他家院子门口。

19. 我在1984年考上了大学，离开了一只船街道。此后每一次写下自己的名字时，我的脑海里就会浮现出那一条在黄河岸边飘摇呼唤的小街。

20. 大规模的城市改造也同样波及了一只船街道，在某些官员的意志下，"一只船"要被一个更富于时代感和政治特色的地名所取代。我一下子慌了，在当地报纸的大讨论中，我率先发表了带有强烈"讨伐"性质的文章，专门拿一只船的历史来说话。我的观点得到了市民的广泛赞同，"一只船街道"终于幸免于难，得以保存至今。

21. 而今，我经常带着儿子回到一只船街道上走一走，一个颇懂八卦和风水的人告诉我，那里是我的由来和命名的根据地。其实，我心里明白，我记忆中充满诗意和怀念的小街，早已物是人非了。我的记忆和书写，不过是一次次徒劳的挽回罢了。

纸旷野

1919年以来的沉默

—— 仿《一件小事》，致鲁迅先生

我爷爷是个哑巴胎。他已经有92岁或者130岁了，他的年龄如今已成为一个众所周知的谜语。在漫长而又琐屑的时光中，我爷爷像一块冰冷的废铁，龟缩在时间的一隅，发出一种喑哑的喊叫，但是没有人理睬他的冲动和颤抖。一个卑微的哑巴，有时候也有一种卑微者的幸福。就在我大学毕业，被分配到《晨报》工作的那个秋天，我爷爷忽然有了一种出乎意料的热情和快乐。他捧着我的脸，端详了很久，接着，他又以一种少有的敏捷钻进了他的布满灰尘和锈迹的房间。

他递给我几份1919年间的《晨报》，我似乎明白了他对我的关心和期冀。但是，我迅速发现我错了。我爷爷指着该报12月1日出版的"周年纪念增刊"上的一篇文章，大声对我说：

"这不是真的，他被蒙骗了。我发誓这不是真的。"

让我骇然的，并不是我爷爷对时光的突然发难和破口大骂，也不是他这块废铁突然有了用武之地。我诧异的是这篇文章，我从上学时就能倒背如流的著名篇什。

我知道，这些文字的后面，埋藏着一个很大的秘密。

"事实是这样的！"

我爷爷忽然操起一口纯正的京腔，饶有兴趣地说：

我认识大先生，那时候我们一伙混生活的哥儿们，都管他叫大先生。

那时候，我也就是一车夫，现在叫板儿爷，兴许是我祖上积德，我也拉过大先生几回，从绍兴会馆到砖塔胡同61号。那时候，吆喝我们的经常是一些阔人，也有腰里别耗子——假装猎人的，可大先生对我们却礼貌有加，拿我们当人看。大先生是读书人，没架子。

那年冬天，我从砖塔胡同拉着大先生去会馆。一路上风雪交加，北京城里模糊一片，只有几辆骡车在那里晃荡。我穿着一件单裤，习惯了，跑起来两腿发热，汗也往下淌，要是停下来，在路边等生意，那就惨了，风往裤管里吹，裆里的卵蛋能冻成冰糖葫芦。到了会馆，大先生付给我车钱，又特意多给我一块钱，让我去买一条棉裤。大先生说，这样下去会冻坏关节的。我拿着大先生的钱，眼泪就下来了。

可是第二天，大先生自己哭了。他从会馆里出来，走到我们一伙穷车夫那儿，我们都想拉大先生，争着抢着，可怎么着，大先生就哭了。他说，你们怎么都穿着单裤呀？

那天，大先生没要车，一个人走回家里去了。

大先生也有忒逗的时候，有回儿，他从教育部到会馆，不小心，把钱夹子丢在车上了。拉车的哥儿们急忙跑到会馆，送给大先生，让他当面清点一下，大先生很感激，立马拿出一块钱作酬金。大先生笑着说，这钱夹，如果被慈禧太后拾到，就进了她的腰包了。总之，我们和大先生忒熟。

但我们里面出了一败类，伤害了大先生，我们开除了他，就没告诉大先生。

这是一件小事。那个败类叫祥子，那年冬天才到北京城里混口饭吃，人挺年轻的，不懂规矩，刚开始还是一乡下孩子，后来臭丫儿的学会了逛窑子，一天的血汗钱全都扔进那个无底洞了，让人可怜。怪就怪我们都不知道，要早知道，兴许还能挽救一下。

就那几天，祥子的母亲从乡下赶到京城了，她听见儿子在北京城里看大戏、逛窑子的事儿了。祥子的父亲得了痨病，指望着他能给点儿钱治病。老太太在北京城里候了好几天，那个可恶的儿子也没给一点儿脸色，照样去嫖风打浪。老太太绝望了，可回不了家，就哭哭啼啼地说要死在儿子的车轱辘下。

我记得忒清楚，那是民国六年冬天的事儿。

事发那天早上，我们起得迟。外面是白毛风，刮了一宿，寒气直往人骨头里钻，那时也没什么生计，只有祥子那个狗日的出去了。中午的时候，会馆附近的巡警所让我们去领人，这才知道祥子出事了。

祥子拉的是大先生，那时候很早，街上没有什么人。他和大先生一路上聊天，跑得快，快到会馆门口时，那个老太太从斜刺里杀出来，撞上了车的把手。那老太太绝望呀，她说过，她要死在儿子的车轱辘下的，她果然就那么做了。

那狗日的心里有愧，没有理睬大先生，放下车子，扶着老太太慢慢起来，嘴里跟老太太嘀咕些什么，没有人知道。大先生冻得缩在车上，眼看着祥子搀扶着老太太走了。那个丧天良的准备把老太太扔在一个僻静胡同里，然后撒腿就溜的。

没想到，他碰上了巡警。巡警把他给扣了。

大先生心好，不知道这码子事儿的前因后果，还给了巡警一大把铜元，让巡警转交给祥子，真是好心交给驴肝肺了。

我们都替大先生不平。古话说，不孝有三，祥子就该算一个了。那个狗日的在巡警所里承认，他当时就想轧了老太太，省去一个丢人现眼的拖累。这是人说的话吗？

他被遣送回乡下了，带着那个老太太。

可谁知第三天，京城里卖报的小贩给我们一张《晨报》，上面有大先生写的一篇文章，大先生还挂念着那个没心没肺的畜生，我们都哭了，大家商量好了，永远当哑巴，把这码子事儿烂在肚子里，不然，大先生知道了，会更伤心的。

"哎呀，我就是那个狗日的祥子，我对不起大先生呀！"

我爷爷蓦地趴在几张1919年间的《晨报》上，痛哭流涕的，像一个犯了错误的愚蠢孩子。

谣唱（外三篇）

　　他们选择在一个深夜滚蛋了，这出乎所有人的预料。

　　他们在工地的几星灯火下，把肮脏的行李扔上车；他们还拿走了一台破旧的洗衣机、几杆笤帚、一根鸡毛掸子和十几双破鞋，幸灾乐祸地滚蛋了。——我听见整个大院长长地松了一口气。

　　他们是一群外来者，来自积石山区的沟壑中。在漫长的夏天，他们和院子里的所有人作对，人们都说，他们是带着仇恨来的。现在，他们终于可以滚回老家去了。

　　我躲在窗帘后，仔细打量着他们狼狈万状的窘迫和仓皇。我发现对面楼上的窗户都打开了，人们怀着快意蔑视着他们。一个络腮胡子的司机抬起脚，在他们的屁股后面驱赶着，嘴里骂着恶毒的下流话。他们东躲西藏地逃避着，眼光里伸出无数个钩子寻觅着什么。最后，他们又从一堆垃圾上搬出了一只稀罕的烤箱和一只废弃的煤气罐，夸张地抬上了那辆绿色的康明斯卡车。我记得那些垃圾是隔壁的王二家淘汰的，可他们却如获至宝。卡车上已经码起了一座高高的小山，在夏夜逶迤的风中，传来一丝恶劣的腐臭味儿，他们也许有几个月没洗自己的铺盖了。看到楼上的居民在观望，他们更加肆无忌惮了，他们朝着楼上开玩笑，说着一口难懂的方言，嘻嘻哈哈地打着手势，一点儿也没体会到城里人的鄙视与唾弃。他们就要离开这座城市了，滚回自己那个旱草丛生的羊圈里了。

可突然，他们停止了喧哗，站成一排，把头上的帽子抹下来，像在忏悔什么。

谁都记得他们是春天时来的，那时候气温转变了，地上的灰尘含着水汽在吹拂，鹅黄色的迎春花有情有义。在一个傍晚，他们被一个包工头雇来的大卡车领进了院子。他们毁坏了花坛，在那里支起了帐篷；他们砍掉了几棵幼小的树，用于生火做饭；他们还在楼的一侧竖起了脚手架，准备在五层之上再加盖三层。冒着浓烟的水泥车开了进来；搅拌机的声音隆隆作响；数不清的砖头也占据了大院的每一处犄角旮旯。人们在忐忑中生活着，先前的秩序被完全打破了。春天以来，大院里的每个人的脸上，都挂着秘而不宣的痛苦，灰暗的眼珠子里快要凸显出一枚炸弹的恐怖形状了。

更有甚者，他们本来良好的作息时间被夏日的酷热给偷偷地篡改了，他们变得明目张胆、肆意妄为了。在月光明亮的午夜，家家进入恬静的梦乡时，他们就会加大马力跳上楼顶，浇筑混凝土或砌砖。午夜的搅拌机之歌，像一把锉刀在残忍地切割，搅拌棒的呜咽声，仿佛一支糟糕的坦克队伍兵败如山倒。月光被打扰了不算，人们咬牙切齿地盼望

　　　　　　　　　　　　　　　　纸旷野

着天光大亮。那些日子，社区的几家门诊门庭若市，能够催人入眠的药物大量脱销。只有王二腼腆地说：这要是在世界杯期间就好了，省得我时时揪心丢了一场比赛！

这还不算什么，更让人愤怒的，是那些外来者们在深夜的谣唱。他们操着粗糙的方言，不知所云地漫唱着一种西北的"花儿"，尖厉刺耳的咆哮声，像一辆永不疲倦的三菱重工推土机在碾来。在沸腾的工地上，只要有一人亮开嗓子，其余的家伙们便纷纷传递起来。粗糙的歌声此起彼伏，还夹杂着他们擤鼻涕、打饱嗝与放屁的粗蛮。他们糟蹋着民歌，不以为耻、反以为荣地开着色情玩笑，唱着男女之间最隐秘的故事，故意把尾声拖得绵绵不绝，好像要把一院子的居民都给弄醒来。他们的罪恶目的昭然若揭。

人们都骂，他们是一群进村的鬼子，怀着对城市的恶毒仇恨来的。隔壁的王二反驳说，不，他们更像一群陈胜吴广，像一帮揭竿而起的起义军。

可现在，他们总算要滚蛋了。

这之前人们没发现任何的蛛丝马迹，让人匪夷所思的是，他们居然选择了一个夜晚要逃跑了，这事情完全出乎人们的预料。因为家家户户准备了足够的唾沫和污言秽语，现在，竟然要让人们把内心的秽物搁回各自的身体里去，这是万万不能答应的。

可就在这时，他们停止了喧哗，排成一队，像在忏悔什么呢！

是的，他们的一个伙伴，一个十几岁的娃娃回不去了。——那个满头鬈发的小伙子是他们中间唱得最好的一位，可现在他死了。在夏天的酷热里，他一个人悄悄地跑到院子后的黄河里洗澡，一个浪头好似裹尸布，把他紧紧地纠缠住了。他的尸体早就运回了积石山的一座干旱的坟茔里了。他没见过那么大的水，他的家乡根本就没有水。冬天时，他要背回三座大山上的积雪，才够一家人和几只羊羔来年的生计。

此刻，他们沉默了足足有半小时的时间，就那样抹着鼻涕眼泪地啜泣着。他们黝黑的背影，在我的窗下漆黑一片，我对面楼上的灯光都感觉无聊地关闭了，大家一定感觉到了他们还有什么阴谋似的，好像有人会拿起砖头砸了自己的玻璃。可事实不这样，我的邻居们在很久之后，都会满含歉意地原谅他们，像原谅自己的娇气与麻木一样。

因为就在空洞地沉默了一会儿后，他们突然开始了大声谣唱。他们可能在祈祷这个夏天的逝去，也可能是思念起家乡，当然，更有可能在安慰一个脆弱的亡灵，那个不幸的少年。

这个告别的深夜，他们粗糙的歌词大意是——

活着（么）是捎来了一匹布，
死了么，是拖走了一个梦……

沉　浸

他们是一群买荒的外乡人，我老远就能听见他们用家乡话嬉戏的腔调。他们在夏日正午的时刻，为了躲避毒辣辣的日光，像一帮企鹅似的，麇集在楼后的阴影里。

此刻，他们封闭了各自的嘴巴，把秤砣和蛇皮袋藏在板车上，随便

　　　　　　　　　　　　　　　　　　　　　　　　纸旷野

拿一块收购来的纸箱板铺在地上，跷着双腿做大梦，或者凑在一起掀纸牌。有时候，我还能看见他们盘坐的膝盖下，散乱地堆着几张肮脏的毛票，那是他们赌博的资金。他们叫牌的声音极其夸张，沮丧和兴奋随时写在黑白不明的脸上。他们在等待西部特有的赤裸裸的日光西斜后，好继续他们游街串巷的吆喝。

他们通常用高分贝的嗓门大喊大叫，似乎那样的喊叫带着魔法或磁性，能将各家各户的废铜烂铁吆喝出来，也能将废旧的报纸和易拉罐、碎玻璃什么的邀请出来。看得出来，他们在等待时机，有时候，社区里的居民可能因为不能忍受这种刺耳的啸叫，就尽可能从家里搜出一些杂物，草草地打发了他们。居民们需要的是安静和午睡，而他们获得的是一些微薄的收入。

他们摸准了城里人的作息，但他们的脸上却散漫无比。

其实，我要说的是一本书的故事。那一天，我刚刚路过他们乘凉的那个小集团时，不得不三绕四躲地穿过去，他们的板车凌乱地摆在那儿，仿佛一座座礁石和暗堡似的。就在那一刻，我看见一个小伙子穿着二十世纪七十年代样式的红线衣，躺在车上，正在随意地翻看着一本巴掌大的书，我的目光被烫了一下，凭直觉，我便笃定无疑地判断出，那正是我苦苦寻觅了良久的东西。

是的，那是一本用红色的羊皮装订的小书，里面是道林纸印刷成的《新约》。我还能肯定，它一定是这个买荒人从某个人家收购来的，它在秤上的分量，也不过才一二两而已。

我突然有了一种要占有它的念头，我的心里十拿九稳。——是的，我要获得它，我暗想。

我的朋友王二去年赴印度求佛法，临行前，他将自己珍藏的几千册图书无偿地赠送给了我。王二是一个前诗人，在八十年代风起云涌的诗歌浪潮中，他着实领了几回风骚，也出过几本叫得响的诗集，其中一本，还被选为什么类的经典。他的名字曾多次出现在北京大学谢冕教授选编的几本书中，并界定他开了某种诗歌风格的先河。然而，后来的事情发生了某些逆转，王二在和我一起去桑科草原，参加了六世贡唐仓活佛的传经法会后，忽然皈依了藏传佛教，还被灌了顶、赐了福。王二迅速丢弃了诗歌，青灯黄卷，不亦乐乎！

　　他去印度求本源的想法也来得很突然，他说他愿意天天坐在恒河岸边，双耳闻听着佛号，供奉自己的内心。我是一俗人，理解不了他的美意，但我相信他有他的秘密途径。——在这个人来人往的世界上，每个人都有一根自己的拴马桩，只不过有些人还没找到罢了。王二走得很彻底，把什么东西都送了人了。凭着多年的友情，我轻而易举地得到了一大堆书籍。

　　王二拿起一本绿封皮的羊皮书《旧约》，叮嘱我说：

　　"对了，它有一个兄弟，是红色封面的，我一直没找到它。你要有机会，你一定要让它们重逢。"

　　"它现在是孤单的，也很寒冷哦。"他又说。

　　日光依旧，和王二走时没任何区别。——我在正午的日光下，看见那个头发狼藉、面呈菜色的小伙子，恰巧拿着那本我梦寐以求的红色羊皮书，我心底里蓦地升起了一股攫取的想望。我在那一瞬间，可能立刻变成了一辆坦克，朝着他隆隆地开了过去。我汗漫滔滔地大谈了一番自己的要求，我直言不讳地讲了我和王二的浪漫情义，我还尽情表达了对他们这类买荒人的敬意与理解。果不其然，他很痛快地承认，他是从一个死掉的大学教授家收来的这些废旧书本，他还批判了教授的不孝子女们，说他们不懂得敬惜字纸。他掩饰不住自己的得意，同时，他对我保持着充分的警惕。

我说："我乐意花十倍的钱买这本书，你拿着也无济于事呀。你买这些书报类的废旧品一斤多少钱？"

他对我说："1斤才7毛，要是卖家洒些水，那我就赔定了。"

我掏出了30块钱塞给他，我的手不由自主地伸出去要拿。他果断地拨开我的胳膊，把书从领口里塞进自己的红线衣内，一下子躺在了板车里，闭上眼睛晒起了老阳儿。我又开始了新一轮的耐心说服，可我的话都像拙劣的暗器，被他的凌厉身手给挡了回来。他嘟哝着家乡话，反复只说一个意思。他说：

"不卖！我其实不缺那几个小钱。"

我想，他可能在待价而沽罢了，索性把口袋里所有的钞票掏出来给他。可他的姿势逐渐惹怒了我，他摇晃着腿，在日光下显出一副舒适与满不在乎的样子。我想我快被激怒了，可我还克制住自己，满脸堆笑地谄媚了一番，谁知那家伙是一个水泼不进、针刺不透的无赖。我越发变成了一辆愤怒的重型坦克，我打定主意要摧毁他的卑鄙和小气。我拿着一把毛票，钻进了旁边一伙掀牌的买荒人中，我坐在纸箱板上，和那帮异乡人赌钱。我乐意输给他们，只要他们高兴了帮我游说一下那个红线衣的杂种。

我果然输得很痛快，我把我的想法告诉了他们，他们纷纷指责那个不通人性的家伙，还嘲讽他作为一个买荒的可怜虫（他们自称是收破烂儿的），拿一本书装洋蒜。他们介绍说，那家伙的一个闺女是残疾，那家伙不到二十就生了两胎。在兰州这样的大城市里，不就是为了几个钱么？我掺杂在他们中间，一起起哄做思想工作。可那家伙居然越来越像一个壕沟似的，横在了我面前。

我输完了口袋里的钱，气急败坏地离开了那帮恶劣的异乡人。

我暗藏着起码的自尊，每天下班后骑自行车路过时，还能看见那家伙躺在板车上，沉浸于阅读中的糟糕形象。我故意装作没看见，我想自己也许在放长线钓大鱼。其他一些赌博的买荒人，看见我后都兴奋地给我打招呼，还拼命邀请我去给他们输些钱，他们觉得我的牌技臭不可闻，于是对我也充满了攫取的欲望。

日光下，他们仿佛一管管蓄势待发的加农炮，炮口齐刷刷地对准了我。

一团乌云从新疆飘了过来，一连几天的阴雨天气。我再也没看见过他们了。我趴在桌子上往印度回一封信，我在回忆和王二的友谊。他说，他在恒河边上的一切梦想都破灭了，不是在中国餐馆里刷碟子，就是在一家中医的门诊内装神弄鬼。他说印度也有好几亿人哪，工作太难找啦。没事儿的时候，他就坐在街边的菩提树下抽烟，想念兰州的牛肉面和手抓羊肉。我在信里安慰他，可我的表达总是言不由衷。

某一天，那个红线衣的家伙终于摸到了我家。

他敲开门，嗫嚅地站在门口，将那本红色的羊皮书递到了我的眼前。他一笑，牙齿上带着浓重的烟垢。我接过来，准备给他钱，但他拒绝了。他说："按废品卖，那才值几个小钱么，我看你是真喜欢它。"我邀请他在沙发上坐一会儿，他低头看了看自己脚上的水渍，顽固地摇了摇头。我问他，真的能看懂书里的那些内容吗？

他含蓄地回答说："够好玩的，上帝那老头真的想啥来啥呀？"

我说：

"是的！"

现在，红色和绿色封面的羊皮书，终于在我的书架上热烈拥抱了。它们一定在喜极而泣，握手言欢吧。

跟　踪

那天，我和王二决定跟踪他们。

刚开始，我们俩不动声色，一个劲儿地饕餮不休，并相互吹捧对方。我们也假装没看见他们的嘴脸，一任他们在窗外评点着。他们的舌头上挂着涎水，咂巴着十几张肥厚的嘴唇，发出很响亮的吞咽声，可他们什么也没咀嚼到，这让我和王二异常兴奋。我们频频举杯，我祝王二此番去印度求法后一切顺利，争取早日获得一个什么博士或硕士的头衔；要么，就成为一位高僧大德，普度众生于茫茫人海间。

王二要去印度留学，我邀请他泡了一会儿酒吧，又在红石迪厅疯狂地蹦跶了几小时。等我们大汗淋漓地出来后，两个人的肚子不约而同地喊饿。我索性送佛送到西，请他钻进了一个火锅店内烫些东西吃。我们落座在靠街的一扇巨大的玻璃窗下，桌子中间红油沸腾的铁锅里热气蒸腾。无数的红尖椒在油面上上下起伏，花椒的香味儿透迤走远。

服务员把点来的蔬菜和肉片摆放整齐，允许我们拉开架势，鼓足勇气地多掏一些钞票。

可就在我们举箸的同时，他们呼啦啦地来了。

他们穿着旧式的服装，歪戴着各种各样的帽子，身上沾满了石灰和水泥，脸上挂着伤疤和狗皮膏药的痕迹。他们成群地坐在玻璃窗外一座花坛的栏杆上，所有的眼睛盯住了我和王二。我们的举手投足，都暴露在了他们目光的光天化日之下，这无疑让我们的动作尴尬了起来。更有甚者，当我把鳝段、鱿鱼片儿、凤爪、墨鱼和脑花什么的下锅时，他们都会"呕"地叫上一声，以此来表示他们的惊讶与鄙夷。当我把一碟摇头晃脑的鲜活泥鳅，扔进沸腾的红油中，可几只垂死挣扎的家伙猛地跳将起来时，他们竟在窗外哈哈哈地狂笑开来，好像我是一个多么笨拙的混蛋！

他们的盯梢使我和王二狼狈不堪，我们吃喝的动作逐渐走了形，一不小心就会烫破舌面和喉咙。后来，他们也许有些不甘心，几个人把脸贴在玻璃上，也让他们自己的鼻子和脸蛋夸张畸形地变了样。他们嘻嘻哈哈的，指点着铁锅内翻滚的食物，露出了愤怒或嘲笑的神情。他们可能在说："瞧！这些垃圾被城里的东西们吃了下去，原来他们是这样的人哦！"

他们欢喜的姿态好像是一种恍悟，然后他们怀揣着自以为是的真相，打着口哨，唱着一些乡野沟壑间的酸曲儿，一路扬长而去了。

我和王二决定跟踪他们。

既然他们在一旁笑话了我们半天，为什么我们就不能跟踪这伙儿潜伏到城里来的陌生的异乡人呢？

午夜时分，兰州的街道上只有一些零星的出租车在嘹亮地拉客，草木沉寂，飞鸟杳然，百姓平安，黄河水波澜不兴。我们尾随在那一群高低耸动的民工后面，瞅见他们铺开了队形，在霓虹闪烁的街道上昂扬不已。其中一位还扯开了嗓门，粗糙地喊唱：

背上了炒面嘛，装上了馍，
兰州的大街（gāi）上浪上三趟……

走到拐角处，在一盏橘黄色的灯光下，一排铝合金的阅报栏一字儿站在街边。我和王二看见他们在那儿叽叽喳喳了许久，还把眼睛搭在玻璃上盯了老半天，可他们最终没看出什么究竟来，样子煞是失望。

突然，他们像一伙恐怖分子那样，分头散开了，从四处搜集来一堆砖头瓦块，然后齐刷刷地站在了阅报栏前，像纳粹的行刑队那样。其中一人用方言下了命令，其他人举起手中的砖头瓦块，砸向了那一排无辜的玻璃。黑夜中，城市发出了猛烈破碎的哗啦声，一地的碎片在橘黄色的灯下，反射着疼痛的光斑。他们跑了，各自提起一口猛气，撤离了肇事现场。

我和王二互相扇了一巴掌，看看对方是否还清醒，我们不相信会是真的，可我的脸上确实火辣辣的，有痛感！

我们迅速跟上了他们。

他们又开始唱了。

这时，对面走过来了一对情侣，他们把指头含在牙齿下，吹着口哨起哄了。那个午夜出现的女孩子长发飘飞，仿佛一阵黑色的烟云飞驰而过，那个小伙子戴着眼镜，一副很文弱的神态。他们相互搀扶着，没敢吱声，也不敢张望地侧身走过。那一对天使的懦弱可给了他们胆量和豪情，他们开始指着那个丫头很新潮的连衣裙，大声说着下流话，使用了乡野田间最粗蛮、最逼真、最简单的淫词秽语。他们的挑衅奏了效。那两个孩子撒腿就跑，他们在后面撵了一阵儿，直到跑到我和王二的面前才若无其事了起来。他们立刻变得很镇定。

他们像一群在深夜杀进城市的敢死队员。

他们，在搜索着可疑的目标。

果然，就在那条锦绣斑斓的时装街上，他们一齐发现了几家商店门前站着的塑料模特们。白中透粉的塑料肌肤，在霓虹的照耀下烁烁发光。那些鼻息皆无的塑料模特们，却将自己身上的隐秘部位全都暴露了出来，高耸的乳房和细长的脖颈，丰满的臀部与耻骨下端的黯淡，似乎都成了一种诱惑的源泉。她们冰冷地站在街上，恒定不变的微笑灿烂生辉。而他们，先是愣怔了片刻，然后磨蹭着举步上前，最后将那几个塑料模特团团围住。这下，他们得逞了。

他们摸着塑料模特的表面；

他们抱住了塑料模特的身子和腿；

他们用烟头，烫着塑料模特的某些部位；

他们使用了大胆的辞藻和最色情的想象；

他们在爆笑不已，把血红的舌头，贴上了塑料的肌肤；

他们也许，把塑料模特当成了村里的尕秀娃和小芳；或者，当成了水渠对面的刘寡妇也不一定。

我和王二泄气地坐在马路牙子上，一边抽烟一边给自己打气。王二说："他们是这个城市的梦想者、漂泊者和无助者，他们让城市的存在显得合理而富裕。想当年，陈胜吴广他们不就是这样发家致富的么，别难为他们了，我明白你想拨打110。"我一时语噎。

可一场恶战突然爆发了，我和王二来不及有什么反应。

他们互相之间动以拳头，施以猛脚。他们在争夺那几个模特的所有权，他们在混战中，立即肢解了那些塑料的绝色佳人。一人的鼻孔里冒着鲜血，另几个人的头上是板砖在伺候，还有一人躺在地上昏厥了过去。

他们互相揭着老底儿，理直气壮地骂着对方的祖宗八代，激情澎湃。

仅仅一根烟的工夫，他们各自抱住一截大腿或一条胳膊，他们搂着明晃晃的塑料脑袋或半截身子跑了，消失在了乏味单调的霓虹灯下。现场阒寂，只有一个昏厥者面孔模糊。

第二天，我去机场送别，王二上飞机前颔首合十，口诵经文。我问他是什么意思。王二很不乐意地对我讲：

"我想不起印度的钱和咱们的人民币，差价究竟是多少来着。"

是的！我根本就不懂什么叫差价。

所以我没法儿告诉王二。

"我有权保持沉默！"

我对他的采访是在看守所里进行的。

我带了好几套特批的手续，才得以把他领到操场上来。

这是一个郊外的秋天的下午，四周的高墙上密布着狰狞的铁丝网，岗楼上偶尔会闪现出武警战士的身影。天很高，从远方而来的风还会吹向更远的远方。他穿着号服，剃着一个发青的脑袋，像一根沉默的木桩戳在地上。我递给他一根烟，还为他喂了火，他贪婪地抽了几口，把烟雾全都压进了肺腔内，一点儿也没浪费。他的脸部表情异常淡漠，似乎是我有求于他。我安顿他坐在一架双杠下时，恰好天空中有一队大雁驰向南方，空旷的鸣叫在云彩下传之久远。他脸上的肌肉抽搐了几下。

我表明了自己的身份，我说我受报社的委派前来采访他。因为他很特殊。

他似乎在那一瞬间愣怔了一下，但很快就恢复了自然。那是一种僵硬的自然，在秋阳慵懒的照耀下，他的身体里有一层阴影沉重地掠过。我说："其实，我早就认识你了！"

他也无聊地说："我知道你认识我，你是来算账的。"

他的家在兰州以西200公里远的永登境内，我是在这年的正月里第一次认识他的。他所在的村庄被国道312线劈成了两半，扼守在这一条繁忙的运输大通道上。就地取材的欲望就成了他们唯一发财致富的途径，他们想不到别的路数。黄河奔流出青藏高原，在这里掉头向东，直插兰州。永登就被抛在了河水以西之外，那一片干旱的土地盛产玫瑰，据说一斤玫瑰油在国际市场上的价格是上千美金。史书记载曰"苦水玫瑰甲天下"，指的就是这个地区。

我认识他的时候，正好是农历正月，我的采访车从敦煌路经永登时遭遇了罕见的塞车现象，大概有上千辆汽车蜗居在北风呼啸、大雪弥漫的道路上。刚开始我还以为前方出了车祸，可当我拿着相机跑到现场时，我才大吃一惊。

那是我第一次看见他。

他像一只畸形的大鸟，在公路上舞蹈着。

他穿着一件黑色丝绸做成的大氅，胳膊下缀满了各种各样的羽毛，花里胡哨的色彩在他的身上堆积着。他的脖颈里，挂着一串燃烧似的红辣椒，双颊上涂抹着锅底的油灰，乍一看像是在开封府里打坐的包公。他的头上插着孔雀的翎羽，在漫天的雪花中柔软地抖动着。他振振有词地堵在两头的汽车前，念唱着一种可怕的咒语。

他是一个光天化日之下的剪径之人，他伸手索要买路钱。

在他的身后，是整个村子里几百号人的声援队伍。他们敲着锣、抬着牛皮大鼓，在声嘶力竭地为他助威。他们苍茫的脸上写着骄傲与冷漠，一种绝不妥协的坚定布满了他们浑身。在突然杀出来的这一支莫名其妙的大军中，他出乎意料地成了他们的头羊和领袖。

他拿着一把蒲扇，在每一辆车头前扫来扫去的，似乎要把晦气和霉运一扫而空。他的肢体语言就像一只掉了队的孤独的黑鹤，在宽阔的长街与雪花的衬托下发泄着一些什么。只要有某辆车交上30块，他就会变戏法似的从空气中抽出一根红色的丝带，打一个吉祥结挂在车上。他仿佛是上苍派下来的使者，要为人们消灾禳难。

没有一辆车能逃出他们布下的迷宫，没有。

我站在一个土坎上，亲眼看见一辆试图闯关的汽车瘫痪在那儿。令人恶心的事件发生了，那只舞蹈不断的黑鹤，居然手拿一泡新鲜的大粪抹在了车上。这一招果然很灵验，其他司机纷纷纳贡，满脸堆笑。

他神秘的舞蹈被我拍了照，还上了报纸的头版。

后来，他又神秘地失踪了。

我再递给他一支烟，看他饕餮的样子，我干脆把剩下的多半包都塞给他，他心满意足地揣在了兜里，对我表现出一种鄙夷和不在乎的神情。他盘腿坐在双杠下，长长地舒了一口气，很懈怠地问我：

"你一定有求于我，你提要求吧！"

我说，我准备把他的罪行曝光。因为对他的执行不会太久了。

他在神秘失踪后潜入了兰州。在漫长的夏天，他租借了一间民房，昼伏夜出地光顾一些居民的家里。他似乎真的是一只天空中的黑鹤，在午夜时分轻而易举地飞上了人家敞开的阳台。在人们酣睡的梦境中，他翻箱倒柜，不亦乐乎。在好多社区内，一些午夜的不眠者笃定无疑地看见了一只神秘的飞鸟，在楼群间徜徉飞翔的姿态。他们发誓自己看见的不是外星人，而是一只硕大无朋的飞鸟，它和频发的盗窃案没有丝毫关系。

他得到了一个优美的绰号："飞天大盗"。

可他终于失了手。他在钻进一家居民屋后，竟然喝掉了几瓶烧酒，他烂醉如泥了，在一个黎明的天光中，他束手就擒了。他在恍惚之中被押在了刺刀之下，等待着最后的时刻。

秋风寒凉，他坐在操场边的双杠下，摸索着脚上的镣铐，神色黯淡地说："你信不信，只要取下这只铁链，我就能像天上的大雁那样自由地飞翔了，谁也阻挡不了我。我是这个人世上的例外，我的胳膊就是一对翅膀，我能飞！"

我点了点头，我回答说我相信他。因为我的确看见过他飞翔的样子。

可他突然泄气一般地对我说：

"哒，你别想打听我内心的秘密，我有权保持沉默！"

"那么，就让我带着自己的幻想死掉吧！"

——他压抑了很久的烟雾，忽然从鼻孔里释放出来了，像一匹蓝色的妖魔，袅袅而升。

杀人的民谣（外八篇）

　　一定，有一个人坐在大地上，细察过日头内部的湿柴，是如何毕剥烧起来的。我猜，一定有一个人，曾经骑在马上，游方四季，栉风沐雨，逡巡过日头内部的那一只玄鸟。这人是谁？我竟不知道。正史稗说中，也不曾提起他一星半点。反正，一定是有这么一个人，盯住日头死看——终于，他的眼底里生出了一层苍苔，日久生锈，蚌病成珠。

　　我猜：人黝黑的眼珠子，就是被天空落下的笔毫标点过的。

　　这个人瞎掉了，只得在月光下颓坐，迎风泪洒。月亮是日头失散的一个小弟弟么？晒月亮时，他会揪住一棵棵青草，究问这个答案。显然，月亮晒他时，月亮也晒着世上的青草。起伏的泥壤上，谁都仰头究问着这个答案。

　　后来，他翻开了一本经书，指给人念唱。他仿佛看见一位王子晒着月色，跃过宫墙，也去寻求这个答案了。

　　　　　　　　　　　　　　　　　　　　　　纸旷野

这位王子是佛。他坐化在一片青草地上。

于是，我猜想：这世上或许真没有一本真正的经书，能写下清晰凿然的答案，叫人了然在心，拈花一笑，度此苍茫。那个瞎掉的人，或是你，或是我——只是我们晒着月亮时，眼底里曾有过一层荫翳，都不太确凿作答，不曾看见。

那一年秋夜，我和漆进茂坐在草原深处的土冈上，晒着农历中秋的月亮。这个沉默经年的男人，蓦然开口，唱了一首杀人的民谣——

天留下了日月，
草留下了根；
人留下了子孙，
佛留下本经。

减　法

这几年，往山上跑的次数多了起来。

山曰华林，位兰州南翼、黄河右岸，实则是一座半生不熟的土冈。在张承志的《心灵史》笔下，它是晚清回民起义时，最后的堡垒之一。在一百多年前的冬日，义军们汲水浇山，将山冈铸就成一座冰雪的掩体，以待劲敌。

但政权的箭镞像一把扫帚，又将它净扫一空。

现在，这里是民政部门旗下的殡仪馆，亦是一个人最后的归宿。

往山上跑的次数多了，多是去送父执辈的，道一声走好！领取骨灰的一段光阴里，大家掸净尘灰，风度翩然，像一只只鲜艳的花圈，站在土冈上，接着谈说起人际、股票、八卦、绯闻和接下来去饕餮的餐厅风味，浑然不觉。

仿佛，生活真在继续？

这次，竟然是他？！他是我的一个异姓老哥哥，五十挂零，一直对我善爱有加。从倒下，再被送上山，一共才一个月，短得像天空掉下的一滴雨，给他打了一针无望的液体。他才华横溢，热爱生活和美女，酒量惊人。在他嬉笑的背后，却埋着一个文人的失意、落寞和苦闷。在他的丧仪上，我写下这样一联：寂寞刀笔吏，辉煌酒中仙。

前不久，我还去陆军医院看过他。待他从昏迷中醒来时，他告诉我，他读到了我最新发表的一篇小说。瘦削的笑，从他的脸颊上挤出来，也顺便帮我挤出了小说中的那么一点点"毒素"——他说，文学应当是真的，加上善的，再加上美的。洵不虚言。

但现在，他的死却是一道减法题。

——其实，谁都知道，人生只是单行道上的一趟美丽奔跑，不许掉头。人生的幅度也不大，只够填满一只红砖大小的匣子，像他。

但他年轻的死，让人登时肃穆萧索，一下子寒自心生。我们五个朋友，站在初冬的土冈上，开始使用减法，来计算这一场美丽的奔跑。

五个人时，就在殡仪馆门口支下帐篷，玩诈金花，或斗地主。

后来，进去了一个。剩下四个人时，就在帐篷里打小麻将，彩头是一毛两毛，不伤和气，又能鼓舞斗志。

　　　　　　　　　　　　　　　　　　　　　　　纸旷野

又进去了一个。剩下三个人时，玩掀牛九（西北的一种牌戏，三人组合）。

两个人时，知白守黑，下围棋。

——剩下最末一人时，世上的黄昏便降临了，百鸟惊飞，乱云飞渡。最后的一人也该撤掉帐篷，蹲在门口，替世上来往的行人掐指算命，指点一二了。

…………

等等！写到此处，腕下雷霆。我直觉得那个坐入了世上的黄昏，替人掐指算命者，不是那最末的一人。

——它应该是一只空碗，置放于暮色下的土冈上。碗，也曾经少年，也莽撞，亦憧憬。在跌仆和传递中，有了痕印、小伤和豁口。所以，它现在命定般地空着，置放于黄昏和大地，如一个婴孩。它应该带着前定的宿命，要去接盛风霜雨露，接盛一切天下人的故事、泪、情仇和爱憎。

尤其，它要接盛下一切人的后果与前因。不分贫富，无论男女。

当罡风袭来，这只碗，能在暗夜里吹响——像那最末的一人，迷了路，或是醉了酒，被抛别在长路上。

将进酒

故事说：

有一天，一位爱尔兰人来到了都柏林的一家酒吧。在吧台上，他点了三大杯啤酒，然后静静地坐在角落里，一一排开，再去依次喝完。

好心的侍应生上前，提醒说：先生，啤酒打开会走气的，您应该一杯杯来打。

这位先生闻听，先是感激，后哈哈大笑说：小伙子，事情是这样的——我有两个朋友，他们一个在美国，一个在澳大利亚，而我现在坐在都柏林。临分手时，我们约定，以后不论在世界的哪个角落里喝酒，我们都要以这样的方式去喝，以纪念我们曾经度过的那些美好的日子。

小伙子恍然。

后来，这位先生常常光顾，酒吧里的常客们也都熟悉了他的方式，并心里暖和，充满致意。

故事的转折开始了——

这一天，这位先生走进了酒吧，只在吧台上点了两大杯啤酒，然后闷闷不乐地坐在角落里，默默喝着。酒吧里的常客们看见这一幕后，都噤了声，气氛一下子冷了。心直口快的侍应生实在憋不住了，上前劝慰说：

先生，我很悲伤，您损失了……？

哦，不！这位先生理解了他的好意，哈哈大笑说：不，小伙子，不是你想象的那样。我的两个朋友仍然很好，正活蹦乱跳，他们一个在美国，一个还在澳大利亚。现在，我之所以只喝两杯，实在是……

这位先生顿了顿，坦白说：

——只不过，是因为我自己戒了酒而已。

坦白讲，这是一则听来的故事。听完故事的夜里，我也只身犯险，跑进酒吧里，按这样的方式喝了一回。失败的是，直到我双眼迷离、身体泥软地喝瘫在角落里时，我也闹不清那走失的人是谁？那该怀念的一人又是谁？

没了怀念。

再没有比没了怀念，更糟糕的事情了。

一个人在世上驻留，迎送晨昏，短得像一声没有尾音的叹息，渺小亦如芥子。而"怀念"这个词，就是一根拴马桩，能系住漂泊、爱憎、后果与前因。或者说，"怀念"这个词是一根插头。一旦接续，反使人通体光亮，熠熠生辉。即使在暗夜疾行，迎头碰壁时。

——在转折到来前，这仅仅是一篇淡漠的小说，波澜不兴。酒吧喧闹如散文，液体似诗。当猝然的转折开始后，那杯酒即成了一种哲学。

因此，中国才有《红楼梦》，而爱尔兰肯定会有一部《尤利西斯》。

幸福在哪里

大学时，我是逃课的生猛分子。因为我不信任。但我也有一个积极的想望：每座校园该有一片修林、一根笛子。该有一位面貌有点儿模糊的美女，去跟一个游方的僧人辩经。精彩时，他们手掌击空，掌声沾花落地。笛子呢？也应声作答，像一介忠诚的书童，弯腰拾起一枚叶笛，夹进经书。

于此，一座深沉的图书馆，被弃之不顾，渐成废墟。

——夜晚点灯，逐读课本，贪享文字之美。天光敞亮时，我则抱着自己流连昏睡，心骛八极。那是1986年，一切都是旧的。几乎每天早上九点，楼道里便会响起一阵木屐声，乏味，冗长，去往水房洗漱，路经我的梦境。像是问话？也像是一笑而过的提醒？这个从黑夜脱身的人，在空阔的长廊里，常会打开身上的某个按钮，哼唱起一句歌子：幸福在哪里？

反反复复，就那么简单一句，追撵着一个叫"幸福"的人。对过是水房。水声哗然，一遍遍将我的梦境浇湿——我不知道，每个人的少年时代，是不是都有一次去做落汤鸡的机会？反正我是。

那时候，一切都是旧的。

其实，现在也没有变得更新。

后来，那个人走掉了，歌声也杳无音信。他去了哪里，继续去拾那一句歌词？还是早被幸福拐跑了？我竟一无所知。

只是，他将疑问留给了我，叫我一直锈迹斑驳，心生苍苔。

一直旧着。

幸福这个人

我坐在黄河畔，晒太阳。

太阳不是一个词，是铜制的器皿，灌了油，递出一灯如豆，让我去辨识世上的心肠。那日午后，他们一对夫妻拉着满满一架子车的废品垃圾，负重地登上了黄河畔的一面长坡。风吹坡顶。顺便，也吹凉他们身上的盐粒，和牙齿明亮的笑意。他们卸下拉绳，长舒一口气。女人从怀里摸出一只苹果来，在汗襟上揩了揩。刚递给自己时，却又闪电般地喂到了男人的嘴里。男人踏实一咬，留下一记月牙形的瓣儿，再推让给女人。

废品收购站的路尚远。

我继续晒太阳，看见车上有一块废旧的纸箱板，印着苹果公司的那枚标识。

另一次，大雪初霁。我穿过一只船街道。

在58号大院前，我看见一位美貌的少妇，端着一盆热腾腾的衣物，在擦洗晾衣绳。她背对我，心情沉浸。高贵、性感、妖娆，亭亭玉立，像一只优美的天鹅。按理说，我称她为建国嫂。晾衣绳其实是一根铁丝，手抚过，会有一种青铜的声音，弹奏空气。她打开一件件热腾腾的衣物，双臂一甩，将它们一一抻直，挂在铁丝上。定睛看去，却原来挂满了几十块尿巾尿布，上头淡黄的印痕说明了什么。屋檐下，一对老人坐在轮椅车上，晒着云层里稀薄的日光。他们静寂的样子，像极了一堆旧日的档案。

作为街坊，我知道他们是建国嫂的公婆，瘫痪多年，难以自理。只是，在她抻起尿巾，迎风一甩时，我望见了一层水汽，骤然腾起，缠着五彩的霓虹。那一刻，太阳恰巧露了头，朝人世上一觑。

——我在一些宗教画上读到过：在圣人或使者的头顶，常有一轮鲜亮的光圈，作了证明。

葬仪的行进

青海东部，靠近积石山一带，有一场葬礼在行进。

山里积雪盈尺，风寒鸦瘦，枯木遍野。起灵时，一只黄铜的铙钹在前头狂响，一路逐奔，仿佛头羊或领袖，作了引领；十几根清漆的灵杠，抬起龙头寿材，在清冽的日光下狂步紧随。我知道，那座金色的车辇上，坐着一静默之人。这个人的名字，叫"死"。

路经每个院落时，村人们必会燃起一堆麦草，焚烟路祭，送君十里。

此刻，在积石山上，一幅版画在秘密地印制：那群缭绕的烟柱，仿佛一根根梯子，直端端地站着，正接续世上的亡人。

麦草是今年的。

今年的麦子下来了，但亡人却来不及吃上一嘴，就上路了。

在浩瀚的雪原上，一副鲜艳的寿材奔行着，犹如一艘刚打造停手的新船，追撵着天上的梯子，去说一句话，去赶一次长脚。

我心里一疼，蓦地想起昌耀写过的那个词——

"慈航"。

追悼几个词

"风，随着意思吹。"

十六年前，在写下这句诗时，我的墨水就干了。墨水一干，说明一个人也该到了闭关隐修的季节。有一扇门，再也不必跨出，只需要研心问暖，冷热自理。诗，乃是一座修远的寺庙，只在暗夜里砌筑，可真不是写出来的。犹如风起，像一篇自然主义的散文，往往无人问津。

风吹，这是一个通透的瞬间，天空无蔽，让书打开，让心一凛——

风吹自然，风吹古代，也吹过我的先人和祖籍。风吹过十点四十三分，也将吹过明天傍晚始发的一列火车。风吹人世上的生灵，也吹过一个婴儿刚刚溺尿的响声。这个小小的幼兽，其实还不知道，风也是一个难心的人，揣了惆怅，手持桨板，打望着这个空荡荡的人世上的流水。水穷处，自然也不见了风起。

现在，连那最后一点点的意思，竟都没了。

……风呢，也就从远路上撤回，懒得究问。我被城市这家伙拎起，夹在腋下，嗅见了汗腥和馊臭气，惶若一匹瘦狗，拎着骨头，在人世上喘喘奔命。

没了意思。

词的死掉，就在眼前。

——说话的空隙，风换了装，改了心思，与其他的伙伴逐一走散，相忘天涯。还好，我揣着一本秘密的亡灵册，细数它们的名字：

流年、倾听、凌晨或黄昏、如来、落叶、天意、义、苍茫、小驹过河、宁静致远、棋局、真水无香、云絮

…………

在卷末的空白处，我静候，等待填写其他的亡灵之词。他们会来的。因为每一个词，事实上都是一纸契约，写在部首偏旁里。只是，现在他们还未坏掉，还像一台台磨损的引擎，在荒凉的人世上，吁吁赶脚。

其实，墨水也是一个词。

墨水干了。现在，我再也记录不下什么，连一个亡灵之词的间架结构，一阵逶迤流失的翅影，一捧净水，都再也无能为力了。

也好，我这就阖上这本卷册，敬请安息。

一日不作，心生荆棘

有一朋友，少时为贼。

贼的妙处，就是不能被屈打成招，再将鸭子嘴煮硬，滴水不泄。从宽待之，若一日为友，则终生为友。海枯石烂这个词，也不好去形容。他是我的发小。在过去的旧日子里，我有幸做过他的班长，替他写过作业，撒过小谎，还请过几次家长，严肃地谈过成长的疾病（做贼一事除外）。

准确说，他偷的是白玻璃。

那是一个玻璃紧俏的年代。虽说大地粗糙，无限生成，但玻璃是石头的精血，工业化的针脉尚不能恶意抽取，索要无度。其实，旧日子也有旧的好处，比如路不拾遗、夜不闭户。家家户户窗牖破损，蚊蝇穿梭，日光也缓慢，梦亦稀松平常。自从打碎了教室里的一块玻璃后，他一受罚，就积极上了道儿。

那年夏日，这个贼伤透了脑筋。他一直忖度，如何安全地将一整块玻璃，运出玻璃厂的大门？玻璃厂在学校附近。偌大的场地上，码了几堆需要外运的玻璃。茬口发青，仿佛一汪汪雨后的水洼，埋伏着几只青蛙。后来，他终于想出了奇绝的窍门，落草为贼。

夏天的正午，他佯称工厂的子弟，堂皇地进了厂区大门。工人们在楼群的阴凉里歇着，远远望见一个小孩，张开双臂，呈现一个"大"字，臃肿地走来。随口问："做啥的？"他便含蓄地回说："练功！夏练

　　　　　　　　　　　　　　　　　　　　纸旷野

三伏么。"问话的人也再懒得追查，任其在空旷的场地上，蛤蟆样地来来去去，不亦乐乎。

他将一块块玻璃偷出来，不光赔了学校的，还将另外的砸碎在废品收购站里，贱卖了。一块废品卖出去，值七毛来钱。这在当时是一个不小的数字。我跟着他，吃遍了兰州城里最好的牛肉拉面。

却原来，他充分运用了光线的原理。有人叱问时，他便稳住身姿，正面迎人，让日光照透怀里的玻璃，仿佛身无一碍，了无牵挂。用他的话讲，日光也有发黑的时刻，况且一只肉眼呢。

他屡屡得手，一日不作，心生荆棘。有时候，遇上刮风下雨的天气，他就跳着脚，郁闷非常。再说，玻璃的丢失引起了有关当局的重视，还误以为是反革命分子在搞破坏。于是，设伏一下是必要的。东窗事发的那天中午，他又在一趟趟演练蛤蟆功，待对方抛来一句问话时，他照例回说：

"练功！夏练三伏么。"

恰此时，一丝暗云怩怩而来，遮住日光，泄露了他。

他一番惊叫。玻璃似一条青鱼，滑脱丢手，泥样地瘫痪在脚下。但鲜明的荆棘丛却很刺眼，泛着粼光。犹如一捆细密的毒刺，退出了他的身体，救赎他。他被管制劳教，三年不知肉味。

心荆肉棘。

这本身就是一个令人魂飞魄散的词。不说，也罢。

飞越疯人院

跃下山冈，就望见一座青砖的建筑。

那年六月的末梢上，天水一带气候异常。不是井底里冒黑水，就是青蛙集体过街，像动物世界里的起义军。夜里的天象也奇崛。星星们挂在一张沉闷的蛛网上，一步三叹。借上一辆自行车，我和一帮多血质的青年准备去郊外，去探视一下疯人院里的动静。

谁都知道，疯人院里的宝贝们，揣着一颗敏锐的心，也有出世的看法。

郊外的麦子青黄了，灌浆已毕，给起伏的山峦泼上了一层油漆。歇脚时，我们在麦田上朗诵诗歌，打滚摔跤，把理想寄托于远方的风中。又扶正一棵棵麦苗，替秋天做了交代。二十世纪八十年代最后一季的云朵，也含有一种文艺的灌浆气。我们把成列的麦苗，看成一首首刚写下的、成长的诗。

驰越山冈，疯人院像一枚印章，别在地上。

正值放风时。铁丝网里的操场上，一个个病人身穿条杠的病号服，或在散步，或在吟诵，或在墙根里晒日头。也有一群肌肉发达的，争抢一只鸡毛毽子，腾起一团团尘灰，仿佛按下云头的孙悟空。支好自行车，我们跳过铁丝网前的壕沟，趴在网眼里细看。

此时，病人们也围了过来，叠了罗汉，对我们挤鼻子弄眼的，看着新鲜。我和那个奇崛的世界，只隔了一层薄薄的距离，吹弹可破。突然，一个病人指着我们，欢快地招呼伙伴们，讶异地喊：

"快来瞧，外头有一帮疯子。"

"一帮疯子！骑着自行车来的，是一帮长头发的疯子哦。"

"戴眼镜的疯子们。"

在劈面而来的讥诮声里，我和这帮多血质的文艺青年们，惶恐地跳上自行车，丢盔卸甲，心跳遍失，骑上了丘陵。

云层低垂，疯人院像一块卵石，滚下了山冈。

世上的奇迹（外四篇）

经上说，唯有旷野中，才有神。

这是一句令人悲愤的话。在乌泱泱的人世上，神忽然弃绝，和他怀里那一颗奔突的心，跳出三界外，杳然无踪，寂寂绝尘。徒留下一把悬置的椅子，一介空虚的名望，一粒符号，替世代作了道歉的说明。于是心想，在神撤身别离的那一瞬，会不会鹰击落，日黯淡，泪抛别，像西北花儿里所唱：除非青冰上开出了一朵牡丹？

心念如灰。

风起时，灰便是不着一字，像神的衣袂下卷荡的尘埃，一一顿灭。

悲，是一种情致，向下的俯冲，一堕，再堕，终止于万劫不复。而愤是一种姿态，撒出去的手，攥不住什么，惶惶而走。多少次穿州走府，空手而归，其实说的是一卷卷纸灰，在复辟的路上踏行而来，意欲回归原形，比如塑身为一棵树、一枝苇、一茎草、一盏花，以站立的姿势，再悲愤地翘望——

神的缺位，也使这个乌泱泱的人世，登时宽大明亮了许多。

何以？

三个友人狼奔豕突地回来，从果洛，从玉树。照例，我看见他们颠沛的屁股后头，跟着一阵失败的尘风，于是接引，于是洗涤。

酒像一盏灯，

照着归路！

于是，他们说了一幕世上的奇迹，大意如下：在海拔4200多米的玛多县城外，有一处嘛呢石堆。祭祀的嘛呢石并不鲜见，若六字真言的字母，标识着轮回或地址。在青藏高地的犄角褶皱里，像石化了的鹰，或鹫，静候顿悟与澄明的一瞬。玛多的却不同。三个友人结结巴巴道，好家伙，不亲见，难置信，足足有25亿块斑驳的大小经石，堆在地上。

不信？

去查《吉尼斯世界纪录》吧。

其实，我知道，宗教恰是这一刻产生的。

神的匿藏，并非出于勘破，亦非自愿，自觉更是一份无上的修为，无从谈及。像任何的案件一样，灰尘会泄露他，空气会出卖他，一不小心，让他无端端留下逶迤的印迹子，指示来人。这印迹子，犹如一团毛线，牵出线头，一个人方可迷信起迷宫与传说，尾随而上，供养或寄托。

与其说是一份信仰的功课，不如说，是在觅寻神，留下的印迹子。

我烂熟的几本经书，说到底，大多是神在用茶完毕后，用词语，用一条条哑谜，用三更时万物的脉动，用四序，用轮替的晨昏，悄然留下的印迹子。神在忽然弃绝的一刻，并不想背离，于是留下指示。

心想，那25亿块嘛呢石条砌筑的祭台，实则是一方镇纸，"镇"住了一条忽隐忽现的印迹子，怕其弥散，恐其消失，畏其遁迹。在这个宽大明亮的世界上，神所遗赠的这一条线索，多像是一根即将朽烂的马桩，另外还系下灵魂，系下漂泊，系下前世与今生的因果，再系下情仇与爱憎的细节。

所以经上常说：赶紧！

夜里托梦，梦见25亿块石条，是一只上升的椅子。

——只是，那一只悬置的椅子，现在空着，将来亦将空着。空空如也，仿佛眼前这个宽大明亮的人世，人来人往，鼻息可闻，却又萧然远引。

但椅子上，始终不见，即将到来的——

那人。

街上的事物

我住在一条国槐荫蔽的小街上。它的样子还保留着二十世纪七十年代的风貌，缓慢、悠长、日光散淡。我喜欢在街上溜达，东瞧瞧，西望望，买几个锅盔（大饼），拎一把芹菜。这是一种类似小说的生活，充满了市声和油烟气，带着隐秘的欲望。

它背倚皋兰山——皋兰，乃是一种香草的名字，与兰花同科。如兰之城，就是"兰州"一名的由来——距黄河也不过才二里多路。在写下这行文字时，满街的槐花开了，那种暗淡的清香又符合诗歌的身份，有来路，但不需要追问。因为，一首真正的诗是拒绝剖析，经不起踏勘与究问的。它应该是一团浑圆的气息，扑面袭来，养人性情。

在小街的一角，有一个调料摊子。

三轮车的盖板上，摆满了几十只瓶瓶罐罐，里头约略有花椒、大料、肉桂、小茴香、丁香、白胡椒、木香、陈皮、白芷、姜片、白果、甘草和肉蔻，等等。这些名目，使人仿佛能窥见一座万物生长的植物园，一片葳蕤的土地，迎向四季。摊主是个四十出头的人，经年坐在凳子上，抽烟喝茶，打望着过往的行人，表情木讷，不苟言笑。说实话，我从未见过有人在他手上称过哪怕半两三钱的调料，似乎他从没开过张，但也不见他发急，去做别的什么营生糊口。每次路遇，我总心里一堕，很为他捏一把汗。有一年腊月里，我心血来潮地想煮一斤羊肉，便按着菜谱上的说明，在他那里买了一两小茴香。料没有用完，后来也不知所终，但替他开张过一次，见面总要点点头，各自闭住嘴巴。

早起时，他支妥摊位，将各色调料盒一一打开，摆定后，自己泥塑在一畔。傍晚收工了，他又挨个儿拧起来，骑行回家。我不了解他的家境，只知道他是调味品的主人，出售香料。残酷的是，他的那些杂乱的香料，还抵不上周围卖创可贴、内衣内裤、陇西腊肉、酱醋店、裁缝铺子、彩票店和麻辣串的生意红火。落雨时，他会支起一把大伞，护紧调料盒；日光沸腾时，各色调料会泛起奇异的光泽，像炖着一锅生活的内容。

现在，我似乎明白了。

事实上，我们每一个诗歌写作者，都有一个内心的摊位，需要悉心去守护，去经营，去秘密地保有。诗歌，不再是日常必需的盐，亦不再是沾满露水的大路菜；它只是一条修身的秘径，一种催问性灵的香料，不分寒暑，无论短长。在这样一个逼仄的时代，诗歌仅是一种奇迹的香草，却不再有身世和谱系。

但，盐是什么？

唯有上帝他老人家，才斗胆说："我是你们中间的盐。"

彩票经

而今，彩票成了显学，人人吟咏。

守号之人，一定是在穿州走府的长路上，了无伴当的旅人。他的钵，一直空着，盛下夜露、鸣虫、翅影与风尘，像一部初创的哲学文本，一无来路，二无归途。他牙关紧锁，偶遇的释子、妖魔、杂耍者、玻璃匠人、冥想者，均对其无解。一个守号之人，羁留于地平线一侧，餐风饮露，塑身如佛。

选号之徒来也！

其实，世上只有一只算盘，执于高处的某人，毕剥作响，理论于心。在天罡的上方，是日轮，乃月印。轮替的长路上，它计算着脚程，刻画了得失，于翻云的笑脸下，露出了覆雨的霹雳手。在地煞的角度上，四粒珠子，标识着四序的阴晴，斗星的热烈与寂寞，以及内心的表情。

这是一本诗集。

选号之人终生的修为，乃是告发，这本诗集。

尚有那随机而为的人，默认了机器的文明——刷，吞吐自然，是一篇破绽百出的散文，好比夜宴之后，黎明初起的悔悟，好比鞋窝里埋下的一枚沙粒，好比一声歌剧式的咳嗽。呵呵，嘿嘿，弱水三千，一瓢足矣。

且慢！

漏下的一人，该是冥思者，类似圣人。他不参与投注，却时时发思，犹如六祖当年的棒喝，驱人一凛，继而拈花绽笑。

黄姓同事，热衷福彩，经年不息。

一日，黄姓同事站在投注站门前，位列末端。买彩的队伍，令人忆及旧年代里抢购冬菜的情景，但彩票和大白菜、土豆、胡萝卜又有革命性的迥异，前者关乎精神，酝酿庄严，后者为了果腹。百无聊赖中，黄姓同事觑见路边有一算命的瞎子，神袍，道冠，执一广告的幡子，在风中伫立。脚下还有一幅"双鱼图"，楚河汉界，职守分明。黄姓同事玩性顿起，仓皇道：

"算一次多少码内（money）？"

回说："五元！"

"给你十元，老神仙，帮我算出今晚彩票的七个号码来。"

孰料，瞎子扔掉手中的幡子，摘下鼻梁上的石头墨镜，双目炯炯，玉树临风地断喝："呔！滚一边儿去。我要是能掐出那七个号码，划得着在路边摆摊算命么？发傻了你呀？"

那一瞬，黄姓同事说，瞎子真像一座刚刚翻新的寺庙，熠熠生辉。

据说，中头彩的概率，好比是将全美国的黄页堆在一起，你像李寻欢那样，拿一枚钢针，例不虚发，一针扎中了你家的电话号码。呵呵，恭喜你！

刚写到这里，一则新鲜出炉的新闻来佐证。欧洲大陆的新一轮彩票开出，奖额高达 1.7 亿欧元。据说，差不多等于一个普通工人，劳作137辈子。

137辈子。

心想，静俟到那一世的人，准定荒凉、冷寂、无端萧瑟。因为，那时世上的人，均已成佛。雨露广洒，香氛遍地，一纸彩票，究竟能得度几米？

说这话的人，也摘下了墨镜。

标 点

最是仓皇辞庙日。

想象说，该是一团骨殖，不再敛迹，松开了锈蚀的翅翼，找见了往昔鹰或鹫的感觉，意欲从一个国家的屋脊上起跃，斜刺里（一个多么惊心动魄的辞藻），晾晒于空气，像一次痉挛，像一辈子的瘫痪。

因为，最后的时刻到了。

在昏暝的雾霭中，也该有一枚针，匿身于命运之手。当鹰或鹫，在内心里摊开自己的一霎，这枚针，夺地袭来，一个人也就成了国家和历史的标本。谁也说不准，它是一只鲜亮的花圈，还是一声短促的惊叫。

等等！

在腾身的一刻，亦该有一道暗影中的门槛，将人一别，拽住一生中最末一次的邋遢或踉跄，留下窸窣的衣袂，仿佛那个时代印刷错误的一张报纸。这道门槛，内心湍急且热烈，张了张嘴，却不发一语。于是，在"别"住的刹那，可以重新来标点——

最是，仓皇，辞庙日。

最，是，仓，皇，辞庙日。

最是仓皇，辞庙日。

最是仓皇辞庙，日。

剩下的句子，似乎都留在了门槛内，掩面而歌，有一种嗜血的狂欢。在那人凄厉的脚声后，吹灭了灯，浇熄了灰尘，刈除了一些粗枝大叶，和这些标点。由此，这首词变成了一阕杀人的歌谣。

教坊犹奏别离歌，

垂泪

对

宫娥——

天 问

天空滴落

佛

的精液

　　这是数年前，我在拙著《诗三百》里写下的句子。只是，在笔管
拔颈而起的一刹那，我看见已经干瘪的毫尖，慢慢湿润，渐渐肿胀，呈
澎湃之势。那是一种欲望的表达，由衷，恳切，世事洞明。果然，毫尖
上积攒下了一粒红墨水，由初亏的月，转向满盈。我目瞪口呆地盯视
着——它飘摇，凋零，如一枚深秋的果实。

　　我尾随它，忙诵唱了一句祈祷，阿弥陀佛！

它

滴

落

　　或许，哲学是不需要究问来路的，

　　尤其在秋天。

　　　　　　　　　　　　　　　　　　　　　　　　　　　纸旷野

夜半（外五篇）

零时刚过，走廊里传来了一阵子窸窣声。

这个病房是一个套间，我陪护家人一间，另一间空着，空了许多个小时，日头拿走了什么，夜又送来了什么。但灯绳一响，有一种东西就跑干净了。下午时，刚从里面推走了病人，污迹斑斑的床单，像开给另一个世界的入门证。门是"L"形，担架拐不过弯，两兄弟抬着妹夫进来时，一愣，再一愣。

我劈头盖脸地迎上去，想帮衬一把。

妹妹向隅而泣，提一个网兜，塞满了脸盆、布鞋、板凳和十几块鏊饼，像长路上赶脚的旅人。妹妹只是哭，肩胛忽高忽低，哭得布衣上的印花都快开败了。败也就败了，花败在夜里，说不定也是一种归途。但人不能。我忙计算着角度，匹身测量，好给他们出个像样的主意。

只耽搁了三分钟，胡子拉碴的弟弟就耐不住了。

放下担架，弟弟抄起妹夫，一扔，扛在了自己肩膀上，大步流星地跨进了病室。我木然，仿佛看见了黑旋风李逵，从一本禁书里溜出来，在世上打家劫舍，了结恩怨。弟弟卸下妹夫，打开，随手一丢，抛在了床上。被褥里挤出来一股子陈旧的气息，像回忆。

说是要挂水，但护士们阒无影迹。

凌晨时，两兄弟蹲在电梯口，烧烟，叹气。

于是知道了，他们来自甘肃景泰，家在毛乌素沙漠的南翼，六亩薄田，靠天吃饭。妹夫出外拉沙，但车子翻了，胯下的"三马子"倒扣过来，横砸在妹夫的脊椎上。弟弟说，天爷呀，连车帮子都歪了。哥哥亦介绍，县上的大夫说了，脊髓还在，或许，或许是神经断了吧。

妹妹忽然恼了，从网兜里摸出一双筷子，当着弟兄们的面，咔嚓，撅折了。

折了的筷子，登时露出了一簇簇刺，带了冷寂的锋芒。原先，它们敛住自己，顺滑，细弱，布满了光泽，与眼前的人世合二为一，似乎并不会觉出什么。但现在一打开，却是藏有一束秘密的荆棘。

妹妹不说话，原来，是哑子。

我一激灵，想起刚才黑旋风弟弟的鲁莽举止，蓦地一疼。

墙上的指示灯烁闪不停，电梯始终在上下运行。夜半，这只神秘的铁箱子，在搬运着什么，却谁也没有撅下这一层，无人走进来，说一句暖话。

两兄弟也不说，只顾着掰开整饼，往口腔里填。吃到干噎处，喉咙里打雷，有一种骨骼的声响。颊上的泪，是咸的，却不能解渴。

——唯有墙上，那一排阿拉伯数字的神经，熄了，亮了，再灭了。

来一杯茨维塔耶娃红酒

醉了的下午，再来一杯，方可解酒。

我和小活佛思来想去，选中了广场附近的酒吧，我的天堂。天堂的法人代表是小弟，诗人出身，说不定会有什么秘不示人的私酿，一快心肠。秋阳高照，坐在楼上宽大的玻璃窗前，广场上蚁动的人群，烁闪不止，仿佛自高树上飘下的叶子，在风中呢喃——

干！

小活佛是转世来的，80后，接近三张了，长相如早年的费翔。手机彩铃是周杰伦，腕表乃天梭，足蹬耐克，喜食本邦菜，收藏好莱坞碟片。小活佛的主寺在甘南草原以南，在拉卜楞读经，常来兰州为人摸顶和开光。私下里，小活佛爱和我煮酒论道，说诗，议女人，谈六世达赖喇嘛仓央嘉措大师。顺便一醉，梦里不知身是客，在世上挂个单。

其实，我并不觉得他吃酒过分。我猜，这或许是另一份修行，为我不知。

这个醉了的下午，再来十杯，亦不能解酒。

往昔时，杯子是大的，大到了能够溢出的边缘，带着世上的喧嚣和泡沫。口感也杂，有一股子旧时代的尘烟和莽撞，试探青春，催逼光阴。渐渐地，杯子越来越小了，歌哭的时间日少，人生的幅也变得窄小。小到了再多的酒水，亦不能溢出的程度，比如现在的我。

小活佛已经泥软了。我也站在游移的悬崖一畔，见山不是山，见水不是水。刚要喝瘫的一霎，不小心侧转身子，猛地看见了大厅中央的立柱上，贴着一副诗联。字是天堂法人代表的，落款却是茨维塔耶娃——

不久之后，秋天就要来了
我们将走在
往日，不曾走过的路上。

于是醒了，舌下生津，仿佛含了一片致命的解药。

我轻轻吟咏，声音若一根羽毛，唤醒了对岸的小活佛。窗外的艳阳歇了，该到了倦鸟归林、明月出山的时间。小活佛道：

"好诗！"

问："好到了什么地步？"

"唵，嘛，呢，叭，咪，吽。"

——六字真言

不待释义，小活佛忽然起身，拧出一个热烈的框子，喊来侍应生。我站在桌边的此岸，有一种溺水的仓皇感，亟待一根接引的绳子。小活佛却吩咐说：

纸旷野

"来一杯茨维塔耶娃红酒！"

末了，又追喊：

"加冰！"

私 心

我想筑一座高炉，用泥坯，用草胎，用耐火砖。我想填进黝黑的炭，让世上所有的风吹燃，让火肆虐，像一个疯狂的夏天。于是，我想丢进一坨铅块，放在炉膛的中央，看着它由灰转红，由红变白，再由白抵达银子的亮色。我不喜铁的冷，铝的轻，钢的执拗，铜的黯淡。那时，我觉得铅是最优美的金属，是银子的前生，心里哗哗的，有深藏的波澜。

出了炉，它应该是一汪汪液体，会泻地无踪，消失了它的魂，弥散了它的魄。我小心地捧着它，开始浇铸——

我富想象，我会捏造，我有形形色色的陶范。我想铸出一把小手枪，挎在腰间。我想铸出一只红军时期的水壶，再镌上一枚红"★"。我想铸出一只铅笔盒，藏下少年的心事。我想铸出一棵高树，落影婆娑，枝繁叶茂，再站上一只鸟。

有风吹来，鸟儿抖了抖翅，一飞冲天。

呵呵，我还要铸就一双银白的球鞋，不用粉笔涂，不怕雨天的烂泥，大踏步向前。我要给妈妈铸出一只锅，昨晚炒菜时，那一只露了底。我要给小学校铸出一块黑板，虽说它是亮银的，但最白的纸，能作最美的画。我还要铸一个爆米花的机器，走过一只船街道，在家家户户的门前，美美放一炮。我要给邻居姨娘铸一条金鱼，像灯笼一样，点进水里（半月前，她哭天喊地，捧着一条黑玛丽的死尸，葬在了葵花地里）。我想铸出一副透气的护膝，老爹的寒腿病犯了，趔趔趄趄，像黑白电影里的敌特分子。当然，我最想铸的，是一本《小英雄雨来》。如果可能，另外再铸一本《51号兵站》。

风起时，图画翻卷，一个个黄昏被夹进书里，没了影踪。

发烧是难免的，尤其在一座呼啸的高炉下。此时，我最想铸出一滴水，透明的水滴，刚挂在树梢，刚从瀑布上跳下，刚从井口里渗落，刚从一块遥远的冰上融解——

将我，

点化。

1974年夏天，我八岁，带着积攒了半书包的牙膏皮，去卖给废品收购站。一只牙膏皮一分钱。三只，刚好能买一本连环画。

那时，我还不知道牙膏皮是锡制的，还以为是铅。

甚至，我不明白"铅"是什么，更不理解，"铅"其实是这个世界上，最重的一个汉字，含着一口微微的毒，像一坨银子。

在那个年代。

仿　佛

"髣髴"，亦即后日的"仿佛"。

在这些繁复的笔画里，我看见了一个词的深入，一次归位，一场秘密的典礼。它本来轻佻、顽劣、懵懂，却在凝耳中，谛见了一声遥远的律令，一嗓子棒喝，不由得停顿下来，检视自己。渐渐地，它开始收拾住奔突的内心，踉跄的脚步，敛住翅膀。它洗净铅华，素面朝天，倏忽间，变得整肃和庄严起来。这是一个词的完胜，卸下了胄甲，站在了今天的词典里。

从"髯髴"开始，应该是有一个坡度的。

在坡顶上，有众望所归的海拔、景致和内心表情。它翘望，由此起步，抛别了市声，丢下了陡峭的凡俗、主义与理论，疾步简行，立意变得轻盈与愉悦起来。像一个词组成的鸟，在天空中掠过，写下粗黑的标题，以及段落大意。

佛
此刻，矗立山巅——

而后，俯瞰人世上剩下的全部事情，皆是"仿"。

发　面

那时，要蒸馍或烙饼，总是先发面。

新麦是最好的，粗颗粒，不要研磨太细。它们从打麦场上赶来，带了秋后的喜悦，且裹挟着刘后的田野上的鲁莽、笨拙与记忆，遍体鳞伤，磕磕碰碰。陈麦不同。陈麦搁在面柜里，等于去冬的一场雪，尚未融尽。

发面前，母亲羼半碗温水，手试一试，不烫，亦不冷煞。然后将一剂酵母丢进去，静等化开。酵母是上一次蒸馍或烙饼时寄存下的，留个引子，好继续下一顿的口粮。此刻的一坨酵母，表皮结痂，干燥，硬实，仿佛一枚疲惫的土豆，从秋野上拾来的。它的内里，却接近于一捧水，包藏着在一些秘密的时刻酝酿下的精神、体香与逻辑。投进温水，酵母便醒了，睁开最初的眸子，仿佛一介转世的灵魂，瞧见了稀薄的往世。它笑，或者哭，手之舞之，足之蹈之，像一篇性灵主义的散文，掠过了今生今世。

半碗水，开始浑了，若记忆。

母亲将酵母水撩在新麦的粉堆里，开始搅拌，匀速使力。先前还是分崩的粉尘，离析的心跳，此刻聆讯到了一句失而复得的呼啸，声声断，雨霖铃。穿州过府，自长路上踏行而至的酵母女王，不再衣锦夜行，杜门茹素，避世隐修。倏忽间，它抖落了风尘，露出真容，廓开了子宫般温煦的怀抱，拥揽八方。

我相信，这是一次结社。

甚至起义。

功课将毕，母亲大汗淋漓，赶着将这一坨柔软的面团，款款放进面盆，再苫上一块湿巾。她轻缓的动作，像抱起婴儿的我。

夏天，只需将面盆搁在窗台上，炽热的空气逐浪而来，嗅它，闻它，尾随它，烘托它。如果冬天，必须将面盆搁在炉边，免得冻伤，犹如它们是一群远天远地的羊只，煨心取火。在漫长的发酵途中，少年的我，会听见它们叽叽喳喳地说笑，有一团团的气泡，自它们的身体内漾荡而出，生涩、忐忑、混沌。——是的，它们是属于秋天的，现在却被夹在夏日和秋风中，不能不表达意见，说出表情。

这时刻，一定在酝酿庄严。

我想。

北地的生民们擅长面食。

面食一般是"死"面，比如面条、饺子、疙瘩汤、一锅子、揪片子、拉面，等等，缺乏艺术和伦理，冷寂，不易消解。蒸馍和烙饼却不同，是"活"面，是在锅头灶下，将往年的地气接引过来，延续当下。"活"的精神质地，或者说宗教大背景，则是酵母，带着暗火与念想，湍急夜奔。我在兰州的榆中北山上，闻听过一户农家的酵母，是荒年迁徙时，从山西洪洞的大槐树下捎来的，相袭几十辈人，恩泽广被，代代不斩。

——"活"的市井之语，即是"发"面。由动词的"发"，抵达名词。

发面被切成剂子后，放在喧哗的笼屉里，在柴火的赞美中，蓬松，壮大，亭亭玉立，一扫少年时的稚嫩。往往，刚搬下锅时，母亲会紧着给热腾腾的蒸馍和花卷们挨个儿点染红曲、姜黄和蜂蜜汁，打扮再三，如出阁的闺女。蒸馍和花卷是居家时吃的，青春短促，不待久留。

但烙饼是长路上的伴当（土话：伙伴），救人性命，养人胃肠。烙饼别称"锅盔"。远古时，四方征战的将士们歇缓后，垒砌石头灶，倒扣钢盔，架在火上，又将怀里发酵的面团拍扁，丢在盔盆里，以挡饥寒。母亲烙饼时，经营得更细，会在发面的脸蛋上撒一些苦豆子、葱花、煎鸡蛋末，擀圆，碾平，一擀杖铺在铁鏊子里。鏊子下，乃是父亲从木器厂央来的锯末和刨花，文火，烟淡，风轻，漫长得像一场魔住的睡眠，且在傍晚。

灯下，一家人守着清贫之岁月，不知寒暑易节。

回头去看，面，真的发了。

屋顶上正落雪。炉子上，会有刺刺啦啦的响声，山蛇一般。原来，发起的面，先知先觉，早就逸出了盆口，掉在炉火旁，像是警示。

夏天，发了的面，仿佛一棵蘑菇树，挺拔站起，卸下头上的湿巾，双目炯然，山呼海啸，一泻千里。在这支澎湃大军的身后，是酵母女王的震天锣鼓，是令箭，是大纛，是温酒斩华雄，是百万军中只取上将首级。

面粉一般白雪雪的羊群，攻城略地，势如破竹。

这是一个时代，对饥饿的态度。

黄金在枝头转移

"蓬"，是一介贫穷的词。诸如逝若飞蓬、蓬门荜户、蓬户瓮牖、蓬乱、蓬头垢面，在在不同，均显出了这个词的漏洞与苍凉。怎一个"蓬"

纸旷野

字了得。这还不算，再添上一枚"草"字，算是逼上了绝境，退无可退。

在寂寥的西北，蓬草是一种写照，更是命运。

假设，这个奇崛而辽阔的人世是一张餐桌，蓬草则是朱门前的一坯残羹，是罢席灭灯后的一堆冷炙。冬雪落下时，木叶萧瑟，天地寒凉，唯有蓬草抱紧浑身的骨骼，风滚草，在崎岖的旷野上奔嚎。洪荒时代的遗孀，经书里的弃妇，一行错误的标题，天空扔下的发锈零件，一路滚过，滚，滚滚，滚滚滚，声嗓里埋下了恨意与仓皇，直至化为白骨。

春天却是一剂针，喂给大地，蓬草仍有雌守之苦。

它含着舌根下的一口苦涩，于夏日的酷阳中，贴住岩层，根蜿蜒于地火，与蜥蜴、砾石、地鼠、浅梦、罡风、沙碛为伍。丑陋的成分，倒了血霉的阶级，恶毒的血统，它像一座旧时代废弃的仓库，无人问津。羊齿懒得睬，马嘴疏于吞服，牛亦做了骑墙派，硕大的身躯挂在天际，仿若赝品之鹰。秋天来了。秋天也不会好到哪儿去，不说也罢。

如此看来，给蓬草再插上一记草标，亦会经年不售。

在极端的黑夜中，蓬草是沉默的大多数，拽住一根灯绳，知道总有一盏灯，为自己点亮。或者说，它本身就是一盏灯。

其实，我想说的，是兰州牛肉拉面。

小时候，我垂涎于这碗面，但只有在考出好成绩时，父母才会给三两粮票，两毛八分钱，去饕餮一顿，犹如经书里的圣节。多数日子，我含着满嘴的涎水，走过面馆时，万念俱灰。清贫岁月里的食物，在记忆的沟回里深埋，像陈年的老酒，越发浓香，越发勾人。惜乎，我们再也看不见一根水灵灵的黄瓜上，刚枯萎的花蕊，刚退隐的毛刺。再也嗅不到新一季的麦香，初春时蒸进馒头里的槐花和榆钱儿，卷进锅盔里的野玫瑰……自然猎猎生寒，人心，已被典押于对过往的抒怀里，沉重如磨。

那时，我常常看见一日的买卖停当后，厨师们坐在门端里，手执铁锤，在敲打一块块黝黑的石头。石头嶙峋狰狞，大小不一，仿佛刚从古代的山崖上劈伐下来，在飞溅的火花下离析，带着旧年代里的密码。我不明白这干人在做什么，个个像艺术家，在凿试，在剥离。碎裂的石块，渐渐被碾压成了粉末，再丢进滚沸的铁镬里，在炉火上烧煮。刚刚还清亮亮的一锅汤，被煮成了泥黑的水，脱胎换骨，戽干，晾凉，珍存。师傅们告诉我：

"这是蓬灰！"

肉食者鄙。

秋风吹，山蛇肥。万木飘零之际，西北的农民们便携带了铁耙子，将旷野上的蓬草收拢回家，一半烧炕，一半点灶。蓬草燃尽后，炉膛里的灰烬，方成了这一季仅存的骨殖，蕴藏着精和气，被埋进地下的深坑，像一场公开的葬仪。深埋三年，原本散漫的余烬，在地火和意志的催逼下，竟幻变成了一块块黝黑的顽石，被起出，被运进城里，被敲击成粉，被熬煮成汤——

是谓，蓬灰水！

蓬灰富含碱性。

在鳞次栉比的面馆，在西北农家的灶头上，此乃最经济、最贴心的食料，佐人胃肠，悦人心脾。使过蓬灰水的面粉，登时发生了革命性的转变，由白而黄，<u>丝丝缕缕</u>，仿佛一束束扯自太阳的金线，缭绕在碗中，纷飞于喉舌，落实在念想。这是名播遐迩的兰州牛肉拉面最致命的秘诀。可惜，人心思变，光阴流转，现在的一碗碗拉面中，多的是见效极快的化学制剂，是市场批发的抻面剂。而蓬灰杳然，退居地平线以下，生死孤寂。

青绿，进而焚为灰烬，达致于乌黑，终结在黄金一色。我也从少年，混入了颠沛的中年，从一茎蓬草上，看见黄金在枝头上转移。

是谁？

——其实是里尔克，这样说过：

"我们嚼着，痛苦的拌料！"

猜想（外二篇）

养活一团春意思，

撑起两根穷骨头。

异姓小弟兴安在南方打工，周游遍地，音讯时断时续。每次醉酒，便挂来电话，诉说心肠，几乎使完了南方各地的长途区号。现在好了，落脚佛山，算是有了一份正经事。腊月中，小弟忽然衣锦还乡，且带来了一位女孩儿，还秘密领了结婚证。女孩儿自介道，湘乡人氏，在职小学教员，距佛山亦有上千公里。他们是网上认识的，一线牵的姻缘。

我赶忙置办了一桌酒席，给他们小伉俪接风洗尘，抱拳作贺。

女孩儿五官端正，礼数有加，眉宇间总有一丝说不出来的喜兴。对酒长歌，我和小弟酩酊不已，心生劫后余生之感。小弟嗫嚅再三，让我这个愚兄评价一下他的小媳妇。我思谋一番，夸赞说："她脸上一团春意，暖人。"孰料，女孩儿接茬道："大哥，是春意思吧？"我笃定说："正是！"

她冰雪聪明地说："我家和曾国藩家，只隔了一座山。我也姓曾，远亲。"

翻过年，接到小弟的短信通知，小两口诞下一子，八斤。

我赶忙回复一联，以此恭喜："养活一团春意思，撑起两根穷骨头。"落款是曾国藩。三秒钟后，答复翩然而至，曰：

"孩子就叫，春意思。"

放牛班的秋天

那时春天，歌声尚在路上。这个平庸的音乐教师逶迤而至，站在城堡般的"池塘底教养院"门前，四顾茫然。克雷芒·马修，多好听的发音。马修，像我家曾经的隔壁回民邻居，秃顶，矮小，宅心宽厚。1949年，战争结束不远，连路边的花也紧着身子，埋下内心，披一层昏暝的外衣，不曾开放。谁都知道，救赎才刚刚开始。

一场救赎，从何说起？

像少年时的牙齿矫正。第一次见到牙箍，在成都的大慈寺，刚送走了野鹤闲云似的流沙河先生，忽地杀来一位美女记者（来采访），翩然落座，麻辣腔调机枪般地扫射，发问连连。唉，着实费人费事，让我漏气。美女相当精致，鼻子是鼻子，眼睛是眼睛，一组普通死了的器官，组装在她的脸上，却像使了魔法，十分耀眼，令人不敢去瞧，仿佛她是一块阿尔卑斯山下产的瑞士手表。哦，美女是断不可拒绝的，说不定，她是前世的一株花草，曾绊倒过你，荆棘犒赏过你，伤不起。我正襟危坐，搜肠刮肚，一面审美，一面作答，好像我是唐朝年间过来的一介邮差。

言归正传，话题刚落实到杜甫蒙难，在此地筑篷而居，我忽然发现了美女口腔中的一副铁齿铜牙。一根发光的钢丝，缭绕其上，像十字绣，将上下两排嶙峋狰厉的牙齿盘踞了，捆缚了，截铁，断金，掷地轰响，令她口中的杜老夫子及传世诗篇佶屈聱牙，受难不已。我感到了那一丝挣扎，戕害神经，沦陷骨髓，中伤大脑，遂惶惶然溜之大吉。后来识见多了，见怪不怪，只当是一般的治疗手段，无碍观瞻。——我想说的，其实是电影中"池塘底教养院"里的那一群野孩子，一伙行为偏差的坏分子，一帮幼小的困兽们，等于那个时代的口腔中的一副乱牙，层峦，叠峰，错杂其间。

于是，克雷芒·马修来了，春天开始的一刻。

简单极了，《放牛班的春天》就这样，没什么了不起的。春天时，最好去踏青，摘花，酩酊大醉；或将牛羊赶上坡顶，怅望远方，把深蓝色的天空一遍遍看白；或劈柴，晾晒冬衣，将被雪压塌的屋顶一一修葺；要么，什么也懒得做，去穿上一双烂靴子，在融雪中踩烂泥，听呱唧呱唧的声音，仿如天籁。可这些小事件均未发生，马修老师刚进了"池塘底教养院"的大铁门，一股酥风吹了一下，心悄悄痒了一痒，春天便迅即被关在门外，与世长辞了似的。

一群什么破孩子呀，像被扫帚归拢的垃圾，堆在那里，一座旧城堡。

我猜，里头一定有战争的孤儿，失家的娃娃，被父母撵出家门的混球，摸到了法律这一根电线的小罪犯，纳粹军官和正经人家的姑娘诞下的私生子，破产大亨的小杂种，女明星一不小心犯浑的产品，人上一百，形形色色。电影也语焉不详，没指名道姓地说明他们的来历，也不必。总之，他们的脸上有旧年代的疯狂，亦有硝烟过后的印迹子，老也洗不干净似的，像遗传基因。

一本关于希特勒的传记云：那年头，日子太苦，希妈妈怀上这孩子时，一直不想要。有天下午，希妈妈应约，前去诊所堕胎，准备自私一下，从此单独享受生活。孰料，希妈妈在半路上不小心崴了脚，不良于行，这才怏怏然还家。这一个秘密的因果，从此改变了历史的走向，留下了二十世纪最狼狈的一段章节，这谁都知道。看电影时，我甚至觉得讲台下的这一群少年，都是希妈妈的那个孩子，他们的长相，都是希妈妈崴了脚后抽搐不已的结果。上课了，打铃了，马修老师登上了讲台，可想而知吧。

唉，这一副时代的乱牙，对着他龇牙咧嘴，虎视眈眈。

我其实也坐在讲台下，面影模糊。

二十世纪八十年代的后半程，我就在校园内闲逛，虚度年华。那时的季节，像泼了一大桶汽油，到处都在燃烧。除了足球和女排，诗歌与崔健的摇滚像一个切口，暗夜疾行。我们恋爱、打架、辩论、结社（一般是诗社或文学社），还不定期地出版一本油印的小诗册。我们向女同学索要馒头票，私扯画报上的封面女郎，在厕所墙上画下最富想象力的一部分女体，蔑视书本，嘲笑师长，作弊，偷试卷，还连夜去宰了外语公共课老师家的一堆白鹅（她把关太严，不肯通融60分）。我们喜爱一个疯子，他叫尼采。我们把自己人都称作天才，身边时时有一个江湖，叫圈子，非请莫入。我们已经不太满意北岛、江河、顾城和杨炼了，连高尔泰"美是自由的象征"也稍显过时，我们和南京、昆明、北京和四川的"诗歌江湖"取得了秘密的联系……空气在颤抖，仿佛天空在燃烧，暴风雨来了？

来了！

那一场热病，就像少年时的牙齿矫正。那是放牛班的春天，我宁愿相信我就坐在讲台下，看见邋遢的马修——这个平庸的音乐老师，开始教大家唱歌。低音，中音，高音，分作不同的声部，各安天命，各司其职。当然有一个例外，小孩子汤姆·佩皮诺，什么也不会，干脆就坐在讲桌上，聋子的耳朵罢。

于是，唱歌是牙疼这种热病的另一种发泄孔道，亦符合孩子们的天性。却不是一般的流行曲，乃是圣歌。"哦，夜的力量如此强大，让我看见了您的面影。"城堡的高墙深院外，有一丝神秘的光线，穿行而至，勾勒出了他们明眸皓齿的脸，让层峦、叠峰和一嘴嘴乱牙，逐渐归位，莲花尽吐。

马修，后来像一本被念完的废课本，被扔掉了。

或许，在放牛班的春天，我掉了一颗牙。秋天时，新牙萌发，我在黄河岸边的师大校园里，完成了早期的启蒙。

当时，我的绰号就叫小汤姆。

牙疼的精神分析

牙疼不是病。

——不是病，但它们麇集起，深埋在口腔里，砌筑了一个人的源头与动力。它们是洁白的石条，层叠着，开了光，发了咒，挤挤挨挨地窝藏下，像一个人青年时期必要的结社或激情。哪怕一生只此一回，哪怕迎头碰壁、覆水难收，一个人的唇齿之光，亦会烁烨光辉，带了标志性的笑，凛然远引。

反叛也是需要的。比如现在，牙齿在长路上的，一次踉跄，甚至跌绊。

——先是一线彗星，自天际一侧擦过，留下若有若无的印迹子。一不小心，落下来星点的火苗，犹如一个哑孩子，在青冥长天里呢喃、撒娇、耍横，揪扯不清。渐渐，又出现了一杆秘密的焊枪，带着变压器和弧光，在一个人的沟壑或山川中啸叫，揭竿而起。焊点所及，这个人一退再退，避闪不及，遂廓开了身体和内心，被洞穿，被蚀尽，被一阵漫漶的抒情擒获，张口结舌，类于朗诵。

的确，不是病！

牙疼，说到底，乃是一个人青年时代的梦想分泌。

上初二那年，因为嗜糖，牙齿上出现了霉点。张嘴给大家瞧时，都说要赶紧治，以绝后患。姜姓同学自告奋勇，牵拽着我到了人民医院，原来他父亲老姜就是牙科的一名小匠人，免费。那时穷，以为坏牙也是反动的旧社会。

长竿的钻头伸了过来，递进口腔里，小心翼翼地剔除、剥离、钻探。那时才十来岁，历史清白，家庭可靠，但钻头不究其里，竟然东问西看，一骑绝尘，深入骨髓，在内部拷问着良心和质地。老姜一发狠，在我的牙壁上打了洞，穿凿附会，直达神经。

于是，一束神经断了，在弧光中焦煳，腥臭不已。

老姜挺干脆，一不做二不休，填塞了一团药棉，杀死了它。

于是，那颗坏牙，经年埋在我的嘴里，像一座虚掩的穴洞，时时提醒着。偶尔，用舌头一吮，我的眼前便幻化出了老姜的笑脸，僵硬的举止，以及那时清贫的友爱。再吮时，我觉得自己的疆域在缩略，在退却，思想和身体越来越空，越来越残缺，留下了不可尽数的失地，来到中年。

——今年中秋节，我带儿子，去了西安的碑林游玩。

在一座唐时的庭院拐角，冷不丁发现了一处门庭冷落的摊位，治印，立等可取。儿子好奇，嚷嚷着要买一方印。交钱，书写姓名，择好石料，并在电脑字库里挑中了悦目的字体。摊主驾轻就熟，径自取过来一竿牙科的钻头，点焊其上。

牙科的钻头，仿佛一位旧日的塾师，摇头晃脑，在宫格上描画，凿试，精雕细琢。粉尘拂动，像我和这个时代的俊杰们，被劈山伐石，打磨一空。

　　　　　　　　　　　　　　　　　　　纸旷野

我带着一颗旧日的坏牙，冲师傅笑——

老姜，

问你是否别来无恙？

老姜没认出我来，气沉丹田，手脚利索。三分钟，方告完毕。

那一刻，隔着漫长且氤氲的时光，我恍悟，我其实根本没有一颗所谓的坏牙。——我，仅仅是一颗坏掉的汉字，曾被修整，被扶正，被补充而已。

牙疼不是病，乃是一个人的偏旁或部首，偶尔垮塌。

第四辑

纸旷野

羊（外三篇）

　　一只羊是一种命运的寓言，而一群澎湃而至的羊则是国家的象征。在蔚蓝色的港湾里，羊群驰入了大海，号角吹鸣，灾难奔行无定。那运送金色羊毛的舰队折戟沉沙，缠绕了女巫的唱腔之音。在你们思想的中途面临了诗歌，独存下我遭遇了十万羊群。

　　星光熄灭，青铜之木锈迹横生，一个季节在这个世上寂寞地老去。谁细察？谁翻卷？谁又在举身投入？一本肮脏之书在人间奔跑，它喊叫："因为日期近了……因为那日子已经近了！"我要向你们道出一口隐藏的泉源，在宰牲季节的微光里，鹰砸在大地的胸腔中。由是，我歌唱的不是一把刀子，而是血。牧羊人名叫"命运"，在乖僻弯曲的世代，他是收集者和光荣者。谁看见了他陡峭的面孔，是你吗？命运；谁聆听了他倾斜的朗诵，是你吗？爱情。如今，在我的诗歌中呈现的不是水，也不是奶汁，甚至不会是蜜与酒；我奉献的是一摊新鲜的热血。宰牲的季节到了，忆起贫穷的岁月竟然那么久长，使人慌张。也许预备的心情需要的只是忍耐。在那些过去的好时光里，月光垂照，十万羊群细如尘烟，端坐于静谧的山冈，我的诗歌是那样衰微，仅仅用蝴蝶和花朵筑砌着颓圮的篱墙。罪恶并不昭彰，因为我们不知道罪恶的是谁。光辉没有基础，素朴又失去了拯救，心灵的嚼铁在暗夜中吼叫。经上说："羔羊必牧养他们，领他们到生命水的泉源……上帝也必擦去他们一切的眼泪。"

宰牲的季节到了，在如此盛大的秋天，我家乡两岸的草原上，桑烟煨起，鼓角传唱。死亡的狂欢昼夜相连，纵马而来。"那日临近了，愤怒的大日到了，势如烧着的火炉，谁又能站得住呢？"在西宁的牺牲之夜，我目击了从各个巷口汹涌而出的十万羊群，怀揣着祭品和光荣，昂首迈进了肉铺、锅台和锯齿的吊钩。命运的牧羊人端住双手，恒切的祷告在最发光的时刻开始……道成肉身，因此我诉说的不是一种义人的捐献与放歌。牺牲的意志就是正义、勇气、黄金和迎头痛击的姿势。《穆佐书简》云："只有从死这一方面（如果不是把死看作绝灭，而是想象为一个彻底的无与伦比的程度），那么，我相信，只有从死这一方面，才能透彻地判断爱。"如水的天命，死亡喊叫着穿行了地狱和天堂、梦想与尘土、光明和败北。我想在血中完全真的赞美吗？幸免于苦难是有罪的，同样，幸免于爱情的人也是有罪的。我的诗歌的羊皮书卷被你们视同语录，我所书写的字母要一一变成见证的指南。宰牲的季节到了，谁也脱不下我们行走的双脚。我和你、牧羊人，"这些人是从大患难中来的，曾用羔羊的血，把衣裳洗白净了"。

噢，诗歌是大地的短暂者，我们幻觉的栖居须赋予热血以万象，精神予山川海拔。启示的门是由羊开启的，因为一只羊是一则贻羞的寓言，而十万羊群则是国家的象征。宰牲的幡叶垂落，举意的器皿在粗糙地锻炼，如水的天命让深秋的世界流布着一种闪烁的灯火。十万羊群与我和我雕刻而出的诗篇走过：群众、失败者、首领和头羊、酒杯、信仰和皈依、祖国、尊严和一切清贫的生活、美的诞生、自然和人的秉性连绵不绝。

宰牲的季节到了，唯有最神圣的灵魂，构成了众羊之门。

焰　火

焰火是一次高处的失败，是一场中断的青春。它使时间变得无足轻重。让天空闲置，充满荒凉和隐隐而生的泪水。高处，它的距离是一个人诞生、成长、美丽，甚至来不及允诺和奔跑。焰火的本质是由肉体到精神，恰好与爱情相反，它使宜于倾听的耳朵都纷纷关闭，让举念的双手都端坐下一闪即逝的神明。仅仅一瞬间，焰火飞升至风中的天梯，否定人类，带着极端的渴意和绝望。焰火的内部是寒冷，是千仞之下的流血如注，像一个夏天归入了企鹅的内心，静止、埋葬以至冰冷。焰火是火的一次化学反应，是火的形而上学，因而焰火是哲学的最基本命题。焰火是一次升华，是精神的高洁和肉体的灰烬，它验证了俗世的琐屑庸碌和可能的天堂。焰火的生是戛然而止；焰火的死是归于寂静。它的悬念和巨大的提问使倾身而去的人类仰望、指鹿为马和自以为是。但丁说："我看见你如何栖居在你自己的光里……"焰火的生命其实是一次飞行、吹鸣、迎头痛击。它使黑夜千疮百孔，成为神圣的打击和深入的追问，结果却为黑夜吸纳、吐露、再生。焰火和彗星的区别，在于彗星是一种宿命，它的形式大于内容，而且宿命的火仅仅是一种痕迹，犹如阴谋和未遂的剧场，带着轨迹和秘密的意志。焰火之火脱身而出，短暂炫目。它要求的只是一次追问，一场公然的牺牲，对于旷野和天空的索取与缅怀。某种意义上讲，焰火之火光亮的只是自身，它使个人大于集体，使后者陷于混沌和盲目，成为预言者和小先知。焰火是火之家族中的秘密组织（有时是邪教），歃血为盟，成为此刻和骑士，像一把断裂的刀子，锈迹缠身，镶刻着可能的歌谣。焰火是东方文化的极端形式，当一个文明古国发明了火药而只用于炮仗和节日时，它代表了繁荣、欢乐和吉祥的不可捉摸。焰火之火广大而空虚，它占据了空间而又一无所获。它血液偾张，义无反顾地断裂，使时间停滞，使空间破碎不堪，使人类渺小和慌张。那么焰火这只筐子究竟在打捞着什么？风雨星辰？季节？还是呼吸？焰火之美是一出牺牲之美，它使白昼成为一场喜剧，又使黑夜成为悲剧。它易碎、高远、不堪一击，使钢铁之夜无所不在，由此焰火成为一种坚持的举意，比鹰闪烁，比日光艰难。篝火易于让人伤怀；柴火是基督的事迹；灯火代替着一种遥不可知的命运；秋日之火是欲念丛生；而唯有焰火之火是动摇、破灭而复归的凝视，由此大地粗糙地生成，日月运行。焰火之火同时穿行了地狱和天堂，使我们安于劳作、品质和赠与。那些离开攒动的人群深入旷野的人，是最后一批理想主义者，深怀尊严和美好的主题。高处的焰火之光，其实只为他们照亮和引领……噢，在焰火即将垂灭的刹那，我看见，一队整齐的天使，身着白衣，秘密地走来。

　　　　　　　　　　　　　　　　　　　　　　　　　纸旷野

灯

灯使万物有了界定和意义，并从中退出，成为目击和见证。因此，需要赋予灯以过去的尊严和古老的品质。但丁说："……你却从睡眠中走来。"他的意思仅仅在于你使灯成为一种孤独的在场和指证，并同时穿行了地狱之黑和炼狱之烈。

在灯的巨大坡度上行走，当它只是一种器皿时，它和秋风、枯叶、井水一致；而当它深入抵达，成为挑灯守望的主人，它和热情、青春、血液相等。所以并不是一盏具象的灯，它驰越、高迈、脚步坚定，把数个世界和整整一个人类推至眼前。精神的微醉之火，一个词的遐想力，时间的重量及广袤空间，幼小的儿子的梦中发光，都是灯使然。当一盏灯诞生，万物因此呼吸、生长和憔悴，这个秘密的因果和链条源于一种神圣的目光，或者可以将其称之为上帝苦苦"挑选的器皿"。太阳是对人的一种深刻否定和游戏，在巨大的赞美的同时，它昭示着真理的不可企及和变幻无定，当它离去，一个人类像尸体一般地倒下。灯是一个黑暗世界的传教士，它将人心收回，使洞窟、战乱、疾病和泪水渐渐聚拢，形成公社和集体。当你抬头凝望时，它是正义、良心、温暖和耳语的替身。灯：这个毛边发光的词丰满充盈，让你无端地想见圣母的幸福隐现的脸庞，和她即将说出的谶言。在灯的村庄里，古老的诗册和羊圈，以及我们艰难的生息，悠长沉醉。那些铁血的执火者是出于信仰，负灯逃亡；那灯下的沉思者其实是一种担当，在二者之间，灯的意义才得以铺展开来。

巴什拉说:"在同一村庄里,有两盏哲学家的灯,那就太多了,多出了一盏灯。"火,是灯的异端的权利,它往往和革命、献身或者过激的暴力相联系,陷入不可测知的沉沦与偏狭。灯平衡着我们,它是一种优美的秩序和递赠,使我们始终慷慨于眼前的事物,而对辽阔的无知产生敬畏和追问的念头。

灯是对火的一次抽象的追取,它博大深沉,囊括着万物和九死一生的睡眠与爱情。在旷野中奔跑呼唤的是灯之意象;在贩盐路上寻找的却是灯之肉身。当灯光打灭,黑暗还乡,萦绕着我们一贯的嗓子的恐惧、颤抖与徘徊将复辟重来。但是内心之灯呢?依旧在我们四下摸索的手中一一传递,并放置于光明的高处,谕示我们。内心之灯永不垂灭,这是只有历经了光明之暗与黑暗之光的人说的,于是,领袖和头羊出乎意料地产生。灯和孩子及天使有关,在宁静的背面是一路踏歌而行的关怀、呵护和抚摩。

在秋日明朗的天空下,一朵云也是一盏灯光,带着神示和象征,让人无限起来。在这样一盏伟大的神灯面前,过去只属于现在,未来也是灯中的盐粒,毕剥作响……在这一处心灵的坡面上,谁和灯相遇,谁就是那亲爱的人。

黑 夜

黑夜之黑犹如无所不在的钢铁之船。黑夜之黑有若上帝的一次秘密的谈话,在那深处,就是可怕的众神的居室。所以巨大的帷幔,所以高挂的预言，起立、奔跑、终止以至实现。黑夜之黑：带来者、具有者和赠与者。在这只破绽百出的口袋里，囊括着一个人类的尊严和垃圾：诗卷、热爱、遗址、灯火、痛苦、惊骇、拯救以及突如其来的宗教。黑夜降临，就像我们脱口而出的那样，黑夜，即将降临——不是须弥上顶的黑夜；不是末法时代的到来；甚至不是末日的忏悔和惊喜，而只是一个普通的夜晚凭空落地。

里尔克说："究竟谁度过了它？上帝。你度过了它吗——生命？"在这种怀腹的神秘主义的忧伤中，凭着内心的起誓和慷慨，我发现——黑夜之黑，在这个伟大的"几何存在"中，一个人类和数个世界的孤单、形影相吊和破碎。倘若星子密布，那也只是这种前定的挽歌的深邃奥义、内蕴和无可言表。可能的天堂在哪里，这黑暗的实体就在哪里。哺乳者的吮吸，以及流云和内心的舞蹈使钢铁之色富于人性，时间的链条锈迹横生，空间无从缘起，剩余之下的只是精神与肉体。黑夜，披沥而至的冥想与关怀，像一个最后的女儿，成为祭司和领唱。你热爱这生死未明的黑夜吗？有人如此质询。在我们芳香四溢的体内，留存着这样一个愿望，等待着秘密。

黑夜之黑，使生为之艰辛窘迫；使死成为信使和骑士，稀薄、广大、无上，占据着头顶的神明。噢，即将在银子的月光下，伴随着黑夜的鼻息，迎送之间的生涯、爱戴、追逐和情义一一翻身、站立，甚至丰收的大地、凋敝的城堡、肆虐的河流。它们是唯一的膜拜，填补着亘古的黑夜之黑，使之光明。

这就是神性的第一日。在这神性之夜，唯有奇迹的火深入旷野，和内心的道路。在凝固成石的时光中，这是先知和使者的领域。这不是灭没的追索，在我的窗下，我聆听到了藏蒙之间的长跪和顶礼，回族之中依次频递的口唤和举念。因此，唯有这黄金的世代是第二日。经卷留下了，洪水退尽，这黑夜之黑仍然昭彰，像一匹九死而生的大马，带着旧日的歌谣。黑夜之黑，静处是凸现的故乡，而远方永远是四散寻找的人心和在路上摇动的木铎，激越清晰，腰斩了琐碎之下的哀痛和伤情。在广大的夜空中，黑夜之黑使一轮新月上升，它单薄逶迤，像硕果独存的一卷医书。而巨大的山川上，寺院飞行，经幡落地，一个人类在灯火丛中安于睡眠……仅仅到了黑铁的世代，或在第十日，早起者离开了村庄和黎明，正如海德格尔所说："历史是民众进入了如水的天命，并开始其历史的捐献。"黑夜之黑，当我度过这样一个神性之夜，让我说，一切才刚刚开始。

纸旷野

雪在烧（外一篇）

唯有在万物枯灭飞逝季节，我们敞开的双手上才会有天使纷乱杂沓的脚印，像一队公开出演的合唱队员。雪在烧，与其说大雪在烧，不如说是血在烧——这是只有旷野般奇崛形象的冬季所昭示的唯一奇迹。《启示录》说：那骑在马上的，叫作"死"，指的即是冬季。它枯寂、反复、疾病缠身，在历经了精神的夏日和秋风中滚落一地的肉体之爱后，形销骨立，亦步亦趋。冬季：十二卷经书之后的驻足、叹息以及永远的旧地。一名战士，荷戟彷徨、刮骨疗毒、枕戈待旦。这漫长的冬季犹如一张飞卷的兽皮，横陈于天际。因此不妨说，这公然肆虐的北风和寒意追伐的日子只是等待着一则秘密的消息、口唤和示意。它双目圆睁，在大地的流火尚未点燃，倾斜的星辰还未陨灭之际，它等待着第一阵使者的春风……于是，奇迹发生了，漫天的雪花如钢铁之炉，轰然砸下。

雪在烧。雪是神示的文字，留给大地解读；雪是天使的羽翅，在沉寂的心上镶刻了脚印。雪：银子的碎芒，月光的仓廪，当它一旦奔跑、呼喊和投入，一座颂歌的村庄即将显现。因此，雪是东方的意象和化身，它和酒杯、泪水、恋情以及伤怀息息相关。"晚来天欲雪，能饮一杯无？"其实灌注的是雪之尸身和消极的笑意。"风花雪月一场空，转头今日还是一场梦"则是佛印之下的感悟、破灭和放任自流。因此，需要赋予雪以冲击、牺牲和勇气的一切概念，使之燃烧，成为大火，端坐天空，光亮一个茫茫无际生息皆无的庞大冬季。所以在这个意义上，血与雪成为同质，具有性格、思想及一切可能的品质。雪在烧，它挂于高处，内部之火丛生漫流，使巨大的天空和黑夜成为舞台，毕剥作响。雪在烧，十万雪花蜂拥而入，投入炉口和刑场，像一批揭竿而起的群众。十万雪花，在内心的道路上，也犹若十万鲜血，踉跄奔跑、摩擦生热、熠熠闪光。如果闪电是一道深长的呼唤，那么大雪在烧则是一幅伟大的经幡，直接、深入、带着天庭的谕示深入人心。在此，血液涂漫了雪花之血，使之成为热情、理想和生命的同一意味。那个浑身死寂的人，那个骑在马上的人，那个叫作"死"的人如今在哪里呢？他跪伏旷野，如同整整一个人类，恭迎着这一场大火。他听到的是十万雪花的集体赞美、奔跑和气喘吁吁。他看到了大天空下一道精神的狂飙砰然落下，热血纵横，青铜枝下，春风伊始。这一堆形而上的大雪之火由是成为冬天之门，它使大地宜于眺望，使山川成为造化。血在烧，血是一种整肃、提升、纯净的水晶之物，洁净着我们自始至终的目光、心灵和关切。

一个疯子突然闯进了正午的市场，他急切地宣布：雪在烧，十万雪花抱成一堆，熊熊燃烧……而众人耻笑。一场寒冷的冬季尚在途中，像生命中的任何时刻，它的突然驾到，使我们措手不及……

盐

看见灯光了吗？西北以远，在遥远的贩盐途中，如果我们看见了命运的灯光，就请歇下手脚，就地放弃吧。但丁在一个雨夜里如此痛苦地质问自己："你为什么单是，这么热心地望着那些灿烂的光芒？"噢，清贫的生活，那么悠长沉醉，我们怀腹的伤情中偶尔分泌出咸腥的泪水。不是因为悔恨、劳碌和千疮百孔，而是盐的匮乏与心灵的丧失。十二个小先知在君临的日光中飞行，她们焚毁的秘密其实是如下的一行字："你们里头应当有盐，彼此和睦。"在柴达木之南，在茶卡或察尔汗（分别为藏语和蒙古语，意即盐湖——作者注）的地火中，我愿意为你们背回一块盐根，并且说："我是你们中间的盐……"

平庸而经济的日常生活一再地冲击着我们，使我们漫漶一地、流泻一空；我们所葆有的营养：高贵而自尊、正义与光明、牺牲与奉献的勇气及信心使血管蒸发、肉体真空。在这个宽大明亮的世界上，我们的生命始终也找不到那唯一的一滴卤水，来澄清我们的念想。看见村庄的灯光，仿如看到了人群。在遥远的贩盐途中，我中止了行走，歇在一盏光明的油灯底下。没有人能承担一个世代的溃败，尤其在旷野深处。我歇在我命运的灯下，抖落了藏在羊毛丛中的盐粒。我的舌头就是殉道的开始，它已经窥破了来日的辙印和高处的叹息。盐，我说的不是咸腥的化学，我指的是诗歌的几何，一个人类进化的炭火和一份皈依的心情。要用盐来止住内心的渴，要用行动的书写来扶助眼眶中待哺的慌张。因此，我要在灯中撒下盐粒，助其燃烧，为我回答；我也要在伤口和鲜花的根部埋葬下天鹅的新娘。

我指的是原始的盐。固体的海水。静止不动的心跳。日光的晶体。洁白的风暴。肉体之歌。革命以及患难与共的爱情。传说的石头。谣唱之齿。夜半的歌咏。宗教的钟磬以及大地粗糙的生长。谁的心中有盐，谁就不会是一片坍塌的废墟。顺着盐的道路，让我们一一回到地上。让我们充满光荣的劳绩，麇集屋顶。

"看见灯光了吗？"锦衣夜行的使者穿州走府，遍体梨花，如此紧迫地训示着。看见灯光了吗？其实，我双手端起的只是一捧盐之激情：根须飘拂，覆及山川和人民。

豪克说："伟大的思想家、诗人和艺术家之所以喜欢险象丛生的氛围和置身于生机勃勃的急流之中，是因为他们本身就是富于力量的人。"

奇迹的盐将使人光辉，而信仰的盐又让人踏实和沉着。因为盐，豪克接着说："伟大的、悲剧性的经历唤起了精神，赋予他以衡量事物的不同凡响的尺度和对人世的独立评价，如奥古斯丁的《上帝之城》，如伟大的但丁。"盐自始至终平衡着我们，在水声和万物的流逝中，让我们进入了历史、死亡、性和无尽的诗篇。因此，霍尔特胡森说：未来的"内心世界"的诗人正着手将自己迄今东游西荡、飘忽不定的才华集中到一种独一无二的、特有的和权威性的音信上。

某种意义上讲，故乡也是一种盐，心灵的浮萍需要家园的养育。看见灯光了吗？灯下的群众在唱：

马车从天上下来，

把我带回我的故乡……

　　　　　　　　　　　　　　　　　　　　　纸旷野

写照片

　　我思忖，那一辆微型皮卡在疾驰的过程中，一准儿发生了什么。事件发生时，搭载在车厢顶上的那只纸箱子，一定被一个蛮力之人彻底撕开，损毁了，扬弃了，消失了，顺便抹杀了我家的历史。这家伙是谁？暗中潜来，遁逃而去，在一个晴明的午后，干下了一桩不齿的勾当。又或者，缘故出在那只纸箱子身上，心存二念，潜伏日深，此刻觅见了一个机会，遂带着叛逃的快意，踮起脚，小人得志地晃了晃脸，不告而辞。——文学的想象害苦了我，我懊悔不迭。剩下的，只有猛抽自己，把肠子彻底悔青。

　　搬家的动议提了许久，总一直拖宕着。

　　母亲说，给我留一些时间吧，我要跟老街坊们告告别，说说话，不能一走了之啊。都几十年了，熟得跟亲姊妹一样，这么唐突搬走，会让人戳脊梁骨的。再说了，也是给你们儿女们争脸，在一只船街道上画个句号，没旁的意思。父亲也别有理由，总说那套新房子有甲醛味儿，养过花，搁过洋葱头，天天开窗，点过蜡烛，还放过烧败的煤砖，但老也吸不干净，头晕。前一个理由无可挑剔，任由母亲乐颠颠地去说长道短，带一脸的泪水回家。后一个却站不住脚。妹妹请了专业的检测人员，三拨儿，一次一千多块，二比一，白纸黑字盖红戳，证明宜居，对人体基本无碍。但一直这么拖宕着，暗中抗拒着，彼此都快烦死了。

我们大院整体搬迁，位列市政府的一个宏伟规划。满街挂满了横幅，喇叭阵阵，身穿制服的动迁人员时时上门做说服，早迁者奖励，怠惰者扣款。某日早起，有晨练者忽然发现街口停了几辆重型挖掘机，像怪兽一般踞伏着，利牙嶙峋，不动声色。于是大家口口相传，知道日子近了，真的近了。

果然，连街口那几棵阔大的左公柳都被伐倒了，枯木横陈，落叶萧瑟，仿佛大家共同的老祖父。街坊们的心里都揣了一团乱麻似的，个个阴郁，人人自危。那一段，唯有河州来的小贩们幸灾乐祸，收破报纸烂书本，收旧家具，收钢门钢窗，收废铜烂铁，一只七成新的冰箱作价五十，一台老电视出价三十，一辆崭新的小童车只值五块。小贩们的脸上说，乖乖，看把你能的，你还舍不得这一堆垃圾么，你往哪里跑？

黄昏降下了，母亲和老街坊们手攥手，心牵心，站在悠长的夕光下，依依惜别。这番情景，像极了日寇扫荡时，家家坚壁、户户清野的样子，每个人的嗓眼里都凝结着"珍重"这个词，却吐不出口。偶尔，会有某个家庭整建制地站在街上，拍照留念，笑意皆无。后来，出现了有心人，半夜三更地趸出来，口衔手电把子，踩在梯子上，拿起改锥，将红底白字的门牌号码撬下来，收归己有。嘿嘿，这是文物，"一只船街道"呀，将来留给孙子们吧。

其实，我也懈怠着，不愿自己被连根拔掉，失了乐园，丢了理由。有一个算命的瞎子曾说过，呔，那是你的福地，别忘了你姓甚名谁。

我叫叶舟，所以先来说说一只船街道吧。

她距黄河三四里，东西向，长不过七八百米，宽约十来步。我出生时，那里布满了高干宿舍、平民院落、柴油机厂、矿机厂、煤场、食品公司、花圈铺、酱油店、国营理发馆和一家牛肉面馆，顶头则是赫赫有名的兰州大学。街旁有几棵阔大的左公柳，冠盖茂密，凛凛有型，给夏天的娃娃们扔下阴凉。街上只有一户人家姓叶，我父亲便给我取个"舟"字为名，做了个顺水人情。后来，这条街道遭到小规模的篡改，面目全非，玻璃大厦和各种歌厅、火锅城、高档海鲜餐厅错杂其间。一入夜，满地的霓虹让人想起旧时代的标语。

但这条街却大有来头，实在不敢小觑。

当年，清廷重臣左宗棠抬棺西行，率领湘江子弟，跨越黄河，准备入疆平叛时，路经兰州城外，见此地风水甚佳，忍不住赞美了几句。此后，前线战事吃紧，一批批阵亡的将士被送下来，日曝风吹，无法安置。左大人批了条子，令在兰州旧城东门外修建一座义园，以便暂厝亡灵，打算日后扶榇归乡。

说是义园，其实就是烈士陵园。它的主体建筑是一艘航船的模样，高高的船首朝向南方。庙顶的形状，酷似一根桅杆，夜夜升起一盏引魂的桅灯。它被列为禁地，擅入者斩。当时兰州的居民们不明所以，在围墙外的草地上赶大集、做买卖、小吃大喝，还统一了口径，称呼她：一只船。一百多年了，义园被风雨剥蚀，早就荡然无存，难觅印迹，但这个诗意的名字却延续了下来。我私下里忖量，她一直在等我，为我施洗。

我母亲之所以拖宕，恐怕还有另一番用意。

几十年了，街坊们的孩子一茬茬长大，结婚，生子，高飞，远走，但民间的记忆始终鲜亮。他们常常咂舌道，一只船街上出了三个好娃娃，一个是王志刚，现在是著名的雕塑家；一个叫蛋蛋，如今是银行家，省上一家银行的行长；另一个是大头明明（我小时候的绰号），叶嫂子的儿子，出息成了作家和诗人，乖乖，老看见他在报纸上的文章。

其实我清楚，他们指的是特定的那一篇。那年，市上即将召开一次会议，要将十几条街道改名换姓，还吁请省内外的大企业来积极投标，用乱七八糟的产品名称铲除旧址，覆盖新姓。"一只船"也赫然在列，岌岌可危，大有天下将亡的架势。街坊们说，简直穷疯了，见过败家子，没见过这么大的败家子，这里头肯定有腐败问题。流言甚嚣尘上，一度传说，已经有一家制造痔疮膏的企业实地考察，相中了一只船，将来呀，这条街会叫"×××肛泰大街"。一时间，街坊们没了胃口，脸色蜡黄，如丧考妣，对这则传言笃信不疑。

我结婚后另过，但隔三差五回去一趟，看看父母，取回自己的邮件。一只船街上的邮递员恪尽职守，也与我颇为熟稔，即便邮件写错了编码和门牌，但见到我这个卑微的名字时，仍会准确地投递到"北街108号"。有一回，我碰上他后，他诡秘一笑，说小叶你趁早换地址吧，改你自己的单位。否则，肛泰大街，呵呵，会让你外地的朋友们笑话死的。我想，我手中还有一杆笔，我该反击了，不仅仅为了这条街的皇皇历史，为了街坊们的心情，还要替自己着想一下。我不能被连根拔掉，变一只丧家之犬吧。这是私愿，但光明，且正大。

我跑进图书馆查资料，访问了地方志办公室，又走访了几位学富五车的老先生。终于，我找见了这条街的今生和前世，听见了这条街的湍急心跳，我夜夜梦魇，情不自禁。于是，我拉大旗作虎皮，将左宗棠老人家推向了前台，用一百多年的时光作酵母，发酵不平，酝酿庄严。那时，我供职于一家省级报纸，我的文章发在副刊头条上，用一种抒情的笔调，痛陈历史，摆古讲今，泪水滔滔，像一个顽劣之人在回忆说，我家从前也曾经"阔"过。不用说，街坊们传阅着那一张四开的小报，给我竖过大拇指，对我很是刮目了一阵子。我母亲也渐渐培养出了一丝丝骄傲感，特露脸。

当然，我不相信金石能开，为我动容，也不会断言那一篇千把字的文章有救世的药效，去贴金，去独贪天功。我宁愿相信那一帮委员们从善如流，冥冥之中，被左大人摸了顶，赐了福。委员们一夜之间幡然醒悟，但姿态忸怩。

街道终究改了名，曰"甘南路"，但"一只船"这个悠久的称谓幸免于难，从此蜷缩在马路两端的小社区里，蓬头垢面，如王宝钏和她的寒窑一般。

但这种危机感并未消退，时时针扎着我，就像我预感到，一辆辆疯狂的推土机和挖掘机迟早会来，"一只船"这个名字会被搁浅，雨打风吹去，晾晒在记忆的深处，终至泯灭。我渐渐变得一根筋起来，牛筋，死不改悔。我想，我必须为她做点儿什么。我写了一首长诗，用了挽歌的形式，提前为她谢幕。我还用札记的方式，梳理了这条街道上的旧黄昏、旧歌谣、旧址、旧日人家。我慢慢相信，是的，唯有旧日子才能带给我们温暖。后来，我更欲罢不能，我将自己的小说强行安置在这条街上，让一些虚拟的人物含着斑驳的笑容，走在晨昏当中，徜徉于各自的天命之水上，随波逐流。我记得，许多年前，一个叫加西亚·马尔克斯的记者去了古巴，访问大胡子的卡斯特罗，开口问：

"您要是不做革命的领袖，您最想干什么？"

老卡说："哈哈，那我就去找一条街，待在街的拐角处。"

我热爱的诗人叶芝也说过："归根到底，能听见宇宙歌唱的地方，是你从时间、地点、家庭、历史等方面都已经扎根或决定扎根的某一条街，某一个社区。"于是，我明火执仗，替天行道，越来越一根筋地想写下一只船今生的表情，并勾连出她前世的履历，立此存照，永垂不朽。跑题了，此乃题外话。

动迁小组的人员冷着脸，时时上门，我母亲从街上紧急撤了回来。

一搬家，才会明白"家"是什么。其实，家就是藏污纳垢之地，是废品集散地，是你丢失了很久的一把钥匙重现天日，是你失散数年的一只拖鞋迷途知返，免不了灰尘扑面，撬门扭锁，翻箱倒柜一通。这时，矛盾也尖锐起来，彼此不可调和，势如水火。父母的立场是加法，扔不得，片纸寸物都是一辈子积攒下来的，一只破易拉罐能卖一毛钱，一公斤旧报纸值七毛，板凳虽旧却坐着舒坦，机械钟太老式，可比电子表还守时啊……子女们想的却是减法，一减再减，恨不得将家里的老古董统统扔掉，轻装简行，一刀两断。争执，暴躁，吵架，抢来夺去，将整个家变成了一场局部战争，看不见的硝烟经久弥漫。父亲气馁地坐在板凳上，唉声叹气，说我也老了，老古董了，享不了那个清福喽。母亲也附和说，我们碍眼，干脆把我们也扔了吧，扔了你们就省心了。妹妹在一旁嘤嘤啜泣，委屈极了，一个大受气包。

新房是妹妹给父母买的，乃市内最幽静、最高档的一个楼盘，毗邻黄河，绿树成荫，装修花了十来万。妹妹不甘心，总不能在蓬荜生辉的新房里，再抬进去一些款式丑陋、咯吱乱响的旧家具吧。妹妹下了最后通牒说，该扔的都扔，一个脑袋两只胳膊，大家净身入门。于是又颠来奔去地四处刷卡，将簇新的平板电视、冰箱、空调、各种灶具、床、沙发搬了进去，连门端的脚垫和拖鞋都未撕开包装纸，欹然静候。一番冷战中，父母渐渐退缩了，偃旗息鼓，看着那些使惯的家具和器物递进了小贩们的手中，又开始狠狠地讨价还价，一分一厘地涨，似乎只有从价钱中，才能收复失地，得到些许的满足。母亲的表情像一块咸菜，苦涩，发黑，阴沉，大有和它们生离死别的样子。

妹妹找来了十几个新纸箱，装满一箱，胶带纸便封存停当，垒在一旁。

现在好了，父亲在拾掇他的一堆花草，修剪，喷洒，用报纸给花草穿上衣服。母亲安静下来，翻遍了每个抽屉，针头线脑，铅笔擦头，鞋带纽扣，味精调料，汤勺筷子，一寸土地都不愿放过，箅子一般的细心。后来，母亲居然像吸尘器一样，从抽屉、箱底、书本和一个个犄角旮旯里，找见了无数的照片，大大小小，形状各异，色彩斑斓地堆在了床上。母亲说，别动，都别动，我自己来整理。

每拣出一张，她都要睁着老花眼，仔细回味一番，然后用一张棉花纸包裹起来，叠得四方四正，挨个儿捋顺，压平。单独一个新纸箱，照片们规规矩矩地躺进去，互不摩擦，不掉色，不起皱，仿佛一座古寺里珍藏了千年的贝叶经。差不多用了一个昼夜吧，母亲终于将所有的照片安顿妥了，才合上箱盖，用透明胶带封好了，停在家里。这一箱照片鼓囊囊的，几乎胀破了箱盖，流溢出来。那一刻，胶带纸也在暗中缄默地怠工，丝丝拉拉直响，只是谁也没能听出这一种危险。这下，母亲踏实了，准备拔寨走人。

父亲却道，怎么搬呀？谁来搬？

气话。街上早就停满了搬家公司的大卡车，蚂蚁公司，喜乔迁公司，新三力公司，大多是市里最有名的搬家企业。父亲问，搬一次家多少钱呀？妹妹道，整车搬运，一个来回三百块，工人们技巧娴熟，训练有素，绝不会磕磕碰碰的，速度还快。父亲说，咱家需要几个来回？妹妹回说，就这点儿破东烂西的，一趟就够了，还富余，人家是集装箱的大卡车。父亲阴下了脸，赌气说，太贵了，我的钱又不是用弹弓叉子从树上打下来的，太宰人了。父亲还说，咱们自己搬吧，你的丰田威驰里天天塞一点点，蚂蚁啃骨头，花不了几天的。妹妹快哭了，执意不肯。父亲灿烂地说，哦，那我雇一辆三轮车来，我自己能行，我来搬。

奈何不过，妹妹遂派了公司的一辆微型皮卡车，外加四五个职员，整装待命。清一色的小伙子，身穿制服，别着公司的徽章，戴着金丝边眼镜，斯文，干净，嘴甜，一见面就喊叔叔阿姨。父亲乐了，一一询问完名字，又召开了一个临时会议，像老政委一样，告诉他们先搬哪一个，后搬哪一个，小心轻放，别太劳累啦。母亲去了一趟商店，买了一大箱冰镇饮料，果粒橙，绿茶，红牛，脉动，另有一盒巧克力，随时能够补充动力。这时，父亲忽然想起了什么，打开一个包袱，摸出了一条软中华（八成是妹妹的）。父亲那时戒了烟，撕开后，一人塞一盒烟，还谦逊地说，不知好不好，你们凑合着抽吧，解解乏。

叶家终于开始行动了，街坊们闻讯后蹒跚而来，跟母亲问长道短，有没有可以帮的，就这么走了呀，再待几天吧。父亲蹲在楼下的阴影里，仿佛片场的老导演，看着小伙子们奔上蹿下，从六楼陆续搬下了他一生的家当，心里逐一清点，算计无误。来兰州快五十年了，父亲娶妻，生子，供养这个家庭，个中的难心和坎坷难与人说，始终不发一语。但在那个夏日的午后，我猜，已迈入耄耋之年的父亲，一定没有糊涂。

下班后，我也成了一只蚂蚁，加入了搬家小分队。

微型皮卡装不了多少货，车斗浅，箱板低，一次只能带几件行李和纸箱。跑了两个来回后，适逢饭口，车子刚进一只船街口，就被父亲拦了下来。走，走走，快进餐厅去，吹吹空调，把肚子填饱了再搬，不急。我私下里问妹妹，这几个小伙子什么的干活？一个个腰来腿不来的，下了这边的六楼，上那边的三楼，竟然喘个不停。妹妹白眼说，你当他们是搬家工啊，人家都是坐办公室的，白领。我金刚怒目道，吃个牛肉面或者刀削面就成了吧，难道非得大餐伺候呀，这不是豆腐搅成了肉价钱么。早知如此，搬家公司最便利了，一次性搞定，还不需贿赂。妹妹也恼了，嗔怪道，你以为都像你们小记者一样，走哪儿吃哪儿，吃了不算，还拿人家的，你还有没有人情味呀。我哑了，埋在餐桌边，尽量掩饰着自己。心说，妹子呀，从购房、装修、搬家这一条流水线上，你才华卓著，功比日月，愚兄自知理亏，这厢有礼了。该顿饭，愚兄买单，给你捧个人场吧。

妹妹捧着一本豪华菜谱，哪张相片好看，就点了哪个菜，六荤六素，一半凉，一半热，端是宴席的标准。父亲乐呵呵地问，喝不喝酒？

你们喝一点儿吧，解解乏。见大家面面相觑，父亲又说，白的，还是啤的？对了，白酒伤肝，就喝一点点冻啤酒吧，还凉快。开席了，父亲又做了一回老政委，以茶代酒，代表叶氏一门隆重致谢，左撺菜，右斟酒，忙得像个古代的知客。一顿饭吃得山高水长，等众人走出餐厅后，几乎快忘了是来搬家的，还以为是做客的高朋呢。

现金买单，我数出了五张，没找零，也没要发票。

母亲站在台阶上，指挥着又装了一满车，被子、棉絮、衣物，还有脸盆、椅子和瓶瓶罐罐等。后来，母亲将一箱子照片挑出来，叮嘱道，一定搁在最上头，千万别给压着了。圆鼓鼓的纸箱砌在车厢顶上，被绳子齐腰拦了几道，捆结实，安妥了。那一刻，日光沸腾，太阳底下并无新鲜，一切尚未露出破绽。

我坐在副驾驶位子上，心思浩渺，坐卧不宁。后排的小伙子们横七竖八地躺着，嘴里是周杰伦，又掐又闹，显见是酒精的作用，让他们在暑天变作了大螃蟹。司机刚开始还老成，现在则处于醉驾状态，一忽儿将车子开成了小舢板，一忽儿又熄了火搁在路上，站在树丛里扯裆撒尿，天开地阔，目中无人似的。我挂了电话，向单位告假，私下里将这一趟搬运任务大包大揽在了自己身上，信任感逐渐丧失。恰值中午，路上没多少车辆和行人，怕司机趴在方向盘上睡着，我递烟送茶，还指着窗外的风景说故事。

喏，这是省政府礼堂，二十世纪七十年代叫反修馆。

啥玩意儿？

反对苏修，苏联修正主义政权。呵呵，那时候，你还没降生呢。

我又说，那里以前是个跳伞塔，空军天天在塔上练习，挺好看，天空中挂满了彩色的伞，像一堆堆大蘑菇。

司机的眼睛像中了毒，基本上开着盲车。

我再说，瞧，这是宁卧庄宾馆，省上的国宾馆。我上小学时，还戴着红领巾，穿着白衬衫蓝裤子，举着一把塑料花，在门口欢呼雀跃，迎接过柬埔寨的宾努亲王。对了，陪同宾努亲王的是叶剑英元帅，和我一家子，他也姓叶。

你也姓叶？

靠。我彻底死了心，一鼻子的灰，快被窗外岩浆般的日光晒化了。我不时偷觑着司机的动静，以便在紧要关头拨乱反正，救亡图存。司机的眼皮像一副赌场上洗动的扑克牌，随时都有出老千的情况，马虎不得。

那时，兰州大学北侧的中心花坛尚未拆迁，所有车辆按逆时针方向运行。巨型花坛，垒成了一座宝塔形状，层层叠叠地砌满了花盆，花叶无精打采，蜜蜂和蝴蝶停在空气中，类如标本，仿佛那个年代特有的一种表情。拐弯时，微型皮卡竟然控制不住，斜刺里杀了过去。司机从梦里惊醒，慌忙拨转方向盘，手忙脚乱一番。车子兜了一个大大的圈子，弧形地绕过了花坛，刹车声响亮。响声停落后，车头端直冲向了天水路北端的黄河岸边，若离弦之箭，慢慢望见了目的地的大门。司机嘿嘿几下，得意非常，将软中华叼在嘴边，一半濡湿了，另一半像狼烟在告警。我居然充耳不闻。

那一刻，我错失良机，一直蒙冤至今，不得辩诬。我家的历史，被一只卑鄙的脚尖霍然改写了，擦掉了，从此石沉大海，杳无音讯。埃利蒂斯曾用诗歌诅咒过一只脚后跟。我亦是。我曾无数次地在梦里携一把板斧，闯进了牲口圈，砍下了一大堆小蹄子，连同它们脚下的油门。无奈，这纯属精神报复。

所以我一直思忖，那一辆微型皮卡在疾驰的过程中，一准儿发生了什么。在那座中心花坛附近，天光大亮，一定有一个蛮力之人，匿形，矫捷，迅疾跳上了车厢，撕开装满了照片的纸箱，天女散花，将我家的历史纷纷扬弃在了风中。前世无仇，今世无冤，这家伙究竟是谁？

奔驰中，我继续懵懂地给司机说着故事，轻浮，卖弄，嘴脸丑恶。但在那个晴明的午后，我却被另一只黑手给出卖了，浑然不察。事后，我反复揣度，一定有一个神秘的因果，横亘其中。

我抱着行李和纸箱，乐颠颠地奔上蹿下，快乐如工蚁。驾驶室中，一帮子年轻人四仰八叉，鼾声大作，睡在了楼下的阴凉里。我不会清点数字，也疏忽了那只装满历史的纸箱何去何从。我扛着一件件家当，竟觉得"家"是那样轻，那样不值一搬。犹如一枚锈钉子，本觉牢靠，却轻易地从墙上起了出来。

如此往返了几次，父母在一只船老街上的"家"，终于搬空了。父亲和母亲退在门端外，趴在门框上张看，呀，四壁发黑，光线不足，地砖剥落，呈现出一副副丑态。他们始终哑默不语，在对方的脸上寻求着鼓励和信心，小心落脚，手抚空气，又仔细视察了一遍。空了，这下好歹搬空了，父亲道。母亲却说，别落下什么吧，我老觉得还落下了个什么。父亲嘻嘻说，魂儿，落下了，那也拾不回来喽。父亲从裤兜里掏出链子，认真地卸下了一把钥匙，交还给动迁人员。母亲像往日里出门似的，关紧了水龙头，闭上了窗户，插上插销。防盗门"哐当"一声碰上的刹那，我看见母亲的肩胛一搐，受了惊似的。

这时，我母亲搂着她一生中最重要的财富——孙子，挥别了街坊们，阴下脸，钻进了妹妹的丰田车里。我儿子贴着玻璃，唤我上车，但我拒绝了。

　　傍晚时，我走到楼下，将挂在墙上的塑料信箱检查了一番，空无一物。沐浴着夕光，我站在废墟上，最后一次等邮递员的到来，他却爽约了。我猜想，此刻世上的朋友们一准儿知道了这件事，与我感同身受，心若铅坠。哦，他们一定在静候我更改新址，重填邮码，跟我再次联袂江湖，大地漫步，纵酒作诗的。一念中，我竟然情不自禁，心思潸然，不觉泪下。我在心里，冲着一只船街上的"家"弯下了腰，深鞠一躬，有一种悼念的感觉。

　　我知道，这是一个秘密的仪式，代表家人，代表了藏在暗处的斑驳光阴。

　　母亲像住店一样，极不习惯。

　　她在这里摸摸，那儿瞧瞧，这个门进去，那个门里转转，终于认出了橱柜、壁柜、玄关、几只遥控器、各式开关、钥匙、楼层和大小门，渐渐有了方向感。适应下来后，母亲又像个老练的鼹鼠似的，打开了所有的纸箱和包袱皮，忙着将她积攒下的破东烂西各归各位，藏在不同的旮旯里，还在心里画了一张藏宝图，秘不示人。母亲坐在新沙发上，像走亲戚串门子，一不敢动，二不敢躺，身体绷成了一张弓，眼神无助。当时，我儿子还小，调皮捣蛋惯了，是个上房揭瓦、大闹天宫的主儿。我母亲见他又开始胡作非为起来，便气恼恼地追撵上去，将巴掌落在了小屁股上。孙子摊在地板上哭，奶奶也在一旁抹眼泪，下话说，小先人，这不是爷爷奶奶的屋，是你姑姑买的，哭不得哟。孙子嚷嚷说，我要回家去，我不在这个破地方玩了，囡囡不在，虎子不在，尕北娃也不在。奶奶劝慰道，我要能回去，我早回去了，用不着你号丧哇。一时间，母亲的脸淹在泪中，可怜兮兮地说，难民，不是逃难的难，难心的难哟。

入住的第一天晚上，父亲锁闭了几扇门，但总听见楼梯间有人在走动，在叩门，在悄语。母亲搂着孙子酣睡，家中再无旁人。父亲心生忐忑，攥着一把改锥，时刻提防着不测，怕外人侵入（周围有很多正装修的人家，雇来的民工形迹可疑吧）。天亮后，妹妹来取落下的包，一打开门，见父亲已穿戴整齐，正趴在窗户上发愣。妹妹问，你做什么呢？父亲抬抬腕子，指着手表说，唉，这里天太迟，都六点半了，连太阳都没照起来，路上连个打牛奶、卖露水蔬菜、做操跑步的声音都没有，空荒荒的，不踏实。

几天后，父亲的注意力转移了，他的花草一病不起。

父亲内向，一辈子同事多，朋友少，均鲜有私交。年轻时，父亲稍稍喝点儿酒，怕贵，干脆给戒了。也曾抽过一段时间的烟，特劣，一两块一包，气味腥辣。有一次我在家里蹭饭，左手刚搁下饭碗，右手便点了支烟，吞云吐雾起来。父亲剜了我一眼，我还振振有词地说，饭后一支烟，赛过活神仙。父亲不语，将自己的烟和火柴盒捏扁了，站在阳台上，愤怒地扔了下去。父亲声称，今天起，我彻底戒烟了。父亲是老共产党员，"文革"中的苦辛都熬过来了，遑论戒烟。这次，父亲想给我做一回榜样，硬挺着。烟瘾犯了后，吃过大豆，嚼过花生米，含过糖块，终究烟戒成功了，却养成了吃糖的毛病，幸无大碍，随他欢喜。退休后，父亲不爱下楼遛弯儿，不喜串门逛街，更瞧不起一群老头儿半夜三更地围在路灯下，为一盘象棋争得面红耳赤，脏话四溅。父亲成天闷在家里，有两个业余爱好，一是读书，二是看电视。

每晚七点，家里的荧屏绝对固定在央视一套，他是《新闻联播》的铁杆粉丝，即便孙子疯闹，要看动画片什么的，他也决不让步，死忠到底。片头曲播放前，妹妹总要揶揄道，你今天要接见谁呀？父亲很笃定地说，今天该罗京和邢质斌了吧，或者说，今天轮到李瑞英和康辉了。一猜中，他便呵呵一乐，环视家里一遭，像检阅着他的人民和疆土一般。看新闻时，父亲笑眯眯的，耳听八方，心忧天下，嘴里还夹杂着解说，瞧，主席咋咋咋的，会议太多，鬓角的白发都生出来了嘛。又说，总理今天又忙，脸色咋咋咋的，该交代下去，别亲力亲为喽。先国内，后国际，父亲对外最关注平壤、东京和白宫的消息了，看有没有对咱们不利的新闻，无则喜，一有风吹草动，他就急得直搓手指头，狂喝茶，频上卫生间。约莫半小时后，遂偃旗息鼓，他干脆忘了这一茬。

美国大选时，我站在麦凯恩一边。父亲指着屏幕上狂说的奥巴马，直脱脱地道，嘻，这小伙子像个领导干部，口才好，能说。我反驳道，选总统，不是选你们单位的科长呀主任呀，再说，你听不懂英语，你知道小伙子在讲什么？父亲勃然大怒，总统没有领导干部的样儿，还叫啥总统，你太幼稚，你真该学学。后来的结果大家都明白，父亲也没寒碜过我一句，仿佛奥巴马是他远房的一个侄儿。另一回，父亲神秘地问我，咋好长时间听不到南斯拉夫的情况了，铁托走了，谁在南共当一把手？我回说，早散摊子了，分成了好几家，谁也不尿谁，还内战了。父亲又问，阿尔巴尼亚呢，地拉那呢，那可是欧洲的一盏社会主义的明灯啊。他的问题层出不穷，比如西哈努克亲王，比如齐奥塞斯库，比如菲德尔·卡斯特罗，比如金正日，等等。

父亲爱读书看报，一得了空，就盘腿坐在亮处，戴上老花镜，逐字逐行地一读到底。家里订了本地的许多报，读完了不许扔，整理好边角，捆扎停当，他要亲自卖进收购站，换来块儿八毛的，才觉得妥帖。书也不精致，口粗，经常是我买的一些传记类、历史类、养生类的，摸到啥读啥。偶尔，我还捎过去一些文学杂志，不知他老人家批阅过没有，但统统不卖，齐整整地站在书架上，陪他过夜。其实，这些都稀松平常，多见不怪。但现在，我要说说父亲的一个惊人禀赋——或许，他是兰州城里最后一位会查四角号码字典的人。

他有两样阅读工具，一只老花镜，一本破旧的四角号码字典。字典跟随了他多年，没皮没脸，只剩下瓤子，乱七八糟地贴满了狗皮膏药。既看不出版本，也查不出出版年代，总之很旧了。我们兄妹在求学时，一般使用拼音或偏旁部首的方式，但父亲很不屑，觉得太费事。一遇到生僻字，父亲便像麻眼的算命先生，微阖上眼皮，在指头上掐一下，果断地报出数字。按这四个数字去翻字典，那个字果真就藏在里头，准确无误。我猜想，后来的五笔字型输入法，或许是受了四角号码查字方式的启发，才得享盛名，风靡一时的。父亲掐字时的神态，仿佛老僧入定一般，使我佩服连连。但我一直规避它，始终不肯去学，甚至有点儿鄙夷。但这并不妨碍我将他的这一绝技，写在了一篇《所有的上帝长羽毛》的小说中，对他发自肺腑地赞美一番。

蹊跷的是，父亲从来不读我的文章。诗歌自不必说，离他隔得太远，但一些散文和小说，他也尽力回避，一问三不知。每回，我将一些样刊送给他，私下里巴望着他会夸奖几句，但父亲迅速插在书架上，归档了事。那层架子，是专为我的作品设置的，未经允许，家人不得擅动。这点儿隐秘的曲折，后来被我发现了，此乃别话。

扔下书本，关掉电视，父亲的唯一嗜好是养花草。花草极其普通，臭绣球，仙人掌，文竹，吊兰，海棠，夹竹桃，月季，等等。妹妹送过几盆君子兰，挺名贵的，还教导说周总理最爱此花了。父亲喜兴了一阵子，喂啤酒，灌营养粉，浇淘米水，天天松土，时时侍弄，统统给养死了。父亲道，还是普通的好，命贱，跟人合拍，绿得自然，和我一个档次。在一只船街上时，父亲的花草占据了大半个阳台，他移栽过许多盆，给楼上楼下的邻居们送遍了。送去的花，后来都被扔进了垃圾洞，害得我挨个儿上门去求饶，又是笑脸，又是作揖，哀求说你们多费心一点儿，要扔的话，就扔远一些，别让老爷子给瞧见，伤了心。

现在，半屋子的花草病了，父亲只得先做个表率，迅速适应这处新居。

见父亲蹲在地板上，铺开摊子，一门心思地开展抢救运动。母亲顿时安静了下来，长长地出了一口气。母亲系上围裙，在明亮的厨房里，擀了一顿长面，蒸了一次馒头，即刻熟门熟路起来。那个下午，母亲将自己像鼹鼠一般藏下的包袱和零碎取出来，开始悉心整理。衣归衣，鞋归鞋，裤归裤，被褥毛毯各自分开，存放在不同的柜子里。料理完毕后，母亲坐在沙发上盯着天花板，开始翻起了白眼。

母亲念叨说，差一样，绝对差一样东西，死脑子，硬是想不起来。

魂儿丢了，丢一只船了。父亲道。

那一段，妹妹在电话里商量说，该暖暖房了，给二老一些喜气，叫他们高兴起来才是。否则两张皮，看着就难受，他们就像住宾馆一样，战战兢兢的。结论出来了，我喊一帮朋友，加上妹妹的一帮朋友，在家里开宴，美美地闹一通。我通知了母亲。母亲说，好哇好哇，你带个照相机来，都拍下来，留个纪念。念想至此，母亲忽然惊叫了一声，凄惨地说：

丢了，全丢了。

我愣怔，丢了啥？

一家子人的照片，搬家时全丢光了哦，老天爷——声音越发凄切。

嘿，人在就行，照片没什么嘛。

母亲断喝道，你嘴上别奸臣！

夏末的黄昏，一家人颓坐着，像坐入了冰箱里，冷然，眼生荆棘，漠漠无助，连空气里都布满了一种默哀的情绪。我儿子个人主义严重，不停耍戏着，摸摸这个的头，揪揪那个的脸，一点儿没有加入进来的意思。一纸箱照片丢了，此刻在母亲的眼中，比丢了孙子还难过，背转了身子，偷偷地抹眼泪。我本觉得小事一桩，芝麻大，但被父母的情绪笼罩后，渐渐滋生出了一种罪孽感。我将那个午后的运输路线细细捋了一遍，终于敲定了其中的那一趟醉驾。没错，在中心花坛，一次危险的急刹车。登时，我的脑海里纷纷扬扬起来，不是被刮散的照片，不是暗沉的云，亦不是崩塌的天空，而是这个小小的家庭日积月累的历史，遭到了猛然一击，变成了齑粉，扬弃在风中。

我开始哄母亲，说笑话，扮鬼脸，跟儿子一起逗她。但母亲的脸阴霾四布，很吓人。父亲也坐在一堆泥土和花草里唉声叹气，加重了危机，像一个共谋者。一连几天，这个家失了三魂、丢了六魄，怏怏的，冰锅冷灶，茶饭不思。我给母亲宽心，说等秋天到来后，黄河岸边层林尽染，风景绝美，多给你补拍一些吧。母亲懒怠地说，唉，我以前的样子都没有了，补拍什么，能补拍出我扎大辫子的那时候。我玩笑说，那给你借一套假发吧，麻花辫。母亲郁闷地说，没了照片，我还怎么给你儿子讲家史、说过去呢，口说无凭嘛。我苦笑一番，又去给父亲游说。父亲默然，阖上眼睛，掐着指头问，丢了几天了，有一周么？我回说，差不多吧。父亲忽然睁开眼，灿烂地说：

凡拾到交还者，我重金奖励。

母亲也精神起来，搭话道，对对对，反正到了别人手里，也是废纸一箱嘛。出钱出钱，买回来总可以吧。

没辙儿，得需要我去跑腿，大海捞针了。我给交广台的头儿送了烟，哥儿们拍着胸子说，老爷子的事免单，连播三天，一小时一滚动。果真，我坐在出租车上，司机们锁定的频率里，男女主持人磨破了嘴皮子，详解了这一箱照片对一个小家庭的深远意义，同时播报了台里专设的招领号码。一个司机说，八成是贪官的，箱子里有受贿的钱，要不不会这样子，跟着了火似的，烦死了。我恶向胆边生，摔门下车。更多的司机则充满了人性，嘀咕道，要是成捆的人民币，绝对早丢了，一箱子照片么，谁要呀，还不是垃圾嘛。那一刻，他们并不明白，身边坐着的这位，就是可怜巴巴的苦主，正一筹莫展。

兵分几路，我草拟出一份寻物启事，打印了一大摞，带着几个死党出发了。我暗忖，自己一介书生，手无缚鸡之力，怀才不遇，报国无门，但在这桩事上我要隆重捐躯，肝脑涂地也在所不辞。我用了一点点文采，语气恳切，言简意赅，将事情的来龙去脉简述了一番。我写下手机号，标明了奖金额度，黑体字，四开，像一份精致的非法印刷品。那一瞬，我浑身的血都滚沸了，像站在易水之畔的荆轲，大有身赴虎穴、引颈就戮的苍凉和怆然。

午夜时，中心花坛附近夜幕沉沉，人烟渐稀，恰是"作案"的大好机会。前后左右有人把守望风，我拎着排笔刷子，抹上一层层胶水，将一张张启事贴在了电线杆、阅报栏、公交站台、广告牌、邮筒和每家商店门前。我和兄弟们绕了一大圈，越干越趁手，越贴越来劲，将中心花坛附近挨个儿涂遍了。我拍了拍脏手，掌声响亮，自觉胜券在握。

想象中，翌日清晨，等所有的路人睁开惺忪的眼睛，踏进中心花坛附近时，他们会"哇"地惊喊一声，人头攒动地拢过去，像阅读一则重大新闻一样，替失主担心，为这个不知名的小家庭捏一把汗，祈祷连连。

皇天不负，第二天上午，一个兄弟短信密告，他在上班的路上瞧见，所有的寻物启事，都被环卫工人用铁皮铲剔干净了。你买的特制胶水不错，很难剐下来啊，像牛皮癣。他讽刺完，又警告说，小心停你的手机号，城管和工商执法部门正在追查非法广告呢。要不，你先去自首吧？

于是，消息树孤立寒秋，枯叶飘零，仿佛第一场寒风，提前吹掠而过。

我没去自首，手机号也健在。听人讲，市内的城隍庙每逢双休日，都会有大批的小商小贩兜售各种旧物，琳琅满目，花色繁多，去去那儿吧，兴许会撞上大运。我被点化了，大有醍醐灌顶之感。我去过北京的潘家园，见识过那种嘈杂的场面——旧货市场，不就是历史的大扫帚一挥动，将旧日子扫进了尴尬的一隅，蒙尘之所么。在这个意义上，旧货市场其实也是一座教堂，静候着一些觉悟者去忏悔、去革面、去洗心，继而幡然一笑，接续前生。我迷信起来，虽千万人吾往矣。

好歹熬到了一个淫雨霏霏的假日，我揣上一沓现金，带着证件，钻进了那一条隐蔽的战线。城隍庙里灰尘扑面，雨燕穿梭，大大小小不同质地和造型的观音像站满了走廊，戏剧脸谱和傩面具挂满长廊，刀枪剑戟、斧钺钩叉列队待命，市声沸腾，切口四起，令人恍惚来到了清末年间的一天。我绕过玉石摊、旧币摊、唐卡展示、宗教法器、文房四宝、葫芦微雕、刘牡丹、骆驼王、老虎陈、马公鸡和金鱼欧阳，来到了后庭。果然，旧书刊、旧报纸、老照片、老明信片、家书、废旧档案、袖章、帽徽、残存的大字报、"仅供批评之用"的内部材料、歌谣集、古诗词和各类经书铺天盖地，码满了门廊走道。那一瞬，我像进入了一座颓废的后花园，笃信我家的那一箱子照片，一定龟缩在某处，等我召唤。

我问遍了每一个摊位，递烟，赔笑。我虚心说，约莫一周前，家里的一箱子照片不慎遗失，所以。摊主们口径一致，急腮腮地问，啥年代的？祖上几辈子的？卖多少个元？他们的失望疾速而果决，且面含愠怒，一派不屑的歹徒样。我说，我是来求购的，将家里的照片赎回去。我还比画说，那是一只新纸箱，这么高，如此宽，大概有数百张吧，每一张都裹上了一层棉花纸。我坦承，最早的一张应该在二十世纪五十年代末六十年代初，黑白照。那时，我父亲刚刚落脚在此，右上角有一行白字："大光明照相馆"。其余大部分，是七八十年代以来拍的，彩色居多。等等。摊主们纷纷蹙起鼻子，掷下意见说，不是大人物的，年成也不够，像那样的玩意儿一般不收，卖不了几个小钱。

年成不够？

——紫禁城里的那一把龙椅够年成了，你带着脑袋去试试。

玩意儿？

——对啦，如果我跟上帝说话，那叫祈祷；如果上帝跟我说话，那一定是本人精神分裂了。我赶忙趸开了，心里纠结，悻悻然。

我像一条走上了岸的鱼，嗅着空气中的水汽，茫然四顾。幸好，一位慈悲的大妈喊我过去，请我留下联系方式，私语道，我给你打望着，一旦有人来这里卖照片，你那种纸箱的，我第一个给你报信。我感恩戴德，说了不少的恭敬话。末了，大妈还说，我这里有个好东西，小老板，便宜点儿卖给你吧。什么东西？大妈嘿嘿嘿地一乐，回说，林少保的字，前些天永登的一个农民卖给我的。他祖上出过进士，林少保去新疆路过永登时，在他家蹭过饭，留下了这幅墨宝，快传了十辈子了。我纳闷道，这林少保，人是干吗的？大妈在我额头上杵了一指头，恨铁不成钢地说，还戴个眼镜儿，平光的吧？林则徐呀，民族大英雄，虎门销烟的那个，当年蒙冤给发配新疆去了。说着话，大妈摸出了一幅卷轴，款款打开。我一见那两行雷霆之言，顿觉自己小题大做，挺没名堂的：

苟利国家生死以，
岂因祸福避趋之。

人多眼杂，大妈只亮了一霎，就赶忙卷起来，塞进一个布袋里。八百，她伸出了指头，别还价。我嘻嘻然地说，太贵了，二百。大妈又道，你小子太狠，拦腰砍我一半，我让到四百算数。我答，取中间数吧。大妈青蛙似的抽了抽，三百就三百，可别告诉别人是这个数哟，赔

　　　　　　　　　　　　　　　　　纸旷野

死了。我再三叮嘱她，请她替我瞭望着，一有线索立时通知我。我又说：

把林少保先供在你这儿，我去别处转转，回头来取吧。

我混进人群中，头也不回，离开了城隍庙。雨更大了，带着瑟瑟秋寒。这雨曾经浇透过林大人，现在也将我彻底浇透，现金付讫，一拍两散。

于是，只剩下唯一的希望了。

我带着几个朋友，去中心花坛附近仔细摸排了一遍，查找出三四家废品收购站。其中一家除了收购过期的杂志外，还收冬虫夏草和高档烟酒。像照片之类的，一概不纳。另一家倒是开源广泛，门类齐全，恐怕业务太好的缘故，收购的东西周转快，当夜就被运走了，看来没戏。后来，终于打听到了一家规模超大的站点，老板娘很客气，指着露天货场说：

随便去翻，翻着了你们拿走吧。

货场凌乱，满目疮痍，几座垃圾山臭气熏天，苍蝇和蚊子结成团，扑面袭来。分了工，几个朋友各自查找一摊，我负责碎玻璃和烂骨头那一块儿。白云如带，有鸟飞过，我们则像几条暗无天日的蛆虫，往地球深处拱去。

似乎，全世界打碎的玻璃都集中在这里了，茬口狰狞，光芒嶙峋。玻璃山上夹杂了不少的纸箱子，若隐若现，哪一个都像我家丢失的。借了一把锨，我试图涉险登高，没走上几步，就滑了下来，险些栽倒在荆棘丛中。无奈，我只得朝觐似的围着它转了几遭，一一排除了嫌疑，两手空空。我奇怪地发现，一块玻璃应该是透明的，再覆盖一块，也应该是透明的，但覆压上 N 块的话，它会呈现出一种幽蓝的黑暗，像此刻的我。这个道理，赫拉巴尔没说，《过于喧嚣的孤独》里也没讲。

登顶骨头山后，我失足深陷，快被淹没了。

骇然，恐惧，慌张，越想拔脚开溜，却陷得越深。脚下是各种动物的尸骨，稀奇古怪，构造各异。我猜想，它们都是从城里的每一个餐厅逃亡至此的，从每一个食客的牙齿间幸免于难的。它们是真正的骨肉分离，生前的恩仇与爱恨均已消泯，像一个个活泼生命的现场证供，被随便委弃于此，无人问津。好了，我也是肇事者之一。我能认出牛腿的棒子骨，羊的拐骨和肋排骨，也瞧见了猪的骷髅和骡马的脊椎骨。日曝风吹，它们像劣质的石膏铸制的，在我的脚下嘎嘣一声，化成了粉末。在高高的骨头山上，的确掩埋着不少的破纸箱子，东倒西歪，龇牙咧嘴。或许，其中一只正是我放逐的？

我扔了铁锹，喊来同伴，就此罢手。

入了秋，父母天天送完孙子上学后，便开始"写照片"。

家里没一支钢笔，父亲收集了孙子剩下的铅笔头，削尖，积攒下十几根。没信纸，用的还是孙子浪费的作业本，将空白页裁切好，装订成册。舍不得开灯，老两口吃完早饭，就坐在阳台口落地的玻璃窗前，趴在茶几上，进入状态。一般情形下，母亲负责口述，父亲再加以补充，待口头完善后，父亲在脑子里转换成书面语，落实在纸上。母亲要比父亲小十多岁，记忆力好，口述的细节也生动。但父亲比较老到，在母亲尽情回忆的基础上，尽可能地剔除掉一些枝枝蔓蔓的元素，始终锚定在"照片"这一主题上，深究不辍——这些情景，大多是我想象的，我深信不疑。

可以说，父母起草的乃是一本家庭性质的"照片简史"。

这一切，都是在秘密的状态下进行的，不为人知。每天写到十一点多钟，母亲系上围裙，钻进厨房，边做午饭，边大声呼应着埋头写字的父亲，就某一个细节热烈讨论一番。等母亲再从学校里接回孙子时，父亲收好纸笔，已将茶几擦得干干净净，摆好了饭菜，一切都滴水不漏。即便偶尔灵感突发，母亲的眼神会及时制止，父亲也会用一声咳嗽叫停对方。但父亲有时怕忘了，又用铅笔在纸角写一两个关键词，备忘。我儿子灵慧，经常问，爷爷你写的什么呀，做啥功课呢？答案当然无解。伺候完孙子，午睡一会儿，等孙子起床去上下午课时，老两口又腾开茶几，铺好纸笔，开始了工作。《潜伏》热映时，余则成和翠萍一到深夜，拿出纸笔接收电报的情形，像极了他们老两口的状态。难怪，我母亲一看到这里时，往往情不自禁地呵呵大笑，白发摇曳，像闪光灯一样暴露了当初的内心。

入住的小区开阔静谧，游廊和曲径极具艺术品位，时时弥漫着一丝古筝和江南丝竹的背景音乐，沁人心脾。绿化也好，栽种了不少的名贵花木，又是天高气爽的秋季，树影婆娑，飞鸟啁啾。但酷爱花草的父亲对此无动于衷，懒得多瞥一眼，只沉浸在写字当中。怪了，父亲养的那一大堆庸花俗草，却在主人的荒疏中焕发了新的活力，似乎偏要活给他瞧瞧，枝叶蔓延在地板上，乌泱泱的。其实，我明白个中的缘由，花通人心，草接人气。它们似乎是父亲的一幅写真，一直横亘在晚秋中，接续冬去春来。

我要出一个漫长的远差，特地回去一趟。一为告别，二来给父母当月的赡养。在楼下按了门铃，始终无人应门，料想他们散步未归吧。等了许久，一毛糙就给妹妹挂去电话，不会出事儿吧，万一？妹妹唠叨说，特怪，最近一直这样儿，神秘兮兮的，不懂发生了什么。难道，难道他们吵架了，谁也不理谁？妹妹想得更糟，语带不祥，话里一片荒凉景象。不会闹离婚吧？前几天，我一个同学的父母就离了，七十五，八十一，加起来都一个半世纪啦，儿女们都臊死了。妹妹说，你等着，我马上杀到。

上了楼，妹妹掏出钥匙，利索地开了门。

父母头碰头，正在茶几上描画，一见子女闯进来，像弹簧一般迅速跳开了。父亲忙将本子一卷，塞进袖筒里。母亲讶异地说，咋了，你们咋回来了？话犹如此，却面呈赤红，举止僵硬，掩不住内心的窘迫。原来，门铃的电池耗光了，难怪没听见。妹妹狐疑地说，咋回事，你们夫妻识字呢？母亲喜兴地回答，没哟，八十岁学唢呐——有心无力，我们在记个小账，怕忘了。父亲顿显客气，忙着招呼说，坐，坐下，喝茶么？抽烟么？父亲的指节上有一块块黑斑，明显是铅笔头留下的，袖子也很臃肿。怕被追问，父亲佯装去卫生间，转瞬之间，袖筒里空了，便故意挥臂，加大了手势，表明自己的清白。我说，楼下空气好，老头们在下象棋，听秦腔，做甩手操，打太极拳，你们也透透气去，别给憋坏了。父亲鄙夷地说，那有个啥意思么，浪费时间。我说，最近没看赵忠祥的动物节目么，我出差时，给你买一堆动物节目的光盘来，让你解解馋吧。父亲慨然道，别花冤枉钱，世上的动物，我基本上都了如指掌了。口气自负，且有禅意。

我猜度，家里一定有一个秘密在运转不息，离我咫尺之距，但我此刻无缘得见。后来，当我窥破了这个秘密后，作为被书写的一分子，作为这个细胞一样的小家庭"照片简史"中的一员，我唯一所做的就是缄默不语，让这个秘密继续下去。苏珊·桑塔格也说过："所有照片都是死亡的象征。摄影就是参与另一个人（或物）的必死性、脆弱性、可变性。所有照片恰恰都是通过切下这一刻并把它冻结，来见证时间的无情流逝。"（《论摄影》）好了，我的眼前春风拂动，出现了这样的一幕：在深秋或初冬一个个晦暝难分的日子里，父母趴在茶几上，用踉跄的笔触，间歇性的记忆，在努力挽回过去。他们试图将那些斑驳的日子，分解成一粒粒汉字，写在一个个偏旁部首中，慰藉自身和子女。在他们吹气如兰的呵护下，那些遗失已久的照片，在彼此温润的回忆中，一张张地苏醒，一帧帧地显影，一幅幅地放大。这是照片和双亲互相"解冻"的岁月。

那只长宽约一米，高七十厘米，瓦楞纸打制的箱子，连同被"切下"的一个个瞬间，淹没在了长街上，随风而逝，不知所终。这曾经带给了父母双重的悲剧：突然间，他们发觉自己被撂荒在了一座游移的断崖上，前半世的生命蓦然坍塌，沉入了无涯的黑暗中。慌乱，茫然，无助，心惊肉跳的一段过去后，他们试着站起来。一对老渔翁，用一张千疮百孔的网，撒向了湍急的水面。而在彼岸，子女们迎风泪下，引颈翘望，构成了他们的后半世。这是一只船街上的生活，别了，断了，忘却了，若一只百宝箱，沉在幽冥之中。

谁说过，唯有旧日子，才能带给我们温暖？

我窥破这个秘密实属偶然。去年春节放大假，家里忽然来了一帮子远方的亲戚。我是长子，少不了款待堂哥表弟们，用他们的三拳两胜，锤炼我的胃袋。小区里爆竹声声，楼上楼下皆是猜拳行令声，我也不甘示弱，以一当十。很快，我就不胜酒力，被抬进了父母的卧室。

我可能昏睡了一个下午吧，梦也稀薄。傍晚醒来时，周身疼痛，便赖在床上，听客厅里鏖战正酣，沸反盈天。身上盖了很厚的棉被，加上暖气可人，又淡淡地浅睡着，却总觉得脑袋硌得慌，不舒服，像枕在了一根刚刚伐下的枯木上。我拾掇了几下，效果不佳，于是翻身起来，抱着枕头检查。

解开了几粒纽扣，掏出一只荞麦皮的枕芯，发现了一卷本子。

小时候，家里有几只木箱，刷着土红色的油漆，一直挂着锁。为了找好吃的，或者偷一毛钱几两粮票，我曾经摘过父亲裤兜上的钥匙，私下里打开过。我在箱底里发现过各种证书（党费证、工作证、户口簿、结婚证、获奖证书、粮本什么的），也发现过一包罂粟壳（我不识这种黑乎乎的草壳，但纸包上有父亲写的字。那时母亲经常发病，据说罂粟壳有抑制疼痛的疗效，且不上瘾），还发现过很多票证（工业券、肉票、鸡蛋票、副食券等等）。后来，我摸出了一卷本子，用猴皮筋捆扎的马粪纸。出于好奇，我在那个办学习班的下午，穷凶极恶地打开过，阅读过，失笑过。我记得，大多数是父亲写的誓词，和报纸上的口气一模一样，像一只鼓风机，口气挺大。但我还发现了父亲给组织上写的汇报材料，事关我母亲这一家的历史清白问题，涉及了我舅舅、舅母、姨娘、姨父等等。信的末尾，父亲恳请伟大光荣正确的单位组织，批准他的结婚申请，要求组织上盖一个红戳。

因为掌握了某些机密，那以后，我舅舅姨娘来家里做客时，我开始用异样的眼光来审视他们。在我心中，那份秘密报告的底稿，祛除了长辈们头上的光环，让我的尊敬减了几分，多了一丝傲慢。但长辈们没瞧出端倪来，只夸赞说，这娃娃大了，眼睛长在头上了，嘴也奸臣了，给舅舅姨娘连茶都懒得端哟。此刻，从枕套里摸出的这一卷本子，裹在塑料袋里，令人一悚。

我没敢强词夺理地打开，抱在怀里，心里始终猜度着，究竟会是什么。

门外响起脚步声，蹑手蹑脚的，一定是父亲。父亲悄然进来，替我换了一杯热茶，搁在旁边，又掖了掖被角，站在一侧，长吁短叹一声，似乎对我的醉态莫可奈何。后来，他静静掩上门，又怕孙子孙女们吵闹我，遂反锁了门。我一骨碌坐起来，打开包裹，展纸阅读。

父亲眼睛花了，所以字写得很大。他的字呈圆形，团状，一辈子没舒展开过，却秀气，结实。一页纸写一张遗失的照片。右上角画一个铅笔框子，边缘是锯齿形的勾边，不很规整，毛毛糙糙的，但一眼能认出是照片。按这一页的内容，父亲会在铅笔框子里填画几个人。人只有轮廓，笔画不连贯，断断续续地勾出来，接完整。男左女右，右侧的脑袋上一般拴着两根辫子，仿佛我母亲年轻时。纸面右下角，偶尔会注明阿拉伯数字，标明拍摄的那一年。有几张竟然细致到了某月和某日，或晌午，或下午，等等。

父亲毫无艺术功底，对绘画一窍不通，但他的笔墨简洁明了，象征意味极浓。比如画到眉毛时，他使用两枚"⌒"，嘴巴是椭圆的"○"，眼睛是两粒"⊙"，耳朵则是左右各"3"，脖子乃圆锥形，细部有些许阴影。父亲的这种个性化"写作"，我猜，就是后来网络和短信盛行的特定表情符号的最初原型。父亲有了手机后，妹妹发给他的一些符号，他能准确地辨识出来，根本不用请教。捧着这一摞本子，我能读出来，父亲对自己的形象很修饰，浓发，宽额，天庭饱满，地阁方圆。夹在左右中间的我，头上只竖着三根长毛，像摸了电门一般，经久不倒。

每一页的内容长短不一，稀稀落落地写在纸面左首，或叙述，或抒情，或说明，或写几个关键词，想是在留待思考，心里须斟酌。也有内容空白之页，但照片赫然画毕，人物也挤在铅笔框子里，等待命名。这些记载大多时间混乱，想起哪张写哪张，跳跃性很大，根本无线索可稽。我数了数，父母已经写就了四五十页，半本，似乎仍没有停手的意思，因为剩下的半本已安排了页码序号。

耳食着客厅里嘈杂的喧闹，我却安静下来，心脏像一只台灯悄然打开，照着这些模糊的文字和图画。粗略一翻，我基本考证出来，父亲在文中以"我、本人"自谓，用"舟"指称我，用"潮"代表妹妹，对母亲的称呼极为简单："她，他妈，她妈"。他用这几颗词，删繁就简，去芜存菁，将他经营了一生的家记录在案，白纸黑字，不容篡改。

我不觉泪下，掩面而泣。仅一墙之隔，我还能听见父亲和母亲待客的声音，他们窸窣的脚声，像纸面上这些苍茫的文字，余温未散，字字烁烨。

首页：

舟百天，带儿去盘旋路东风照相馆照相。下小雨，人多，排长队。婴儿凳子太高，舟大哭。舟营养差，吃不上母乳，她害乳腺炎。……托熟人说好了，兰大牛奶场便宜，不兑水，早上五点去打，领导正瞌睡也不管。舟戴虎头帽，他大舅母送的。虎头鞋掉了，一只脚光着……

1966. 5. 24

某页：

免冠一寸，工作证丢了，回凉州探亲，开介绍信用。头发没来得及理，拥在脖颈子上，照片也累赘。

某页：

东方红广场，毛主席穿呢子大衣的石像下。左一，杜生平，退休后去新疆小姑娘家，说在昌吉，又说在库尔勒；左二，李发琛，小胡子，唐山人；中，李主任，嘴上叼烟，看着不利落，照相就照相嘛，还舍不得扔掉一下？右二，麻国保，回民，嗓子大，改革开放后开了一家牛肉面馆子，听说发了；右一，本人，嘴角上有一个燎泡，搭了紫药水，照片看不出来。

十一国庆，开完群众大会，单位上非要照，照了。

某页：

她哥来了，腿上有风湿，去医院看罢，留个纪念较好。她在家里做臊子面，煮卤肉，招待她哥，没赶上照一下。花一样的钱，人多寡其实不限。

某页：

嬢嬢的小姑娘出嫁，虽说远房的，倒该是亲戚，带她和舟去。排场大，海参鱿鱼都上了，还有宝塔肉啥的，搭了五块钱的礼。知客们有照相机，非要让照，就挨家挨户地照了。一个月后，嬢嬢小脚女人，硬是给送到家里来了，两张，一张好，一张洗坏了，也送来了。招待完嬢嬢，又用自行车把她驮回去了。实话说，照得不好，嘴里没咽完，就偷偷照了。人家的一片心嘛，意思到了。

某页：

腊月，二哥一直催，说回不了老家，就寄一张照片吧。带舟和她，去东口的红太阳。这个相馆好，背后有几个大幅画，有天安门，有万里长城，有海洋，有军舰啥的。挑来挑去，挑了一个有华表的，像一家人在柱子上靠着，自然些。彩色的，人工涂的色，嘴皮子发紫，是个小缺点。

女人都小眼，老眼热别人，她不甘心，又掏了私房钱，偷偷出去开了一张儿童票。说别人家的娃娃都坐小卧车照了，自己的娃娃也不能不照，惯下的毛病，当时一张儿童票七毛多呢。

舟也眼小，一直哭。放在小卧车的木头壳壳里了，又开始笑。

补：二哥让大伍儿来信，说照得好，人精神，衣服新，几家子的人轮换着看遍了，这下宽心了，挂在二哥墙上的镜框子里了。

某页：

裁下来的一张，旁边是啥人忘了，当时的事也忘了。

只抠出了我，抠得不太好，边子毛毛的，不整齐。应该是单位上的合影。

某页：

黄河北的肺病医院，过春节的时候，我在水房里给她煮饺子。病房邻居照完了，说剩下了一些胶卷，顺便给我和她也照一张吧。太热心，我就坐在床边边上，她垫着枕头照的。

那一段时间太苦，可我黄连树下弹琵琶，苦中作乐，不相信会一辈子苦。

照得其实不好，她瘦得腮帮子也塌了，眼窝像个坑。煤油炉子爱冒烟，我脸上也是油灰，当时不知道，人家也不提醒，像个唱戏的丑角。人家送照片时，我过意不去，买了一提兜冬果梨和软儿梨，人家只象征性地拿了几个，太客气。

舟懂事后问过几遍，我没说照片上的事。

某页：

单位上组织，去雁滩公社帮农。想不到，当时觉得特别远的郊区农村现在被改造成了社区，圈进了城中心里。现在住的房子说不定当时是蔬菜地。

劳动完了，都坐在土坎坎上，吃馍馍喝开水。公社的一个人跑过来照，每个人洗了一张，说感谢城里的老大哥们，每人洗了一张当纪念。当时刚发芽，树上有花椒叶，地上有苜蓿头和莲条，拌凉菜最好吃了。人多，没好意思摘。

我照得不好，脸偏了一下，人家就照了。唉。

某页：

单位上刚装了一条新式运输线，大干快上，马力翻了好几倍，都高兴，头头脑脑们全部站在机器前头照相留念。还放了鞭炮敲锣打鼓的。

人多，脸太小，谁也不认识谁，我在倒数第二排吧。

应该是第三排。

某页：

这张专门去照的，寄给了她哥，也给我二哥寄了，报个平安消息。

三四年了，她一直咳血，还心口疼，吃过中药西药，连拌了晒干的蜥蜴、蚂蚁和苔藓的偏方都使遍了，不见效。肺病医院说是肺结核，省人民医院也说肺结核，最后花钱住进了陆军医院，检查结果更差，说是空洞性肺结核，意思是肺上有洞，X光片有黑影子。吃药治不好，只得动刀子。她哥一听就哭了，拦挡了几个月，她姐姐也来哭，怕开膛破肚，哪怕治好了也是个半残废。她比较坚决，说囹囵着害病，不如去割上一刀，老天开眼了，还能好起来养活娃娃们。我干着急没办法，万一那个了，给她娘家没个妥善交代。我当时想我的先人们没干过缺德害人的事，她家里也没有，老天爷不会耍戏我们的，老天爷肯定一直看着哩，谁好谁坏人家清楚。我签字时，我的手抖，像害了麻痹症。

车子推进了手术室，本来说四五个小时，结果花了一天。半路上韩大夫出来了一次，脸色难看，一直在打电话。韩大夫老陕（作者注：陕西人），说上几遍，我才能听明白意思。原来手术开始了，胸口都解剖（作者注：打开）开了，还拆下了两根肋条，结果一看不是肺结核，没有洞，是肺里头有几块石头，是肺结石。韩大夫问还动不动，动的话就要把半个肺叶切掉，将错就错，领导也是这个意见。我脑子糊涂了，赶紧和她哥她姐姐商量了一下，把人救活就行了，这是最高原则。

她哥站在厕所里哭，哭了一天。我不能哭，一哭就全乱了。

纸旷野

儿子也来了。舟刚考上兰州最好的中学，一中，争气，请了假坐公共汽车来的，书包里还背着早上的馍馍，心思重，一口没吃，坐在楼梯上打瞌睡，守了一下午。她要是下不来，这个家就毁了，儿子就成了没妈的娃娃。

下班前车子推出来了，人整个昏迷着，麻药还没有过去。我问韩大夫情况咋样。韩大夫说割掉了，就看这几天危险期的情况了。韩大夫手里抓着一个塑料袋，里头血丝糊啦的，对舟说这个就是"病"，你妈身上的病。韩大夫把袋子扔进了垃圾桶，儿子吓得脸都白了。

谢天谢地，三个月后她终于歇缓过来了。人很虚，必（毕）竟半个肺没有了，走路都咳喘，胸口那里有一个坑，塌下去了。该过年了，一家子去照个相，把这一年的晦气冲一冲。人在，啥都好说，没什么大不了的。

附页：

功无枉费的。手术前一天，孃孃送来了三张工业券，加上平时积攒的凑够了。在单位开了介绍信，终于先提出了一辆"永久"车子，二八的，花了173块钱。车子上的油纸不敢撕，铃铛上也有油纸，舟也嚷嚷着跟我去，我就把他抱在车子上。一路推着去的，不敢骑怕骑脏了，韩大夫有意见不肯接收（受）。到了医院家属楼下，我让舟看着车子，上楼去给韩大夫讲，韩大夫很高兴，让我扛了上去，停在他家里的阳台上。韩大夫倒了一杯茶，我怕他嫌我是病人家属，身上有细菌，就告辞了。韩大夫给娃娃塞了一个苹果，看着红，吃着酸。

我给韩大夫讲，请他把手术做好，我感恩不尽。韩大夫当场答应了，笑眯眯的，谁也没料到，一解剖开，原来不是这个病。

不过也行，割掉了病灶，到现在捡回来了快三十年的光阴，值当。以后再没见过那个韩大夫，应该休息了吧。

某页：

潮自小爱流鼻血，动不动就流，医院说是鼻孔里的毛细血管太细，脆弱，一动就挣破了。街坊给了一个偏方，说用白色的夹竹桃花砸成泥，敷在鼻孔里就可以了。问题是红夹竹桃好找，白的稀罕。打问了一圈，老陈说山底下有野生的，就带着娘俩儿去了，果真有，美美地拾了一网兜，碗大的花。碰上了小霍一家子来春游，顺便给照了一张。小霍有心人，隔几天送来了，给钱也不要，只喝了一杯不太好的茶叶。偏方就是偏方，后来真正管用了，灵验得很。

某页：

录取通知书来了，一只船街上就两张，蛋蛋一张，舟一张。我和她开心死了，舟却不高兴。舟本来报的是吉林大学，分数够了，结果让师范大学给拿走了。师范大学有优先权，石油，农林，军队都有。这是叶家出的第一个大学生，不容易，硬拽上他们去照了相。

1984. 7. 14

某页：

姻缘都是天配的。在这件事情上我开通得很，新社会了，我完全支持自由恋爱。舟领来的这个姑娘不错，嘴甜，长得心疼，东北铁岭人，唯一的缺点是皮肤略黑。大年初一，给了见面礼，她一百，我一百，做了一顿肉饭。潮去邻居家借了照相机，给家里人照了不少，数这一张最好看，都笑得好。

某页:

这张相照得不好，嘴撇的劲太大，歪嘴了。舟在铁路中专干得好端端的，衣服不要钱，帽子不要钱，坐火车免费，工资又高，刚毕业的娃娃，一个月拿八十二块，加上津贴过百了，快撵上我几十年的工龄了，还不知足。舟说手续办完了，办完了还告诉我个啥，先斩后奏。舟说调进了省政府，自己托人办的没花钱，鬼才相信他。

没熟人没靠山，省政府里头不好混，连骑自行车的都是个官员。人靠衣装，马靠鞍装，舟留长发，扎着橡皮筋，还穿花格子衬衣，领导也不来过问，当时担心死了。省政府是明朝的肃王府，门口是武警站岗，一般人靠不上去。那天我和她办事路过，儿子说在大红门前面照一张吧，他的一个同事就照了，样子难看，不如不照。

某页:

海南的开发很好，到处很光鲜，令人眼花缭乱。他们都在海水里游泳，也不知道危险，还是小心为妙。我看动物世界，有海水的地方就有鲨鱼，人是争不过鲨鱼的。我坐在凉伞下喝椰子汁，一抬头潮给我照了一张，样子不雅。潮打通了电话，让我和舟说话，舟问我吃海鲜了没有，我不敢吃，一吃皮肤就过敏就起泡，痒死了。

这一趟玩得好，还要去上海，就是太花钱了。潮的朋友把什么都安排了，五星级宾馆，波音大飞机，车接车送，欠了不少的人情债。要是坐火车就好了，便宜，还能看上一路的风景。死丫头，嘴奸臣，一直不肯答应。

三亚的海水好，蓝得发晕，我喝了两个椰子汁，不甜，味道怪怪的。

某页：

一只船风大，我站了一夜等儿子回来。天亮了舟骑着车子来了，我没追着问，我怕他嫌我重男轻女。我赶紧打了两个荷包蛋，熘了热花卷，看着他吃。儿子说生了，女的，我的心一下子就凉了，气背了。舟又改口说，是个儿子，带把的，母子平安，他妈正照顾着哩。我的心一下实在了，落在了腔子里。媳妇从正月初四就喊肚子疼，送进了医院，我又不能去，只能干着急。我说了，生了孙子的话，我就唱秦腔，结果到现在也没有兑现。当时我掐了一下日历，属猴，农历正月初七，"人"的日子，竟然和我是同一天，老天爷赏给我的。

满月时儿女说去外面餐厅包几桌，邀请一些亲戚和同学贺一贺，我没有答应，我主张在家里办，人少，别招摇了，再说外边风大，冷空气到了，怕娃娃感冒。他们同意了，照了一大堆的相，这个房子照，那个房子照，娃娃睡着了，不知道都在折腾他。

唉，可惜这些相丢光了，罪过罪过。

某页：

这是我从医院回家后照的，鬼门关上走了一遭。那天是元月三号，外面下雪，她从楼下取来晚报。我靠在枕头上念报纸，发现了一篇舟的

　　　　　　　　　　　　　　　　　　　　　纸旷野

小文章，晚报让他们几个写诗的人总结一下过去的一年。舟说他在父亲住院的那天，去了中心血站，妹妹在里头排队，他偷偷出来，一个人在草坪上美美哭了一鼻子。他还说他要感谢那三个献血的人，不知道他们的名和姓，但他们身上的血救活了自己的父亲，他要给他们在晚报上鞠一躬。反正就这么个意思，记不清了。念着念着，我自己也哭了，我不知道儿子的心思这么重，我的病给他的压力太大了。没念完子女们全来了，硬搀着我下床，站在阳台上照了几张，说庆祝我出院康复。外边冷，窗户下面一只船全白了，我都不知道下了雪。

其实我没有啥毛病，半夜上厕所一不小心晕倒了，吐了一些血。结果害得他们大喊大叫地跑来了，又是叫救护车又是住院的，麻烦大家。输了血吸了氧我就醒过来了，可能是胃上有一些麻烦，可胃镜检查了，激光胃镜也做了，连个出血点都没发现。我的问题我知道，以后再不能吓他们了，也不花冤枉钱。

以后也不能再念儿子的文章了，万一写到我，我又是那个样子，害得他心情也不好，何苦呀。切记。

…………

我合上了那一卷本子，翻身下床，像一个窥破了天机的人，反倒满怀镇静，怆然一笑。我捧着它，不忍读下去，却心若明镜，知道自己混迹其间的那一幕幕前尘往事，业已失而复得，在父亲和母亲的记载中，重还人间，绚烂盛开。我用额头贴了贴它，像一个教徒礼拜经书。我款款放进塑料袋子里，捆扎好，又悄悄送进了枕套里，恢复原样。

是的，我想让这个秘密继续下去，请二老在他们人生的黄昏，靠着一帧帧照片带来的记忆与温暖，赐予我一些勇气和信念。

门外有咳嗽声，父亲推门进来，诧异道：

醒了？

我应道，醒了。

你再别喝酒了，你刚才喝醉，我一直揪心你。

我打岔说，亲戚们都在，凑齐了不容易，我给大家拍一张全家福吧。父亲愣怔一下，忽然顿了顿下巴，首肯了，又羞赧地请求道：

你先等等，我换一件衣服，把头发梳一下。

今年春节，拍完全家福后，大家围坐在一起，边吃团圆饭，边说说笑笑地等待春晚开始。父亲停箸不食，一直若有所思。忽然，父亲拽了拽我的袖子，轻声说，麻烦你再给我照一张个人的，特写，特写最好了，光照头像的那种。我奉旨拍摄，见他在镜头里精神矍铄，月白风清，一点儿也不像个快八十的老人了。拍完后，又调出来给他一格一格地欣赏。

暗中，父亲抓住我的手，攥了攥，悄声叮嘱说：

"一定留好啊，将来能用上。"

我一蒙，大过年的，怕旁边的都听见，忙打断他。见我不吱声，父亲变色道：

"那你把底片给我，我自己保存吧。"

"这是数码，没底片。"

父亲道："骗人！我才不信哩。"

一时语塞。

"一张照片一张底片，哪能没有底片的道理，你别拿高科技糊弄我，我脑子清楚。"父亲催促说，"快听话，你现在把机器卸开，把我的底片还给我。"

敦煌：我诗歌的首都（外三篇）

　　我聆听到了哺乳者的歌声。这歌声如风：风吹新疆，风吹玉门城楼，风吹古老的祁连和胭脂山下的草原，风吹沙石和岩画上陡峭的祖先，风吹自然，风吹一座灯火中辉煌的首都。在歌声中，我仿佛目击了创造，感恩于人民，报答了时光。内心热烈的人，将把万有的一切和琐碎的生活细节归于创化之功。敦者，大也；煌者，盛大也。诗歌的泥水匠，在二十世纪的滴落中，坐在炉灰和尘土中投桃报李。敦煌：我诗歌的首都。

　　西望长安，在干旱和引颈翘望的爱戴中筑砌的码头。艾伦·塔特说："地区主义在空间上是有限的；地方主义在时间上是有限的，在空间上则是无限的。"在泥沙俱下的溃败中，我所企助的神迹仅仅是获取一种遍体鳞伤的搭救，诗歌的乌托邦，文字的废料场。一卷红色的羊皮书与我在人世间奔跑。噢，敦煌在上，犹如祖国在上，集传奇、谣唱、酒、历史和人民的生息于一体。企及的道路如此漫长，它断送了青春、埋葬下心跳和体温，使黎明折腰。为什么独我一个在"此"，洞悉着被显露与放逐的奥义？走入腹地的深处，像一只骆驼穿过了净水的针眼，如今我打开一卷诗册，让荒凉者更加荒凉，让失败者更加失败，但我迎头痛击的书写并不会因此获得！我的敦煌，和我由此凿试而出的隐秘文字：《大敦煌》。但丁说："你可以学会，说出你的渴望，人家好替你准备答案。"内心的坐标，凸现于万象之上。它歌哭；它鼓舞；它飞升或者引领，倾向于海拔的居住。在路上，隐隐约约地出现了鹰和村庄，异族的嘹亮风采和宗教的经幡近乎想象，是故，海德格尔才说："诗人只是在度量时，诗人才创造诗歌。他这样言说天空的景象，即他服从不可知的神顺应于其中作为陌生者的形象。"

大道昭彰，生命何须比喻。

让天空打开，狂飙落地。
让一个人长成
在路上，挽起流放之下世界的光。
楼兰灭下　　星辰燃烧　　岁月吹鸣
而丝绸裹覆的一领骨殖
内心踉跄。
在路上，让一个人长成——
目击、感恩、引领和呼喊。
敦煌：万象之上的建筑和驭手。

当长途之中的灯光

布满潮汐和翅膀

当我们人生旅程的中途

在路上，让一个人长成——

怀揣祭品和光荣。

寺院堆积

　　　高原如墙

　　　　　大地粗糙

让丝绸打开、青春泛滥

让久唱的举念步步相随。

鲜血涌入，就在路上

让一个人长成

让归入的灰尘长久放射——

爱戴、书写、树立、退下

　　　　　以至失败。

帛道。

骑马来到的人，是一位大神。

布达拉之鹰

觉悟之神嘹亮地奔走。在充满手印和法号的天空下，建筑之翼将降临人间。一座世俗的城市将围绕宫殿展开，而荒凉的筑居从此拥有了可以仰望的海拔。"哦，布达拉！"当我舌根翻卷，像一行错误的印刷修改了这一句音节时，"立刻，在那绿色的珐琅上，那些伟大的精灵呈显在我眼前"。建筑之翼铺天盖地，在时间的涡流中，轮回的人群必然再次聚首。神已经被人驱赶，只有历史的旷野深处才有光芒的痕迹。"如今，我的诗篇要歌唱新的刑罚。"作为使徒和邮吏的但丁，看到神，已经被人粗蛮地驱赶和暴殄。在最崎岖的天空中，只有鹰是树，羊群是热烈的粪火，给予了我们最秘密的思考与保存。一座山，在迢遥的河流上将自己打制成一只理想的灯笼，耸着肩，弓起脊梁，在墟烟和尘埃密布的人世上等待消息。"如同幼小的鹳鸟，突然有了一种飞行的欲望。"是毁弃？还是背叛？抑或是一份牺牲的隐遁？布达拉之鹰，一只翅膀是雪，而另一只翅膀则是血。她紧锁的桥梁频递，呵斥着我们赶紧。如同一首诗篇的结局，在谣唱和青春的道路上，我们不是收获者和收集者，心灵戛然而止，守灵的油盏在全身游移。还记得那个雨夜吗？在精神的屋宇上，一只鼓的心脏在提问。在雨夜，穿行于青稞和桑烟的街道上，一个人生寒凉的现场，我和我双手的睡眠一齐到来。

孩子，暂时的火和永恒的火，
你都已看到，现在到了另一个地方，
我自己再也无法明辨。

我拥戴那种翘首而盼的姿态，在切齿的目光中，未来的石头在今天的祝祈中灼亮燃烧。凭着什么样的福祉和披沥而下的关怀，噢，我还要怀恋这些砌筑于云朵之巅数以千计的房间。一个微弱的土地测量员的身影穿行于活佛的人间，而被驱逐的十万奴隶呼喊："我要以宝贵的鲜血，娶她为妻。"铁汁流淌，残阳似血，劈山取石，骨殖灭迹。一幕神示的大光明成全着最后的赞意。眺望：多么酸楚的内心姿势啊。布达拉之鹰，如今你栖居的人类之巢是如此衰败而凋敝，"那些美人和英雄，那些在我们内心引起了爱情和殷勤的艰辛与悠闲，如今人们的心在那里变得邪恶了"。

宫殿的蜂巢，灵魂的隐蔽居室，在九百九十九间而外，我渴望这最后的一穴。谁代替了群众和集体？谁抛弃了信仰与执义？捐躯而出，化为道路和和平之镜。布达拉之鹰，你努力的轨迹只有在我的眼中明亮如砥，鲜花怒放。那一眼光明，那一座为世人离叛和诀别的石窟，仿佛旧日的作品。烟雾与尘索填满的嗓子，等待着油灯之下一只名叫新娘的羔羊，在暗夜里叫关噢，如果我还要写下浩如烟海的卷帙与典籍，那么我会死去。谣唱说："在这个世界上，我们仅仅相处了半天，离别时为什么不说声再见？"布达拉之鹰，开窟造像的人会失却双手，不劳而获的人却坐拥酥油的城池。如今，我只得到安慰的麻痹和一捆诗篇中的荆棘，我身边的不朽之人却云："我看到全宇宙的四散的书页，完全被收集在那光明的深处。"

我答："在最高的旷野，必定有一团最美的神迹。"

噢，祈求飞翔。

诗　歌

　　一场书写中的寒冷突如其来地降临。一则生命的尺度是一毫米，还是八千公里？谁也无力回答。唯有诗歌秘密地运行，让我们得以自尊、光亮和宠辱不惊。一场书写中的寒冷理所当然地降临。灵魂隐秘地开花，恳求的奇迹撤身而去，夕光中的乌鸦带着寓言和昭示的字母凭临天顶。噢，诗歌的良心如今奉献而出的不是热血、牺牲和重若青铜的举念，剩下的只有泥泞、凋敝和梦魇深处的痉挛之词。牺牲者的花园，比如鲁迅的花园，在眼前晦暝难分的季节，成了精神的经幡和墓地。从来没有什么像诗歌这般的圣洁之器让我们离神明如此之近：她引导！她提升！她洞彻以至照亮！她使光荣成为光荣！她让泥沙俱下的奔跑、泪水、青春和朗诵化为不朽。海拔之诗，测度着我们。一个人类掘井自饮的行为将不再荒唐。一场书写中的寒冷必须降临。需要一场自天而降的狂飙之声，涤荡甚至瓦解我们肉体内外的肮脏、垃圾和蠢蠢欲动。牺牲的功课犹如眼前，捐献而出的只能是一种干净圣洁的情愫。技术主义的时代使战士蒙羞，而奔走相告的人群洞穿着良心、法则和执火的传递。暗夜如此高广，甚于煤炭的世纪。一个迎头痛击的孩子所以哀叹："和所有以梦为马的诗人一样，我不得不和烈士与小丑走在一起。"诗或歌：金子的门环，在人类的旷野之上迎送岁月，目击朝代。此刻，一个信仰的姿势不再是聆听和弯曲，而是高声颂扬中的质询。一场书写中的寒冷义无反顾地降临。平庸的世代，歌声多么徒劳；凸现而出的骨骼和逐散已逝的体温委顿如泥，恍若隔世。寒冷日复一日，肢解的机器工厂在四方号叫。在集体的错愕之中，诗歌的奇迹必须彰显。奇迹：坚持的血液；转折之下迎面而来的革命；法老的尸身和遍地的红旗以及我们不辍的念诵和祝祈。因此，里尔克说："离开奇迹是前景黯淡的，唯有通过奇迹而不是通过我们，艺术才成其为艺术……"如果剩下的是我！我要赞唱的不是女神，而是一捧隐忍的灰土。在天使的队列中，那个突然呼唤我名字的人，就是一桩奇迹的诞生。一场书写中的寒冷和黎明一齐驾临。诗歌的村庄刚刚搭建，语音混杂的劳作简单却令人呕吐。看看，在猪粪和泔水中端坐的一人，心灵的约伯和心潮澎湃的上帝热泪双流。黎明也是一场无辜，尤其当她展开了一卷鲜血般的红色羊皮书卷。我们知道，诗歌已字迹全无。一场书写中的寒冷无辜吗？盛大的阴影自始至终笼罩着椎骨。如果诗歌是一种人类的立法，就请放弃。恰恰相反，在狼群和瘟疫肆虐的村庄，需要的是一次执法的出击，需要的是一场整肃、停顿和革命性的叹息。公牛毕加索看到：我们一发现我们的集体探索的失败，每个人就不得不去进行个人的探索。个人探索总是返回到当代的最初形式，即凡·高的形式——一种实质上孤独的悲剧性的探索。这就是自我修炼的缘故。一场书写中的寒冷已经降临。在最后的营地，一批铁血的战士强忍孤苦，刮骨疗毒……

春日之书

茨维塔耶娃在致帕斯捷尔纳克的问询中，曾义无反顾地书写了"我是那抵达的第一封信……"，因此，我愿意在这样的时刻翻开春日之书，犹如抵运的心情在古老的庭院里散步、吹息、冥想和相互拥有；或者，我本身是一只门环，而为春日的晓风吹动，让我听取了木塔之上的风铃、拥吻和神示的文字。

让我的诗卷上空无一物。因为它是你的。

我首先看见的是那个女孩儿。在恍惚和暗夜的提升下，她多像一根银色的哨笛，在我一泻而下的爱戴和追索里吹着、飞行、飘动而至消逝。虽然她已经远离，犹如秘密的出走和火焰的追取。春日之书，那第一页的叙述是这样的：苹果树下的拥抱，犹如一对裸体的神……滚落一地。她鼻梁高耸、美丽自负，让我无端地想见一座古希腊的喷泉、雕像和正午。她应该是这样的，而且愈加如此。她偶尔坐在我心灵的山冈上，长身玉立，手提马灯，光亮了我暗哑的书写和自以为是。世界都已退尽了，那些十八岁丧失青春，二十岁成为买办的人在春天的负面索索而动。这使我暗哑和跟跄的奔跑有了尖锐和意义。我愿意这样触及一匹丝绸下的你。你是我诗歌的女神、指南和三本破旧的药典，让我空怀大志，睡入神州。你是我的妹妹、亲人和远处包围的红旗。

女儿希腊，凭着真义和福祉，我将拥有一个可爱的女儿。她在春日的高潮中诞生，亚麻布下无邪的小兽。希腊，在三月的广场上光腚跑过，像我是风中初展的旗帜。而她的生命，又再次印证了我的无知、愚蠢和无病呻吟。时日漫长，万象敞亮，只有行行重行行。

春日之书上写着：美丽新世界。

接着我将再次目击旧日的黄昏。那个黑白照片的年代，旧书中的武士，旧有，旧地，旧情难忘的回眸。我要在心里迎上前去，我说你是，我的。在春日的节奏和朗诵中，我要一一细察翻卷的树木、轰响的泥泞、深入的爱情以及举意之下的私奔和牺牲。叶芝说："我们是最后的理想主义者，我们选择了传统的神圣和美好的主题。"并且我将带着我自己，历经精神和肉体、穿州走府、奔走呼号。而事实上我吹动和催醒的只是一个旧日的自我，年轻冲动才华横溢，顺便我唤醒了春日下那——沉静和长饮的事物：羊圈、马匹、爱人、隔日的尘索、你和另一个你。我喜爱你们全都起身，坐入蒸腾的日光下，双手劳作慰藉心灵。

"伟大而神圣的爱，多么安宁。"（塞菲里斯语）

而我仍然退去，我蜷伏于鲜为人知的音乐和石窟中，凿试着自己粗糙的手艺。我在内心游历了北方和西北的绵远七星，长泪横流。在春日之下，我将再加进自己孤独的耳语和心跳。我看见一个赤子跪领了自然的恩宠和秘示，真义和信心只向赤子打开，而一座国度和人民不也是在巨大的山川上凭听和勤于劳作吗？我要在熙熙攘攘的大街上走进幸福的人群。

我像一个对春天犯了错误的孩子，低着头，抄着手，从春日里走过，或者可能我是唯一的目击者，拾取了久唱和遗漏之沙下热爱的心情。我吮吸了大气和乳汁，披沥而上，犹如窗外健康的树林。我笨拙而羞赧地说出，我是让一只鸟拖来了整个干净温煦的天空。

而为日光念诵。门环开启，最后我看见你款款而至，轻推鲜花的小车，沧桑清冷，微笑频递。你是这反复之下的绿色信使，你是我萌动和成长的日子，春日女神。你灵息飞动，拍我如拍一块田野，犹如穿透了神明的小风。就让我如此深切地吻了你。

在春日之书的封面上，我要醒来。

青铜枝下（外一篇）

青铜枝下，马匹诞生。

推远的大气和背景，以及屋领和书卷之下的心情都归于爱戴和一番逐散的追寻。在一阵旧日书简的呵护中，我看见青铜枝下，马匹诞生。不再是第一次的春天，不再是明眸皓齿的初逢和拥吻之下的爱怜，甚至也不是你，旧有的女神和心头怒放的雷霆。让诉说再一次归入黯淡，让书写停止，当我心中明媚的霞光重又四溢，当我站在四月的明天，那理所当然的节日归于光荣和梦想的春天……

请让我穿驰立春、雨水、惊蛰和清明，在这盛大的曙光下，解放大地的美和我自己。

芳草碧连天。那依次涌入的星辰和大地的栅栏，不是作为美，而是一再止息的精神与灰土。在这个宽大明亮的世界上，人来人往，珍存于旧日的吹鸣为谁而死？谁是那凭想中永远的地址？噢，我和整个初生的四月如此深切地爱戴的你，就要驶离。叶芝说："我多想摸摸它，像个孩子一样，但知道我的手指只能摸摸冰冷的石头和水……我们爱得太多的东西啊——我们的触觉却无法估量。"一支哨笛吹着，在久远的质询和谎言中，我和春天的迷离以及爱情，负火而亡的伤口和疼痛，偶将秘密地抵运。

甚至那旧日的辗转。

甚至那甘心的斧子都已神性地光华和运抵。

需要多少努力和慰藉，才能填补这剩余之下巨大的空虚？需要多少激情和泪水，我才能目击这春天的真迹。在我无端的歌声中，漫上山冈的那个女孩已将夜色堆积，而黎明的久唱和关怀又从哪里开始？在一处遥远的庭院中，我细心谛听的你的吹嘘和花瓣的垂临，都为春风净扫。如果你是春日和爱情之下破败的努力，如果你失去了一种清丽而行的诗句，不是生活和脊梁的弯曲与击打，你只是我心之一隅中幽暗的花园和垃圾。

除了你，谁配引领这个春天。

噢，"我知道你的梦，你曾梦过，走了，这就够了，就算有太多的爱和恩情在你面前死去，曾使你感到困惑又怎样呢？""那时，所有的火光都已熄灭，而你在星光下细察那些灰烬。"无力扶助的远逝像一堆燃烧的红铜，从此，"从此"是一个什么样的概念！我倾身而去的七卷诗篇，以及车轮之下的念唱都成为徒然。让你的谎言成为谎言，让人生短暂的过度委弃这一枝暗哑的花瓣。事实上我诉说的只是春天的一节音乐，随风翻开，你的微笑简单如寂寞的音标。而为心情所困的阳光，明亮刺眼。

青铜枝下，马匹诞生。

"我低声说：记忆，你碰到哪里都是痛的。"（塞菲里斯语）咫尺的邂逅，在错误和偏漏中疏远的天涯的回眸，都已真切和坦然，但是请求告诉我这个春天的真相，请求真相背后你依次躲闪的心情。噢，我芳香的身体，等待着你的内心：如此纯洁的秘密，让高洁而行的精神和勇气一再窒息。你曾经是我的谁？而我，曾经又是你的谁？如果一切都将从此消逝，而我们又曾经是谁？

伟大而纯洁的爱，多么安宁。

春天，以及你钢花闪射的伤口，将我和我的生命带到如此之远。我热爱这宽大明亮的世界，我仰承于这水滴石穿的春天。四月的正午，那依次频递的叩门和内心的红云，犹如高挂在空中的风琴，拾取了少年的心跳和琐碎。你是我永远的最爱，春天；你是闪失之后皈依的地址和唯一的思念，女神。我所热爱的你，一直都在起点，像通常所述的那样，凭着什么样神圣奇美的种子，来萌芽这份心情和世界。

但是，无力挽留的春天必将逝去，我所追寻的世界并非你的想象。让天空干干净净；让一再的哨笛拾取了阴霾之下蒙蔽的浮尘；让我内心的房间鲜花盛开，听取了田野上劳作的歌声和朴素的爱情；让我入睡，并且永生记挂着心头的水面上不再凭临的天鹅和妹妹。在一阵旧日书简中，我不再感到巨大的渴意，以及奔跑之中拥戴的这一份幸福的春天。

青铜枝下，马匹诞生。

旧有的风貌，荡然无存。而初生的绿意和马背上深埋的双膝，说的是我第一次仆倒的心情。让箱子和丝绸空着，让诗卷不着一字，让我深埋入你的爱情，醒了，看见并且远离。

自从我突然开始，怀有一种蔑视和骄傲的心情。在我内心的春天，青铜枝下，马匹诞生。

挽　别

美丽如你，让风尘刻画你的样子。

你是我春季直至秋季的一则漫长故事，四季的风景；你是我执信的民谣中三枝漆黑的玫瑰，遥远的火堆；你坐在水上，像一只含泪无语的白羊，秘密的信使；羊脂灯台下，我和夜晚反复梦见的筐篮，美丽的你。

美丽如你，这苹果树下的拥抱，仿佛一对裸体的神，滚落一地。

没有人知道，除了是我。

你在半个中国走动，北方以北——你是我秋风吹凉的草原；你是我头顶神明的灯笼；你坐在土冈上怅望七星之下的州府，刻满我颅骨；深夜的投宿，这凄清的客栈像我膝下的三座羊圈，悄掩柴门；于是你梦见我，轻推一辆鲜花的马车，悄然抵达你的一个念头。

你是我的孩子、女儿、亲人和一卷诗稿；你是雨阵中一座坚持的桥梁；你是你，甚至不是别人；你埋在河砾中，为太阳托举，黝黑而发光；青春飞动，你不知道你秘密的驻足带给了我初次的幸福。

美丽如你，让风尘刻画你的样子。

你是午夜里高挂天空的新娘；你是微醉后走在草海之东的一只马灯；你是我一生难以抵达的远方，光亮人世的灰尘和屋梁；你不变，漫游以至漫游到我再难以倾听和思念；你是我呼喊中的一片纯净的大气，稀少的壮丽霞蔚；你是我难以走开的井台，灌满日夜的泪水。

你这个美丽的哑子，深藏于一只黄昏的马头琴箱，破败而奔跑。你是我一再追索的秋日的神灵，高坐于三匹母马的心脏；你是我晨祷中一片举念的大音，击透千秋的恩情，甚至你也是埋在一双新鞋子中的爱人，健康而自足。

除了你，又会是谁——

是谁在这最后的门厅里坚忍默坐，高声朗诵？是谁，抱住火堆照亮自己秘密的行程：谁坚忍，而从不说出？谁给了我一生中唯一的一吻和散步？众人都已撤场和酣睡，世界退去，如今只剩下我们两个，在这迷蒙渡口的灯笼下交接；是谁，给了我一生的热爱和分明爱憎的天性，使我义无反顾，美丽如你。

你只是我，让我也将你包容进来。你是我的半个身子、妹妹、敦煌、伤疤和羊群。

你是众人离去后仅有的优秀的嗓子；你是尊严和持久的默默无语；你走遍了整个中国的北方，因此你也是北方。一匹豹子，一阵念想和胸廓中无知的饮泣；如今，你和千里万里的马匹草堆走在一起，我一眼认出了是你。

你只是我，美丽如我。

你是我日后的一支劲笔，一沓白纸；你是我难以回复的春天夜晚的悸动和心跳；你是我的爱，一生不再，一生难改。你是我，三只口袋里挺风而立的家园。

你只是我，一个普通的夜晚，望见你——

月光大地，一万只羔羊静坐山冈

美丽如你，今夜使我难忘。

春天（外四篇）

剪羊毛的季节，悄然来了。

草原深处，一座寺庙刚刚砌毕；一只鹰捧着完卵，驰越天庭；一块毡毯将擀完一半；一个黝黑的婴儿才啼出一声。

风起时，一个剪羊毛的季节，落地生根。

其实，我一直相信，是太阳这个彪形大汉，拎着一把黄金大剪，走过草原。要不，比牛奶还白的羊子，比白昼更亮的羊子，说明什么？风吹斜表情，天空陡峭，鲜花打开。这个醉酒的糙汉子，踉跄奔行，在星宿上买醉，云朵上长卧不醒。那时，蜂蜜是沉默的，狗也不知所终。

春天了。

终于，他想起剪羊毛的季节到了。

数不清那些秘密的羊子，究竟是从哪一根青草的根部上，悄然挤跳出来，站在这个荒凉人世上的？像晨时的露珠，挂在大地的腰际。像一片片瓦，在地平线上飞行。像一根根燃香，机深如海。经过漫长一季的寒凉和摔打，它们被雪冻伤，被风弹破，被鞭子遗忘。现在，它们是一只只瓷器，蒙了土，覆了尘，漏洞百出，挤满在草原深处，等待探看和修复。

它们破着，碎着，裂着。在春天，祈望一位热烈的修补匠人，拎来一只黄金大剪，去细查，去慰藉，去剔净身上的疾病和哀痛。

这时，太阳来了。

太阳这个糙汉子，从蛮荒的醉里，一步步醒转，忆起了荒疏的手艺活。他是一个铜伤补心的工匠，一年一回，赶着春季，来到人间。平素的日子，他则站在天上，翻看手里的账册，记录着世上的爱憎与情仇。

剪羊毛的季节到了。

草原上，脚声恳切，经幡猎动。

这是一个需要举意的时刻。

我知道，我其实也是这么一只羊子，一只携伤具裂的瓷器——日光照我，如照着世上所有的好儿女，带了恩情，去怀想下一季的生动和热烈。

世上的天平

坐在山顶，拍打灰尘。

仅仅是路经。翻过天山时，一场起自巴音布鲁克草原上的大雾，散了。散也就散了，不过是一阵蜂蜜和流奶的风。从远处来，又回到

　　　　　　　　　　　　　　　　　　　　纸旷野

了远处，像一个人走掉，再就没了消息。却突然间，云塌陷，天敞开，一个广阔的世界大得无边无际，竖在眼前。人的心，也就断成了游移的悬崖。

鹰若标本，挂在太阳上，一动未动。

这么空荡荡的人世，荒凉到了惆怅，不置一字，也没了那种水落石穿的一粒粒声响。这时，便需要拍拍衣服，抖落灰尘。

拍打灰尘。

在山脊上，手一抬，其实只听见了自己的空洞。接着，乃是人世上的一粒回声，弹滚而来。"拍—打"这个动词，仿佛一个人的乳名，荒疏了许久，现在才被唤醒，跟着前世的脚踪，嗅闻而至。

人的心，其实也是一捧灰尘，一丸泥，在宽阔明亮的人世上浮游。"拍—打"，只那么随意的几巴掌，心的空洞便毕露无遗。

据说，这荒凉的世上，最早是有一架天平的，用来称一称心的重量，再去分配每个人的来路。埃及人这么想过，中国人也这么想过，黑人与白人、富人和穷人，也都如此作想，猜着末路上的歧途和光阴。

于是，在上秤前，"拍—打"，便成了宗教的原初，是一种信仰的举念。让心轻下来，再轻下来。比一片羽毛更薄，比天堂还轻。

但现在，人的心都实了，充耳不闻。

那一架世上的老天平，也脚声杳然。

破　碎

再没有比这个词，更残酷的理由了。

"破"，其实是一种声音，挣扎地张开嘴，攥出心，念出这个字的咒语——风起兮，让这个空荡荡的人世一下子警惕起来，抵住嗓眼，破、破、破地发音。破的时刻，云裂，地坼，日头西沉，暗鸟惊飞。

一个人的姿势，也就出现了漏洞。

"碎"，则是一捆明亮的荆棘，掉下来。将这个人的影子，钉在地上，去继续他世上的伤心与怀想。

破碎：一旦碎到了破的地步，即使一尊神佛，也再不会破矣。

书　道

有一度，不喜欢沈鹏老的字，不能就里，唯因直观。

我甚至觉得，在一页劈木抽髓、鞭辟取筋、辗转而来的宣纸上落笔，不是每个人都有资格。那该是一份圣职。从念想的第一刻起，须一退，再退，直到成为一介修士，或一位忍者，披古时的星斑，戴旧日的月痕，漱口，净手，将自己锻塑成一枚那时的青箭，自虚空里射来——于香氛缭绕的宗教感中，在偏旁与笔画之间，延展想象，闪展腾挪。

纸旷野

或者，与刺绣相仿。一匹取自春蚕的丝绸，凛凛冽冽，寄托于流水，委身于午后的一阵地气。该有一位心碎的可人儿，倚在织机下，呢喃秘密。

但今天不！

在一件印刷品上，有沈鹏老书录的杜牧诗句，突遭电击——

直道事人男子业，

异乡加饭弟兄心。

心想：书道的正途，或许不只停在"艺"的自炫，间架的无懈，结构的匀称上。更非表演的仪礼，亦非亵玩之鸟。在力透纸背的另一面，该有与云宣深埋的呼吸相应的——"义"，去适时作结。

远远望去，所谓的纸墨之寿，也无非是一个"义"字，守在了地平线上。在旧时，乃是士的节贞，是墨的操守，是一诺千金，才可能腕下雷霆。

于是通透；

于是海纳；

于是鹰高挂、日垂悬、帆正紧；

于是太初有道。

牧云的人

有一个人站在云上，揣摩世间。

我觑不见他的表情，闻听不到他的脚声，也摸不见他的心跳。但我知道，一定，有那么一个人站在云上，放牧着，什么。

要不，风起时，怎么会有大团的云雾，从天空深处挤出来，从日头的库房里癫跑出来，从青草的尖芽上漾荡起身？要不，午后的那一阵子暴雨，干吗要急慌慌地擦掉地上的污泥，连累了旱獭和地鼠的王宫？要不，夕光砸下来的一瞬，山腰上大金瓦殿的脊顶，怎么会坐着一位观世音？

秋草黄了，在甘南草原。

早起，一个羸弱的阿奶，带着她的朵拉（转经筒）、羊只、酥油、茯茶和经版，走进山里。黄昏时，一匹单身经年的獒犬，牙缝里塞满了妖怪、魔鬼、传唱、爱情与失败，在毡房的周遭踱步，雷霆不已。四姑娘叫卓玛，在今年夏天的转场中，一个人悄悄走掉，再也没了指甲皮大小的消息。

一帮子穷亲戚，坐在草原深处，

时常寄信，说明

近况。

一定，有那么一个人，站在云上，放牧着什么？

——其实，我知道此刻，秋深了。

秋深的时候，即便一只滚烫的巨鹰，青春也会被吹凉。我的青春也凉下了。我热爱的穷亲戚们，嘴里吮过的酥油，也越来越，淡了。往后的日子，八成是一道窄门，云落下，冬莅临，草原和牛羊也会被冻伤。

　　只是，那牧云的人，也牧着世上的一切，偏偏不作声响。

　　我亦缄口，热泪长流。